渡河之舟

段福平 著

扁舟之上落春秋，草木深处见故乡。

——故乡书

天津出版传媒集团

百花文艺出版社

图书在版编目（CIP）数据

渡河之舟 / 段福平著 . -- 天津 : 百花文艺出版社，2024.1
ISBN 978-7-5306-8734-5

Ⅰ . ①渡… Ⅱ . ①段… Ⅲ . ①散文集—中国—当代
Ⅳ . ① I267

中国国家版本馆 CIP 数据核字 (2024) 第 006203 号

渡河之舟

DUHE ZHI ZHOU

段福平　著

出 版 人：薛印胜
选题策划：郑　爽
责任编辑：由高峰
封面题字：白国庆
封面插画：黄晓东
装帧设计：百悦兰棠
出版发行：百花文艺出版社
地址：天津市和平区西康路 35 号　　邮编：300051
电话传真：+86-22-23332651（发行部）
+86-22-23332656（总编室）
+86-22-23332478（邮购部）
网址：http：//www.baihuawenyi.com
印刷：廊坊市海涛印刷有限公司
开本：880 毫米 ×1230 毫米　1/32
字数：239 千字
印张：10.75
版次：2024 年 1 月第 1 版
印次：2024 年 1 月第 1 次印刷
定价：68.00 元

如有印装质量问题，请与廊坊市海涛印刷有限公司联系调换
地址：河北省廊坊市安次区码头镇金官屯村海涛印刷有限公司
电话：（0316）2516002　邮编：065000

序

福平老弟是我的澧县老乡，他的出生地离我老家也就十公里左右，可是在家乡我们无缘相识。我们是在老乡群里认识的，但一直没有见过面。去年我去深圳，他到酒店见我，由此我们从“神交”变成“面交”。闲谈中得知他已在深圳打拼多年，目前在宝安区福海街道办事处从事文化工作。深圳是改革开放的窗口，四十多年来取得了举世瞩目的成就。但也有人说深圳是文化沙漠，是个跛脚的城市，这有点过。我 1986 年第一次到深圳，以后去过无数次，目睹了深圳的变化。客观上讲，深圳的文化设施在全国首屈一指，全民阅读更是创造了深圳经验。更何况各路精英汇聚深圳，创造了世界奇迹，精英们的文化程度自然不低。更难得的是有一大批像福平老弟这样的草根人士，在深圳这座商业城市，在人们都在拼命赚钱的时候，凭着对文学艺术的热爱，凭着一腔弘扬优秀传统文化的情怀，默默地在文学沃土中耕耘，摆在我面前的段福平的散文集《渡河之舟》就是其中杰出的代表。这是福平老弟近年创作、发表的散文精品集萃。

福平老弟生于洞庭湖畔的常德澧县，在湘西北扎根二十年，对家乡有着深厚的感情，浓浓的乡愁凝聚在他的作品之中。故乡的一草一木、一山一水、一人一事，无不镌刻在他脑海，浓墨重彩地给我们描绘出一幅幅永不褪色的山水画、风土人情画。离开家乡到深圳生活闯荡三十年，那打拼中的辛酸与故事让人荡气回肠，真实地书写了打工一族们的生存状态：举目无亲、生活窘迫、彷徨无助、遇人不淑、期望明天等，展现了无数像福平老弟这样一批批奋斗者的生活图景，让人感同身受！故乡与他乡，祖居与客居，是归依，是企盼，是可感知的温度，就像一叶小舟，穿越尘世间的风雨，将世人渡向理想的彼岸。这或许是他为其散文集取名为《渡河之舟》的用意所在吧。

我年轻时是个文学爱好者，退休后偶尔写写画画，和福平老弟算有共同爱好。他是在网上看见我的《梦溪记忆》后加我微信的，共同的乡愁引起了共鸣，我们从网友成了文友。或许因为这层关系，福平老弟送上他的《渡河之舟》嘱我作序，不好推辞，敬佩中写下了以上一些话，是为序。

白国庆

2023 年 12 月 11 日北京大雪之夜

目录

风流云散

我十七岁那年，父亲的突然病逝让原本就穷得揭不开锅的家雪上加霜。家里再也拿不出一分钱供我继续上学，我只得辍学在家务农。也就在这年春节，爷爷拜把兄弟的幺儿子谭梅初，我叫他毛叔叔，从常德回家省亲，不甘在家务农的我主动上门找他帮忙在城里找份工作，他答应了，让我收拾收拾，跟他去城里。到了城里没费周折，很快就把我安排在飞腾大酒店上班。在酒店工作看着体面，其实就是做服务员。所幸我遇到了好心的传菜部长张红燕，大家都叫她“燕姐”，后来，她成了我的师娘。

我上班半年后，传菜部长燕姐升为大堂经理。她看我精明灵活，老实本分又勤奋好学，主动找到我说：“福平，你还年轻，可以做服务生端盘子。等年龄大了，再去端盘子就别扭了，不如趁着现在年轻，好好学一门技术，今后也有个谋生的手艺。你学到本事，将来在郊区找个爱人，不就是城里人了吗？”听她这么说，我何尝不想呢？原来燕姐找我谈话前，早就给我铺好了路——酒店的厨师长是她老公。于是我顺理成章地进入厨房学习中厨。

一切从学徒开始，只是转换工作部门，工作场所不变，待遇不变，还是每月六十元的工资。两年的学徒期很快到了，我的厨艺也能独当一面，然而工资一分都没有涨。我想起家里几间破旧的土坯房子，一旦下雨，外面下大雨，里面下小雨，如果不重新翻修，连躲雨的地方都没有，将来还谈什么娶妻生子？想到这里，我再也没有继续做下去的心思和动力了。

1994年春节，我看到同村从小一起长大的玩伴从深圳打工回来，他们穿着时髦的衣服，拎着大包小包的礼物回家。衣锦还乡的他们好像挖到了金矿，这一切让我心中羡慕不已，一股马上出去打工的冲动再也按捺不住了。好不容易熬到11月25日，我辞去酒店的工作，谢绝师父师娘的再三挽留，依依不舍地告别同门师兄弟。回到澧县老家，我找到刚刚做了上门女婿不久的二哥，我跟他说想去深圳打工。他二话不说，拿着三个蛇皮袋，在刚晒好的谷堆里耙了满满的三袋稻谷装在独轮车上，推到一公里外的收购站，卖了一百五十元。二哥把还没焐热的钱塞在我的手里，说："老弟，这是我借给你的路费，省着点花。你出门在外要照顾好自己，注意安全。"二哥并没有说在外不行就回来的话，他知道，家里条件差，没有回头路可走。

这是我当时人生中见过最多的、面值最大的一笔钱。二哥留我过夜，我执意要回老家睡觉，二哥来不及回家换洗，把车丢在收购站，陪我走七八里夜路，送我回老房子。那晚，我们两兄弟聊到大半夜，不知啥时候睡着的。

11月26日早上，我从老家县城乘车到长沙，找黄牛党买到一张去广州的站票。第一次爬上绿皮火车，我心里既紧张又迷茫。经过一天一夜的颠沛流离，终于到达广州火车站。来不及停留看风景，紧接着再转乘去往深圳宝安的大巴。在东莞，我被卖了一次猪崽，被几个早已蹲守在那里的彪形大汉拦下车，司机意识到有事发生，但他不敢反抗，呆坐在驾驶室一言不发，所有乘客被强行赶下车，每个人极不情愿地交了三十块钱保护费后方才上车。车行至宝安区福永镇天桥时，我们又被司机怒吼着强行赶下车。我拖着行李，站在川流不息的 107 国道福永天桥上面，看着前方灯火阑珊。11 月的深圳与老家气温没有区别，一阵咸腥味的海风扑面而来，把我几天没进一粒米的空腹里的酸水全部倒了出来。鼻涕和眼泪被海风一吹撒满一身，发出阵阵泡菜味的恶臭。

盘缠所剩无几，住旅馆是非分之想，我只有将就住在桥洞底下。白天出去找工作，晚上回来睡觉，连续奔波一个星期，终于在吉祥餐厅找到一份做砧板师傅的工作，这算是我在深圳的第一份工作。我有厨房的工作经验，很快适应了环境，做事也很受老板欣赏，可大厨的徒弟徒孙们不高兴了，他们害怕我抢占他们的职位，合伙故意刁难我，处处设套陷害我，个个看我不顺眼，想如拍死一只苍蝇一样拍死我。我以为大家相处时间久了，他们会慢慢转变想法，没想到，我的忍气吞声换来的是他们更加肆无忌惮的排挤。我知道此地不宜久留，没准儿哪天会变本加厉地报复我。我觉察到他们的眼神中带有仇视，于是抓紧时间与老乡联系，却不承想几封书信寄出去都如石沉大海。在我几近绝望时，终于等到他们的回信。

在石岩镇工作的老乡回信说，石岩那边有多家大型外资企业、酒店、大排档，经常看见它们的招聘信息，招聘的岗位也多，有选择余地，说不定会碰上适合我的工作。这么难得的机遇怎能错过？

收到来信的我心早已飞到石岩镇去了，我没有多加考虑，也没有打算带任何行李，决定先去石岩镇看看再做打算。出发前，我找了好几位吉祥餐厅周边开便利店的老板了解去石岩镇的路线。得知公交车不堵车的情况下，到达那里约有一个小时。从福永镇出发，经107国道，用时四十分钟左右到达公明镇田寮村与石岩镇长圳村的交界处，再弯弯绕绕兜了一大圈，来到了石岩镇台湾工业园区路口。当时，我因为忧心工作，人比较疲惫，竟在车上睡着了，还好又在公交车的鸣笛中惊醒，司机对我说："石岩到了！快下车，再不下车，就把你拉到龙华镇去了。"我连忙站起来，往车门口而去。只听"嘭"的一声响，车门突然"嘎"的一声合上了，幸好我跑得快，然而那两扇紧闭的车门还是夹住了我的衣角。要是再慢一秒钟，说不定连腿脚、屁股，甚至整个人都会被门夹伤。

下车的地方是一个破败老旧村落的三岔街口，路边伫立着一棵长满"胡须"的大榕树，一半遮挡了眼前村落的高大牌坊，像一座雕像横刀立马骑在通往城中村的主干道上。牌坊看起来有些破旧，牌坊的浮雕上镶嵌彩绘的百鸟朝凤图案，白玉石框架结构，历代文人墨客题写的对联清晰可见，当年的街市繁华与牌坊的庄严威武气派隐约可见。街道两旁的杂草没过头，有些煞风景，狭窄的巷子里根本进不了机动车，只有摩托车、自行车可以穿行。交通十分拥挤，四周垃圾遍地，臭气熏天，绿化地带到处堆放着建筑材料，插花地交错搭建一间间不规则的铁皮出租屋。村外工业园区一栋栋崭新的厂房与城中村的旧房形成鲜明的对比，一条坑坑洼洼的村道与不远处的松柏大道交错相连。

路边简易的公交站台停满了摩托车。拉客仔十分猖獗，见有陌生人下车或在等车，就会一拥而上拉你坐摩托。他们之间互相争抢客源，为了抢生意不惜打起价格战，甚至还大打出手。这可能就是当时石岩镇最灰色的老村。当我到达石岩镇后才真正体会到老乡在信中再三交代说不要同陌生人说话的原因。

老乡早就在石岩镇客运车站等我。我通过转乘摩托车到达老乡所在的另一个村子，见面后除了拉家常，就是他询问我找工作的情况。老乡领着我到他的铁皮出租屋，异乡碰见老乡，分外亲切。想到近期找工作的艰难，我的眼泪禁不住流了下来。

老乡早已准备一桌丰盛的酒席，全是家乡口味的家常菜，几位老乡一起吃饭喝酒聊家常，有位胡子老乡端起酒杯正准备一饮而尽，突然侧耳倾听，说道："不好！有情况！"他屏住呼吸，耸着两只顺风耳，双眉紧锁，将脸静静地贴在门缝倾听，不远处传来对讲机的外放语音："东区、西区队员，都往这边来，全部封起，检查暂住证。"大胖立马放下杯中的酒说："不好，我身份证都没有。"话刚落音，他迅速起身跳起，推开铁皮屋后墙的窗户，两手抓住窗户框，双脚一蹲，两手用力一抓，翻窗跳下去，很快跑得不见了人影。刚才满桌子的老乡像老鼠见猫一样东躲西藏，个个都狗急跳墙只管逃命。有的往荔枝树上爬，有的往鱼塘跳水想游到对岸去，有的躲进本地人的厕所里。假如地下有个裂缝，他们都会钻进去。只要是能逃出去，不管用什么方法，他们都会去铤而走险。原来，老乡们出门忘了带暂住证，听到有村巡逻队员检查暂住证就紧张了，可能是以前无暂住证被抓被吓怕了。如果运气不好被他们抓到，找本地人或者是治安队的熟人，动用关系保出来要花两三百块钱，还要买几包好烟，甚至还要在酒楼摆一桌答谢他们。这些花费下来，一个月工资都不够。所以大家才那么害怕被抓到，只有少数老乡没有跑，他们是公司的高层管理，公司给他们免费办了暂住证。我也是第一次来到石岩镇，身上带有福永派出所签发的临时暂住证，所以不担心他们查证，心里庆幸自己早有准备，坐在那里一点儿都不着急。

不到十分钟，只听到隔壁猛烈的敲门声，还伴随着一阵阵对讲机传出来的嘈杂声音。只听见对讲机里不断传出："麦队，你们在哪里？过来这边，我们抓了好几个没有暂住证的。"不一会儿，治安队的巡逻车开过来了，那个头儿大声呵斥道："看你们一个个的形象，不是长头发，就是衣衫褴褛，一看就不像什么好人，把他们全部拉回治安队去，等待处理！"这时，巷子里热闹起来了，有的人听到对讲机声音早就开溜了，有的躲近附近的士多店里不敢出去，有的干脆把自己反锁在出租屋里，装出没人住的假象。几个治安队员轮番叫嚷着："开门！开门！里面有人吗？查暂住证的。"这样的大动作大阵势，人家不被吓跑才怪呢！他们一帮人挨栋挨栋地查，很快就查到我们跟前了，我也有些紧张。紧接着，他们就来到了我们吃饭的房间里。一大队人马，大约二三十人，把整条巷子塞得水泄不通。他们胳膊上套着治安巡逻红袖章，领头的光头队长瞪着眼，用广东话说："在屋的把暂住证拿出来，没有暂住证的站一边去！"我也拿出了暂住证，递给他们看，有个矮个子治安员惊讶地说："老大，这个暂住证是福永的，不是石岩的，再说又是临时的，只管三个月，明天就要过期了。"我当初也没有仔细看，更不知道马上就过期了。光头大声说："福永镇的暂住证在石岩镇不管用，你的到期了，明天就是 31 号，等于今天到期，跟我们走一趟吧。"这不是故意刁难吗？不都是同属宝安区管辖吗？隔壁镇的就不能用了？

我不敢同他们理论，毕竟确实要过期了。人家就抓到这一条，都会处罚你。紧接着，后面几个治安队员准备拉我出去上摩托车，这时老乡灵机一动，马上叫他们等一下，迅速跑到不远处的小卖部买了几罐健力宝硬塞给他们，满脸堆笑说："老大，帮个忙，我老乡刚过来，明天就去办暂住证。"高个治安队员拉开健力宝，边走边喝，打了个收队的手势，后面的治安队员跟着跑，去查下一家了。

老乡带我去附近的派出所办证，当我们出示身份证时，派出所工作人员很不耐烦地说："没办过吗？资料不齐，出去，下一个！"我们就这样被轰出来了。老乡又凑过去问："请问需要哪些资料？"对方瞟了我们一眼，说："村委证明、房东申请函。""这么复杂？"我同老乡说，"算了，我今晚就回福永。"老乡再三劝我，要我留下，说附近有好几家大公司招聘，待遇又好，工作环境优越，相关的保险福利都有。他说有个保安老乡同治安队熟，找他看看有没有办法。保安老乡说要买一条一百多块钱的好烟送给治安队熟人，马上就可以办好。出门在外，没有暂住证根本行不通，我只得咬牙将烟买了。暂住证很快就办好了。

在外打工，工作并不稳定，兜兜转转，我先后在多个地方工作过。2008 年，我再次来到石岩街道工作，那是一家台资厂。也许是运气不好，我晚上出去逛超市，坐城际巴士时把钱包弄丢了。钱丢了不重要，而身份证同银行卡很重要。责怪自己也于事无补，于是只能去补办。以前都是回原籍户口所在地的派出所办理身份证，舟车劳顿不说，还要请好几天假才能办好，在时间与金钱上都不划算。听同事说，现在办身份证不需要回原籍了。随着社会进步，一些惠民政策在逐步完善，这为我们在外务工人员节省了很多时间，省心省力。我也是第一次在异地办身份证，不知道能不能行得通。我心里也没谱儿，又担心手续烦琐，有打退堂鼓的想法。十多年前一次办理暂住证的事，让我一想起就后怕。想起回家办证也麻烦，只好硬着头皮按程序先在网上预约，约好是星期五的下午。又担心被工作人员刁难，我特地在美宜佳便利店买了两包硬中华香烟放在口袋里备用。

我坐车到石岩街道办证大厅门口。在门口看了又看，还是有些担心，战战兢兢走到门口，保安大哥同大堂值班人员礼貌地说："您好！请问您办证吗？有提前预约吗？如果有，请您先取号，然后在大厅等候。"我领了一张号码单，被大堂值班经理指引到前排位置坐下来，一边玩手机，一边不时盯着墙上的显示屏，等待叫号。屁股还没坐稳，工作人员端来一杯热气腾腾的茶水过来，他面带微笑，礼貌又客气地说："先生您好，请用茶，请您耐心等候，我们的工作人员会加快速度，很快就会轮到您的。"这句暖心的话，超过手里那杯热茶的温度。

我喝着茶，看着对面大屏幕的趣味动画片，大约五分钟，显示屏与喇叭同时叫我的号，我按捺不住喜悦，健步走上去，递上号码单，报上名字，只听隔窗的办证工作人员手不停地敲打键盘。一分钟后，工作人员把一份打印单递出来，要我核对信息是否正确。我认真地看了又看，确认正确无误后递给他，随手从口袋里拿出两包硬中华香烟递进去，以表示感谢他们的帮忙。没想到烟刚到窗口就被他们推了出来，工作人员马上起身，板着脸，很严肃地说："你这是干吗？贿赂我？想让我丢饭碗吗？"一连串的发问，把我搞得很不好意思，脸"唰"的一下涨得通红。满大厅的人一双双眼睛对准我，我尴尬得恨不能马上找个洞钻进去。

这时，从里面走出一位领导模样的人，他走到我的面前，语重心长地说："同志，你的做法是错误的，这样会损坏我们办证大厅的形象。现在新形势下，政府很重视民生，不让群众办事多跑路，简化程序，不许任何人以办证为由收受礼物。我们认真为民办实事，充分体现社会主义核心价值观。"听了这一席话，我很受教育，也有诸多感慨。领导又说："这次原谅你。下次记住，现在办理所有证件，不需要多跑路，集中在一个地方办公，就是服务于民。石岩街道是这样，全国都是这样。"

顺利办好身份证后，工作人员还细心地交代我，一个星期后会邮寄到我的工作单位。走出办证大厅，天上白云悠悠，我知道，暂住证带来的黑色历史，如风、如云，已然风流云散。

医者仁心

那是1996年的夏天，不知是水土不服还是其他什么原因，我的脸上一夜之间长满了红痘痘，连我自己都不敢照镜子。心里一紧张，心跳加快导致血压升高，而脸上就会变成茄子紫色，又像张裕的长城干红葡萄酒一样红。实在是太难受了。

在酒店一起工作的同事告诉我一个偏方：用苦瓜捣烂取汁擦脸上，或者喝徐其修凉茶。我是湖南人，喜欢四川的麻，湖南的辣，却不喜欢广东凉茶。嘴里说不喝，心里还是想试试。有时候实在痒得受不了，就用手去挤小痘痘，不挤还好，一挤就麻烦大了，脸上肿起来，还会出现大小不平的小疙瘩，更可怕的是里面流出很多黄颜色的液体，引来绿头苍蝇盘旋在头顶不走。脸上又痒又痛，饱受疾病的折磨。形象也毁了，自己看了都恶心。我再也没有了上班的心情。

我请假一个星期去看病。打听到福永镇上有一家“中山（中西医）诊所”可以治，于是前去咨询。护士说要看五官科。不是看皮肤科吗？我心中虽有疑问，但毕竟到了病急乱投医的地步，于是赶紧走进五官科大门。医生长着一张歪嘴，他双手戴上手套，左手拿着手电筒，右手拿着棉签，左右上下照一遍，又用棉签在我脸上不断按压，嘴里不停地自言自语："哎呀，哎呀，这么严重了啊！"医生对我说："你这是皮肤病，中毒了，要住院，先去办住院手续，观察一周再说。"我有些怀疑他的诊断，直接说："没有这么严重吧？"又同医生商量："我还没发工资，身上没多少钱，可以不用住院吗？"医生有些不情愿，却又因为我身上没钱，想来也榨不出更多的油水，就给我开了几百块钱的药，如：罗红霉素软膏、硫磺软膏、牛黄解毒片、双蒸米酒等。他做出一副神秘的样子叮嘱我："不要让别人知道你的药方，这瓶双蒸米酒可以杀菌消毒，效果很好的。"我按照他的方法用了两天药，病情不但没好，反而更加严重了，脸上肿得像猪八戒了。我越想越不对劲儿。第三天，天没亮，我就起床了，早早地来到中山（中西医）门诊等他，等到九点还不见那位歪嘴医生上班。难道他今天休息？我问导诊，她说不知道。直到中午十二点还不见歪嘴医生过来，再打听，原来是出了医疗事故，他已经闪人了。看来我脸上的痘痘也许要成为终身的标记了。

七天假期已经过去了三天，病情越发严重，我心里急得好像烧着了一团火。酒店的保安大叔见了我，嘴唇动了动，一副欲言又止的表情。我主动和他搭话，保安大叔说："我有个江西赣州老乡，在沙井壆岗卫生院上班，他是看中医的，你不妨去试试。"由于有了中山(中西医)门诊看病失败的前车之鉴,我心中有点拿不定主意。思考了一天，还是决定死马当活马医。我找保安大叔详细询问了去卫生院的路线后，从福永机场酒店出发，往酒店后面就是107国道，步行十几分钟就到了。在路边等到宝安到松岗的607专线巴士，坐到沙井新桥路口下车，再转乘新桥至沙井老街的新沙专线中巴。车上人多，很挤，如一桶密密麻麻的鱼。我还特地给孕妇让座，后面的年轻人贴身紧挨着我。我坐到塱岗村站下车时，那个年轻人也跟在我后面下车了，他还随手推了我一把，只是我当时没留意。我正准备询问路人找塱岗卫生院，没想到站台后面就是卫生院。别看是村级卫生院，远比我们老家的镇卫生院规模还要大，我心里暗暗佩服，特区就是特区。

走进塱岗卫生院，展现在眼前的是一栋三层的主体门诊大楼，院内种着花草的盆景，把小院布置得很别致，干净的小院左右两边都有楼梯可以上下。看标识，二楼是住院部、理疗室、X 光室、留观室、妇产科、注射室、中药房……我在导诊的指导下，在一楼排队挂号后，到二楼中医门诊去找医生，只见门口排满了前来看病的人，大约等了一个多小时才轮到我。医生叫我的名字，我立马过去，医生要我把门关上。因是夏天，里面有空调，我顿感周身凉爽，打量着眼前这位医生，只见他三十岁左右，戴一副近视眼镜，穿一件白大褂，看上去颇为严肃。他的办公桌面上放着台式电脑，黑白屏上闪着雪花点，字迹有些模糊。他面前还有一份小台历，这位医生姓刘，他面带微笑，轻声细语向我询问病情，让我如遇亲人。他详细地问了我发病前的工作环境、工作性质、作息时间、饮食习惯。他打开电脑，准备给我登记看病资料，需要我出示身份证，我随手摸了一下左边裤子口袋，糟了！钱包不见了！我这才想起刚下车时有个年轻人紧挨着我，还随手推了我一把。再看自己的裤兜底部，被刀片划了好长一条口子。这可怎么办呢？急死我了！刘医生轻声安慰我，说："我在这条中巴线上也被扒过一次。”我准备离开，刘医生叫住我问：“你记得身份证号码吗？”我连忙点头说“记得。”刘医生说：“不用担心，先看病，医药费我可以借给你，你方便时还我就好了。”感动得我说不出话来，只是一个劲儿地流眼泪。

刘医生继续帮我看病，用他专业的术语说：“你这是青春痘，热毒所致，不管它也会自然消失，只是时间会长一点儿。你还年轻，没有谈女朋友，正是爱美的年龄，所以建议你先吃几服中药，同时配药外用，先看看效果。如果有好转，吃完这几服药再来拿药，进行疗效巩固。”我同意了，刘医生开始帮我开药方。我瞟了一眼。记得处方单上写有：【清热、解毒、消肿】银花 30g、蒲公英 30g、桔梗 10g、当归 10g、连翘 30g、黄芩 10g、野菊花 10g、甘草 6g。

我拿着处方到中药房抓药，刘医生已帮忙付过药费。取了药，我再次谢过刘医生，就走出坚岗卫生院。走到公交站台，正准备乘车回去，突然想起药费都是刘医生帮忙垫付的，看来只能走路回去了。我顺着公交车来时的方向走，刚走到坚岗步行街的坚岗天桥下面，碰见查暂住证的治安队员。我是三无人员，刚好被他们逮着。治安队员根本不听我解释，直接把我拉上车。到了坚岗派出所，我和十几个人被赶进一个小房间里，直到晚上十二点，陆陆续续有人被接走了。加上我，只剩下三个人。我们又被赶出小房子，大院停了一辆封闭式的警车。那时候我没有手机，酒店座机号码又不记得，到了晚上十二点没人认领的三无人员，就要连夜被拉到惠州博罗县看守所去了。

我在博罗县待了三天，在监房里认识了一个湖南邵阳人，都是湖南老乡，聊得来。他被领出去时问我：“老乡，我要回宝安，你有亲人在宝安吗？我回去把你的事告诉他们，让他们带钱来赎你。”我告诉他酒店经理的名字。还好一切顺利，第二天，看守所将我放了出来。

回到酒店，同事们都在笑话我，说我看个痘痘还被抓进博罗看守所了。最倒霉的是，经理告诉我，这次赎我回来，罚款、看守所的生活费、去接我的来回车费总共花了八百块钱，用我一个月刚好八百块钱的工资抵扣。我一边上班一边根据刘医生的指导用药，十天的药很快用完了，我脸上的痘痘明显见好。我想把它彻底治好，又到处借了几百块钱去壆岗卫生院复诊。这次坐车，我格外留意，如母鸡护小鸡般小心翼翼地呵护着兜里借来的钱。到了壆岗卫生院，我直奔中医内科门诊，排队大约十分钟就轮到我了，一进门，我把上次刘医生垫付的钱还给了他，还特地给他十元利息，他说什么也不肯要。刘医生帮我检查脸部，又是上下左右看一遍，脸上露出笑容。刘医生告诉我：这次还是开十服药，但需要几味药，药量也有所调整。他低着头开药方，不一会儿，他把处方单给我，让我去药房抓药，并且交代我：“吃完这十服药，你的痘痘会自然消失，不用再来看了。”见他说得肯定，我也放下心来。又看了看处方单，只见上面写着：【清热、解毒】栀子 10g、连翘 30g、黄芩 10g、淡竹叶 10g、大黄 5g、黄连 5g、甘草 5g。

我拿着处方直接去中药房抓药，临走时，想和刘医生打个招呼，看他那里围满排队的病人，不好意思打扰他，于是提着药下楼了。十服中药吃完，我脸上的痘痘真的消失了。几年后，我有事路过沙井壆岗卫生院，顺便去感谢他。一打听才知道，他已经离职走了。

我非常后悔没有早点来看他，让心里留下这个遗憾。如今，多年过去了，我心里还一直感念刘医生精湛的医术和崇高的医德，也一直记得那两个中药处方单，我一直将它们珍藏着。我知道，那里面是一个医生对芸芸众生的爱。

缘来缘去

孵鹅的海鲜大佬

“哦呃，哦吼，哦……”一连串夹生的赶鹅吆喝声划破了揭阳凤凰山脚下的寂静。上千只“青年鹅军”浩浩荡荡蜂拥而上，跨过最后一道“防御工事”时，鹅军像一支反登陆空降神兵，秩序井然地扑向清澈见底的小溪，争先恐后地进行潜水、夺岛、反登陆等一系列备战演习。

他身高一米八五出头，头戴草帽，左肩搭上花格子衬衫，右肩扛着一根十米多长的细竹竿，一副地地道道的鹅古佬形象，一点儿都看不出他就是十几年前在深圳叱咤风云的水产批发行业大佬——郑文随老总。行业里都称呼他“阿文”或“海文哥”。阿文从深圳回到揭阳老家创业快三年了，他平日里全神贯注地望着小溪的出水口，似乎生怕有一只鹅翻越小堤坝叛逃。其实大可不必担心，这支鹅军的种蛋都是他挨家挨户收购来的。经过选蛋、孵化、育苗等环节，才有了这批鹅苗的雏形。山脚下一栋栋彩钢瓦面整齐排列的崭新鹅舍、孵化基地，占地至少三百亩。三面环山，山腰间坳头偌大的空地酷似篮球场，应是鹅军比武大练兵的“靶场”。为了办好这个孵化基地，阿文在人力、物力等方面花费了不少心血。

我与他是十多年的老朋友。2003 年，我在福永大洋田一家企业做后勤主管，负责公司食堂采购。刚来深圳，身边同事来自五湖四海,多种方言混杂在一起,同事之间如不说普通话,根本交流不了。当时的深圳以广东白话为主，我既不会听更不会说。我第一次逛海鲜市场，因买海鲜还落下一个笑柄。我用普通话试探着问价：“老板，这河虾多少钱一斤啊？”老板歪着脑袋，将我浑身上下扫了一遍，说：“呢唔识嘢乜？呢个系海虾来嘅，苟焖一根！”（意思是，你不懂看，也不识货。这是海虾，九元一斤）吊串串似的甩一句半截话，自顾自招呼别的顾客去了。市场做生意的百分之九十都是广东人，潮汕人占三分之二。我真的没听懂他说什么，涨红的脸渐渐变成猪肝色。为了保留最后一丝颜面，我假装听懂的样子，故意瞪大一双丹凤眼，反客为主地说：“九万一斤？什么虾这么贵？”老板有些不耐烦地说：“锁嗨！（傻子的意思）没搞错？你识不识得听吖？”他用鄙视的眼神望着我，无奈地伸出双手，简单地比画着。搞了半天，我不懂装懂地点点头。说心里话，我还真没搞懂。

阿文经常拿这事笑话我，故意取笑我说：“湖南头，不错噢！你的广东话比我讲得还靓，连我的潮汕家乡话也能听懂？欢迎你来我家做客，参观我的农庄。”电话中，他再三交代我，一定要带全家人来玩。我也忙，他约了多次，一次都没有成行。他经常找我聊天，打电话就像煲粥一样，要煲很久。我想，他是不是把我当成宝安之声 905 电台栏目主持人了？我们敞开心扉聊个不停，他尽情倾诉，好的坏的消息都有，我照单全收。

阿文是1979年出生的。他十几岁时就辍学了。经家族宗亲长辈们推荐，他跟着一帮老乡下广东、福建等地，他们习惯叫“闯西关”。先后在佛山、顺德、增城等地，跟着不同的师傅学艺，厨艺渐长。来深圳之前，阿文同老乡们在广州专包厨房。大排档、海鲜酒楼、高级粤菜会所、客家风情农庄，他都做过，算是比较成功的。潮汕人吃苦耐劳，他们祖祖辈辈传下来的生存之道，在娘胎里就接受了言传身教，将来是官是商，早已注定，别人根本复制不了。他经常给身边的朋友讲解潮汕人成功学的精髓：宁摆十元摊，不打百元工。

2002年3月，刚过23岁生日的阿文带了少许盘缠，瞒着家人偷偷来到深圳找工作。刚到深圳的他，对陌生的环境并不害怕，他有一位远房亲戚在深圳做生意，可以在亲戚家落脚，解决了当时的燃眉之急。大约住了一个星期，这期间，阿文也没闲着，每天早中晚都会去附近的酒楼、大排档、工厂企业门口转几遍，只要见到门口贴有招聘信息，他都兴奋地上前咨询、应聘。一次次碰壁，一次次失望，阿文有些沮丧了。冷静下来，他总结出广东厨师只能抱团取暖，讲究团队合作精神。如果没有熟人推荐或者同行带领，单枪匹马是很难应聘进去。阿文摸着瘪瘪的口袋，钱所剩无几，把衣兜翻个底朝天数了又数，还不够一顿早餐钱。没有找到工作，又不甘心就这样无功而返，心里不免紧张起来。亲戚也看出阿文的心思，他来的是时候，店里正缺人手。晚饭后，亲戚陪阿文一边喝茶一边闲聊，主动提出让阿文给厨具店帮忙，顺便学习厨具批发生意。怕阿文不动心，当面承诺：“老弟，只要你好好帮我，今后你想做生意，我会鼎力资助你的。”阿文打心底不想帮亲戚打工，只是寄人篱下，没有办法拒绝，只好勉强答应了，硬着头皮帮了几个月工。

那段时间，阿文不是送错单，就是搞丢搞坏货物，工作总不在状态。老板没有明着说他，但是从老板娘的脸上可以觉察到不满。阿文心里有压力和负罪感，他整天处在自责中，连话都不想说，更不要说有什么好心情。白天，他憋得难受，好不容易熬到深夜睡着了，又被隔壁房间一对新婚宴尔的小夫妻“咯吱咯吱”的床板声吵醒，之后翻来覆去怎么也睡不着。回想起以前在广州学厨师时，初入行站水台，整天有宰杀不完的海鲜。时间长了，宰杀技术突飞猛进。经常有人开玩笑说：“阿文，你处理海鲜的技术那么娴熟，不如自己去开个海鲜档。”阿文心里萌生了做海鲜生意的念头。

深思熟虑后，在老板生日晚宴那天，趁着老板酒兴恰到好处，阿文端起酒杯笑着对老板说：“姐夫，感谢你对我的照顾，以后有用得着的地方尽管说。小弟有做错之处，还望多多包涵。”老板是老江湖，听出弦外音，他瞪大眼睛，放下杯中酒，摇头说：“阿文，是不是嫌我给的工资低了？是不是我的庙太小，容不下你这尊大神？你放心，年底回家时，我会奖励你一个大大的红包，绝对让你满意！”阿文的脸唰地红了，结结巴巴地说：“姐……姐夫，你误会了，你们对我够好了，就是亲兄弟也不过如此。小弟对不住你们，我是想出去闯闯，独立去做生意。以前在广州做过厨房，每天与海鲜打交道，熟悉海鲜加工程序，想尝试一下自己做，只是手上没钱，想找姐夫借点本钱，你看……”话还没说完，老板满脸堆笑地说：“做生意是好事。你放心，姐夫以前说过的话，一定会兑现承诺的，你需要多少钱？”阿文知道自己的家底，不敢狮子大开口，只说借四千块就够了。没想到老板责怪道：“这点钱能做什么？你进货不用钱啊？宽钱窄用，放开手脚去干！”他迅速从黑色钱夹里面抽出一大沓钱放在阿文手里，拍拍他的肩膀说：“先拿着用，不够再说，不要说我们还是沾亲带故的关系，就是嘎几拉（老乡的意思），我也应该帮你，好好干！”

借到钱的阿文急忙跑到福永最大的农批基地水禾田海鲜市场，找到市场管理处，看都不看一眼就催着要办租赁手续，管理处人员见他这么年轻，善意地提醒他：“年轻人，做生意不是过家家！要考虑清楚了再做，签这合同不要性急，在这个市场做生意的人，我见的太多例子了，好则三个月，不好一个月，甚至大把一个星期卷铺盖走人的。”阿文只是腼腆地笑笑，他平时利用送货的空隙，多次扮成买菜的混进市场里面做调查，早就了如指掌。处理海鲜是他的强项，开档买卖海鲜还是大姑娘坐花轿头一回。阿文清楚，做好每一件事并不是想象的那么容易。如果你决心去做，那都不是个事。

可能是急于求成，第一天营业，阿文犯了一个不该犯的错误，也是人生中第一次获取的深刻教训。阿文在深夜把采购回来的海鲜用胶框分装好，注入淡水，没有按保持海洋鲜活要求安装增氧泵，放置冰块和海盐等。等到第二天营业，他傻眼了，胶框里的海鲜全部翻起大白肚，鱼身板硬邦邦的，全部浮在水上面，早已没有了生命的迹象，甚至部分鱼开始腐烂，发出恶臭味。第一次做生意就吃个大亏，犯了不该犯的错误，损失掉一千多块。

经过一个星期的试营业，阿文的店以亏损全部本钱的结果而面临倒闭。阿文说：“几千块钱在当时可不是个小数目，工厂员工加班加点，月工资才几百块钱呢！当时真想一走了之，考虑到是向亲戚借的本钱，家里还有待产的妻子，就拿不定主意了。就在开业的同一天，大女儿呱呱落地，按理说该高兴才对，想到生意做到这般田地，哪里还高兴得起来呀！如果继续做下去，也许会越陷越深，亏损更多的钱；倘若不做，接受一败涂地的现实，那就永远没有翻盘的机会了。”他痛定思痛，检讨自己的莽撞、自负，总结出这次失败的经验教训，决定再赌一把，凭借潮汕人的那股韧劲，他不信自己就这么容易被打败。阿文厚着脸皮找到厨具店老板，开口再借一万元。老板也给力，借到钱的阿文重新筹备，力图东山再起。

有了第一次的失败经历，后来的他在进货、保鲜、销售等方面做了大量的改进，切实做到万无一失，应了“聪明的人不犯同样的错误，哪里跌倒就从哪里爬起来”的古训。功夫不负有心人，经过半年努力，生意明显有了起色。阿文自信地说：“赚来的一万块钱，拿出五千块，买了一辆当时最贵最豪华的动力三轮车，把那辆陪我经历风雨的人力三轮车丢进了废品站，算是在深圳赚取的第一桶金吧。”

阿文好久没敢给家里打电话了，家人听说他在深圳做生意，老婆带着孩子同老爸一起从老家赶过来帮忙。做生意特别怕逢年过节，往往忙得不可开交，一天只能吃上一顿饭。有时候忙得连饭都没空煮，实在太饿了，就用煤油炉烧一锅开水，煮上一锅海鲜，蘸上生抽作料，凑合着吃。

第二年，二女儿出生了，阿文的生意一天比一天好，人手根本不够用，只得几次从老家雇请工人帮忙送货。那时候，光是送海鲜酒楼、大排档、工厂企业饭堂就有几十上百家。早上七八点钟是最忙的时间点，甚至忙得上厕所都赶罗。好运总是留给勤劳的人，可能是人逢喜事精神爽，只要生意好，再辛苦都感觉不到疲惫，人就像打了鸡血，精力充沛得很。2010 年，阿文已经是三个孩子的父亲，不但人丁兴旺，生意也做得风生水起，收入就不用说了。为了让全家安居乐业，阿文看好深圳的发展前景，在附近的龙腾花园买了两套三居室。眼看大女儿快升学了，又在宝安新城买了两套学区房，私家车不记得是第几次换装了。总之，一次比一次豪华，最终目标是想在深圳安居乐业。

2018 年，也是阿文几年经营中最兴隆的一年，外部环境有些微妙变化，不过对他的生意没有丝毫影响，客户不减反增，像是老天爷对他的照顾。天有不测风云，人有旦夕祸福。随着外部环境的变化，到了 2020 年 3 月，阿文见生意越来越难做，这么多年起早贪黑忙生意，也感觉有些力不从心了。这样的低迷环境，如果继续硬撑，可能会把这些年的老底掏空。形势所迫，促使他下定决心，转让所有的门店、海鲜档口，带着一家老小回农村老家。刚回到老家揭阳的他也不知道做什么生意好，想起以前做过厨师，何不把镇上自家铺面翻修一下做老本行？就这样，一家地地道道的潮卤餐厅开业了，主要经营潮汕特色炸肉卷、牛肉丸、潮卤凉拼、隆江猪脚饭等。

在老家开餐厅比大城市深圳开销少多了，阿文没有半点压力。按理说，生意应该不错。没想到老家生意也不好做，年轻人都外出务工，留下的都是老弱病残，外来流动人口少，经营几个月，餐厅就关门大吉了。还好这些年在深圳打拼，积攒了些家底，这点小生意亏得起。即使再富有，阿文也不想坐吃山空，还得找项目。一次，他受邀参加发小的生日宴会，酒席上都是生意人，有位朋友酒后吐槽："这几年，光是包山整地，投资基础项目就花光了所有的积蓄，眼看快有起色了，无奈资金链断裂，经营不下去了。"别人听了避而不谈，觉得这是个烫手山芋。可阿文听了却如获至宝，那可是千载难逢的好商机，当场拍板表态："我愿意与你合作，入股投资你的部分项目。"

第二天，他们约好在凤凰山庄见面。阿文提前赴约，先参观了农庄、果园、蔬菜大棚、黄牛养殖场、鱼塘，还有农家乐餐厅。这些都不是他想要的，他只对一片未完工的鹅舍养殖大棚有想法。

阿文说："当时想法很简单，从未有养殖经验的我，想体验一下养殖行业到底有没有搞头。最近几年，深圳的美食异军突起，大街小巷齐刷刷地涌现出各种特色的醉鹅火锅店，生意都不错。"阿文想到了养鹅，为重返深圳做准备。他每天早出晚归，大部分时间都往山上跑，整天抱着一堆养殖书籍啃。一边找人继续修缮鹅舍，一边整理孵鹅场地设施。经过一个月紧张有序的忙碌，鹅舍改造扩建基本完成。为了节约成本，阿文不打算采购孵化公司的现成鹅苗，决定亲自抱蛋孵鹅。这事他一直瞒着妻子。每天出门谎称发小给自己推荐了一份工作。他想着等鹅苗孵化出来后再告诉家里人，给他们一个惊喜。怕走漏风声，他索性把被子和生活用品搬到凤凰山庄。

阿文初步预设了好几套孵化方案，评估哪种孵化方法成功率高。他按书本上的要求，精心挑选鹅蛋。鹅蛋孵化前，进行个头筛选、消毒、创面检查等。箩筐摆放整齐，每个箩筐里面撒上一层米糠碎，然后把鹅蛋放进米糠窝里的固定位置，铺上一层厚厚的稻草，在每个箩筐上面挂上一盏日光灯，孵化前期工作算是人功告成。孵化鹅苗对环境、温度要求相当高，必须保持在37.5℃—39℃之间。温度低了，鹅蛋胚胎出现冷壳，达不到孕育条件，出苗率低；温度高了会烧坏胚胎，导致鹅蛋内出现死胚胎，也会造成出苗率低下。孵化进行一周后，需要把鹅蛋睡眠姿势翻转方向，左手举着鹅蛋，右手拿手电筒照着鹅蛋下半身孕肚部位，从上到下仔仔细细地检查鹅蛋内部变化。

两个星期很快就到了，为了方便照看鹅蛋，阿文索性把被褥铺在两条箩筐中间，与鹅蛋同吃同住同睡。持续孵化两周后，关键在第四周，正在孵化的鹅蛋可以用手电筒照出鹅苗胚胎在里面转动，随时有破壳而出的可能。孵化进入最后一周，从半夜开始，那些小鹅幼崽用嘴啄开蛋壳使劲往外钻，有裂缝的地方就是鹅蛋最薄弱的地方，轻轻挤一下，小鹅幼崽自己就爬出来了。

阿文看着小鹅苗在箩筐里蹒跚地走着，那种成就感难以言表。他赶紧掏出手机给老婆打电话："老婆！快，快上凤凰山庄，我……鹅生了！"老婆被突如其来的一通电话吓傻了，以为丈夫这些天不回家出大事了。家人们都替他担心，相互转告后一起上了凤凰山庄。见到满屋子的小鹅苗，大家心里的谜团解开了，所有的秘密已不再是秘密。家人们也支持理解他，老婆主动要求跟着上山帮忙打理鹅场。喂养了一个月，眼看鹅苗渐渐长大，村里村外都在为他做活广告，提前订购他的鹅苗，看样子，这批鹅苗会顺利出栏。

满月后的小鹅苗不停地催食，两个半月时间，一只半大鹅可以长到十来斤重，最小的都有七八斤。阿文掰着指头算账，再等一段时间，这批成年鹅出栏，可以赚得更多。白天看着鹅崽活蹦乱跳的，才一夜工夫，第二天早上，阿文打开鹅护栏正要喂食，发现鹅崽少了好几十只。阿文留心起来，连续几天都这样。他开始怀疑起来，莫非是被黄鼠狼叼走了吗？他紧张起来，这可不是小问题。当他跑到鹅舍一看，啥都没有。又翻到鹅舍后山上一看，被眼前的场景吓一跳，原来那些不见的鹅全部躺在杂草丛中，上前一探，早就断了气。阿文打电话给镇上畜牧兽医站的医生，医生很严肃地说："你的鹅可能感染禽流感了，如果不马上深坑掩埋处理，后果很严重。你剩下的鹅就保不住了！"挂断电话，阿文两腿颤抖，全身上下一点儿力气都没了。

阿文只得带着工人，迅速将死去的鹅深坑掩埋，又将健康的鹅转移到安全地带隔离观察，最后对鹅舍进行全面消杀。几十万块钱的投入，如果不抓紧采取挽救措施，可能全部打水漂。政府得知情况后也做了一些善后慰问工作，他们找到阿文，给他讲解养殖注意事项，只要按规范操作，养殖场还是可以继续办下去的。半年过去了，阿文重新开始孵化鹅苗，有了前车之鉴，后面的事就容易多了。在失败中总结经验，把孵化技术不断优化提高，阿文创造了一年孵化多栏的纪录，成活率高达百分之九十以上。正如文章开头所说的，他每天坐在小溪头凉亭里，监视着鹅军的一举一动，忙里偷闲泡壶工夫茶，刷抖音、听潮剧、哼小曲，不知有多自在。

我以为他乐不思蜀，没想到他在电话里说："湖南头，等我农庄盘活了，生意走上正轨，就找人接手，我还要回到深圳的！"

电镀调出"香卤皇后"

"老板娘，给我三斤酱香鸭，十五块钱的柠檬鸡爪。"

“给我来五斤酱香鸭掌，另加二十元的米椒口水鸡。”路边，一辆载着各种卤菜摊子的三轮车被一群大爷大妈们围得水泄不通，他们七嘴八舌地抢着买卤菜，把整条街都吵醒了。一位身材高挑，戴着“香卤皇后”红色太阳帽的大姐，胸前系着一条印有“香卤皇后”图案的花格子围裙，她做着生意，还不忘给卤菜打广告，用扩音喇叭不停地喊：“爷爷奶奶，叔叔阿姨们，你们不要急！一个个来，大家放心，我家里还有存货，保证人人都买得到。哎！好的！稍等！马上就给您称！”她一双白嫩的手握着斩刀，在砧板上切、斩、拍、拌，一系列动作显得那么娴熟。我透过攒动的人头缝隙，一眼认出她是高樊英。做事还是那么干练、麻利，不减当年。记得樊英上次在电话里说：“段师傅，能帮忙开个卤料包秘方吗？”这次回家，特地来拜访她，看她到底在做什么。我事先没有通知，也是想给她一个意外惊喜。

我与樊英2006年在兰溪谷一家电镀公司相识，那时她是间金部主管。一次老乡生日聚会，樊英告诉我：“早几年在老家集镇上建了一栋两间两层临街门面房，离县城不到五公里，属城乡接合部，等老了退休回家做点小生意。”没想到十几年没见，她真的兑现了所说的话。看她那忙得不可开交的样子，我也不好意思去打扰她。等到她卖得差不多了，我才上前和她打招呼。樊英也认出了我。突然造访搞得彼此有些尴尬。我站在她眼前一动不动。她呢，右手习惯性抓着镊子，左手不知道放到哪个位置好，手在身上摸来摸去，好像那只手是多余的。为了缓解尴尬气氛，我开玩笑地说：“樊英，不对，应该叫你樊总。生意不错啊！做这么大的生意，也不告诉我一声？”“什么老板呀！摆个地摊，跟要饭差不多。哪像你，一看就像个大老板，一身名牌，还开着豪车，是深圳回来的土豪，多羡慕你！”樊英红着脸，还不忘调侃我。客套几句后，我们拉起了家常。樊英告诉我，2020 年元旦，公司领导找她们这些老员工谈话，说这几年国际环境不好，外贸订单要么减少，要么全部取消，公司经营困难，已不堪重负。为了保存实力，只有裁员。

早几年，所有到了退休年龄的老员工，只要身体健康，公司都会签订返聘合同。樊英在公司服务二十年了。她是 1999 年进入这家电镀厂的，刚开始是在水镀部门上挂，经常看见电镀师傅用各种各样不知名的化学药水瓶子在一间暗房里进行色码比对配色，把配好的原料再倒入蓝色胶桶里。用一根特殊材料的棍子搅拌均匀，分别倒入每桶水镀缸里。插上电源，把浑身长满刺一样的挂件架子沉入水镀缸底，设置好时间，等报警器亮红灯后，穿上防化服，按顺序一个个提起来，再放入下个水镀桶进行复镀浸染。最后进入上挂部门的自动流水线，转入烘烤车间。经过自动化流水线烤炉，下一个环节就是冷却处理，再取出挂件打包，转入收发部出货。樊英在水镀部上挂三年，晋升调入真空镀膜部门，虽然工序差不多，但品质要求更高。真空镀膜有一定的技术含量，听公司老员工说：“能进入真空镀膜部门的，不是学校专业对口的学生，很难进的，你是老板浙江同乡，不具备这两个条件，想都别想。”

樊英做事能力强，在真空镀膜部门三年间，很少有退货和返工现象，她年年都被评为优秀员工，这也为她积累了升职调入间金部门的资本。樊英刚进间金部门时心里没底，总怕出错，经常利用休息时间请教老员工。以前在上挂、真空镀膜等部门也学到一些东西，所以她上手快。工作不到一年时间，勤奋好学的樊英又被破格提升为间金部组长。这个职务也不是一般人能够胜任的。她在间金部门十年如一日，从一名组长晋升到部门经理，一路吃了不少苦头。

樊英回想起刚来广东的情景，那是 1988 年，第一次出门还算顺利，她进入广州振兴制衣厂，年纪小又没技术，只能从事简单的剪线头工作。印象最深的一次是赶货加班，组长为了照顾自己的同乡，把轻松简单的活儿分给同乡做，把脏累的活儿留给樊英做。樊英觉得不公平，气得直跺脚，一时冲动忘了手上还有把剪刀，她怒气冲冲地往办公室跑，直接找主管理论。谁知主管见她手上有把剪刀，不但不安抚她的情绪把危险降到最低，反而激怒她，在办公室当着大家的面装出一副受害者的样子，狗仗人势地嚷嚷："你！你想干什么？不要乱来啊！做错了事还不能说你，你这是想造反了吗？"他这么一番操作把整个写字楼的管理人员都吸引来了。老板也从里面办公室走出来，不分青红皂白，狠狠地训了樊英一顿，指示主管马上处理。得到老板授权的主管，气焰更加嚣张，说："没想到你小小年纪这么有心计，做事偷奸耍滑，还想倒打一耙，信不信我马上扣你工资，炒你鱿鱼？"樊英哪里受得了这个羞辱，扔掉手上的剪刀，头也不回地直奔宿舍，三两下收拾完行李，破门而出。

刚走出宿舍门口，出于同情的同事们都挽留她说："小妹妹，忍忍吧！你斗不过他们的，谁叫主管也是他们的老乡呢！"樊英离开制衣厂，通过老乡介绍，到东莞寮步佳佳鞋厂上班了。樊英说："在鞋厂工作也不顺利。刚进去，主管特别照顾我，总安排一些轻松的工作给我做，整天跟在我的屁股后面，说教我做鞋模。同宿舍工友说，鞋厂最核心的技术是鞋模开发，如果能被分到鞋模部门，那是中头彩了。鞋模部门福利好，职员是双人间宿舍，包吃包住，工作轻松，加班又多，还是空调车间。老板经常出差回来，带一大包零食分给鞋模部门的员工，让其他部门的员工羡慕得要死。特别是流水线女工，想方设法接触鞋模部门的男工，攀上关系，以便搞内调进入鞋模部门。”

樊英天生丽质，身材高挑，主管心生歹念，打着小算盘硬是把她弄进鞋模部门。工作中，主管经常与她同桌吃饭，总是把自己干部餐的好菜夹到她碗里，当时确实让其他女孩妒忌不已。一个周末，主管拿着一束花，鬼鬼祟祟地来到女工宿舍，恳求她说：“樊英，今天是我生日，想请你吃个饭，可以吗？”樊英想到平时主管对她很照顾，没有理由拒绝，就答应了。她心想，不就是吃一顿饭吗？况且肯定不止请我一个人。没想到，一桌子的好菜从头到尾就他们俩吃。主管软磨硬泡骗她喝了几杯红酒，趁她有些醉意时，扶着樊英就往隔壁招待所拽。樊英机灵，假装烂醉，趁主管到前台登记时，谎称尿急要上厕所。她在招待所楼上楼下故意兜了好几圈，见后面没人就走侧门跑了。主管费尽心机，哪晓得煮熟的鸭子飞走了。

第二天早上，樊英上班没有进车间，而是直接跑进经理办公室提出辞职，她不好意思说出实情，只能撒谎说家里有急事要回家。其实她是想逃出魔爪，跑到深圳投奔二妹去了。说到这里，樊英有点小庆幸，至少没有让主管的阴谋诡计得逞。如果当时她没有反抗的话，可能是另外一种结局。

我问樊英：“为什么会摆卤菜摊？”她有些难为情地说：“到饭点儿了，不如我们找家餐厅边吃边聊吧。”客随主便，我们在附近的餐厅坐下，樊英边点菜边说：“提起做卤菜，真是一言难尽。当初退休回家，也有些迷茫，不知道做什么好。”樊英在深圳待的时间比在家的时间还长，除了会做工厂的事，其他什么都不懂。平时吃饭在公司食堂，长这么大，她基本没有烧过火做过饭。到了家里，太闲了，整天在家追剧，突然插播一则广告说：某某香卤创意公司长期招生，专为返乡农民工再就业提供技术扶持等项目，包学包会，包就业。樊英就是被这广告吸引住了。

第二天，樊英打电话联系上了那家公司，然后收拾简单的行装乘车去长沙参加一个星期的系统培训。培训后，她回家筹备开业的事，锅碗瓢盆等厨房用具很快采购完毕。卤菜最重要的是卤水，卤料包、食材，一一配齐，万事俱备，只欠东风。在厨房里，樊英一手拿着书，一手拿着勺子，嘴里不停地念着操作程序口诀，机械地放料。开张的第一天，所有制作成品原封不动地拉了回来。那些成品颜色不是浅得像萝卜花，就是深得像藏青土花布。口味要么咸得像打破盐罐子，要么像白开水无色无味。出摊前樊英还信誓旦旦地说："我的香卤菜，不是我吹牛，不等推出去就会被抢购一空！"通过一个星期的调试，樊英每天推出去卤菜都原封不动地拉了回来。樊英把自己关在房间里，翻笔记，反复做试验，就是达不到想要的效果。樊英有些窝火地说："当时真的想放弃不干了，考虑到学费就花了几千块，包括前后七七八八的投资，差不多三万块了，就这么半途而废，还是有点心不甘。"

一次晨练，听经常碰面的两位老大爷说，他们退休前是在国有企业上班，年轻时是从农村招聘进去的，从农民转换成工人，除了会种田啥都不懂。后来在工作中，出现好多技术上的难题，都是靠在农村生活中积累的经验，受到启发后解决的。樊英受到了启发，她慢慢回忆起一些有价值的线索，想起电镀师傅配色的过程，那卤菜的卤料包调配，也可以类比进行吧！

说干就干，樊英买来电子秤，把卤料分别按标准分量称好，食材也按一定比例下料。准备好卤锅，按程序先卤鸡、鸭、牛肉，再卤素食豆干，这样调出来的卤水色香味俱全，卤香四溢。半年过去了，樊英的卤水越做越好，每天的营业额节节攀升，经常有回头客打听她的香卤秘方，诚心拜她为师。生意好了，她对质量的要求更高，原材料采购必须是农家散养的家禽产品，调料要求精选纯野生的香料。每天开卤前，所有荤素食材严格按标准验货，必须要亲自掌勺调卤。

樊英的卤菜技术进步很快，不断开发新的菜品，俘获更多人的胃，局面渐渐打开了，香卤名气越传越远。有人问："你的卤菜这么好吃，那个卤料配方叫啥名字？"说心里话，连她自己也说不出叫什么。培训班学习的那点技术根本不够用，这个香卤配方算是自创吧。也有人建议："你的卤菜营销这么受欢迎，入驻门槛不高，定位地摊经济模式，投资少，见效快，收益高，技术简单容易掌握，最适合低收入家庭、贫困户、残疾人，留守妇女还方便照顾一家老小，是返乡农民工再创业的首选。"在报名学习和加盟的统计名单中，是以女性为主，所以大家都建议沿用"香卤皇后"这个品牌。

推出不到一年的"香卤皇后"，已经拥有众多加盟合作伙伴，切实解决了不少家庭创业和就业难题。照此发展下去，不久的将来，全国所有的城市里，大街小巷都会有"香卤皇后"品牌的门店。

樊英做梦都没想到，在电镀厂这些年没有白混，还能歪打正着成就一番事业。她把这次创业成功归功于深圳这个大熔炉，如果没有深圳的工作经历，她决不会这么快解开卤水调制的秘方。她最大的愿望是把一切安排好了，再次回到她魂牵梦绕的深圳，看看曾经的厂区，见见旧同事，爬爬凤凰山，重温立新湖晨跑，再次吹吹海风，感受一下那股咸腥味道。

电子专业玩转服装设计

快递员一通电话把我的晨梦打碎："您有一份国外包裹需要本人签收！""神经病！这么早打电话，是谁吃错药发错了单？我哪里有海外亲戚？最近也没有买进口货啊？"蒙眬中，我自言自语地说。老婆唠唠叨叨地说："信你个鬼，还不是你自己下的订单，你在抖音、京东、淘宝、唯品会等平台，哪个不是买一大堆？要是这些平台不给你颁个'购物狂人奖'，都有点对不起你！"老婆的话连讽带刺，散发出浓浓的火药味。

我漫不经心地打开精致的礼品盒，里外三层包裹得严严实实，打开后，原来是一件冰丝运动背心。外包装是一串我不认识的密密麻麻的字母。看不懂寄件人的信息，内附一封信。打开信封，是简体中文开场白："段大哥，你好！离开深圳几年了，特别想念你，感谢你对我的关心与照顾，永远铭记在心。记忆最深的一件事是2010年6月，找了几个月工作的我连吃饭的钱都没有了，抱着试试看的心态给你打个电话，问你是否有适合我的工作。你在电话里并没有刨根问底，也没有客套婉拒，一个劲儿地用关心的口吻说'兄弟，赶紧过来，什么都不要说'。就这样，我们一见面，是你让我饿了快两个月的肚子吃了一餐饱饭。要不是你收留我，我可能早就沦落街头了。我知道你喜爱运动，把自己新开发的样品送给你……"

满满的两页纸，都是一些不足挂齿的陈年小事。如果他不提起，我早忘到九霄云外了。他怎么还记得那么清楚？信的最后落款是：你的好兄弟黄延军。

是江西老表黄延军的信。几年没联系了，原来他跑到国外去了。这位“八〇后”小伙子，一下子又让我回想到了2006年。那时，我在深圳美佳盛电子公司做厨师长。黄延军是刚毕业的大学生，通过人力资源中介公司，以劳务派遣形式送到了这家公司，他应聘的是电子工程师。毕业季，招聘新员工多，宿舍不够用，公司宿管临时安排他住进了我的房间。我们俩相处一年多，他给我的印象蛮不错，勤俭节约讲卫生，勤奋好学又求上进。刚进公司那段时间，他还没有完全摆脱老家的陋习，冲凉拖拖拉拉，关门声响太大。一口浓浓的赣州客家口音，和谁说话都不改口音。工程部经理是香港人，听不懂客家话，也不会说普通话，他们交流时产生了不少误会和隔阂。黄延军随时都有被炒鱿鱼的可能。

有一次午饭后，我像往常一样帮饭堂打扫卫生，经过包厢，看到几个部门主管在聊天，谈话中几次提到黄延军的名字。我不是有意偷听的，可他们聊的每一句都对黄延军不利。晚上回到宿舍，见他在看书，我不好意思打扰他，只是侧面挑个话题暗示他。从那儿以后，他每天不管多晚下班，总会拿起小人书一样的小本子，边看边学习广东话。他还关注本地电视台，对着屏幕上的粤语，学习简单的广东话。功夫不负有心人，不到半年时间，他的广东话提高很快，与广东人或香港人交流时，一口纯正的粤语听不出任何杂音。如果不是他自报家门，别人还真以为他是地地道道的本地人。语言障碍消除了，人际关系搞好了，工作也顺心了，相应职位也升高了。

黄延军从最初的电子工程师升职到部门主管。这个职位，一般技术管理层要工作满三年以上才能得到提拔，他用了不到一年的时间，比火箭上升速度还快。

第二年春节刚过，黄延军神神秘秘地跑到我的配菜间，他环视四周，把手搭在我的耳边说："大哥，有件事帮我把把脉。我同学刚才打来电话，说他们公司急招一名工程部经理，与我所学的专业完全对口，最重要的是，工资要比这里高好几千块呢！"我不好发表意见，怕不当言论影响他的判断，只能给些建议与忠告："这是好事啊！但要打听清楚，你刚提升主管，业务方面还不太熟练，有待提高。如果你觉得可以胜任，就放手去干吧！"黄延军听了我的话，下午上班就去办公室找经理递交了辞职书。经理也没有强加挽留，客套一下，很快就批了。他知道深圳不缺人才，大把人才削尖脑袋往里钻。

黄延军离开公司后，偶尔会利用出差的空隙回来看看我，有时候电话短信问候一番。2014 年 8 月，我收到黄延军的短信，说他已经辞职回江西老家了。具体原因他没有说。自从他回老家后，我与他的联系越来越少。那年中秋节，他又发短信给我："大哥，近来可好？"我及时回复了信息，顺便问他："老表，你怎么选择回家发展呢？你同学那里不好吗？"他迟疑了一下，回复我说："在同学那家电子公司，刚开始还是可以的，从工程部经理做到生产厂长，公司做大了，管事当家做主的人自然就多了，难免会产生矛盾。"

介绍他进公司的老同学，后来调到采购部任经理。在材料质量要求方面，黄延军很有原则性，他发现这位同学采购的电子元件不但价格高，而且质量还很差，每次验货都出问题。她总想利用同学关系蒙混过关。如果他收了她采购的货，产品质量出了问题谁担责？拒收吧，她会说他存心与她过不去，没有人情味，还会说他忘恩负义，不识好歹。他夹在中间，左右为难。

这几年，黄延军也积攒了点钱。可喜的是，他在公司遇到一位家乡的女孩，并且成功追到手。没多久，他们就领证结婚了。一年后，喜添可爱的女儿。老婆娘家搞新农村建设，黄延军想搭上顺风车，所以决定回家创业。辞工回家的黄延军夫妇承包了老家村里三百多亩稀土地，最适合种植赣南脐橙。理想是美好的，但现实很骨感，黄延军想用先进的果树栽培技术来处理这些稀土地，老丈人故步自封，千方百计阻挠，还倚老卖老地教训他："稀土山不用投资太多，别浪费钱。果树是野生的，年年都会挂果，这么多年都是这样过来的。"黄延军明知拗不过他，暗地里买些相关书籍，按书本上写的，并在网上请教农科院专家，偷偷在果园里埋肥、剪枝。他懂技术，管理到位，第一年，脐橙就获得大丰收。

黄延军把采摘来的头果还给我发了几箱尝鲜，味道相当不错。他头脑灵活，利用在深圳工作时学到的外贸经验搞起互联网，把赣南脐橙放在平台销售，采用线上线下双管齐下的方式，三百多亩地的赣南脐橙在几天之内就销售一空。他还帮周边的果农销售了一部分，促成他们抱团取暖，成立果农合作社，销售、管理、资金周转方面都有了保障，改变了他们运用多年的传统销售模式。

有的人目光短浅，忌妒心作怪，见不得别人比自己好。他们怕这样运作，以后啥事都得听黄延军指挥，自己的收成也会落入外人手里，所以动起歪脑筋把刚成立的合作社解散，还找个令人哭笑不得的歪理由说："你不是本村原住民，不得承包山地。"并且强行终止了承包合同。黄延军肯定不服，找老丈人询问合同情况，老丈人支支吾吾说不出个所以然，一再追问下才道出实情，当初没有同村里签订租赁合同，老丈人看都是乡里乡亲的，只是口头答应承包给他，都是张三五亩、李四六亩登记起来的，压根就没有什么白纸黑字的合同。

哑巴吃黄连，有苦说不出。没有了山地，黄延军的心也空了。他在家无所事事，老婆一家人对他的态度也来个一百八十度大转弯，婚姻走向分裂的边缘。

2018 年清明节后，是他人生最低谷。以前在深圳很要好的同事龙辉掘地三尺地在朋友圈中找他，他浑然不知。分开后，彼此都换了工作环境。倒霉的是，他回家后把手机弄丢了，以前所有电话号码一个都没找回来。能够与龙辉联系上，还要感谢那个长期冬眠的 QQ 号。以前在公司收发邮件都是用 QQ 邮箱，龙辉也是想碰碰运气，试着登录了 QQ 邮箱并给他发了一封电子邮件。黄延军闲得无聊，去镇上网吧上 QQ 才发现这封邮件。龙辉那时在越南已经发展得很好了，刚好越南公司要扩大规模，急招高级管理人才，条件是必须懂中文。龙辉第一反应就想到了好朋友黄延军。收到留言的黄延军马上与龙辉取得联系，龙辉给他说明情况，要他去准备资料，帮他办理赴越南的签证。不到一个月，签证办下来了。

刚到越南的黄延军，面对新的环境，新的挑战，好像当年闯深圳的情景再现。语言不通可以学，管理方面他可以举一反三，可专业知识他是两眼一抹黑。一个电子设计工程师，面对一家很有实力的内衣品牌企业，以前与电子元件打交道，现在是摆弄一堆布料。黄延军从网上购买了许多国内外有关服装设计的书籍，他挑灯夜读，查字典、做笔记，先做足理论功课。实操设计方面还要从零开始，首先学习绘画基础知识，设备的专业技能等。从来没有碰过缝纫机的他，也要在公司参加车位培训课程，从最简单的三角裤、胸罩等内衣开始设计。

经过两三年的努力，黄延军从基层管理做到中层管理。很快就升职到公司内衣设计部高级设计师。黄延军不但技术过硬，语言方面也很有天赋，越南话、英语，都说得很地道。他每次在电话里都反复提到："如果当年没有大哥的帮助，就没有我黄延军的今天。感谢大哥在我学习广东话时的鼓励。后来，我学习越南话，也是采用同样的学习方法。"

越南上班时间比较短，一般是早上十点到下午四点，晚上基本不加班。偶尔赶货，最多也只能多加一个钟头，几乎一年都轮不到一回。越南人是慢节奏重享受的生活方式，他们不像中国人，一辈子不是做子女的奴隶，就是做房奴。越南人不买房不买车，一家一辆摩托车就满足了。发了工资就是吃吃喝喝，也不存钱养老。

虽然在越南发展不错，但他还是想念在深圳的日子，暗自发誓："深圳！我一定还会回来的！"每次挂电话前，都不忘诚恳地邀请我去越南看他，顺便感受一下异国风情。

城乡爱情

1999年，我来到离深圳机场不远的桥头村求职。曾听人说，在桥头村，不愁找不到工作，遍地都是工业园区。他们还真的没骗我，这里的工厂比老家水沟里的“革命草”（湘北水乡河里的一种水生植物，繁殖特别快）还多。我顺利地进了玉庆眼镜厂，凭借多年的工作经验，还混了个后勤主管的职位，管着几百号人的伙食。

饭堂建好没多久，老板采纳我的建议，对饭堂进行了大刀阔斧的改进，达到了卫生、安全的标准。公司租赁的是工业园区内一栋独门独院的厂房，偌大的工业园区只有一家公共大饭堂，但菜品质量差、油水少。更滑稽的是，洗碗都不用洗洁精，随便冲洗一下完事。工人意见很大，却从来没人出面处理。

玉庆公司的主要业务是做眼镜表面装饰材料，属于政府招商的“三来一补”企业。老板庄先生有位远房亲戚早年去了香港，通过多年努力打拼，有了自己的企业，也积攒了一大笔财富，可惜没有继承人。庄先生辞去了老家体制内的体面工作，跑到香港投奔那位远房亲戚，他是最早一批移民香港的新港人。庄先生的太太王小姐老家是云南的，他们俩又是大学同学，两人结婚后，她去了庄先生的福建老家工作。她为人低调，和蔼可亲，特别关心员工的生活起居。她与庄先生都是从内地过去香港的，刚开始也在工厂打工，深知员工的疾苦，总想着帮助大家。他们很早就有建立公司饭堂的计划，因厂区内一直找不到合适的地方，折腾好久，见厂房挨着围墙之间有块插花地，于是搭建了一个简易厨房。工业园区内也没有配备员工集体宿舍，只有到离厂区两公里的桥头村租本地人的农家院作为员工宿舍。

我第一次来到桥头村，远远看见村口竖着一块占三分地的招牌，上面镶嵌着“桥头村”三个烫金大字。我以为桥头村就像江苏华西村一样，是全国闻名的富裕村。其实，桥头村并不是我想象中的富裕村，也不是家家户户住别墅、开轿车。除了小区门口两栋村委办公大楼还算高大，其余全是参差不齐的老院子、搭肩楼、握手楼等，屋内所有陈设还保留着20世纪80年代中期的样子。看上去，有的墙皮已经脱落，外墙瓷砖有脱落后留下的痕迹。不过再怎么差，比起我老家的房子，那简直是天壤之别。

老村的房子还保留了早些年小渔村的影子。这些房子都是用石头垒起的地基，用青砖、三合黏土夯筑的内置墙体。这种房子坚固，冬暖夏凉。一般以独门独院、单间两层齐顶的格局为主。屋脊面与沟瓦都是用黏土、精灰、糯米、稻草等原料调和制成的，固若金汤，能抵挡十二级台风。一般在大门角落放一把木制长梯，两手扶着楼梯，可以轻松上到二层的阁楼。不知是南方人的建筑风格，还是基围人的镇宅风水安排，每家庭院都设计一口大小不等的水井，也称之为天井。仔细看这些建筑的结构，还真是传承了古人的大智慧，藏着防火、排涝的学问。

每家每户门前都种上几棵荔枝、杧果、龙眼等果树，增添了几分岭南庭院的雅致。树下堆放着各种废弃已久的渔具和基围人以前农耕时用过的各种农具。最打眼的还是偏房角落里，那种20世纪六七十年代产自上海的凤凰、永久牌双杠载重自行车。荔枝树下拴着好几只大黄狗，后面跟着一群狗崽，见有陌生人进来，狗们两眼放绿光，摆出一副张牙舞爪、穷追不舍的架势，谁都不敢越雷池半步。

在玉庆公司，我每天的首要任务是为公司采购食材。每天早上六点，我准时起床，做好早餐后，踩着那辆没有遮雨篷、没有刹车、没有铃铛的人力三轮车，哼着走调的小曲，悠闲自得地去桥头综合市场买菜。从公司到桥头综合市场有一段距离。市场门口有几棵大榕树，各种小摊小贩的青菜都在那里兜售。海鲜水产类、肉禽类、粮油、蛋奶、干货类等，一应俱全。

那时的桥头村有一些荒郊闲置的土地，还没有被村股份公司拿去开发建成商业街、工业园区。他们把荒郊野岭、滩头、鱼塘、低洼沼泽地整理出来，种上辣椒、茄子、葫芦瓜、西红柿、蕃薯、小白菜、空心菜等。种出来的菜除自给自足，剩下的送人或者挑到桥头综合市场那棵大榕树下面卖。大榕树下不是谁都可以摆摊的，只有本地人在那里，市场管理员不但不收他们的摊位费，还要帮他们维持秩序。他们经常故意压低菜价，整得其他摊贩没的做。因此，市场内外时不时打起价格战。我碰见这种好事总是偷着乐，做饭堂采购的我巴不得他们打价格战，这样可以为公司节省一些开支。

我买菜时有个习惯，到菜市场后不急于买菜。先去吃个早餐，然后再去菜市场内外转悠几圈。一是观察菜价，二是看有哪些新菜上市。一般来说，市场内的青菜明显比大榕树下的贵。我先把肉类采购好，然后跑到大榕树底下买便宜的青菜。有一天，我有事耽搁了，赶去菜市场已经很晚了，大榕树下的菜贩子都走得差不多了。正准备到市场里买高价菜，这时见大榕树下有两位老人还守在一堆空心菜旁。他们身体很是虚弱，似乎一阵风都能把他们吹倒。阿姨见到我，脚步蹒跚地走过来同我打招呼："靓仔，买菜吗？"看上去，她年龄最多五十岁，但见她左眼正常，右眼失明，眼珠被严重下垂的眼皮遮盖住了，只留下一丝缝隙，眼角堆满了眼屎，正好填埋深深陷下去的眼窝。一脸皱纹，脸上满是泥浆，可能是拔菜时溅到脸上的。一口牙齿像碾米槽上的轱辘七上八下，好几颗已经提前下岗了。左右腿极不对称，右腿明显比左腿短一截。一双长满老茧的手，手里紧紧握着一根拐杖，一边整理青菜，一边不停地向过往的行人兜售。眼睛看似正常，但眼神呆滞无表情。她用乞求的眼神望着我。

另一位大叔看起来更像个老铁匠，驼背，胡杨一样的身躯，干瘪瘪的。曾经，他也是家人遮风挡雨的参天大树，现在连喘气都显得虚弱无力。大叔上前，用商量的口气对我说："靓仔，帮帮忙吧！就剩这点空心菜了，虽然不中看，但我可以便宜卖给你，我也好回家吃早餐。"我看了一下时间，都快十点了，别人都在准备中饭了，他还没吃早餐？如果我选择拒绝，真有些不忍。我看了看他筐里的空心菜，长像确实难看，也不新鲜，叶面上的虫眼像筛子，千疮百孔。如果买回去，我肯定会挨骂的。我一边看一边摇头，想趁机逃之夭夭。

阿姨早已看出我的心思，她上前拦住我，用我听不太懂的土话央求我说："靓仔，菜是自家种的，你不要看有虫眼，也不用害怕，这恰恰证明是没有打过农药的。如果你见到菜叶表面无虫眼，是青绿色的，绝对是含农药比重高的菜。这种菜连虫子都不敢吃，你还敢吃吗？我不是王婆卖瓜自卖自夸，我们老两口种的菜，你放一百个心，吃了以后还会再来买。我的青菜，没有使用半点化肥，全是施农家有机肥，在全深圳，都难找到这么好的菜。”阿姨的一番话打动了我，觉得她说的也不无道理。瞬间，勾起了我对过世多年父母的想念，他们何尝不是这样艰难度日？我不再纠结，把老两口的青菜全部买了下来。自那以后，我天天去光顾他们的菜摊，每次都把他们所剩的菜一扫而光。这样持续了好长一段时间。

有一次，我得了重感冒，连续请了几天病假，一上班就迫不及待地去大榕树下。刚走近摊位，却不见那老两口了。他们从来没有缺席过，今天这是怎么回事？我想，难道是家里出事了？还是我来得太晚了？一连串疑问在我脑海里打转，让我有些担心起来。我不死心，又扫了一下摊位，一眼就认出那个旧菜筐，只是旁边多了一位二十多岁的年轻女孩。她蹲在那里一边整理菜叶，一边不停地叫卖：“走过路过，千万不要错过，青菜无论大小，都是一元一把。便宜卖，亏本卖了……”她的叫卖声有些创意，吸引了好多人围观。看她相貌平平，脸颊两块颧骨高高耸起。一副眼镜遮住了她的一双丹凤眼，齐肩的秀发，牙齿像搓衣板崎岖不平，牙龈裸露，使得上下嘴唇打不着照面。脸上坑坑洼洼，还镶嵌着密密麻麻暗红色的青春痘，我都不敢正眼看她。

难道大叔的摊位转让给她了吗？我正准备调头往市场里面走去。卖菜女孩的两只眼睛直勾勾地盯着我，她丢下手里的菜，一路小跑追着我喊：“老板，老板，请问您是天天在我爸妈这里买菜的那位段师傅吗？”我迟疑一下，反问道：“我都不认识你，你怎么知道我姓段？”女孩连忙解释说：“不要误会，我不是骗子。今天真不巧，我妈妈的腿病又犯了，爸爸陪她看医生去了，临时叫我来出摊。老爸特地交代过我，只要看见穿玉庆公司厂服买菜的人就是您。还要我算便宜点卖给您，有钱没钱都可以把菜带走，等他们回来后再结账。”我不再多问，买下摊位上所有的青菜。打好秤，装上车，我按市场的菜价付足她的菜钱。她接过钱数了好几遍，好像我少给了钱。几十秒后，她从手中抽出一张五元纸钞，硬是往我的上衣兜里塞，说：“老板，您就把这钱收下吧！这是给您的早餐钱。”

这是贿赂我？我坚决不要。不管我怎么推让，她还是坚持将五块钱强塞在我的手心里，我拿着钱又反塞在她的手上，两个人就这样推来推去，谁都不肯先松手。这下引来看热闹的人越来越多，他们也不知道发生了什么事，一窝蜂地凑上来看热闹。其中有个差不多二百斤的胖婶用阴阳怪气的语气对女孩说：“阿英，买菜的是不是你男朋友？小伙子长得好帅噢！你真有眼力，抓紧了，不要让他给跑了，啥时候请大伙儿吃喜糖啊？”话刚落音，阿英的脸红了，像一串紫红色葡萄。她的身体颤抖起来，不知如何安放自己。她一会儿抓头发，一会儿又去扯衣角，结结巴巴地说：“胖婶，不是的，不要乱说。他是天天买我家菜的客户。”看她脸上的表情，倒是没有生气。其实，她完全不用理会这些闲言碎语，也不用刻意去解释，这种事，越描越黑。后排摊位的独眼龙大叔也用调侃的语气对我说：“湖南仔，我的菜比她家的新鲜多了，你天天买她家的菜，是不是图谋不轨？正好她家没有儿子，你可以去做上门女婿，马上就成深圳人。”我听得怪不好意思，气冲冲地回骂了他一句：“关你屁事！咸吃萝卜淡操心。我还喜欢上你家闺女呢！”他自讨了个没趣，只好草草收拾菜摊，灰溜溜地走了。看热闹的人围得水泄不通，此地不宜久留，我拉着一车空心菜，迅速离开了是非之地。

从那天开始，好长一段时间不见老两口出摊，都是阿英一个人在那里卖菜。我害怕见到她，更害怕那些摊贩，他们总是拿这事当笑料。每次称菜时，我都不敢正眼看秤，更不敢去看阿英，总是低头不语，匆匆结账就走。等到老两口再次出摊已经是半年之后了。久违的相见，我感到十分的亲切，他们俩迫不及待地询问："我女儿没有为难你吧？你对她的印象如何？"一连串的追问把我搞得不知如何回答。老两口突然调转话锋，相互对视一下，异口同声地说："小段，你今晚有空吗？请你到我家来吃个便饭，感谢你一如既往地照顾我家的生意。"

突如其来的邀请，让我不知所措。就凭每天在他家买几十斤青菜，就要请我吃饭？真没必要，怕是另有原因吧？我不知道该不该答应。拒绝人家，有点儿打脸；去了，又怕是鸿门宴。正左右为难，突然灵机一动，自以为很高明地推脱说："阿姨、大叔，谢谢你们的美意，今晚公司要加班做夜宵，真的来不了。"老两口哪里相信我的谎言，他们早就摸清楚情况了，我们公司从来不加班。他们再三叮嘱我说："不用担心，我们又不是老虎，怕吃了你不成？等会儿派阿英去公司接你。就这么说定了。"

晚上七点，我故意躲在厨房不下班。不一会儿，保安队长刘天明屁颠屁颠地跑到厨房门口大声喊："段老大，段大厨！快出来，有个本地靓妹找你！看不出，你竟是个闷头鸡儿啄白米的家伙，连本地妹都被你泡上了。你是走狗屎运，马上就要当乘龙快婿啰！再不快点出来，人家生气走了。我问了她，她说是来找男朋友的！"

刘天明真会瞎说，不当导演真是埋没了人才。我装出若无其事的样子说："不可能，你不要骗我了。我从不同女孩子打交道的，更不要说本地女孩子。"刘天明见我不信，一把拽着我就往厂门口跑。他指着门卫室旁边那个穿着粉红色连衣裙子的背影说："你看看，我没骗你吧？成功以后记得请我夜宵，有好事不要忘了我噢！"其实，我早就猜到是阿英来了。她也透过玻璃窗往里面看，见我从厂区走出来，快步迎上来，有点难为情地大声说："大佬啊，我老爸要我接你到家里吃饭，你好大的架子噢！"我连忙摆摆手说："不好意思，我都说了不用客气，我已经吃过饭了。"说完扭头就想溜走。阿英见我要逃跑，硬是堵在门卫室门口。正是员工下班的时间，厂门口聚集了好多人。同事们相互交头接耳，你一言我一语，说啥的都有，场面很快失控。我感到进退两难，真想找个地洞钻进去。为了不失体面，我只得硬着头皮，爬上她的摩托车后座。

阿英的家是老式平房，占地面积不小，加上四周大大小小的房子，有好几百平方米。家里好像刚修缮过，外面还堆放着一些零散的建筑垃圾。左边的大房属正厅，右边是两间大房改成的一套小三房。堂屋中央摆放着一张红木茶几，上面有一台二十一寸彩色电视。外墙刷得不够均匀，还有巴掌大的红砖面裸露出来。院子里除了一辆女式踏板摩托车外，再无其他贵重物品。大厅正前方的供桌上，堆放着香蜡、纸钱、酒杯、水果等供品。桂花树下的大黄狗死死地盯着我，像是把我这个不速之客当成了小偷，见我要踏进屋子，一个纵身扑过来，差点撕破我的衣服，吓得我魂飞魄散。

阿叔手里拿着一根拳头粗的木棍，朝着大黄狗大声呵斥几声，大黄狗乖乖地蹲下身子，跪舔那只放有猪骨头的盆子。阿姨早已摆好满满一桌丰盛的饭菜，还有一坛广东客家黄酒。老两口见我到来，笑得两个眼袋都在跳舞。摆菜放筷子颇有讲究，他们非要请我坐上席。还没等我坐稳，碗里已经堆满了白斩鸡、螃蟹、扣肉、基围虾、碌鹅等硬菜。几杯黄酒下肚，我有了些许醉意。老两口直奔主题，阿姨一本正经地提问："小段，你家里有几口人？兄弟姐妹几个？"大叔接过话茬儿问我："在广东习惯吗？"阿姨又抢着问我："你父母年龄多大？身体咋样？"我担心他们刨根掘地三代都不够，可能还要深挖祖宗一百〇八代才会罢休。不管他们怎么问，我还是隐瞒了父母过世的实情。老两口对我的回答十分满意，阿姨挪了挪凳子，紧挨着我坐下，大声对我说："靓仔，把你父母接到广东来吧，我家有好多房子。"

说实话，她家条件确实比我家强多了。阿英比我大两岁，还没有找对象。阿姨着急地说："阿英上面还有两个姐姐，前几年都出嫁了。遗憾的是，我们老两口没有儿子，现在想把阿英留在家里，招个上门女婿，等我们老了好有个端茶递水的人。"阿姨怕我不答应，拍着胸口说："不要看我现在就这几间破房子，乌龟壳子有肉的。你放心，每年村里按人头还可以分得好几万块钱的红利。我们老两口的生活费不用你们管，百年之后的事也不用你们操心，村里自有安排。"老两口眼巴巴地望着我，就是在等我一句准话。我也犯难了，不知道该怎么回答。论长相，我真的看不上阿英。论条件，那是一个天上一个地下。如果入赘，简直就是天上掉馅饼，放牛娃做皇帝，祖坟冒青烟，是天大的好事。我的心一下子迷茫起来，不知道是喜还是忧。换了别人，可能求之不得，我却怎么都高兴不起来。

我偷偷瞄了一眼坐在对面的阿英，她满脸绯红，眼角荡漾着幸福的鱼尾纹。我想起自己家里的两间破瓦房，再看看阿英家的条件，对我来说简直是咸鱼翻身，跳出龙门了。又担心老家亲朋好友说我贪图荣华富贵，没了骨气。还怕入赘了没有自由，时刻要夹着尾巴做人，抬不起头也说不起话。如果有一天，婚姻走到尽头，我将净身出户一无所有，哪里还有什么颜面回家？一番思想斗争后，还是觉得婚姻大事不能建立在金钱的基础上，为了自己的终身幸福要慎重考虑。

我婉言谢绝了他们的好心撮合，从阿英的家里走出来。老两口蛮自信地安慰我说："靓仔，你回去再考虑考虑。我家离你公司近，以后上下班也方便。我屋前屋后这么多房子和土地，将来征收了，政府得补偿不少钱，都是你们的。难道你还想回老家种地吗？"阿叔还特意让阿英送我回去。从她家到厂里顶多两里路，我俩却走了将近两个小时。平时健步如飞的我怎么也走不快。一路上，我俩一句话也没说。她几次张口，像有话想对我说，话到嘴边，欲言又止。我劝她早点回去休息，她却说："爸妈交代过，一定让我送你到公司门口。"

从第二天开始，我再也没去大榕树下面买菜了，大叔一家似乎也明白了我的心思。再次与阿英见面是在村委治安队。一天晚上，我独自逛桥头老街夜市。走时匆忙，忘了带暂住证，刚好撞上巡防队员查暂住证。真的大白天碰见鬼，怕什么就来什么。每次出门都带上暂住证偏偏不查，今天破天荒头一次忘了带就撞在枪口上了。算我倒霉，只有跟着他们去桥头村委治安队。半小时后，一起被带进来的人陆陆续续都被领走了，里面只剩下两三个人了。我心里越来越紧张，听他们说，没人来领的话，会被派出所送到惠州博罗、东莞樟木头、韶关等地的收容所做苦力。我脑袋空荡荡，一时半会儿也想不起跟谁去联系，突然想起同事说过的话："只要你认识本地人，说出他们的名字，你就会被放出来。"慌乱中，我想起了卖菜大叔一家人，于是向门口看管的治安队员说出了阿英的名字，对方上下打量我一番后，说："你真的认识她？她家住几巷几号？"我准确地说出了阿英家的详细地址。

治安队员还是不相信，他走进办公室，对高个子队长低语一通。十分钟后，阿英果真来了，她向治安队员打招呼说："他是我男朋友。"她进去签完字，我立马被放出来了。阿英早已站在治安队大门口，她骑在摩托车上等我，这是我第二次坐她的车。摩托车速度有点快，我怕从车上摔下来，本能反应，两手紧紧抱住她的腰。阿英有点得意，想在我面前显摆她的车技。车时快时慢走在一条小叶榕的村道上，弄得我俩前倾后仰，我的前胸与她的后背零距离接触。我能感觉到她的心跳，一股暖流像电击一样迅速扩散到我身体的每一个部位。我感觉自己体温急速上升，心率加快。我第一次近距离与异性接触，心里特别紧张。

阿英把车开到水库大坝上停下来，她侧身坐在水库围墙下的石凳子上，拿出几张散发出花香的小纸巾擦拭了一下，示意让我坐上去，以免弄脏了我的裤子。阿英先坐下来，我还傻傻地站着，她轻声细语地说："我有这么可怕吗？陪我坐一下没关系吧？"我还是有些胆怯，心想，坐一会儿有什么？况且人家刚刚把我捞出来，这么快就过河拆桥也说不过去。我壮着胆子，挨着她坐下。这时，阿英顺势往我身边挪了一下，头有意倒向我的肩上。我没有挪身子，阿英更大胆起来，整个身体都压过来了，用温柔的口吻问："段师傅，上次去我家，我爸爸妈妈问你的事，考虑得怎么样了？自那天起，好久都没见你去买我家的菜了，是不是我父母让你为难了？”

“没有，真的没有！”我努力辩解。

“其实，我早就猜到你不喜欢我，我知道配不上你。”阿英说。

“也不是。是我高攀不起。”我违心地回答她。

“其实我家条件也不咋样，只是占了改革开放的地理优势。在本地人当中，我家条件算是最差的了。”阿英实话实说。

“不会啊！我觉得你家的条件很不错了。你没去过我老家，我还是住那种土坯房。”我极力向她解释。

“我不在乎你的家庭条件，我是喜欢你的人啊！你不但长得帅，人又聪明可靠。”阿英夸赞我。

“可是，可是我……”我一时语塞，找不出用哪句话搪塞她。

阿英更大胆地伸出左手拉住我的右手，我像被电击了一下，本能地抽回去。阿英又伸出右手过去拉我的左手，我的心跳得厉害，生怕小心肝都会迸出来。我用手不停地抚摸胸口，尽量把心跳降下来。阿英有意识地把头靠过来，把脸贴着我的脖子。我感觉她的心跳也在加速，很想轻轻推开她，一股女人独有的香味扑鼻而来，想推开她的手又缩了回来。突然，一只纤细的小手从我的后腰伸过来，死死地掐着我肚脐处。阿英想趁热打铁，把刚才救我的人情驾驭在我俩的感情之上。她更加放肆起来，索性搂着我的头，把两片滚烫的嘴唇严严实实地堵住我的嘴巴，两个人的唇贴得严丝合缝，堵得我差点窒息。初吻就这样“交代”了。她压向我的身体，我随之侧倒在平坦的小坝上。数不清的毛细血管都在伸张、沸腾。紧张、压抑、兴奋使我一时间不知所措。

“我们结婚吧！”阿英突然冒出一句话，把我吓一跳。我用力推开她，嘴里不停地说：“不，不，我们不可能的！”然后不顾一切地向宿舍跑去。

我害怕阿英还会找上门来，没过多久就离开了玉庆厂，离开了桥头村。

十年过去了，我再次回到桥头村，回想起那段往事，有些愧疚，也很想再去看看当年卖菜的叔叔阿姨一家。当我走进桥头新村村口时，却找不到当年的路了。原来，成片的老房子早已不见踪影，全部盖起了高楼大厦，到处是合围式的高档住宅小区，每个小区都设有门禁岗亭，还配备专业的管理人员。我本想上前打听一下，可话到嘴边又收回去了。这时，我的内心五味杂陈，有些失落，不由感慨物是人非。又觉得不恰当，明明是物非人也非。

老有所依

一线员工

我与吴忠大叔相遇是在2017年清明节后的一个星期天的早晨。

一场清明雨把吴大叔每天坚持的晨练打乱了。那天，我也不知道哪根筋搭错了，鬼使神差地比平时早起了半个钟头，还没等手机闹铃响起，就一骨碌爬起来草草洗漱完毕，穿着拖鞋，撸着裤腿就往楼下跑，不到五分钟，我就到店门口了。开锁、拉门，将卷闸门用力往头上顶，好不容易撑起一半，一声“噼啪”响雷把我吓得赶紧丢掉半开的门，像遇到山洪决堤，拼命往里跑，躲进挨着墙壁的冰箱角落。这时，雨水仿佛编织了一匹密不透风的麻布，将整个天空封得不见一丝光亮。突然，一道闪电把密不透风的麻布划开一条口子，就像一块钢化玻璃被敲碎后错综复杂的线条。不远处，有个人影在晃动，雨雾弥漫了眼睛，看上去有些朦胧。紧接着又是一道紫红色的闪电像挣脱缰绳的牦牛撞向墙体，震得天花板吱吱作响。那黑影若隐若现，慢慢朝我这边移动。揉揉眼，再仔细看，像个人影，但又不敢确定是什么。也许是风的作用，把那个疑似人形的影子吹到我的视线里，原来是一位年约五六十岁的大叔，他左手提着绿色购物袋，右手下垂，两脚走路一瘸一拐的，看样子也想加速前行，只是苦于身体缺陷无法做到。我赶紧冲出店门，冒着雷雨和闪电把他扶起来，本想拉着他一起向前冲，轻轻拽了一下，拽不动，原来他的右脚是陪衬，完全没有动力，只能靠左脚拖着走。我只好陪着他在雨中漫步。一阵暴风雨掠过，吴大叔主动告诉我，他儿子就在附近的公司上班，老婆在给儿子带孩子。早上出门还好好的，怎么突然就下起雨来了？看表情，他有些沾沾自喜。他说，每天早上，老婆起床第一件事就是给他做好早餐，装好生活必需品。我看着大叔的袋子，里面有不锈钢保温桶、纸巾、雨伞、矿泉水、收音机，还有一部旧手机。有意思的是，手机套末端用红头绳子系好，顶端用红头绳拴在裤腰带上，另一端放进购物袋里。乍一看，还以为大叔藏着啥宝贝。看来，他老婆为了照顾好他，还是花了一些精力和心思。

大叔叫吴忠，五十五岁，老家在湖北十堰，1994 年来深圳。刚来深圳时，寄宿在老乡那里，吃住都有些不便。一个月以后，好不容易等到老乡的公司招聘，经老乡介绍进了宝安一家灯具厂做杂工。那时候进厂对年龄要求比较严，他已超过招聘的年龄，还是老乡花一个月工资请主管在餐馆吃一餐才进去的。大叔说：“刚进厂半年，我做事很认真，也很勤快，部门主管很喜欢我。”慢慢地混熟了，大叔不想做杂工了，几次找主管申请，要求调到其他部门学技术。主管并没放在心上，只是说，等有机会马上推荐你。一晃，大叔又在厂里干了好几年，终于等到了调动的机会。那是 1999 年，公司业绩异常好，需要添置一批设备，工程部缺人手。人事部规定不对外招聘，优先考虑公司内部员工，也就是内招。只是那些岗位早就有大把人盯上了，他们时刻关注着公司的动向。大叔生怕错过好机会，三天两头往工程部跑。大叔这几年工作表现好，做事能吃苦，主管也支持他，顺利通过了申请，又很快办好了转部门手续。

大叔到新的工作岗位后，比以往更加努力了。为了学好维修技术，他常常加班加点，甚至连春节都没有回家，自愿留厂值班。转眼到了2008年，大叔将维修部的技术都学会了，许多技术难题都能自行解决。一天早晨，他像往常一样准点上班，可那天有点奇怪，部门主管比平时提前半小时来了。大叔还以为自己迟到了，他低着头，神情紧张，悄悄顺着墙角小心翼翼地溜进维修部。主管没等部门人员到齐，早早地分配工作任务。大叔只好硬着头皮来到主管面前，低着头，吞吞吐吐地问主管："主管，不好意思，我今天迟到了。我的任务是什么？"原来，主管还是照顾吴忠大叔的，给他安排了一位新同事，要他多带新同事。

新同事叫阿灿，负责新车间滑动吊车的安装工作。这种活儿，大叔平时做得多了，然而这位新同事却不喜欢这份又脏又累的工作。可能是因为从来就没有接触过，加上责任心不强，如果大叔不带他做，他就像根木桩杵在那里。大叔不与年轻人一般见识，也不去领导那里告他的状。大叔是过来人，知道这些年轻人心里想的是啥。大叔忙前忙后，还多次自告奋勇地对主管说："这份工作，我一个人都可以干，新同事帮我扶梯子就好。"于是，大叔哼着《纤夫的爱》这首经典老歌，慢慢爬到梯子最上层，屁股坐在梯子中央，左手拿着老虎钳，右手拿着螺丝刀。要想把一块大铁柄钉在楼顶还是要力气和技巧的，大叔弄了半天竟没装好设备，他反反复复看产品说明书查找原因，拆了又装，装了又拆，最后勉强装上了。就在大叔准备下梯子时，意外发生了，一块几百斤的铁疙瘩重重地砸下来，不偏不倚正好砸在大叔的头上，铁柄同铁架压在大叔身上，被压在地上的大叔一动不动，头上顶着铁疙瘩，满头都在流血。旁边的同事吓傻了，半天说不出话来，还是车间搞卫生的阿姨看见，大声喊："不好了，出事了！"原来，头顶上的螺丝不够深，不给力，哪里承受得起数百斤的重量！

等吴忠大叔醒来，他已在重症监护室昏睡了二十八天。一直在他身边陪护的妻子告诉他："当时情况紧急，公司打电话说你出事了。眼见就要收割的水稻都顾不上，我买一张硬座，从湖北十堰就来深圳了。"大叔说，他老婆到医院时，看见他在重症监护室插着氧气瓶，腿一软就晕倒在监护室门口，还是值班护士手疾眼快，马上喊来医生进行急救处理。家里的顶梁柱倒了，能不急吗？

大叔醒来后，睁开眼睛看四周，却不说话，有点像植物人。老婆金阿姨觉得天塌了。如果长期如此，家里两个小孩的生活费与学费谁负责？儿子上高中，女儿上初中，正是用钱的时候。金阿姨从家里出来，急急忙忙的，也没带啥钱，就从大叔的妹妹那里借了两三千块钱，怀着忐忑不安的心情来到医院收费处，交还是不交？金阿姨没了主意。反正来这么久，医院还没催交医药费。半个月过去了，金阿姨每晚睡觉前与早上起床后都要摸摸内衣的小口袋，看带来的钱还在不在。又利用上厕所的机会，偷偷解开内衣，找到小袋掏出来数，然后原封不动地放回去了。每天不看一次，睡觉都不踏实。

大叔的伤情诊断结果出来了：脑严重损伤。当时进行了开颅手术，命是保住了，但右侧半边身体失去知觉，也就是偏瘫。以后行动会不方便，甚至失去生活自理能力。金阿姨听到这个结果，顿觉晴天霹雳，整个人都要崩溃了。这时，公司领导来医院看大叔，当着金阿姨的面说："这种事情，谁都不希望发生。事已至此，公司会负责。公司事先为大叔买了保险，目前正在申请工伤鉴定。"听到这话，金阿姨特暖心，心头稍安。

医院的治疗有一套完整的方案，大叔在医院住了三个月，伤情虽重，但仍有可能康复。第二步骤就是居家休养与恢复锻炼，以观后效。大叔离开医院做了半年的居家恢复，最后到公司办理工伤事宜。幸运的是，公司一切手续齐全，给职工买的保险也按规定及时缴费。

大叔恢复锻炼一年后，觉得好了许多，回公司办了交接手续，公司上报的工伤很快批下来了，公司还将全体员工的捐款交到大叔手里。从此，大叔与公司没有任何关系了。走出工作多年的公司，大叔心中很是不舍。后来，大叔在社保部门办理了工伤伤残评定。到了社保局才知道，原来社保局已办好了大叔的一切手续，第二个月起，他就可以享受政府的伤残福利待遇。大叔说，当初领取工资是两千两百元，每年以百分之二十的比例增加养老保险。几年过去了，大叔每天坚持徒步锻炼，状况比几年前好多了，当年的中年男子也变成白发苍苍的老人。大叔的养老金可以领到三千五百元一个月。虽然落下了残疾，但是看着每个月打入账号的数字，心里还是有些慰藉。通过这次事故，大叔逢人就说："还是深圳好！政策与福利让我都很满意，这也是我们外来务工人员的一份保障。现在，我在深圳坐公交、地铁，参观博物馆都不用花钱，热门旅游景点门票更优惠，象征性收一点儿。无论走到哪儿，都会有红马甲主动提供帮助。”

雨停了，吴忠大叔准备赶往他每天去锻炼的小公园。看着他渐渐远去的背影，我衷心地祝福吴忠大叔健康长寿。

城市美容师

大清早，财哥的朋友圈发了几张住院照片。我颇感惊讶，他前几年不是回家了吗？怎么在深圳住院？然而，他的朋友圈定位显示“深圳市宝安中医院。”

我连忙用微信视频跟他联系，却始终连接不上，我不禁有些焦急。又等了十分钟，财哥接电话了，他声音微弱，有气无力的样子，我不便继续问下去，简单问候几句就挂了电话。第二天上班，我还是惦记着这事，熬到中午下班已经是下午两点。我急急忙忙跑到福永市场买了一些新鲜水果，找个拉客的电动车把我送到福永地铁站，钱都忘了给，又风风火火地去赶地铁，拉客师傅也没反应过来。过机场北、T3 航站楼，经碧海湾站，到前海湾站下车，再从 11 号线换乘 1 号线到灵芝站下地铁。出站还要过两个路口，步行十五分钟才到宝安中医院。

宝安中医院距离我家并不远，我来深圳多年，却不知道具体位置，一边走一路向过往行人打听。到了宝安中医院大门口，见很多车辆堵在马路中间，难道今天是星期天？怎么这么多人来看病？我在心里问自己。大家密密麻麻地排着队，等待检测体温，进去拿号。我走进宝安中医院大门，老远就闻到一股呛人的中药味。再次拨打电话，财哥说他在住院部“华佗楼”肛肠科。

按财哥指引，我顺右侧走几步就到了华佗楼一楼，转了一圈没找到电梯，后来问保洁阿姨才找到电梯位置。四部电梯都在运行。十分钟后，一号电梯稳稳地停下来。电梯门缓缓打开，里面有一副担架，担架上躺着一位重伤员，表情十分痛苦。听他那呻吟声，让人好心疼，等他们都出来了，我才进去。随电梯直上，显示屏上的楼层数字不停地跳动，几分钟就到了八楼，那里加装了一道铁栅门，有门禁感应锁，输入密码才能打开。我正在着急喊是否有人开门，财嫂出来了。她从里面开门是不需要密码的。一进门，看见财哥穿一身白底天蓝竖条的住院服，脸颊消瘦，眼窝都陷下去了，他右手插着吊瓶。见我来了，起身要同我打招呼，我连忙上前按住他的身子，扶着他躺下。看财哥脸上的笑容，就知道他挺开心的。还没等我细问，财哥紧紧拉着我的手不停地摆动，嘴唇微微颤抖，就是说不出话来。几年不见，财哥消瘦了很多，可能是被疾病折磨的吧。财哥同我大哥是拜把子兄弟，我大哥认他父母作“干爸干妈”，故而财哥待我如亲兄弟。我们老家在同一个县，却在不同的镇，两镇之间相隔一条河。还在老家时，我们并没有接触过。1997 年，我从福永一家公司离职，一时没找到工作，手里的钱不多了。我大哥打电话告诉我，财哥在宝安，有困难可以找他帮忙。我抱着试试看的态度拨通了财哥的电话，说明当时的处境。他二话没说，要我收拾一下马上坐车到宝安去。我在那里一住就是一个多月，财哥财嫂每天大鱼大肉好生招待，那无疑是我的幸福时光，有点乐不思蜀的感觉。后来，财哥把我推荐到宝安城管办下属单位上班。说起来，财哥还是我的恩人。

躺在病床上的财哥，特别希望有人陪他聊天，拉家常。财哥是个有故事的人，他的经历可以写一本厚厚的书。他本名彭信财，湖南澧县人，1975 年，二十岁的他应征入伍，服役于中国人民解放军海军南海舰队，在海南一待就是五年。在部队时，他负责维修舰船，退伍回家在等待安排工作期间，在老家乡镇企业的水泥厂开车。两年后，县退伍军人安转办安排他到县福利院残疾人棉被厂开车。由于老家企事业单位工资低，财哥想到自己在部队学的一身维修手艺没有用武之地，一股冲劲儿就冒上来。1993 年春节，他收到一封来自深圳宝安的信件，是广东梅州的战友写的，说他现在深圳宝安工作，问财哥是否愿意来深圳发展。看到信，财哥恨不得马上飞到深圳去。把家里的事安排妥当，财哥只身来到深圳，战友见面，又搂又抱。战友把财哥推荐给一个填海工程公司。当时，沙井镇的民主、和一、蚝三和福永镇的塘尾、和平、新和等村都是浅海，围海鱼塘靠近 107 国道，附近有零星的工业园区，大部分都是荔枝园、养猪场、垃圾堆，到处杂草丛生，到了晚上，蚊、虫、蛇吓得人们不敢出门。

财哥所在的公司负责填海，政府要在那里建设工业园，财哥还是干老本行，负责填海工程车队的维修与保养。来深圳一年多，除了刮台风不能作业，其他时间吃喝拉撒都在工地上。深圳长啥样，财哥还没见过。出了维修工地的院子，就是一望无际的芦苇草与荔枝林。光顾这里最多的是蚊子。

深圳的天气变幻莫测，好好的天儿说翻脸就翻脸，台风一声不吭地搞突袭，财哥的填海工程车队只好暂停作业。一想到来深圳这么久还没进城区看看，正好趁台风过后有积水不能作业出去看看。

第二天，财哥约几个同事走过几里低洼路，好不容易走到 107 国道沙井新桥公交站台。乘车往深圳特区方向去，没想到车至南头关停了下来，全副武装的兵哥，两边是高墙加铁丝网，戒备森严，就连麻雀都飞不过去。车门打开，上来两名武警战士要求所有人下车，进入边检站进行入关登记，并出示深圳特区通行证。财哥没有办理通行证，只能在围墙外远远地透过铁丝网朝里面看，市内外两重天。

财哥一行人失望地离开南头关，往宝安县城方向走去。离南头关不远处的宝安新一佳超市门口有一张招聘广告，写着宝安环卫站招聘清运司机多名，会机修者优先。财哥符合条件。一行数人都不敢去面试，财哥心动了。几个老乡陪财哥来到宝安环卫站，通过严格的考核、政审，最后让他三天后来上班。财哥回公司，辞掉填海工程队的工作，带上简单的行李来到宝安环卫站上班。刚开始，财哥只是开垃圾清运车。环卫站领导们是广东梅州人，说白话与客家话，财哥既听不懂更不会说，于是大家故意刁难他。试用期是三个月，第一个月，财哥表现很出色。几个广东同事把财哥当作是来抢地盘的，对他很不友好。那些人除了地缘与语言优势，工作能力、效率都比不过财哥。开车是财哥在部队学到的傍身本领，领导看在眼里，记在心里，常在早会上表扬他，这加剧了大家对他的排挤。财哥也不放在心上，做好自己，对得起工资就好。

三个月试用期快到了，一些同事都在找理由想让他过不了关。就在这些人酝酿阴谋时，一个梅州同事开的东风清运车坏在半路。大家都有任务，每位司机负责拉几个区的垃圾，其他同事也没法帮他。那时，司机配有对讲机，财哥听到总台对讲机的对话，同事请求定点修理厂，回复是今天排满了，明天再说。这把梅州同事急得团团转。财哥听后，主动放弃自己的任务，把车借给梅州同事先把任务完成。财哥又拿出工具箱为梅州同事检查车辆。他一骨碌爬到车底，一蹲就是几个小时，把车修好已是下班时间了。财哥这才开着车去完成自己的任务。通过这件事，整个环卫站清运车队的人都对财哥毕恭毕敬起来，大家就像亲兄弟一样融洽相处。

财哥在环卫站小有名气，他肯帮忙，做事卖力，这样一直做到2001年，财哥也从清运司机晋升为车队维修班长，只要有财哥在，车辆就有了保障。财哥说，有位广西同事叫“高佬”，结婚几年没生育，每次喝酒都会醉，喝醉了就说心里话。有一次，高佬同财哥喝酒，说老婆想同他离婚，说没小孩不像个家，但高佬很爱老婆，啥事都听老婆的。高佬不想离婚。财哥得知后，一直把这事记在心里。

有时候，事情就是那么巧，奇迹出现了。财哥一个亲戚，家境贫寒，避孕失败又怀上了。要吧，家里已经两个孩子了，养不起；不要吧，好歹是一条生命，堕胎又太过残忍。正为难间，财哥想，我何不撮合一下？财哥将高佬和亲戚拉到一起，说出了自己的想法。财哥对高佬的为人比较放心，亲戚也相信财哥的眼力，于是双方同意，两全其美。

如今，二十多年过去了，亲戚过继给高佬的孩子早已长大。高佬感谢财哥的恩情，逢年过节都会电话和财哥联系。

从1995年开始，这二十多年时间里，单位多次推选财哥为先进典型，并上报到区里。每年的12月26号环卫节，宝安区都要评选出最美的“城市美容师”代表人物。面对荣誉，财哥每次都婉言谢绝，他总是把机会让给其他同事。财哥在宝安区环卫站清运车队一干就是二十多年，到2015年，已到了退休年龄，单位一再挽留他，想返聘他为车队维修顾问。财哥说：“我干了一辈子，现在要让年轻人多锻炼，我回家乡享享清福。”回到老家的财哥生活无忧，退休工资每月两千多块，还有当兵的补贴每月八百多块，加起来有三千多块，够夫妻二人开销。与老家亲友们聊天，他很自豪，说当年闯深圳是正确的。

深圳是财哥的第二故乡，他早已习惯了深圳的一切，在老家生活，他竟不大适应。在老家生活了几年，财哥经常闹肚子，跑到附近的医院，医生看也不看，随便开一点儿消炎药了事。就这样，财哥的腹痛越来越严重，最大的不便之处还是深圳的医保卡不能在老家报销。财哥想，还是去深圳检查一下吧，一是深圳有自己的老朋友、老同事；二是在深圳可以用医保报销。不查不知道，一查吓一跳，长时间腹部疼痛没有及时对症下药，拖延又加重了病情，确诊为早期结肠癌。医生建议马上实施手术，可以控制不恶化。宝安中医院医生给他制定了治疗计划。财哥在病床上，一副无关紧要的样子，他对深圳的医疗水平很有信心。手术进行很顺利，第一个疗程结束后，财哥想到曾经工作过的车队和工作过的沙井、福永、福海去看看。

深圳这些年的变化可以用“天翻地覆”来形容，当年填海的地方，现在找不到一点儿当初的影子，以前的填海已变成制造园、高档住宅小区。插花地已变成休闲小公园，原来的臭水沟已清澈见底，许多漂亮的花朵装点着每一条宽敞的道路。环卫公司已升级换代，全部配备中联重科的清扫车取代传统作业，效率更高，人更轻松。财哥循着曾经工作过的足迹寻找当年的印象，他说，当年苦过累过，但深圳给予了医疗、养老的回报，所有的付出都值得。

厨嫂

王姐是湖南桃江人，以前在福永富桥工业区先进半导体科技公司做厨师。我2007年在新和某电镀厂饭堂工作，在买菜时认识了她。那时，我们都在新和村最大的水和田农批市场买菜。

我每次做完早餐赶到菜市场买菜时，王姐的菜已经买得差不多了，我总得急急忙忙地到各摊位档主处收菜，可总有几种菜买不齐，一问原因，都异口同声地说："那个大厂的王老板挑走了。"还真是财大气粗，每次都将最好的挑走了。有时候，我跟她开玩笑说，她这是垄断。

我们常在一起讨论炒菜的技术问题，相互交流可以提高自己的专业水平，久而久之，我们相处得很融洽，聊的话题也很广泛。在餐饮行业中，女人掌勺的毕竟不多，就凭这个，同行们都很佩服她。王姐比我年长好几岁，出生于20世纪60年代，她1995年来到深圳市盐田区，一直在湘菜馆做杂工，时间久了，也想换换工作。一有空，她就出去走走，慢慢熟悉了周边的环境。2000年6月3日，王姐下早班，听说沙头角镇有个边境口岸，距中英街不远，可以在关口买到香港货，于是约几个老乡到不远处的沙头角镇玩，逛了口岸商店，商品都不错，可就是舍不得口袋里那点工资，只是过过眼瘾。闲逛路过先进厂门口，看见在招杂工，招聘启事上说，公司按劳动法，员工有休假，待遇还可以。就凭这几点，王姐就动心了，她在几家餐厅工作过，几年都没有休假，除非春节才放假。

王姐在心中记下路牌、厂名，第二天请假说有事，偷偷跑到招聘的公司门口。王姐先在保安室打听是否已招到人，得知前面几个应聘的人不愿意做杂工。王姐顺利地进入了先进厂。刚进去，王姐被安排做清洁工，王姐想，只要有休息日，按时发工资，做什么工位不重要。半年后，公司职工餐厅缺人手，正好王姐也想做回本行。她刚来深圳就是在餐厅打工，可谓轻车熟路。在先进厂工作半年来，王姐发现公司管理都是香港人，每次到食堂就餐，员工都要排长队，而厨房的人却可以优先，特别是一些香港经理每次都主动给厨房打招呼。王姐特羡慕厨房的人，于是主动到人事部申请调进厨房。

刚进厨房，王姐压力山大。那时候的香港公司，都是香港人管理，管理层和员工都是广东、广西人，必须要求说“白话”。王姐与他们很少说话，凭口型与手语交流，又凭感觉与曾经在湘菜馆做过的经验去猜测他们的意图。几个月后，心灵手巧的王姐慢慢熟悉了他们的语言，工作也顺心了。

2003年，公司扩大规模，在宝安区福永镇富桥工业区办分厂，分厂按总公司的模式也要有饭堂，公司动员厨房人员去分公司上班。那些做得久的厨师都不愿意去分公司，王姐主动提出去福永。这是一个发展的好机遇，有实力才有勇气站出来，这与她平时勤奋好学是分不开的。公司任命王姐做福永分厂的高管职员餐厅主厨。王姐刚进厨房那会儿，拼命学习广东菜的制作，一有空就找大师傅探讨交流，虚心请教。到了福永分厂后，业绩节节攀升，公司不断扩大厂房，员工也增加了好多。王姐使出浑身解数不断更新菜谱，变着花样给他们做好吃的，总能获得员工好评。王姐一个人在深圳，工作稳定了，心中还牵挂着家人。第二年，王姐想把在老家上班的老公接到深圳来，没想到儿子也要跟着过来，这下把王姐乐坏了，几年的煎熬终于出头了。那时，王姐经常给我打电话，要我帮忙留意周边工厂的招聘信息，有适合她老公和儿子的工作就介绍一下。很快，他们都找到如意的工作。王姐终于心满意足了。

没想到一处平静，另一处又起波澜。由于在一个地方做厨师久了，口味怎么变就是那几种，个别经理有些挑剔，老说菜没味道，王姐也不知道错在哪里，她一直都是按原来的操作方法去做的，这下实在没辙了。一次，王姐同老家同学聊天，问老家吃啥菜，同学说："没啥，就是辣椒、茄子、豆角一起炒！"还说味道不错，很下饭。第二天，王姐就按同学说的方法采购了食材。一切准备就绪，王姐把豆角、茄子、辣椒切好洗净，还选了一块上好的五花腩切片。热锅放油，烧至六成热，放入五花腩炒香，下少许豆瓣酱，放万字牌酱油两滴，再下豆角、茄子、辣椒下锅一起炒，炒至皮软起皱，调好口味，起锅装盘。从外观看，绿、紫、白三色搭配，五花腩油而不腻，外焦里滑嫩，豆瓣酱衬托出金黄色，真是色香味俱全。王姐这道家常菜征服了那个经理的胃口，因此，她在公司得了一个"最美厨嫂"的美誉。

转眼到了2015年，王姐不知不觉已在公司工作了二十多年，到了退休年龄。公司保障与福利一样都没少，该交的交，该补的补。2015年夏天，王姐光荣退休了。公司人事部和王姐沟通，想再返聘她多做几年。王姐谢绝了。她知道，这些年与家人聚少离多，有些亏欠。前几年结婚的儿子也有了孩子，王姐想去帮忙带孙子，享受天伦之乐。

现在是信息时代，以前的一些同行经常通过微信视频联系，每次看见王姐带孙子都笑容满面的，她说，儿子在深圳工作，她在老家，所以每年都会来深圳好几次。现在每月领养老金两千多块钱，老家的同学、邻居都羡慕她，拿着深圳的养老金，吃喝玩乐不用愁。

我的宝岛朋友

我不想离开深圳

早上打开手机，收到一条微信：“当你开车到京港澳高速，经过松岗，看到中海西岸华府，记得有一位朋友在桥下卖肠粉。”他就是我的台湾朋友张兵张总。翻看他的朋友圈，展示在眼前的是几张美食照片，还有好几张新店铺开业的照片，下面还有一行特别显眼的黑颜色粗体字，字的下面划了一道红线：“转换职场跑道，希望是一次华丽的转身！”末尾落款是：“松岗沙朗路94号，明天正式开业，期待大家的光临！”对于他的开店做法，我既好奇又有些不解，辗转一夜没睡，决定第二天开车去看看他。

按照他发给我的定位，我顺利地找到了张总的早餐店。门口摆满了朋友们送过来的祝贺匾牌、花树、花篮。最显眼的是那个“最粤味”的靓招牌。张总急忙出来与我打招呼，老远就做出欢迎的手势，嘴里连连说：“感谢兄弟捧场，真心感谢！”他拉着我的手往里走，安排我坐在进门左面最显眼的一张餐台上，席间还有一位早我一步前来祝贺的朋友。张总急忙向前台招手，一位二十来岁，穿着深蓝色工作套装的服务员，如风一样快步走到我们面前，原来她就是这家店的大堂主管。她看了看张总的眼神，领会到他的意思，赶紧给我添置一套餐具，一边给我沏茶水，一边很热情地要我选餐，我连忙回复："不用了，谢谢，我刚吃过午饭，主要是过来看看老朋友。一来祝贺张总新店开业，二来是老朋友好久没见了，叙叙旧。"

张总迫不及待地带我参观了他的早餐店，兴奋地对我说："从选址定位、铺面所在位置、人流量考察、转让、签合同、设计方案到装修选材，最后到开业，每一个环节都是我一个人亲力亲为。"听他讲了经过，确实不容易。我从大厅走到收银台，再到后厨半成品间、成品操作间，最后到吧台，眼前所见到的一切，使我这个专业厨师都竖起大拇指，不得不佩服张总比我这个从事多年餐饮行业的厨师还专业。好几百平方米的空间，从内部装饰到外面装点，从桌椅摆设到灯饰精巧设计，合理利用每一个细小空间，做到无缝衔接。从领餐台到收银处，从包间到选餐区，还特别设计了几个颇有情调的流动情侣微吧餐台。整个茶餐厅装修得高雅别致，大堂摆放得井然有序。

再说这家早餐厅的地理位置，位于工业区要道上。店铺斜对面就是一家装修豪华的高档酒店，右边相隔几十米，是一所公立中心小学。这种地理位置，这么好的风水宝地，打着灯笼火把都难寻觅。

闲聊间，看着进来就餐的人络绎不绝，张总笑得合不拢嘴，他站在门口，很礼貌地点头迎接，客人走时不忘同每一位顾客打招呼。

我与张总相识于 2010 年，那年我在便利店上班，他在店对面企业工作，好像是董事长助理，公司里的人都叫他张特助。张总在公司属高层管理人员，公司鼎盛时期，员工一度达到万余人。许多人想方设法讨好巴结他。那时候我们并不认识，偶尔隔着铁栅门远远见到他的身影。

我与他第一次碰面，是因为一包香烟的缘分。那天我值班看店，店里来了一位身材魁梧、英俊潇洒的男子。他脚上穿一双黑底白色网面球鞋，上身穿一件浅蓝色运动T恤衫，下身配一条黑色紧身牛仔裤，一看就像美国西部牛仔装扮。特别是他身上的香水味随风飘进我的店里，让人瞬间陶醉。我有些手忙脚乱，不知怎么应对。“老板呀！有五毫克的中南海牌香烟吗？”那声音沉稳平和。我礼貌性回答他：“对不起，很不凑巧，刚好卖完了。要不您晚上六点过来？我帮您去别家问问是否有货。”张总爽快答应了，只听他连连说：“嗯，嗯，嗯，可以呀！”说完立马从口袋里掏出现金，迅速付了整条烟钱。还没拿烟，就先给钱，这样的顾客太少见了。卖整条烟，比零售划算。我心中暗想，要是每天多来几位这样的顾客就好了。

开店以来，我还是第一次碰见出手这么大方的顾客，他是真不知道价钱吗？还是故意让利给我？换了任何人都会讨价还价一番的。我也没多想，你豪爽，我也讲诚信，说不定以后就是店里的常客了。

我比约定的时间提前半小时做好了准备。六点整，他走进店里打招呼，我从抽屉里拿出准备好的香烟，递到他的手里。出乎意料，别人都是迫不及待地拆开抽一支尝尝味道，以此识别真假。而他却拿起香烟，撕开缚烟襟条，取出一包香烟，不着急点燃，只是抽出一支放到鼻子下面闻了又闻，一个劲儿地点头说：“你的烟是真货。

你是个诚信老板，谢谢你呀！以后就上你家买。”我听了这话，心里像喝了蜂蜜一样甜，想送一只高档打火机或者一瓶饮料给他，他摆摆手离开了。

自那儿以后，每个星期他都会来我店里，如果不买香烟就买点其他商品，哪怕不买东西，偶尔也会来店里聊天拉家常，时间久了，我们就成了好朋友。

过了一段时间了解到，他经过简单的交接仪式，拿着总公司的任命书，顺利接任董事长助理一职，这个职位在公司的地位可不低，行使最高管理职权。主要工作就是传达或执行总部下达的行政指令。

张总在公司做事比较严谨，一般没有特殊事情不会与公司以外的人交谈和接触。如果没有重要大事件处理，董事长也不会轻易来深圳，所以，深圳公司的事都由张总说了算。如果超出他权限的事件，就由他转述给董事长，然后根据董事长的处理意见执行。工作之余，他就约几个朋友打球、钓鱼、跑步，偶尔也到周边城市旅游。董事长有些决策性的问题，都会与他交流，听取他的意见。看得出董事长对他还是很器重的。张总在公司工作十多年，最让他引以为傲的是，公司每年的年终晚会，那是他展示才艺的大好时机，晚会总导演非他莫属。这与张总自己的兴趣爱好是分不开的。

每年的年终晚会，董事长亲自点将，宣布活动开始。张总参与组织节目预选赛、复赛，最后到半决赛，层层筛选，公司员工以能进入总决赛而感到自豪。为了举办这个年会，公司上下都很卖力，每个部门抽调一部分有表演专长的员工参加选拔赛，使出浑身解数展示自我。

张总所在的公司每年都要邀请全球的客户商与供应商，还有世界 500 强企业等参加一年一度的尾牙宴答谢会与下一年订单签约会，这么多年从来没有改变过，晚会总导演总策划人也从未易主。张总能得到董事长的钦点和公司全体员工的认可，与他的能力是分不开的。

为了扩大规模，总公司先后在杭州、北京、江西、重庆等地大量购买土地兴建厂房，同时还在海外拓展，先后在印度、巴拿马、欧洲、美国等国家和地区开设分公司或办事处。总公司经过一段时间的扩建与规划，已经拿下多家世界 500 强企业的订单。做生意有个周期循环，就看你能否预测投资这艘大船在海上遇险能力，是否预先设计好避风港，能否安全躲过金融风暴。董事长的扩张计划根本刹不住车，他还在不断地向外扩张，追加投资资金，无暇顾及国际环境的风云变幻。2015 年过后，大部分企业都开始升级转型，节约成本外迁或者缩减投资规模。也有部分企业审视不到整个世界制造业的寒冰与火山相撞之势，而张总所在的公司就是其中一家。好在张总平时比较节省，他积攒了小金库，时刻注视深圳的走向，他看准了大陆这几年的发展趋势，特别是看好深圳的房地产行业，投资买了几套房。

前几年，他还在梅州与朋友合作建了一家几百亩山地的生态农场。2019 年，随着世界经济动荡不安，张总所在的公司也面临经营困难。在这内忧外患之际，董事长这艘巨轮终因超负荷载重逆行而搁浅，突如其来的一场大病，让他住进了重症监护室，病入膏肓的他被查出肝癌晚期。董事长不甘心就这样倒下，他先后到欧美等发达国家医疗条件好的医院去检查，还是一样的结论。每次出差总是带着满满的一行李箱药品，病情稍微有点转机，董事长坚持要求提前出院，他说：“我还有很多事没完成，很多工作等着我去决策。”医生拿他没办法，只有勉强同意他出院。他听医生嘱咐，随身带上备用药品。吃下药，只要有一丁点儿止痛效果，就坐飞机出差去了。他还在为公司的生计四处奔走，与时间赛跑，与死神抢时间。由于董事长一刻也没有停下来休息，这样忙碌不到一年半的时间，他终于在一个风雨交加的夜晚带着遗憾走了。

董事长膝下有两个儿子，都无心接管家族企业。按董事长的遗嘱安排，大儿子临危受命，接任董事长一切事务。张总很纠结，在去留之间徘徊不定。新董事长有新的管理理念，不一定会听取他的意见。为公司服务多年的元老级管理层，因担心新董事长无法撑起这艘船纷纷选择离职，一时之间公司人心惶惶。

张总所在的公司已是风雨飘摇，老董事长的辉煌不再。新董事长刚接手，拆东墙补西墙，不断地变卖深圳以外的分公司资产。照此下去，深圳公司易主是迟早的事。张总无奈地说：“为了给员工发工资，新董事长把公司所有能抵押的东西全都抵押给了银行，现在就剩下一个空壳公司与地皮了。”

新董事长上任两三年了，一直没有给张总重新安排职位，好多内部决策都没通知他参与，他成了一个被遗忘的人。他实在不想这样继续混下去了，又不知道怎么跟新董事长开口，每天下班后，一个人在公司的篮球场上跑步排遣寂寞，实在无聊时就跑去帮公司园艺师傅除草、修剪树枝打发时间，甚至还去食堂帮忙分饭打菜。张总经过再三考虑，与其这样耗着消磨时光，不如早做打算，辞职离开公司，或许还会闯出一片天地。新董事长看在他跟随老董事长多年的分上，故做样子挽留一下，张总去意已决。新董事长最终在经济上给予张总一些补偿，尽可能满足张总提出的要求。就这样，张总离开了工作十多年的公司。

张总拿到补偿金也很纠结，一时间不知道做啥好。有时候一个人喝闷酒，也不知何去何从。虽然来深圳十多年了，但一直服务于这家集团公司。十多年的青春就奉献在这里，想当初三十而立的精壮小伙儿，现在已是几许银发的中年男人，这个年龄，又能做什么呢？也只能做警卫（保安、门卫）工作了。算算这些年手里的积蓄与投资，还算不错，他左思右想，决定继续留在深圳发展。他平时爱交朋友，这时有朋友建议他去尝试餐饮业，承包酒楼，但他有些担心，毕竟从来就没有接触过这个行业，就怕亏得血本无归。为了安全起见，他开始定位搞些小投资，与朋友合伙在地铁 11 号线松岗碧头站出口处开了第一家早餐肠粉店。这家店当时是三个人合股开的，每个人投资十万元，张总负责店里的日常管理，另两位股东还有其他投资项目管理，都不参与经营。这家店也是他走出公司后创业的第一家实体店。经过试营业，还不到两个月，这家地铁口不起眼儿的肠粉店生意火爆，每天吃早餐的人排到地铁口了，里外座无虚席，日营业额基本上稳定在五千元左右，收入也算可观。

说干就干，张总有了开第一家店的经验，又想开第二家早餐店。他利用空闲时间，开车在附近转悠。每次出门购物、逛街、采购肠粉店原材料的空当，都不忘考察门面。功夫不负有心人，终于让他发现一间旺铺，盘铺面、装修、招聘店员、开业……第二家店是他个人投资的，他真正成了老板。张总语重心长地说：“要想做好一件事，真的不容易！以前只知道吃早餐，认为很简单的，通过自己亲力亲为的体验，才真正体会到，什么叫万事开头难。没有亲手做过，你就不知道难字怎么写！”也因为这家肠粉店，张总跑遍了深圳的大街小巷。想起他以前在公司经常随董事长出差，有着在外面的见识、理念，也想把这些见识带进肠粉店经营上来，使其变通为城市快餐，成为集烧腊香卤、夜市粥面、米面品种之大成的多品种经营模式。由于他的选址好，生意火爆是必然。他说：“有时做梦都在收款，开心得不得了。”突然，张总收敛了脸上的笑容，变得严肃起来，他抬头两眼望着天花板，眼圈泛红，他哭了。男儿有泪不轻弹，这些泪水与背后的委屈只有他一个人扛，也只有经历了方知其中的苦与乐。

张总一般不会透露半点不悦，他总是带着一张微笑的脸，喜迎南来北往的宾客。只有碰见我，他才偶吐真言，倒出埋藏在心底的那份苦。他说，第一家店是合股投资，看起来公平合理，但另外两个股东都是有经验的老到商人，他们在餐饮行业摸爬滚打几十年，张总怎么也比不过他们俩。他们俩与张总合股，无非就是找个忠实的管家。经过两个月的经营，眼看生意做起来了，但到月底分红时，加上工资总共才给他两千块钱。张总碍于面子，哑巴吃黄连，有苦说不出。平摊投资款，店铺的经营又是他一个人忙里忙外，而到月底分红利时，却是分得最少的一份，所以张总萌生了独立开店的想法。必须要有一间属于自己的店，才有话语权。现在的这家店，张总倾注了全部的心血，每天看到收款记录，还是比较欣慰的。

深圳有爱情

因为张总的早餐店开业，我和杨总作为张总的好朋友都去祝贺，遂在张总店里相遇。杨总很健谈，聊天中总是面带微笑，给人一种很踏实、稳重的感觉。眼前的这位台湾人，个头不高，染着棕红色的头发，梳着周润发式的时髦发型，一件深褐色的T恤衫，看起来有点像港台某位明星。光看他那说话的神情，就是做大事的人。

通过简单的交流，杨总无意间提起他当年闯深圳的往事。他是2002年12月来深圳的，来之前在做隧道工程，主要是机械操作手，工作辛苦，而且很危险。

那时候杨总谈了女朋友，女朋友有了身孕，杨总考虑要来深圳发展，又不知去多久才能回去。为了让女朋友有安全感，两人商量后，很快举办了简单的婚礼。刚办完婚礼，杨总就背上行囊来到基隆港码头，选择坐船到香港维多利亚港，再转乘香港至深圳蛇口港码头的直航客轮，差不多坐了十多个小时的船，总算到了深圳。客轮一路在海上颠簸，由于很少出远门，杨总第一次长时间坐船还有些不适应，差点把五脏六腑都吐出来了。下了码头，他坐上一辆出租车，在去朋友住处的路上看到了车窗外的夜景，车行驶在流光溢彩的霓虹灯下，深圳的夜景太美了。

来到深圳后，杨总首先找到要好朋友刘生，刘生将杨总介绍到一家叫新世界的酒店工作。这家酒店是台湾人开的，规模比较大，装修十分豪华，光是工作人员就有一百多人。那年杨总刚好满三十岁，中国有句古话“三十而立”，他把全部精力与心思都扑在酒店管理上。来深圳一年多，他都没有回过台湾探亲。在台湾的家人很担心他，新婚太太，是特别生气。

杨总的工作确实很忙，新开张的酒店还在试营业中，酒店业绩还不稳定，他哪里抽得出身？又过了大半年，在他的管理下，酒店走上正轨，总算给老板交了一份满意的答卷，也对得起好朋友刘生的推荐。他计划回家探亲。一天，酒店前台放着一封联邦快递，是一纸法院离婚传票。他万分心痛，做出了艰难的选择，好长一段时间他都没有调整好状态，总以为时间可以冲淡一切，所以每天拼命加班加点，来填补内心的空虚。

2006 年，经过杨总四年的努力经营，酒店的生意越来越好，他以为可以好好放松一下，计划到国外休个长假。这时有小道消息传出，老板准备把酒店卖了去投资办工厂，因为那几年制造业发展前景非常好。杨总担心自己又将面临何去何从的问题。在工作人员面前，他装作毫不知情的样子。该来的始终要来，没想到来得这么快，看来前段时间传得沸沸扬扬的小道消息并不是空穴来风。年底，酒店老板与新买家签好了转让合同，杨总谢拒新老板的高薪挽留。原来的老板给杨总一笔福利金，随后进行工作权限交接，短暂停留了几天后，他买好机票准备回台湾。杨总离开之前，还是放心不下酒店一帮老员工，他可以回台湾继续做老本行，可这些跟了他几年的兄弟姐妹们怎么办呢？这些年，大家已经熟悉这里的环境，现在又要重新找工作。杨总决定找新董事长谈谈，妥善安排部分不愿离开酒店的员工，让他们可以继续留下来工作。

杨总离开酒店的前一个晚上，原来一起工作的同事为他举办欢送会，本来是件开心事，可后来场面搞得难舍难分。杨总平时对他们的管理严格，有些员工心生怨恨。现在要离开了，他们这才明白杨总的一片苦心，那是要他们趁年轻多学习管理知识，让他们能独当一面。欢送会结束后，杨总回到酒店房间，这一夜感觉好长，怎么也望不到天亮。

第二天，天没亮他就起床了，司机按约好的时间送他到宝安国际机场，到了航站楼托运行李过安检时，才发现来得太早了，候机楼大厅的人不多，只需要在起飞前一个小时过安检就好。杨总昨晚就交代过他们，不许任何人去机场送他，因为他不想看到大家难过的样子。当机场指挥中心话务员三次提醒旅客，自行检查行李准备登机时，有个女孩在围栏外东张西望，她一脸焦急，手里拿着什么东西，将手举得老高，拼命地向登机处人群挥舞着，就是没人注意到她。这时，她恨不得翻围栏过去找杨总，就连安检工作人员都为女孩捏把汗，生怕她冲过去。杨总在这节骨眼儿上根本就没有留意到外面发生了什么，还是慢悠悠地往登机口方向走。眼看深圳飞往香港的登机口旅客快走完了，女孩心里更加着急，她顾不了那么多，不管三七二十一，一阵乱喊乱叫，喊破了喉咙才使杨总注意到登机口外有人在向他招手，定睛一看，原来是酒店客房部部长李芳。杨总放下行李箱，飞奔过去，刚到安检口，李芳就迫不及待地说："杨总，您的护身符忘带了。"这时，杨总赶紧解开衣领摸上衣口袋，脸上神情紧张起来，糟糕，真的忘了一件大事！杨总接过护身符，紧紧握在手里，双手合十，喃喃地说："谢谢！菩萨保佑！"杨总拉住李芳的手，两个人激动得说不出话来，只是一个劲儿地点头。在场的工作人员都被他们搞糊涂了。

李芳曾经与杨总同一个办公室，又紧挨着办公桌，李芳休假回来上班，发现隔壁办公桌空着，一下子还真有点不习惯。李芳的心好像被掏空了，一点儿精神都打不起来，一副失落的样子。她习惯性地先擦拭杨总办公桌，在他的抽屉里发现一尊铜质佛像。李芳想起来了，以前好像听杨总说过，这枚“护身符”是他奶奶专门到寺庙里为他求来的。李芳问了好几个同事，才打听到杨总坐的那趟航班的起飞时间。她看看手表，赶过去还来得及，于是连假都来不及请，丢下手上的工作，赶紧跑出酒店，打车赶往宝安机场。当出租车还未停稳，她丢下一百元钱，迫不及待地开门就跑，风风火火地直奔安检通道。没想到被安检人员拦下，她急忙解释，求助机场工作人员的帮助，终于赶到杨总乘坐的航班登机口，旅客正在陆陆续续地排队办理最后离境登机手续……

杨总感动不已，紧紧拉着李芳的手就往候机大厅外跑。走出航站楼大厅，杨总招手拦停一辆出租车，告诉司机：“去深圳最浪漫的海边！”他们来到蛇口海上世界奢侈了一把，吃了一次大餐。来到海边，两个人紧紧地相拥在一起。也许这就是上天的安排，海风与流星在为他们祝福。

第二天，他们在南山租好房子，准备自己创业。杨总与国外的几个朋友联系后，打听到一些抢手的商业信息，了解到深圳的 AT 行业才刚刚起步，这是一个很好的机遇，一定不能错失良机。说干就干，杨总带上李芳开始考察市场，他们自己租了仓库和厂房，还聘请了组装工人，采购了电子元件等。

通过在深圳 AT 行业两年的摸爬滚打，总算有点起色。到 2008 年时，杨总在AT行业也算有点名气了。他带上产品，跑长沙、飞上海、逛义乌，又从上海坐船到汕头……功夫不负有心人，销路打开了，也让他在深圳赚到了人生第一桶金。也就是那一年，他们在深圳买了第一套房，通过几年的拼搏，这对有情人事业、爱情双丰收。他与湖南辣妹子李芳办理了结婚手续，举办了隆重的婚礼，总算有了个安稳的家。

这使杨总更有信心在深圳发展。随着市场经营的变化，他不断地去考察市场，也在关注深圳的政策与企业的变化，AT 芯片行业也越做越成熟。在 2011 年，他们又在深圳购置了第二套房，紧接着 2013 年在深圳买了第三套房。也就在这一年，他们的宝贝女儿出生了，更使杨总觉得深圳有无限的商机和归属感，他在深圳，已不再是过客。

深圳的发展速度远远超出人们的想象，什么样的产品都有一个发展蜜月期，AT 芯片产品也不例外，杨总生意的危机已经在潜伏。又到睡不着觉的时候了，他苦思冥想，芯片做完了再做什么呢？杨总把自己关在房间里反复思考。在深圳政府举办的一次 AT 行业与深圳台商联谊会上，杨总遇到了好多商界精英和一些老朋友，他们也受邀参加了联谊会。杨总在活动场上嗅到了一些商机，在与朋友聊天中，断断续续流露出一些商业机密。目前，另外一个行业正在深圳市场蠢蠢欲动，不久的将来，显示屏电子产品将在深圳闪亮登场，也许会占据市场半壁江山。得到这个消息的杨总开始酝酿怎样捷足先登。自那儿以后，杨总有事没事都会抽空出去转转，看似旅游观光，其实是在寻找商机，刺探市场行情。

杨总重新调整战略布局，开始做显示屏业务。那时候，深圳没有几家企业有资质做此类产品。有了 AT 业务的经验，杨总把全部资源都利用起来。这些年，他也没闲着，到处开发市场，人缘广，市场也大了，业务量也跟上来了。没想到深圳的汽车与各种机械设备都需要显示屏产品，市场需求远远超过预期。通过朋友的介绍，加入了深圳台商协会，通过这个平台，体会到深圳台商协会与深圳政府实实在在为企业做实事，也促使更多的台湾企业老板为深圳的发展添砖加瓦，助力深圳。

到目前为止，杨总还在努力销售显示屏。现在，杨总的宝贝女儿已经上学了，太太李芳抽空帮助处理公司一些外贸订单。杨总经常在电话中告诉我，他对现在的生活很满意。回想起当初在深圳，如果不是太太李芳，如果当初他提前登上了飞机，可能又是另外一种生活。

深圳是我家

“我不回台湾了！”这句话常被一位八十多岁高龄的老人何振斌先生挂在嘴边。别看他八十多岁高龄，身子骨依然硬朗，还经常去世界各地旅游。

1988 年，何先生来到大陆。第一次回湖南宁乡老家探亲祭祖。时隔两年，第二次回大陆，给爷爷奶奶和父母修坟。这次是从香港转机路过深圳，心里也萌生了来大陆创业的想法。其实，何先生在台湾也算成功人士，他创办了一家建筑公司，生意做得风生水起。

1991 年春节刚过，何先生带上资金找到生意场上的老朋友文先生。文先生是做建材生意的，与何先生在台湾的建筑工地有生意往来，他们是多年的合作伙伴。文先生老家就在深圳福永，自然熟悉深圳的环境。何先生想来深圳投资，文先生听了，一个劲儿地拍胸脯说：“这事包在我的身上。你这是找对人了，我在深圳有很多熟人，办事方便。”当他们来到深圳福永镇，安顿好后，整天这里瞧瞧，那里看看。正在寻找投资项目时，碰到从台湾过来的廖先生，他也在找投资合作伙伴。廖先生老家是湖南湘潭的，在深圳碰见真正的湖南籍台湾老乡，都倍感亲切。

其实，廖先生有项目，他主要做电子灯饰产品，正在寻找合作伙伴。何先生有资金，正愁找不到项目，两个人一拍即合。通过文先生引见到深圳招商局，再由宝安区引导到福永镇白石厦东区，租下厂房，办好一切手续，选定黄道吉日，一家电子灯饰有限公司在一阵鞭炮声中挂牌开业了。

我与何先生相识是在 1997 年 2 月，那年我还在深圳机场大酒店上班。那天特别忙，我比规定下班时间晚了半个小时。急急忙忙经过酒店大堂，发现桌子旁的餐桌椅子上留下一个软黄牛皮钱包。我向四周望了望，不见半个人影。走吧，又怕后面的人顺手牵羊，到时候说我是最后一个下班的，不但扯不清，也脱不了嫌疑；不走吧，又不知道失主是否会回来找。正在纠结时，一位六十多岁，穿一身花格子衬衣，头发梳得溜光溜光的老板模样的人慌慌张张地回到酒店里。正想和他打招呼，我又迟疑了一下，毕竟不敢确定钱包是不是他丢的。如果给错了，我岂不是助纣为虐，便宜了那家伙？这时，老人走到我前面，礼貌地说：“先生，您好！您是否见到一个皮包？”我反过来问他：“先生您好！您的包包是什么颜色？有哪些物品？”他很肯定地说出皮包颜色和里面的物品名称、数量。我还是将信将疑，当着他的面拿出那个皮包，故意把皮包举得高高的，拉开一点儿缝，看看里面的东西，一沓钞票，还有几张名片和一张身份证，上面还有他的照片。看来真是他的皮包丢了。经过仔细甄别，我提问，他回答，我一边偷偷看他的面部表情，一边清点包内的物件是否吻合。我当面交还给他，并且要他重新核对一遍。老人看都不看，随手从包里掏出两张钞票，对我说："谢谢先生！一点儿小意思，拿去买酒喝吧。"然后又递给我一张名片说："我姓何，在附近开工厂的，有事随时打上面的电话。"话刚落音，酒店门口出现一辆黑色的轿车，司机下车，拉开后座的门，用手挡住车门顶部对他说："老板，您上车。"何先生上车后，向我招招手，消失在一阵尾气烟雾中。待车走远，我拿出名片反复看了又看，两眼直盯名片上面打印的黑体字，感觉他是一个超级大老板。

同年 12 月底，记得那天阳光明媚，何先生特地来到机场酒店来看我。他大步上前，把我拉出门口，塞进那辆黑色的轿车里。十五分钟的车程，很快就到了福永白石厦东区工业园区门口。何先生招呼我下车，门口的门卫们见到是何先生，立马整队迎接。我跟在后面，也享受了这种待遇。站在何先生公司门口，眼前是一栋独门独院的镶嵌白色瓷砖的厂房，总共四层，每层差不多有五千平方米。一楼是模具房、塑胶部、饭堂，二楼是行政综合办公室，三楼是品保部、装配生产车间，四楼是物料仓库、半成品、成品仓库，整栋厂房大楼安排得满满的。厂房对面是员工宿舍楼，另外在镇上给管理人员还租了一栋公寓楼。

何先生的公司规模不小，有员工三百多人。他请我到办公室坐下，滔滔不绝地讲述这几年在深圳的发展情况。公司业绩成倍增长，产品远销欧美市场，公司福利在整个工业园区算最好的。何先生还说计划扩大生产车间规模，正在寻找合适的厂房。参观完何先生的公司，我准备回酒店，他拦住我说："这么快就要回去？还没完呢！等下带你去一个地方。我们一起上车吧！"司机把车开到福永政丰北路，在一栋靠马路边的大厦停下，展现在眼前的是一栋四间六层的公寓楼。何先生先下车，带我上三楼，我们刚到门口，门就打开了。一位身材高挑的女士走出来同我们打招呼。她是何先生聘请的保姆加管家，听到楼梯口的脚步声，就猜想我们已到门口，立即出来开门迎接我们。

进门，客厅早已摆好了酒菜，就我们三个人，没想到准备了满满一桌丰盛的晚餐。酒过三巡，何先生突然拿出一把钥匙说："小段，我给你留了一间房子，你随时可以来住。"这是怎么回事？把我说糊涂了。无功不受禄，我坚持不要。何先生说："你上次帮了我的大忙，那次约见重要客户，有个大订单要签，结果签合同时，重要资料忘了拿，想起来可能掉在机场酒店了。幸好是你捡到那个包包，不然我的损失就大了。"我听明白了何先生的意思，但钥匙万万不能要。何先生接着告诉我，这几年他在深圳开工厂赚了不少钱，去年同白石厦本地人合伙建了一栋楼，对方出地皮，何先生出钱，建好后，一人一半。现在除三楼自住，一楼是铺面，其他楼层都租出去了。何先生边说边向我碗里搛菜，从他脸上的笑容可以看出他是诚心，也是开心的。

饭后，何先生拉我到客厅喝茶，聊了一会儿，很正式地告诉我："小段，明天开始，你就到我公司上班如何？我任命你为后勤部厨师长，这是你的专业，就不要推辞了。"听他口气，我是没的选择了。

自打入职何先生的公司，我尽职尽责地工作，把后勤部厨房这块经营得有声有色。

时间到了 1999 年 12 月，何先生突然在我的 BB 机留言说："速来家里。"我以为他出了啥事，心中焦急，一进门，看见何先生的客厅正对面摆着香炉，香炉前上方用相框装着一张黑白底的相片。我明白发生了什么，但不敢说出来。何先生见我来了，情绪有些激动，一双颤抖的手搭在我的双肩上，一边流着眼泪一边说："小段，你终于来了。我刚从哥斯达黎加回来。我的小儿子在那里上大学，他周末和几个同学开车到郊外去玩，一不小心车翻进深水沟里，几个人全部遇难了。"听到这个不幸的消息，我也很伤心。以前听何先生说过，我与他小儿子同年。现在想起来，怪不得何先生一直对我这么好。

他儿子出事后，可能受到打击太大，很少见他露面了，整天沉浸在悲痛中，他像变了个人似的，公司也无心打理。廖先生的心也不在公司，而在湖南老家的投资项目上。两位老板决定把公司卖掉，后来转卖给一位同行的老板。将公司托付给一个懂行的，他们的心血不会白费，两位老板也就放心了。

何先生有四个子女，两男两女，大儿子在台湾工作，大女儿嫁了法国人。小女儿在台湾一家地方电视台做主持人，经常出差到北京，但很少来深圳。何先生的夫人在台湾做教师，因一心向佛，提前退出她热爱的教师岗位，专心修炼佛学，几乎虔诚到看破红尘、不食人间烟火的境界。

自小儿子出事后，全家人都要求何先生回台湾养老，他拒绝家人们的再三要求，还是决定留在深圳。何先生收拾好心情，常常自信地说："我不愿意这么早就享受生活，我准备第二次创业。"

没多久，在他的楼下多了几间特色店铺，什么正宗台湾菜馆、阿里山甜品店、台湾波霸奶茶店等。经常有豪华轿车在此停留，那是又有朋友过来聚会了，谈论一些投资项目或者聊家常，享受一下台湾美食。

何先生的公司被卖了以后，我转到桥头村一家工厂上班去了，还是做后勤部厨房。周末我都会去何先生那里陪他聊天、吃饭，每次到他公寓楼下，都会碰见不同年龄、不同行业的台湾人。何先生现在比以前更开心快乐。

以爱之名

近几年，工作忙，我很少回家，甚至都没有回过家。几年没有见面的儿子元元、女儿融融在电话里说："爸爸，今年暑假一定去深圳看你。"

放暑假前半个月，我就在做迎接他们的准备工作。每天掰着手指头算日子，总觉得时间很难熬，是不是时钟滞留不前了？我恨不得把挂在墙上的那个时钟取下来，撬开钟面，把时针调快两三圈。才过两天，儿子又在电话中说："爸爸，我同姐姐考虑了一下，不太想来深圳了。因为以前去深圳，你说好带我同姐姐出去游玩的，结果你承诺的事一件都没实现，整天不是宅在出租房里，就是帮忙照看便利店。"挂断电话，回想起他们前几年来深圳的那段日子，每天给他们布置不同科目暑假作业。除此之外，还安排大量的课外阅读书籍、绘画本、练字帖……等到了晚上，还要批改作业，一道题不漏地检查是否做得正确。有时候，他们偶尔会偷懒忘了写作业，还会遭到我的严厉处罚。遇到心情不好的时候，还会大发雷霆乱吼他们一通。如不解气，甚至动起粗来，操起扫把或者衣架就是一顿乱打。现在回想起来，恨自己当时太浑蛋，如今肠子都悔青了。到现在，他俩身上好几个位置都还有我打过留下的痕迹。孩子大了，有自己的想法，特别是到了青春期，如果还对他们用前几年的管教方法，不但不听你的，还会加深亲子之间的矛盾。对他们太过于严厉，偶尔会同你顶嘴、皱鼻子瞪眼睛，战斗随时会打响。

我在电话中向他们再三保证，今年坚决不会责罚他们，还会安排好多好玩的项目，尽量抽时间陪陪他们，让他们尽兴玩。这个口头保证果然奏效，他们爽快地答应来深圳。也许他们比我更心急，其实心早就飞到深圳来了。

7 月 10 日，学校正式放假。第二天，姐弟俩如约搭上了老家县城至深圳宝安汽车站的大巴车。我一直不停地与司机保持联系，每间隔一个小时，就要打电话询问司机一次，问问他们的车具体行驶到哪里了。这是姐弟俩第一次没有人陪护的情况下来深圳，以前都是有人带过来，或者妈妈回去接他俩。外婆总是放心不下，亲自送他俩上车，电话打个不停，叮嘱我记得接应他俩，担心他俩会在半路走丢了。我在深圳，心一直悬着，做事也不踏实。大巴车到达准点时间是子夜一点钟，我还是提前两个小时就去汽车站门口，等候他们的车到站。那趟车晚点了半个小时，大巴在站台停下来，当车门缓缓地打开，下车的人真不少，我注视着每个下车的乘客，不敢眨眼，生怕他俩在眼皮底下漏掉了。车上的人都差不多走光了，还不见他俩的身影，一直等到最后，从车上走下来两个又黑又瘦的孩子，不敢直呼他俩的名字，已有两三年没见面了，都快认不出来了，他俩已经长高了好多。

姐弟俩一眼就认出了我，儿子伸出那纤细的手，指向我站的方向，边跑边喊：“姐姐，你看，爸爸在那儿呢！”当姐弟俩手拉手扶着跑向我这边来时，我的心突然好像被电击了一下，嘴张不开，喊不出来，激动得眼泪差点滚下来。我强压住心脏剧烈的跳动，伸手去拉他俩的手，他俩反应神速，立马把手缩回去，藏在背后，呆呆地望着我不出声，战战兢兢的也不敢靠近我，几年不见都认生了。

我顺手接过他们肩上的行李包，儿子说：“爸爸，妈妈怎么没来接我们呢？”他从几个包裹中取出最大的一个，说：“爸爸，这里面有个大塑料袋，还有一包梅干菜、大头菜、萝卜干……外婆再三交代过，不要弄丢了。放到冰箱里，这都是你最喜欢吃的。”听到儿子这么说，我心里更加难过，睹物思乡之情更浓。把行李全部放在车尾后备厢，招呼他们上车，载着他俩穿过福永最繁华的闹市区，两个小家伙的脸和手，分别贴在两边的车窗上，头脸忽上忽下不停地攒动，根本不像坐过十几个小时长途车的样子，没有一点儿疲惫的感觉，姐弟俩兴奋地喊叫起来：“姐姐你看！那盏灯好漂亮啊！”“弟弟你看！那栋楼好高啊！”车划过五彩斑斓的霓虹灯柱，往工业园区方向驶去。

进入收费岗亭第一个档口，远远看见老婆抻长脖子，站在门口焦急地等待。老婆每年至少回家一到两次，他们之间的感情还是深一点儿，一下车就左拥右抱，我站在一旁背着行李，也没有人搭理我，看得我有些醋意。老婆带他们上楼换洗衣服去了，我也准备早一点儿关门收档。等我收拾好走上楼，他们三人已在地上的凉席上睡得正香。姐弟俩相互错搭着大腿，儿子的一只脚压在妈妈的头上，女儿一只脚放在弟弟的嘴边上，睡梦中，弟弟嘴里含着姐姐的脚趾头，像小时候吸奶一样，津津有味地吸吮着。我看着心里既好笑又有些伤感，这些年把他俩扔在老家，想想心里都愧疚。

来深圳之前，我就给他们制定好作息时间，把闹钟调至五点起床。我平时喜欢运动，也想让他们有一点儿兴趣爱好。闹钟五点钟准时响起，我起床洗漱完毕，再催促他俩起床洗脸漱口。十分钟后在楼下集合，初步目标是跑步到立新湖水库主坝位置。从租房到立新湖水库差不多两公里的路程，按我跑步的速度，最多十五分钟可到达，陪他俩跑步，足足跑了半个小时有余。

女儿从小遗传了我的基因，平时就喜爱运动，在学校也喜欢上体育课，是班上的体育之星。听她说，她在学校的运动量蛮大的，每天早晚都要在操场上打卡跑几圈，再去上早晚自习课。她最擅长的是长跑、跳远，所以她跑起步来就轻松多了。儿子从小就不爱运动，可能是年龄小，还没兴趣，似乎不想跑。第一次跑步，我还是放宽尺度，迁就他们一点儿。与其说是跑步，不如说是徒步的性质。女儿嫌弟弟跑得太慢，跟着小跑觉得没意思，几次想与我挑战跑步比赛。我也很想与她决一下高低，试试她到底能跑多快。难得她有兴致，就答应同她比赛。我们在赛前立好规矩，以每公里七分钟的速度为比赛标准。好家伙！三公里下来，父女俩分不出胜负。约定再把比赛延长两公里，如果不是我耐力持久，恐怕真跑不过她了。这是个危险信号，要是真被她比下去了，就彻底失去父亲的威信，今后还敢在她面前指手画脚？

我和她在前面等着儿子追上来，女儿有些不耐烦，不想等她弟弟。她说要到前面去看看，就径直走了。足足一刻多钟，儿子才追上来，我给他擦拭额头上的汗水，安慰他说：“元元，不用急，跑步要靠平时多锻炼，时间久了，你自然会跑得快，一定会超过姐姐的。”儿子听了我的话，紧锁的眉头舒展开了，露出灿烂的笑容。我见他正开心，给他一片口香糖，然后小心翼翼地问：“元元，你上学期期末考试打多少分？”儿子似乎觉察到我的动机，歪着脑袋斜视我一眼，极不情愿地说：“现在没有成绩单了，老师也不公布考试分数了，不信你自己打电话问老师去。”我被他的话搞糊涂了，现在没有成绩单了吗？那分数永远不知道？学习成绩好坏都不知情？不对啊！难道教学真的改革了？改得面目全非了？这就印证了新闻上所说的，今后要让农村的孩子个个都有书读。现在的教育真是超前。我还是不太理解，也怀疑他在说谎。

陪他走了半里路，儿子说他走累了，想坐下来休息一会儿。我答应了他的请求，陪他找地方坐。我看他低头不语，只是不停地捏揉着大腿。我主动过去帮他搓揉几下，他怕痒，拒绝了我的按摩服务。我挨着他坐着，一只手搭在他的肩上，把身子凑过去，想同他套近乎。他慢慢地往前移，挪开我搭在他肩上的手，不想让我靠近他。这个鬼机灵，可能又怕我问他学习成绩单的事，怕我知道真相后会像以前那样用竹条子抽他吧？他小心翼翼地连头都不敢抬一下。

我试探着转换话题，问：“元元，今天想吃什么？爸爸请你，随便你挑。”他听到这话，一下子跳下石凳，大声说：“你自己说的，不许反悔噢？我想吃肯德基！”我知道他上套了，立马回答道：“可以可以，没问题，但有个条件你要答应我。”他听到我又要提出要求，沉默不语，有气无力地说：“还是算了吧，我现在不想吃了。”看他那失望的样子，我想，还是不要提过分要求为难他。加上又是第一天到深圳，不要搞得他心生恐惧，无形之中加深我们之间的鸿沟。

我带着他继续走了两三百米，前面就是立新湖畔的简阅书吧。我指着书吧说："元元，想看书吗？里面还有好多好玩的游戏，下午开放时间，带你们来玩。"儿子没等我说完，就急着插一句："我要买连环画册同练字帖，还要玩猫抓老鼠的游戏。"我回答道："可以，只要你高兴。"他听后连蹦带跳，我轻声细语地说："元元，爸爸知道现在教育改革了，分数不重要了，爸爸也不会在乎这些的，只要你努力了，认真学习就可以。"他彻底放松心中那道防线，与我聊起学校里的趣事来：某某同学午睡尿裤子了，某某同学被老师罚站，还有他上课时与后座同学交头接耳被老师发现……他不停地给我讲，我不断地回应、点头。

我知道时机成熟了，突然转移话题问他："元元，分数没有，那你告诉爸爸，你的成绩在班上排第几？"儿子不加思索，理直气壮地说："二十四名。"我沾沾自喜地想，这个成绩也不错。记得我上学时，班上有六七十名学生，现在怎么说一个班也不会少于四五十个学生吧？这个成绩也算是中等了。

他见我脸上露出笑容，就知道我现在心里是高兴的，马上得寸进尺地提出要求："爸爸，你说今年暑假有好活动安排，那你带我和姐姐去海边游泳，好不好？"我说："可以的！"反复想了想，还是有些疑虑，继续打破砂锅问到底："元元，你们班上总共有多少人啊？"儿子想都不想，脱口而出："二十九个。"

我的天哪！这个结果差点把我气晕了，就像打倒山西老陈醋坛子，心里五味杂陈。儿子看我这么久不出声，急着问："爸爸，你可要说话算数噢。你所问的，我都毫不保留地回答了。”看到儿子那可怜巴巴的样子，我本想大发雷霆，或者狠狠地揍他一顿，想想又收敛回去，拍着胸脯用肯定的语气说：“放心吧！爸爸答应你们俩的事，绝不食言。”

回想起儿子刚满一岁，就被送回了老家，我们一个要上班，一个要看店，没有空带他们，只得由外公外婆负责照看。他们能够健健康康地成长，我已经很知足了。我没有资格怪罪谁，也没有脸面去驳斥他们学习成绩方面的事，只有好好劝他们努力学习，这才是我们期许的。

跑步中，我随口问女儿：“融融，你上学期末考试总科多少分？”女儿不作回答，我又问：“在班上排名第几？”女儿停顿好一会儿才说：“现在考试题目太难了，我已经很努力了。”说的也是，现在小学、初中的作业题，连我这个当年品学兼优的三好学生都看不懂，何况是他们？女儿胆子小，教育她更要注意方法与分寸。每说一句话，稍微没把握好分量，就会伤到她的自尊心。她现在正在青春期，管教要慎重更慎重，弄不好，轻则赌气十天半个月不接你电话，重则邀上一帮同学一起离家出走，那时悔之已晚。她今年十五岁，马上就要进入紧张的初三毕业班了。

记得女儿刚转学到县城就读时，各科成绩跟不上，每个星期摸底考试，总分才二百分左右，在班上稳居倒数后三名。课堂作业没完成有她，上课不听讲也有她，周末放假回校没完成作业还是她，周周榜上有名！为这事，班主任老师多次打电话找我说：“你家娃是不是放弃了？这个成绩和学习态度，不要把我的优秀教师名誉抹黑了。你们家长不负责任，那我今后也不管了，只要不出大问题，初中三年保证让她混完。”老师的话刺痛了我的心，千里之外，我每天遥控指挥她，心有余而力不足。每次电话都是软硬兼施，苦口婆心地给她讲道理，解释读书的重要性。她每次都是回答：“好，我听话，一定努力，争取把成绩赶上去。”电话一挂，她还是该怎样就怎样。为这事，我同她妈经常吵架。孩子她妈也责怪我：“你不管不问，只管生不管教，孩子好像不是你亲生的，是不是去做个亲子鉴定啊？”解铃还须系铃人。我还是多次同女儿电话沟通，每次在电话里都给她举例子说：“某某前年考上某重点大学，他也是一名留守儿童。某某考上某军校，他从小就没有父母，还是爷爷奶奶带大的，他甚至不知道肯德基是什么。某某的例子很特殊，他从小学到初中二年级都很一般，在初三这一年努力学习，后来考上重点高中，还是尖子班呢！”女儿在电话里只听，不作回答。

老师给班上的差生下最后通牒，如果初二底子不打好，初三更会摸不着北，读高中没指望了，更不要说上大学。带着这个使命，我一边小跑一边同她聊天，小心翼翼地问她：“融融，今年上半年进步多少？总分多少？”女儿想了好一会儿才说：“应该有五百分左右吧？”我听了这句，以为听错了，又反复问了不下三次，还是这个结果。我想，要是当初把他们留在深圳，这个成绩坚持到高考，那肯定是一本无疑。女儿终于有跨越式的进步了，我心里有少许安慰，紧接着问她：“在班上排多少名？”她很不耐烦地说：“反正不是最后一名！”丢下这句话，就往前跑了。

在老家，这个成绩是没法考上高中的，到时候只能无奈地选择职业中专。我问了女儿好几次，她信心满满地说：“一定要上大学！”那就要看她初三到高中努力的程度了。我们一路跑跑停停，全程近九公里，差不多用了近三个小时才完成。为了给他俩鼓劲儿，我拿出前几天在附近游泳馆给他们报了名的游泳培训卡。两个小家伙开心坏了，一下子精神起来，上蹿下跳地跑到我前面去了。

洗脚

一

一般人说到洗脚，就会想到休闲会所，想到那些穿着低胸超短裙，露着肚脐，浓妆艳抹的性感女人。朋友在我面前经常提到的这家位于福海街道新和社区的扬州洗脚店，从永福大道红绿灯路口往宝安方向，至新和社区路段走三百米，到水谢年华休闲会所正对面马路，再过去三百米，进入城中村的主干道商业步行街，再右转十米就到了。门口挂着“扬州洗脚”偌大的黄地儿黑字招牌，左边是七叔公洋酒坊，右边是重庆真皮鞋店。站在洗脚店门口往店里看，大约二三十平方米，一字排开四张沙发床，沙发套上红色外套，长两米，宽六十厘米，每张床头配备工具架，用来放物品。床的另一头有个成人头部大小的圆洞，客人躺着洗脚时，服务人员给客人踩背松筋，便于客人脸部朝下透气。内饰简单，几套洗脚木盆，墙角挂满白色毛巾，生意应该不错。其实，我以前很反感这些服务场所，总觉得这里存在某些肮脏的交易。一次跑步，同朋友聊起健身保养，她说每天晨跑好累，有时候脚会抽筋，到附近洗脚城放松一下，会有所好转。她还给了我地址。我闻言，想抽空去看看这家洗脚店。一次逛街，无意中路过这家洗脚店，见外面的招牌，蓦然想起，这就是朋友提到过的洗脚店。我试探着走进去，发现里面没有人。难道是暗箱操作？我有些胆怯，正准备转身往回走，一个上身穿白短袖T恤，下身穿黑色休闲运动裤，脸上涂淡妆的中年妇女满脸微笑朝我打招呼："老板，需要洗脚吗？"我忙说："朋友介绍的，路过看看。"这时，我的脸恐怕变成了猪肝色，红得发紫，感觉嘴唇抖得厉害，好像连牙齿都快抖掉了，说话口吃，好不自在，真想找个洞钻进去。看这个女人并不可怕，心想，既然来了，还是进去探个明白。进入店里，得知同我打招呼的中年妇女就是老板娘，她中等个子，偏胖，说话态度和蔼。她说："老板放心，我们是正规洗脚，不涉黄赌毒，要不进去先试试？"想到近来工作忙，加上跑步有点累，我胆怯地就随她进去了。老板娘招呼我坐在沙发上，旁边有个工具箱，先放下随身物品。这时，一位五十多岁，穿着白色贴身背心，上身显露出发达肌肉，不说话也没有任何面部表情的中年男子端着洗脸盆，盆里放有擦脚按摩的精油、按摩膏、除脚气药水等物品。他朝我点头"嗯"了一声，就到隔壁床位收拾去了。我想，这个男的是保镖吗？老板娘边给我打热水边介绍："这是我老公。夫妻店来的。"我心里的恐惧感才慢慢消退。这时，老板娘拿了几种泡脚的药包问我："老板喜欢哪种药水？"我是第一次洗脚，不知道洗脚还有那么多名堂。老板娘介绍说："中药驱寒除湿，海盐舒筋活血，玫瑰花露润肤爽身……"我随口说：“随便吧！”老板娘移开沙发床下小凳子，空出来的位置刚好放下洗脚木盆。她挑选一包中药拆开倒进木盆里，再倒进半盆热水，五分钟后，老板娘用一根手指放进盆里试探水温，点头示意我把脚放到盆里。看着脚盆冒热气，我心里有点害怕，会烫伤脚吗？老板娘也看出我心中的顾虑，拍胸脯打包票说：“老板尽管放心，我干这行快十年了，还没失误过。”我慢慢把脚放入脚盆里，心里有种送肉上砧板，要杀要剐任由她去吧的想法。老板娘说：“泡脚是七十分钟，价格很多种。光洗脚六十八元，修脚另加四十元，腰间盘推拿加三十元，整套一百三十八元。”价格表都用牌子钉在墙上显眼位置，公正，公平，公开，合情合理。算时间，挺划算的，就是有点不自在。我想找个话题拉家常，免得面对面看着尴尬。刚开始同她说话，我还是有些不好意思，可能是年龄相近，慢慢地少了些紧张气氛。原来我们都是七〇后，她老家江苏的，姓唐，大家都叫她娟子。她比我大五岁，我叫她唐大姐。这时，我们打开了话匣子。十分钟后，唐大姐把我的脚从盐水盆里提出来，放在旁边小凳子上。将一条白毛巾放在小凳子上铺开，把两只脚放中间，再把最前面的毛巾往后折，盖住前脚。把两边的毛巾扯着往两腿中间靠紧，严严实实地包裹住。随后把泡脚的水端出去倒了，她推来洗脚工具架，把牛奶、活络油、酒精、香水都摆出来。唐大姐把我脚上的白毛巾拿开，喷上酒精，紧接着挤出一堆堆牛奶倒在我的左脚上，右脚喷了酒精，继续包裹着。她那娴熟的双手在我的左脚上游动，不停地寻找穴位，先是从大脚趾开始，用三个手指尖钳住，用力掐大脚趾的底部，她边捏边说：“这是穴位，主神经通大脑总部，如果按压有疼痛感就证明你这段时间太劳累，休息时间不够。”她依次把五个脚趾都按了，继续往脚底部掌心按，她的拇指尖直接顶到我的脚底掌心，痛得我眼泪都快掉下来了。几个穴位按下来，感觉是舒服一些了，但也要拿出勇气才能忍受。我感觉整个脚都麻木了，刚要按摩右脚时，我同她商量，休息一会儿再按吧。唐大姐看我的脸色，料定我不是经常洗脚的人，她怕我受不了，改变操作流程，先同我拉起家常来，聊起她的一些往事。二十年多前，她与同村青年通过自由恋爱结婚，那时候家里条件都不好，但夫妻俩很能吃苦，他们家住京杭大运河边上，又是古运河码头，过往的煤船经过这里，刚好城里需要大量煤炭成品，因这地缘优势，他们就采购散煤做成煤球（又称藕煤、蜂窝煤），再用板车把煤球拉进县城大街小巷去兜售。虽然辛苦，但一天也能挣个百十块钱。在 20 世纪 90 年代，算是高收入了。他们俩越做越精明，拿出所有积蓄，再找亲戚朋友借一点儿，与人合伙买了一条拖船，自己去上游的煤矿拉煤，省了中间商的利润，自己赚得更多。可好景不长，有一天发洪水，老公冒险去采购，遇险滩旋涡，连人带船一起沉入河底，把刚有点起色的家庭拉入到贫困线上。唐大姐悲痛欲绝，恨不得跳进河里陪老公去。那时女儿才一岁多，她若是走了，女儿怎么办？说到这里，唐大姐流泪了。我只能安慰她。唐大姐边说边拿起我的脚，用酒精喷涂，脚被酒精刺激得火辣辣的，涂上一层牛奶状的乳品，黏黏糊糊的，用两条毛巾分别把两只脚包裹得严严实实，像旧社会的小脚女人。唐大姐说要十分钟左右再开始按脚，所以才有时间同我聊天。唐大姐说，一个人干不了拉煤的事情，种田更不行，只有把小孩交给家公家婆照看，自己去县城打工。她对县城并不陌生，只是这次不是两个人来，不禁触景生情。通过朋友介绍，唐大姐来到县城刚开张的一家洗浴中心做前台服务员，干了一个月，领了七百元工资，比原来拉煤轻松多了，但收入远比不上拉煤。一打听，楼上的洗脚师傅有三四千块钱一个月，差距太大了。唐大姐就想换工作岗位，经过多方打听，得知哪位技师技术最好。一天轮休，唐大姐主动找到那位洗脚师傅，想拜他为师。可能太突然了，师傅不愿意收她。唐大姐并没有放弃，每天下班就在大厅等候那位师傅，有时候买烟、饮料硬塞给他，对方不领情。唐大姐后来改变策略，她打听到师傅的家庭住址。一天，她提前下班，回老家捎上家里唯一的一块腊肉、土鸡蛋、梅菜与笋干，守在师傅回家的路口。她神神秘秘地躲在大树后，探头探脑地张望。过路人见她这个样子，以为是小偷或者是精神病人。好不容易等到师傅出现，唐大姐紧随其后，师傅进屋转身关门，与她碰个满怀。师傅捂住鼻子："老跟着我，你想干吗？"唐大姐连忙解释来意。师傅的母亲在里面喊："来了就是客，怎么不懂礼貌呢？"她急忙招呼唐大姐进屋。唐大姐说明来意，又说出自己的遭遇。可能是她的诚意打动了师傅，出于同情，师傅犹豫了一番后还是答应收她做学徒。说到这里，她停顿一下，又继续帮我压脚。解开包裹得严严实实的双脚，里面热乎乎的，一股暖流顿时渗透到我全身上下。她打开工具柜子上的乳液，一股清香散发出来，我整个人感觉轻松很多。她又把我的双脚放在准备好的小沙发凳子上，用毛巾上下将涂抹的乳液擦干净，起身用发红的双手压在我的左小腿上，用力捏住穴位，像一把钳子死死地掐住，还问我力度够不够。她把吃奶的力气都使出来了，头上豆大的汗珠滑落下来，她的脖子周围都湿透了。我既舒服又痛苦，想抽开左腿已来不及了，她那熊掌似的大手按住我的右腿，用同样方法按压两只腿。整套功夫下来，老板娘已是筋疲力尽，我也像脱了一层皮，再继续这样，真的招架不住了。但碍于面子，我不好意思说。

洗脚看似很简单，其实并不轻松。她经常在休假时跑到按摩房帮忙，刚开始，师傅也不敢让她给别人按摩，只在师兄弟之间相互练手儿。记得有一次，她给一个年龄大的顾客做实验，由于用力太大，把大爷痛得眼泪都出来了。大爷说要投诉她，当时把她吓坏了，赶紧赔礼道歉。还好大爷心软，就没计较。她学习了三个月，掌握了所有的技术。

二

2007 年，唐大姐想到小孩要上学了，开销更大，所以想找份工资更高的工作。在洗浴中心，从顾客嘴里，唐大姐了解到深圳的休闲娱乐场所多如牛毛，一点儿都不用担心就业问题。她辞掉工作，把家里安顿好，收拾行李，信心满满地来到深圳，顺利地进了一家休闲会所。这家会所算是高大上，一楼是总台迎宾大厅，洗浴中心在四楼，进出的人很多，总算有落脚地了。第一天上班，唐大姐小心翼翼的。客人多，工作累。顺利通过一个月实习期的考核。由于技术好，客人洗完脚后还常要加钟。慢慢地，唐大姐的名气就传开了。她说："记得当时有个做大生意的老板，天天点我的钟，时间久了就成了熟人。有一天下晚班，刚走到宿舍门口，看见一位经常点钟的客人。他是潮州人，身材魁梧，偏瘦，但很精神，长方形脸上留着花白的八字胡。一件白色衬衣，配上一套黑色西装，一双赤脚强行插进一双棕色的黄牛皮鞋里。他皮笑肉不笑的样子极其不自然，原来他是在等我一起吃夜宵，可是我哪里敢啊？”

2008 年夏天，唐大姐有些想家了。每天除了上班就是在宿舍睡觉，夜深人静的时候，想起老家的娃，眼泪哗哗往下流。看看窗外的夜景，灯红酒绿，男女相伴而行的场景，多少有些失落。想起白天经常点钟的潮州人，唐大姐明白他的心思，只是老家有个小孩，她有些不舍，还是打消掉这个念头。然而，越是克制，心里越煎熬。那天又轮到她上中班，客人特别多，比平时晚了半小时才下班。没想到潮州老板早等在门口，手里抱着一束玫瑰花。他怎么知道今天是我的生日？平时洗脚有个习惯，同客人聊天缓解气氛，有时会说到年龄，看来被潮州老板有心记住了。唐大姐从没经历过这么浪漫的事情，当时感动得哭了。

自那儿以后，她不再孤单，有一天，潮州老板说要回潮州投资，问她是否愿意一起去创业？她正在热恋中，不假思考就答应了。她去银行取出所有积蓄，拖着拉杆箱，跟着他去了潮州。没多久，潮州老板带她去看看投资的渔场。她什么都不懂，全由他做主，她只管拿钱支持他。不承想，不到一年的光景，潮州老板同她的钱全部打了水漂。几次台风来袭，把所有投资搞得血本无归。钱没了，潮州老板也不再是以前那个斯斯文文、百依百顺的老板了，一不顺心就对她大打出手。唐大姐害怕了，眼下不赶紧闪人，恐怕下一次输了，会把她当赌注押给别人。那一夜，她想了很多，甚至想到自杀。想到死去老公留给她的唯一的宝贝女儿，想到淮北老家年迈的双亲，她不能死，不能为这种人白白送死。她失眠了，彻底对潮州老板绝望。

2008年年底的最后一天，她收拾好行李，趁着潮州老板出去的空隙，拉着行李箱，坐一辆电动车去汽车站，搭上开往深圳的大巴。她的脑海里一片空白，只希望汽车跑得更快一些。

三

经受如此大的感情重创后，唐大姐的心久久不能平静。以前的工作丢了，只得暂住在以前的好姐妹那里。2009年春节刚过，她迫不及待地去以前工作的休闲会所，可那里已经换了老板。后来又打听到，有个以前的同事在宝安福永一家休闲会所做经理，通过他介绍，她很快入职，做回她熟悉而开心的老本行。

她帮我把双腿敷上热盐袋，用白毛巾包裹起来，要求我躺下去，再翻身趴下。她双腿站立在我的腰椎两边，两手拉起我的脚心，用力把小腿往屁股上翘，再用双手用力往下压，整个人就像蜻蜓点水，头同脚前后呼应，肚皮贴在按摩床边上，我有种快飞起来的感觉。刚开始以为是享受，慢慢地觉得真的好难受。没过一会儿，她慢慢将我的身体放下，我感觉浑身穴位都舒服极了，汗水从毛孔流出来，整个身子轻松多了。唐大姐也累得快趴下了，她有点支撑不住，要我先休息一下。她说要喝口水，说着，端起自己专用的玫瑰红保温杯，拧开盖子，上面冒出整齐的绿色毛尖嫩芽，一股清香扑鼻而来，顿时，我也被茶香渗透全身。

大约十分钟后，她重新拿出活络油，给我擦颈椎、腰椎。刚开始我就提示过，昨晚睡觉有落枕的感觉。她给我做了盐水袋热敷，说这样可以缓解颈椎压迫疼痛。我按她的要求平趴在按摩床上，头朝下，那里有个出气的小圆洞，脖子上压着刚才她在微波炉加热过的盐水袋，感觉挺舒服。她又同我拉起家常，说最难忘的是2012年，一次意外改变命运。那天同往常一样上班，突然感觉头晕，胸口有点闷，还以为加钟多了有点累。可这次有些特别，她两手端着洗脚药水往洗手间走，感觉两脚空空，如堕雾里，最后严重到一步也迈不开，只能靠着墙角慢慢蹲下去。大家都在忙，没有人留意到她。还好有个同事出来领药包，看见她脸色苍白在过道口蹲着，抖动的手还紧紧抓住洗脚盆不放。同事意识到她肯定有事，赶紧把她抱起来向医务室跑去。那时，她还有一点儿意识，感到浑身一股暖流融入全身每个毛细血管。自从与潮州老板分手后，她还是第一次与异性近距离接触。进了医务室，医生做了初步检查，说："没大碍，就是太累了，多休息几天就好了。"自那儿以后，该同事隔三岔五地来看她，嘘寒问暖，无微不至，有时候还买些零食给她吃。她心里明白，但还是把他当成大哥，谁也不捅破那张纸，这种关系保持了四五年。那年春节，她带着技师大哥回到老家，拜见了双方的亲朋好友，在亲友的祝福中，她们把婚事办了。那年冬天虽然很冷，对于他们俩来说是个暖冬。

2019年正月初八，他们返回深圳，开始新生活。上班几个月，会所生意火爆，老板的加薪升职已达不到她的心理预期。下班后，她在洗脚城对面的新和村里转悠。全村原居民不到一千人，改革开放后，投资商兴建了许多商住楼，新和村全长不到三里，宽不到两里，握手楼随处可见，再加上前些年填海造地建了一些工业厂房，配套有学校、社区医院、超市、餐饮、服装步行街，不亚于内地一个县的经济实力。原来海上漂泊的基围人，全部上岸，加上大量外来人口涌入，新和商业街热闹非凡。唐大姐看到这里的商机，她每天下班就往村里跑，从新和一区跑到五区，从新和西巷转到新和东巷，再从新和南转到新和北，看开餐饮的、卖玩具的、照相馆、面包店、服装店、精品店、湖南常德牛肉粉店等，用脚步丈量了不下十遍，公里数可以跑全程马拉松了。每家看、每条街看，进进出出的人流量多少，都做了记录。唐大姐有一个计划，要开一家属于自己的洗脚店。

她迫不及待地把想法同老公说了，刚开始，老公有些犹豫，上班好好的，万一亏了咋办？唐大姐有把握，这些年的摸爬滚打，早已把她锻炼成一个行业专家。其实她早就想好了，苦于没有合适的合伙人。说干就干，她确定店铺位置，离原来上班的地方不到三百米，这样可以把以前的熟客拉过来。那里原来是一家快餐馆，两间铺面，二三十平方米。谈好转让事宜，唐大姐怕饭店老板反悔，又怕别人出高价挖走，硬是塞给老板五千元押金，将事情定了下来。第二天，唐大姐办理了离职手续，老公也跟着辞职。她买了些零食带到洗脚城，分发给曾经一起相守几年的兄弟姐妹们，收到更多的是祝福。第三天，她就找餐馆老板把合同签了。

装修半个月，选个好日子，请了一些姐妹和服务过的熟客，小店在一阵鞭炮声中开业了。唐大姐从打工妹转型成了老板娘。经过一年的经营，生意比预期好。现在，投资十万元的本金早就赚回来了，店里还增加了一些洗脚美容设备，请了两三个洗脚技工，还卖一些美容产品、治疗灰指甲的药物，等等。

唐大姐说，做生意并非一帆风顺，也会遇到烦心事。开业三个月后的某天，生意好，客人多，收工比平时晚一点儿。开业几个月来，就唐大姐一个人给客人洗脚，她是管理员，也是服务员，累得很。送走最后一个客人，唐大姐筋疲力尽，连走路都很辛苦。她关了三扇大门，留下一扇。扫了地，倒了垃圾，收拾好洗脚的毛巾，正准备拖地，一个醉鬼中年男子走到门口，他光头，身高一米八，两眼直勾勾的，射出淫邪的光。唐大姐心里有些害怕，但还是故作镇静，礼貌地对客人说："老板，我这里要打烊了。"可客人才不理，醉醺醺地说："我要洗脚。"看样子，对方非洗不可，于是无奈地说："好吧，您坐过来，我帮您洗。"唐大姐扶着醉醺醺的客人坐下，打来一盆热水，又帮客人脱鞋。一股脚臭气瞬间弥漫着整个大厅。唐大姐强忍着恶心给客人脱掉袜子，把一双臭脚泡在脚盆里。由于太臭，唐大姐把洗脚中药加了香水，还是盖不住整个房间的臭气。

那天，刚好老公有事回老家去了，店里就唐大姐一人。

大约十分钟后，客人鼾声如雷。唐大姐给他倒了一杯浓茶端到客人面前，以为他睡着了，可以尽快洗完交差。没想到刚把茶水端过去，客人一把抓住唐大姐的手，把唐大姐吓得半死。她拼命挣扎。挣扎几分钟，客人没力气了，一下瘫软在沙发上。唐大姐刚准备破门逃走，一想又不能这样，万一对方是社会上的混混咋办？万一他以后天天来找麻烦怎么办？这时，客人嘴里喃喃地说着梦话："小玉，我爱你，你不要离开我……"唐大姐听出一点儿名堂，这位客人失恋了，喝多酒了，失控了。唐大姐曾是受过情感创伤的人，她理解他的冲动，又同情他的遭遇。

唐大姐慢慢壮起胆子，劝客人把这些不开心的事忘掉，早点回家休息。这个方法还真管用，唐大姐用真心打动了他，他说出了醉酒的前因后果，相处几年的女友嫌他没钱，跟一个开出租车的老板跑了。经过安慰劝导，客人意识到今天闯了祸，连连说对不起。说完，连鞋子都来不及穿就走了。老板娘急忙关好门，松了一口气的她精神防线瞬间崩溃，号啕大哭起来。

除了这些，竞争对手也不择手段，就在她附近新开了一家阿妹养生馆。老板是一位年轻漂亮的川妹子，听说以前是做服装专卖生意，这几年网购发达，实体店很难经营下去，所以就到一家卖保健品的会所培训了一个星期，买了他们的保健器械与保健品，开起了养生馆。阿妹养生馆也有洗脚、推拿、按摩等服务，只不过不是人工服务，而是使用医疗器械等。里面配好药包，把脚泡在里面，脚底会有一个按摩器，设置好运行模式，它就会自动抖动，不用人工按摩，也不用选择洗脚药水，在消费上，价格低了很多。全身按摩推拿就更离谱了，她们不用人工按摩，也不找穴位，就是让你睡在一张按摩床上。床垫上装有凹凸不平的海绵体，通过机械运作，它会在你的身体挨着的部位上下左右蠕动，感觉很舒服。毕竟是新鲜事物，吸引了很多好奇的人去体验。阿妹养生馆开业，或多或少对唐大姐的生意有些影响。看着顾客越来越少，唐大姐有些担心，也想把价格调低或者采用打折送服务钟的促销方法，想了又想，自己是以优良的技术吸引人，不是用绣花针套路经营，不怕顾客不回头。唐大姐还是坚持初心，坚守以前的经营模式。

一波未平一波又起，在艰难经营的情况下，隔壁巷子里又开一家香香艾灸体验馆。这家店是一位湖北籍中年妇女开的，听说老板娘以前是开小加工厂的，这几年大环境不好，小加工厂更难生存。她以前还是扬州洗脚店的老顾客，经常照顾唐大姐的生意，每次过来都要求加钟，聊天时总是夸唐大姐的生意好。她也看好这个行业，苦于不懂技术，又不想去拜师学艺，只有通过朋友圈推荐，到一家艾灸馆去培训了一个星期，学了一些本领。香香艾灸馆的老板娘也是聪明人，她租下店铺，到培训班老师那里采购了很多养生艾灸产品，把铺面隔成一个个单独包间，供顾客艾灸、聊天、喝茶、消遣。虽然是一家艾灸体验馆，但她打的广告范围可不小，像肩周炎、颈椎病、骨质增生、腰椎间盘脱出、坐股神经痛……针对女人的就多了，宫寒、月经不调、卵巢囊肿、不孕不育……都能治。经过她的大力宣传，倒也吸引了部分顾客。一时间，到艾灸体验馆的客人络绎不绝，所有进去的顾客都送一份精美的艾灸贴礼品盒。这样一来，进一步对扬州洗脚店产生了影响。眼见两家店明着抢生意，唐大姐束手无策，只能干着急。

这些天，唐大姐也在思索，不知多少次问自己，难道自己投资错了？就在苦思冥想时，几个熟悉的面孔出现在她的眼前，说："老板娘，我们要洗脚。"正在为经营发愁的唐大姐还没反应过来，客人们进店找位置坐下了，边笑边说："唐大姐，还是喜欢你帮我洗脚。"听到这话，唐大姐笑得合不拢嘴。说实话，在她这里消费的多是回头客。她明白了，只要技术过硬，时间长了大家还是会明白的。倒是那些图新鲜的花架子，长不了。唐大姐说，那两家店经营不到三个月就关门了，应该没有赚回本钱。这种没有技术含量的事情，就凭几台机器能做下去吗？

讲完这些，我的脚也洗完了。唐大姐告诉我，她庆幸自己最后选择的两件事，第一，找到好老公，啥事都是她做主。第二，自己开店。通过一年多的经营，生意蒸蒸日上，客源越来越多，收入也大大增加了。现在社会治安好，人的素质高，安全方面不用担心。

唐大姐看我人实在，也健谈，一次交往就把我当知心朋友。做人做事，只要以诚相待，朋友自然真。我出门时，唐大姐要求加个微信，有空多联系。

走出扬州洗脚店，我转身再望望这块招牌，想想唐大姐的经历，为这一步，她付出多少辛酸？我默默地祝福扬州洗脚店生意越来越红火。然后，我单薄的身影消失在茫茫人海中。

我过得比你好

“我过得比你好，不要拒绝我对你的帮助！”这句话常被一位六十八岁的老人挂在嘴边，大家都管他叫“汤叔”。他真名叫汤钦昌，梅州焦岭人，手上有一家规模不小的建筑公司，工程遍布惠州、东莞、广州等地，大大小小相关联的配套子公司有好几家。去年，他退居二线，公司的事交给子女们打理，乐得做个闲云野鹤享清福。别看汤叔年龄有点大，但精神面貌一点儿不输年轻人，花格子衬衣、牛仔裤一穿，脚上鳄鱼牌大头皮鞋擦得油光锃亮，头上是流行的奔式发型，梳得比刀切还整齐，再喷上茉莉花香定型水，就连蚂蚁走上去都会摔跤。他说话声音洪亮，总是一副笑哈哈的样子，一开口就露出那富贵象征的满口金牙。

我与汤叔相遇是在福海天桥上。那天，我刚从对面超市买菜回来，去时天气还好好的，回来时，六月的雨说来就来。我为了躲雨，还在超市等了二十几分钟。看天色，雨暂时不会有减小的征兆，我索性将一袋菜顶在头上，冒着雨一路小跑上了天桥。在细雨密布的天桥上，隐隐约约看见一位老人站在那里，他左手撑着雨伞，右手拿着五十元现金递给正在哭泣的小女孩。小女孩约十来岁，一米二出头，没穿戴任何雨具，被雨水淋湿了整个身子。我以为她是老人的孙女，没敢上前搭话。不管他怎么劝，小女孩就是哭个不停。老人拉过小女孩湿淋淋的手，把钱塞在她的手里说："孩子，不要害怕。下这么大的雨，你为什么一个人在这里哭？是不是爸爸妈妈打你了？"小女孩两手遮住双眼，委屈地摆头。老人又问："是不是同爸爸妈妈走丢了，迷路找不到家了？"这时，小女孩哭得更加伤心，她的哭声越来越大，却不停地摆头。老人也被她弄糊涂了。没等老人的手离开她十厘米，她就把钱扔在地上。老人心疼地搂着小女孩，用身体为她挡住雨水。

天桥上面就剩下我们三人。老人担心女孩会被淋坏身子，想把她带回天桥下躲雨，然后再作打算。可小女孩死活不肯跟他走。老人轻轻拉着小女孩的手，准备牵着她走下天桥。这时，从天桥另一端步行梯上走来一位三十岁上下的妇女，她满身湿漉漉的，双眼布满血丝。小女孩见她走近了，赶紧躲在老人身后歪着头偷窥。女人板着脸，气冲冲的样子很吓人，她伸出左手指着小女孩大声吼道："你长脾气了，有本事就不要回家，你爱跟谁跟谁去！没见过你这么倔强的孩子。家里那么多玩具你不玩，带你逛超市，你偏看上那款最贵的奥特曼，你到底想干什么？"女人被气得眼泪止不住地往下流，心理防线彻底崩溃，捂住脸伤心地哭了起来。老人似乎看明白了些什么，他掏出钱包，拿了两张百元钞票递给妇女。妇女说什么也不肯收下，她一边擦眼泪一边说："我们是湖南人，两口子在附近的工厂上班，都是普通工薪阶层，打工只能勉强维持生计。女儿之前在老家上小学三年级，上个月，老家唯一照顾她的爷爷突发脑梗过世了，所以把她带到深圳。本想在就近的学校插班上学，可深圳入学规定是上半年要在网上提交资料申请，如果达到入学条件，可以在下学期降级就读，现在正休学在家。”

老人听罢，叹息一声，又从包里拿出两张百元现金强塞在妇女的手里说：“不要拒绝我的心意。这是给小孩买奥特曼的。”妇女还是不肯要，老人见我在旁边看热闹，连忙同我打招呼：“老板，你说说，我像不像坏人？给我做个见证。”整个过程我从头到尾都看得清楚，忙附和着说：“这位老板我认识，就住在附近的。”妇女还是有些疑虑，老人又说：“不要害怕，我只是见孩子哭得可怜。我有钱，我现在比你过得好些。”妇女接过钱，低头弯腰对老人行礼，然后牵着小女孩往超市方向走去。小女孩边走边擦着眼泪，还不时回头看我们，接着蹦蹦跳跳地小跑起来。我同老人一起走下天桥，我告诉他，我就在附近开店，有空过来坐坐。他也告诉我他的情况，朝我笑笑说：“说不定我们很快就会见面的。”

一个月后的某个星期天早上，应该是7点半到8点的样子，那是工厂员工上班的时间，也是小店最忙的时间。我顾不上看清每位顾客的脸，只管拿货收钱。“老板，给我一包硬中华，另外加两支高钙红牛，请你喝一支。”大清早的，谁请我喝红牛？我抬起头，竟是汤叔。他同我挥手打招呼：“老板，你先忙，不用管我。忙完了，我们再聊！”我忙活一阵，终于可以透口气了。汤叔提着两个打包盒，递一个给我，说：“我刚才去附近打了两份早餐，这是我们客家人最爱吃的三及第汤，你尝尝味道如何。”盛情难却。我刚准备开吃，隔壁楼层住户来自四川的老唐走过来同我打招呼，汤叔以为是我家亲戚，立马把他那份还没吃的早餐递给老唐。老唐毫不客气地接过早餐，坐在台阶上，打开盒子，三两下就吃完了。

吃过早餐的老唐又上前找汤叔要了一支烟，点着火就抽起来。汤叔见他没烟，顺手掏出口袋里刚买的那包硬中华递给老唐，老唐接过香烟说："看老哥你就是大老板，肯定有花不完的钱，下次有抽不完的烟给我，我帮你抽。"说着，他在一旁得意起来。汤叔还真把老唐当我家亲戚了，也没在意。老唐得寸进尺地说："老哥，我刚从老家过来，住在儿子那里，想找份工作，由于年龄大了不好找，你帮忙问问，哪里招保安？我当过兵。"老唐五十八岁了，找工作有点难度。汤叔一听他当过兵，一聊又是在同一部队服役过，虽说不是同年兵，但也算得上是同一部队服役过的战友。汤叔满口答应了他。第二天早上，汤叔兴冲冲地走过来，还没进店门就大声喊道："老板，你家那个亲戚呢？我帮他找到工作了。"我顺口"哦"了一声，还没反应过来谁是我的亲戚。说曹操曹操到，老唐来了。汤叔对老唐说："隔壁工业园区招保安。那个队长是我们梅州老乡，我已经说好了，你明天就去上班。"老唐听到这个好消息，开心得像个小孩抱着汤叔又蹦又跳，仿佛忘记了自己的年龄。老唐开心过后，又对汤叔说："老哥，我明天上班，得住宿舍去，需要买些生活必需品，可我儿子还没发工资。"汤叔听出他的意思，连忙掏出两百块钱给他，又嘱咐我拿一条芙蓉王香烟给老唐，再次叮嘱老唐说："第一天上班，要和同事们搞好关系，烟是必需的。"

三个月后的某个晚上，汤叔约保安队长吃晚饭，老唐、我一起参加。汤叔敬过队长几杯酒，说了一些客套话。老唐可能喝高了，拉着汤叔醉醺醺地说："老哥，谢谢你给我介绍工作。我家里条件差，两个儿子，分别都有三个小孩，我出来打工想帮衬一下。"汤叔不停地安慰老唐，明白他想说什么。酒足饭饱后，保安队长有事提前走了，我暗示老唐埋单，老唐却冲我吼道：“我哪里有钱啊？”我生气地说：“你上了三个月班，发了两次工资，咋会没钱呢？”老唐委屈地说：“寄回家一部分，自己花了一部分。”老唐像个癞皮狗，假装要去上厕所，结果蹲在厕所里半个小时不出来。汤叔到吧台把账结了。我对汤叔说：“老唐不是我亲戚，他住我隔壁，常过来坐坐。您看他那滑头相，就不应该给他埋单。”汤叔安慰我说：“算了。我早就知道，看他同我都是当兵的人，这点钱算什么？没关系的。他条件差，我比他过得好！”听了汤叔的话，我的心里都为老唐感到羞愧。

半年不见汤叔。再次见到他是 11 月 28 日，他风风火火地提着一袋沙田柚站在店门口，对我说：“前段时间回老家装修房子去了，我懂这行，还是自己回去监督放心点。昨晚上半夜才到深圳，一大早，就给你送柚子过来尝尝。这是我家种的，味道很不错。”我接过柚子，招呼汤叔坐下。这时，一个年轻人牵着一只狼狗走进店里对我说：“老板，我在前面工厂上班，工厂还没发工资，可不可以赊点东西，发工资就还给你。”他不是常客，我这小本生意哪能赊账？于是冷冰冰地回他，不可以。年轻人再次求我说：“老板，你行行好吧！我不吃不喝都可以，可是我的同伴不能不吃啊！”他指着那只狗。我还是没有松口。这几年，我就是心软，给一些素不相识的人赊账，结果他们都跑路了，我损失了几万块钱，整天被老婆拿这些事数落我。

汤叔靠近我，问：“老板，咋回事？”我说明了原因。汤叔不假思索地说：“靓仔，你有什么困难？”年轻人说：“我在附近工厂做保安，随身带只狗，老板见了，要我选择，要么把狗丢到野外放了，要么在外面租个房子养着。总之，不许我把狼狗带进工厂里。一个月就那么点工资，哪里有钱租房养狗？还要买狗粮呢！”汤叔见他确实有难处，对小伙子说：“你如果愿意，就把狗交给我看管，我也很喜欢狗的。”我也赞成汤叔的办法，可是年轻人不情愿，他说：“我在部队就是养军犬的，退伍后忘不了那份情结，所以在老家挑选了一只良种狗崽养着。几年了，我按部队的方法训练它，这只狗虽是普通的狗，但是它的能力不亚于军犬。现在，它就是我的兄弟，哪里舍得给别人看管？”汤叔听他这么说，更加喜欢这条不同寻常的狗，随口说：“这样吧，我帮你看管狗，再给你一千块钱，你什么时候方便，什么时候过来牵走。如何？”年轻人被汤叔的诚意打动，接受了建议。他蹲下去，抱着狼狗的头亲了几下，嘴里咕噜几句，好像在交代什么，然后转身就走了。我劝汤叔：“这事有些操之过急，您大可不必帮他养狗，何况还给他钱。”汤叔笑笑，牵着狗走了。

没过一个星期，年轻人又来到店里，我以为他要买东西。他说找汤叔有急事，问我是否有汤叔的联系电话。我帮他拨通了电话，汤叔说马上就来。十分钟后，汤叔牵着狼狗过来了。狼狗很通人性，见到年轻人又蹦又跳。汤叔以为年轻人要牵走狼狗，还带来一大包狗粮。年轻人见到汤叔，说：“叔，不好意思，这些天麻烦您了，狗暂时不带走了，我又遇到一点儿棘手的事。”汤叔见他很着急的样子，关心地问：“咋了？遇到啥困难了？有事慢慢说。”年轻人见汤叔没把自己当外人，说道：“昨天晚上，老家打电话过来，说母亲生病住院了。医生说很严重，急需做手术，晚了会有生命危险。我出来两年，谈了一个女朋友，工资两个人一起花，上个月我们分手了，一分钱没存到，到头来落个人财两空。母亲现在这种情况，我也不知道咋办。”汤叔沉默了一会儿，从皮包里拿出三千块钱放在年轻人的上衣口袋里，安慰他说：“不用急，你母亲的病会好起来的。你先回去照顾她，等病好了再出来打工挣钱，这钱就当是我借给你的，不用急着还。”年轻人听到这话，眼泪哗啦啦流下来了，他泣不成声。我以为他拿到钱就走，可他还是站在那里一动不动，看样子还有什么难言之隐。磨蹭半天，他又开口说：“汤叔，我考虑再三，还是想把狼狗带回去，在家里也有个伴，不会寂寞。”汤叔爽快地答应了，还告诉他狗近来有哪些变化。年轻人接过狗绳，头也不回地走了。站在一旁的汤叔默默注视着狼狗远去的影子。我趁机叮嘱汤叔说：“汤叔，您信他吗？三千块呢。如果他走了不还钱，那就打水漂了。”汤叔满怀信心地说：“不会的，我们当兵的人，不会做这种事。万一他确实有困难还不上，就当资助他做善事了。再说了，我现在过得比他好。”我站在汤叔身旁，顿觉自己比他矮了半截。

汤叔经常光顾我的小店，他成了我店里的座上宾，我们常一起拉家常，谈人生，久了，就成了无话不说的好朋友。有一次，汤叔告诉我，他所在的梅州山区很偏僻，家里兄弟姐妹多，条件艰苦，他十七岁不到就去当兵，只有当兵才是唯一的出路。汤叔所在的部队在南京，他很珍惜来之不易的机遇，在部队待了八年，不但学到了一身本领，还在部队表现优秀，被推荐入了党。复员转到地方时，被优先安排在县无线电公司任技术部主任，当时的工资每月只有六十二元。汤叔家里需要用钱的地方太多了，这点儿钱根本就不够。汤叔遂决定辞职下海来到深圳闯荡。刚到深圳也不是一帆风顺，为了生存，什么脏活儿苦活儿都干过，最后进了一家建筑公司。他在部队学到的水电安装技术派上用场，老板很赏识他。慢慢地，他从小职工干到技术总监，最后自己开公司当上了老板。

这么多年过去了，不管在什么时候，什么情况下，汤叔都时刻以一名军人、一名共产党员的双重标准管理公司，要求自己，做好自己，并尽力去帮助有困难的人，做到退伍不褪色。他总是对身边的人说："不要拒绝我对你的帮助，我过得比你好！"

我本脆弱

早上，随着一阵阵手机铃声，痛了一夜刚眯一会儿的我被吵醒了，手机就在眼前，可身体的某个部位不能出力，我没办法伸手去拿手机。我努力侧身，往旁边的写字柜上靠，却从头到脚都不能移动半毫米。腰间盘到两条大腿之间，就是咳嗽一下，都会牵动出痛彻心扉的疼痛，豆大的汗珠从毛孔里钻出来。手机振动得快要跳起来了，铃声也在使劲地催我，可我只能干巴巴看着，一点儿办法也没有。

离我床边一米的地上凉席上，两个熟睡的小孩浑然不觉，似乎天塌下来都与他们无关。我本不忍心打扰他们的熟睡，但又怕是重要朋友打电话或有重要的事情找我，还是强忍着痛叫醒他们："元元，融融……"，叫了十分钟，才把他们俩叫醒，两人坐起来，看我睡在床上，睡眼惺忪地揉着眼睛，又慢悠悠地倒下去睡着了。你们没有听到手机响吗？你们不知道我的腰痛得动不了吗？我很想发火。转念一想，小孩子哪有这么懂事？再次叫醒他们，铃声已停了。儿子起来帮我穿鞋子，女儿给我找衣服。儿子拉住我的双手，女儿则搀扶着我的身子，把我往上推。好不容易坐好了，可是坐起来身子更痛，像坐在刀尖上。儿子帮我拿起手机，我看了来电号码是“9”字开头的，这一般都是诈骗电话。幸好没有接到，但吵到我的睡眠，我还是忍不住骂了一句“神经病”。

平时好好的身体怎么会这样呢？我梳理了这两天发生的事，星期一，我参加公司举办的羽毛球预选赛，赛后走路回公司，晚上也没觉得异常。星期二照常上班，在工作时弯腰洗了二十分钟东西，起身时突感腰站立不起，两腿不能移动。我试着走路，迈不开步子。再次弯腰，却痛得厉害。我强忍着疼痛，慢慢移到离水龙头不到两米的椅子上勉强坐下，在椅子上休息了一个小时。我以为是闪到腰了，找黄道益活络油擦了，没想到两个小时过去，疼痛加剧了。整个身体就像经络被压迫一般，每做一个动作都是钻心刺骨的痛。我请了假，骑电动车出了公司，向右转三百米就是社区健康服务中心，门口排满了带着小孩来打预防针的女人。社区康医生让我挂号排队找全科医生看，全科医生看后说，社区的设备与医疗水平不行，要我转上一级福永医院治疗。社区医生看我如此痛苦，不敢给我看病，火速给我开了转诊单，他叮嘱我马上去福永医院。我无奈地接过转诊单，心中也觉察到了严重性，不由紧张起来，赶紧骑车往福永医院赶去。由于腰部坐骨神经痛，我不敢坐，只得采取半站或半蹲的姿势抓紧车把，降低车速慢慢前行。好不容易到了福永医院，我找好停车位，挪着步子往门诊而去。每走一步像用刀尖顶住脊椎骨，疼痛难当。到了门诊大厅，挂诊骨科号，交费后有导诊指示我上四楼，坐电梯到四楼，出电梯，到处挤满等候看病的人。先到分诊台登记，再到四楼科室大厅看墙上的大屏幕叫号。

前面有好几个人在等护士总台验收转诊单，痛得要死我顾不了那么多，只好挂急诊。幸运，我排在第一个。我推开骨科诊室的门，眼前的医生四五十岁的年龄，干瘦，长脸，高鼻梁上架着一副金丝框架的近视眼镜。我在他面前的红色胶墩上坐下，两手靠着诊治台。

我将情况说了。他见二档医疗卡看病限制多，所以只开个 X 光检查单据，让我去门诊二楼交钱。我下到二楼交费，交费出来，往左走十米，再右拐二十米就是 X 光室，到拍照片窗口交收据单排号。刚登记好，就叫我的名字，要我准备拍片，医生要我脱鞋上床。我看是个不到三十岁的女医生，可能是毕业不久。她要我把整个身子躺在 X 光机床上，脱掉长裤。我站在离机床不到半米的高度，侧身十分困难。好不容易躺好，女医生还要求我摆几个角度拍片。十分钟后，医生要我在大厅等结果，半小时后到大厅用登记的二维码领取结果。结果出来了，我看不明白，只得回急诊骨科找那位医生咨询。顺着电梯上四楼，那位医生看完结果说：“还好没伤到骨头，没有骨质增生，也没有腰椎间盘脱出。就是扭伤，你请三天病假休息，我再给你开三天止痛药。”他说得轻描淡写，可我下地都难，不禁心中怀疑是医生看我没有外伤，所以敷衍应对。

我听完医嘱，半信半疑拿了药回公司。坚持做完晚餐，收拾好工位，才慢慢地骑电动车回出租房。第二天又出现了今早的一幕，疼痛也变得更加严重了。女儿扶我下楼时，我一步一步，走得十分艰辛，浑身衣服湿透。多亏女儿用瘦小的身体做我的拐杖，让我好不容易下到一楼。只是她还小，力气不大，又怕我摔跤，所以走得缓慢。下楼后第一件事就是用手机约号，我不能指望福永医院能治好我的病。咨询朋友，他说可以预约深圳北大医院疼痛科。我拿着手机预约了当天下午两点去看病。我得趁早同女儿提前赶过去，怕迟了医生下班了。

出租房到地铁 11 号线只有十分钟路程，我们简单吃一点儿东西，十一点半就出发了。我带上福永医院拍的 X 光片，慢慢地朝着地铁站移动，从新和社区到地铁福永站也就半里路，我足足用了半小时才到地铁口。进站后，我们在地下一楼等候，还好五分钟不到就上了地铁。在地铁上，乘客看见女儿扶着我，马上有人让座。女儿赶紧扶我坐下，我想坐，但怕坐下后再站起来的痛苦，所以让女儿坐。她看我不坐，也不肯坐，坚持要扶着我，怕我站立不稳。四十五分钟后，地铁准点到福田站。地铁上的空调很冷，但我依然疼得冒冷汗。我们又换乘 2 号线，坐上两站就到景田站，我坚持自己行走出站。到医院还需步行十分钟，过一道红绿灯，对面就是深圳北大医院。

终于到了。比我预约的时间早半小时，我们到一楼门诊自动机预约取号，看看时间所剩不多，我连忙询问导医。疼痛科在门诊后一楼，可能是站立太久，我腰间盘更痛，几乎站立不住。好不容易走到疼痛科门诊室 A01 室，大厅屏幕早就显示我的名字，我听见叫号才进去。因预约时就填好就诊原因，医生已知道我的基本信息，他简单问了一些情况。我把福永医院拍的 X 光片给医生看，他放在阅片灯下端详一会儿，半晌不作声。我顿时心里打鼓，不会很严重吧？医生安慰我说：“从片子看，没问题，但看你现在的情况还不清楚，所以需要照 CT 才能诊断。先开单交费，抓紧去照，等结果出来了赶紧过来。”

女儿陪我慢慢到二楼交费。交完费，我下一楼，转住院部一楼CT房，看着收费单上的五百元，心想，辛苦工作为哪般，挣点钱还不是送医院。越想越不是滋味。

我们慢慢到住院部一楼CT房登记，转身到大厅等候叫号，前面还有两个号就是我，他们一个一个被推进CT房，又一个一个被拉出来。我看见他们的痛苦的神情，不禁同情起他们来。突然听到叫到我的名字，女儿提醒我："爸爸，到你了。"我慢慢移动像僵尸一样的身躯走进CT房，医生要求脱去外衣，手机、钱包等物品一律放一边，穿上防辐射服，戴上帽子，躺在CT床上。医生按动按钮，慢慢地，我整个身躯进入仪器的圆洞，感觉如死人进火化炉。那一刹那，我内心几近崩溃，与死有关的事情让我开始胡思乱想。我想到了家乡，想到了童年，第一次感觉生命如此脆弱。医生几次叫我起来，我都没听见，最后，他拉我一把，我才反应过来，穿戴好，慢慢走出CT房。医生让我在大厅等结果。我迫不及待地看着显示屏幕，生怕结果出来了没发现。每过五分钟，我就去看看，反复看了好几次。半小时后，终于出结果了，胶片两张，报告单一张。在出报告的时候，我恨不得钻进自助打印机里，把报告扒出来。拿到报告，我到门诊去找开单医生，他拿过CT胶片看了又看，眼睛凝视着两张胶片。我又担心了，很严重吗？会不会以后不能走路，得依靠轮椅过完下半生？刚想问，医生发话了："你腰间盘脱出，第三、四、十一、十二节骨头有脱出的迹象，压迫神经，所以两条大腿不能用力。要马上做小针刀微创手术。"我听着，被吓个半死，医生告诉我去手术室等待。

十分钟后，我被推上手术台，脱了衣服。仪器在手术台前摆着，旁边的台面摆放着手术刀、消毒医用品。主刀医生过来了，旁边跟着两个实习医生。医生边安慰我，边开始做术前麻醉，慢慢地，我的腰椎没了知觉，隐隐约约感觉有一根针大小的东西进入体内在几节骨头中间上下推动。医生的手拿着棉球不停地擦手术流出的血液，我侧脸看见屏幕上显示的腰部，有把刀在里面滑动。半小时后，手术完成，医生嘱咐实习医生把我推到普通病房休息一个小时。这时，我想动一下，可动不了。我担心的事这么快就来了吗？

一个小时后，医生来查房说，给我做手术只能缓解一下我的疼痛，却不能根治。医生说，先准备护腰，把我的腰部捆起来，两个月一个疗程，吃药与保健很重要。医生还教了我一套“小燕飞”的动作，说是坚持做下去会有好转。办完一切手续，医生再三交代以后不要太用力弯腰，注意休息。三天求医路，使我懂得自己的身体，自己得爱惜。

走出医院，我的脚步比来时轻松很多，但心却更沉重，像装了一个三十斤的秤砣，怎么也轻松不起来。

老房子的故事

初到深圳后的一天，我在沙井垦岗卫生院检查身体，抓好药准备回上班的地方。突然来了一阵闪电雷鸣，紧接着就是一场狂风暴雨，把我阻挡在医院门口。我隐约想起医生交代的注意事项我遗忘了些许，又折返回五官科找梁医生询问，他细心地交代我一些用药、吃药期间的注意事项。这时，雨越下越大，根本走不了。梁医生很礼貌地招呼我坐下，两个人拉起家常。原来他是邵阳人，在老家办了停薪留职，在垦岗卫生院工作好几年了。

我在他对面坐着，刚好我的视线对着医院后墙，那里有一栋中西结合的大楼吸引了我的眼球。我起身走近医院后墙脚，刚好看到整个院落，围墙外是三栋连体的高层建筑，每栋房子均为四层，红砖与混凝土钢筋结构，红色的墙体中间，每隔两米就有一扇横条格木窗。每一层三面相通，每一面两扇窗之间有一道罗马柱撑起的木门通向相连的三面阳台。每一面两道门，四扇小窗户，走出那罗马柱撑起的木门，就是连接为一体的环绕小阳台，阳台半米高，内宽一米。斜眼看上去，有一个很精致的楼顶花园，上有小凉亭。如在凉亭摆放一张桌子，可以供三五好友喝茶聊天。这栋建筑别具一格，透过黑色雨夜，老房子里射出微微的亮光。

这栋房子应该有些年头了，看它的建筑风格，在当年也只有旅居海外的华侨才能建造出这样的房子。出于好奇，我迫不及待地向梁医生打听房子的故事，梁医生和我一样，对它很感兴趣。他说刚进医院时就注意到了这栋与众不同的老房子，梁医生说："有一天上班，刚好碰见壆岗村本地人看病，我就与他攀谈起来。"他回忆道："那个本地人姓陈，村里人都叫他陈叔。陈叔是解放前出生的，当时五十岁左右，对这栋房子的来历有些了解。因为房子的主人就是他们家族的前辈。"

陈叔也是听他的长辈们说，这栋房子可能在清末或者民国初就有了，本村陈氏家族华侨在国外很多年，故土难离，所以就回家建了这栋房子。建好这栋房子后，经常在这里议事。比如群防土匪、调解邻里纠纷等，都会聚集在这里商议，就好比"勤政殿"。遇到自然灾害年，他们也会慷慨解囊，在家里搭灶舍粥，救济四邻八乡。后来，抗日战争时期日军打过广州、东莞，最后占领了沙井。日军早就看上了这栋老房子，还把它当作临时指挥部。

日本鬼子占领沙井后，实行封海政策，收缴渔船，抢粮食和海产品。不许当地居民出海打鱼，强迫他们帮助日军修筑防御军事设施。日军占领沙井时，强征劳工和各种税收，横行霸道，对出海的人一旦抓到就枪毙……

1945 年，日本宣布投降，这栋老房子又回到主人手中。主人看着老房子，热泪盈眶，嘴里高喊："胜利了！"长年旅居海外的主人考虑到自己年事已高，能回家的次数不多了，把老房子托给家族中人打理，交代好一些家族的事宜就回海外去了，再也没有回来过。中华人民共和国成立后，陈姓家族商议，把这栋楼捐给村集体所有。村委考虑到学生还没有教室，决定将这栋老华侨留下来的老房子改为壆岗小学。当时上学的人不多，学校设施简陋，还要分设食堂、老师办公室、宿舍、教室。在当时的环境下，这栋老房子确实解决了本村小孩子上学没有教室的难题。

陈叔说，他有很多亲戚在香港生活，他小时候也是在老房子里上完小学的。当年，所有本村适龄儿童上学都不用交学费，就从家里拿一些杂粮或鱼虾干果抵学杂费。村里还要补贴老师一些工分，学生们可以做些义务劳动，如去沙井海边生蚝养殖场，帮助移植蚝苗。所以，这栋楼为本族本村人提供了很多便利。

到 20 世纪 70 年代末，随着人口急速增长，由这所老房子改造的壆岗小学堂已经满足不了当地学生的需求，师生们不得不搬出老房子，搬进了新修的壆岗小学。村委决定把这栋老房子归还给陈氏家族，只是他们后来也没有搬进这栋老房子里。随着改革开放，沙井已成为工业重镇，老房子四周的荔枝园、农田、鱼塘都被建成了工业园，周边的民房已成为一片废墟。而这栋老房子依然被保留了下来。陈氏家族把这栋房子修缮后改成出租房，让它继续发挥余热。

我离开壆岗二十多年了，很少回到沙井壆岗，一直以为这栋有着传奇故事的老房子，早已经被拆除或变成一片废墟。前段时间，突然有去看看老房子的想法，我约了当年在壆岗上班的老乡廖大姐，我们驱车到壆岗村，壆岗的变化太大了，我们下车后都找不到路了。通过打听，知道壆岗卫生院还在，我们走到卫生院内，当年那栋壆岗村最具有特色的老房子已经被周边的高楼大厦所淹没。欣慰的是，老房子还在老地方，当年的建筑风格、红木门窗、罗马柱子、欧式小拱门依稀可见，只是院落有些残败，从外面往里望去，门窗布满了标志着年轮的蜘蛛丝。老房子的房顶、凉亭、三面小阳台长满了杂草，特别是楼顶露天阳台还长出一棵茂盛的小叶榕，整个老房子被一层铁丝网包裹着，一把生锈的大锁，严严实实地把它锁住，铁门外挂着牌子写着“本楼已是危楼，请不要靠近”的字样。我们拍了几张照片，依依不舍地离开了这栋楼。

车开过壆岗卫生院门口，那里有一所现代化的新壆岗小学，操场上传来学生们赛跑和啦啦队加油的呐喊声，附近的村民在周边小公园跳广场舞。曾经那段惨烈的历史已经被这雨后春笋般的高楼大厦所掩盖，而老房子依然静静地守护着陈氏家族。地铁穿过老房子，穗深城际铁路与它擦肩而过，一块旧改规划图高高耸立在壆岗东塘小区门口。不久的将来，壆岗将迎来崭新的面貌，当年的壆岗村会变成繁荣的现代化新城。

安逸生活

“通了，通了……”在新和社区做绿化工作的简大哥在同富路工业园区门外扯着大嗓门边跑边喊，将这个好消息告诉我们。他快五十岁了，心态很好，常快乐得像个孩子，我们称他为“花王”。

2016 年 6 月 28 日这天，对深圳福田到松岗碧头沿线的居民，特别是福海街道新和社区的原住民来说，具有里程碑的意义。我和许多在新和社区待了很多年的人排队体验地铁首发试运行仪式，大家来自餐饮、连锁超市、家电维修、美容美发等各行各业。来体验的人真多，80% 的是新和村本地人，福永站的四个地铁口都快被挤爆了。福永是体验的始发站，福田与碧头都是终点站，单程只需四十多分钟。我从福永站地铁 A 出口进去，随人流一会儿像地龙钻进隧道，一会儿像银蛇飞上高架。到了福田，再换乘相反方向的地铁回来。

深圳地铁 11 号线首发仪式标志着建设四年的地铁 11 号线正式开通。福海街道设有福永（新和）、桥头、塘尾三个站，福永站设有四个进出口，地铁直接通向福海新和社区居民家门口。在地铁建设中，施工噪声很大，尘土飞扬，给附近居民带来诸多不便。那段时间，大家的心里都不大开心，不过想想未来生活的便捷，还是忍了。地铁刚开通，对我们的日常生活也没有带来太多惊喜，也就是速度比公交稍微快点。每次进站，严格的安检程序，大到行李包裹，小到手里的矿泉水瓶、水果刀、打火机都要过安检。还用金属探测仪在你全身上下扫，因感觉有些烦琐，所以每次出门我还是优先选择坐公交。那时，我在新和同富裕工业园开便利店已有六七年了，每天的营业额差不多在两千块左右。地铁开通快半年了，营业额是否增长，我真的还没有留意过，只感觉人流量明显增加了好多。

一天收完档，老婆神秘地对我说："老公，你猜猜这几个月的营业收入多少？"我不屑地回了她一句："还不是老样子。会好到哪里去？莫非你中了双色球头奖了？"老婆故意装出一副神秘的样子，未透露半点新的信息。晚上收档回到出租屋，老婆拿出计算器一本正经地摆在我面前，手指不停地按键盘，给我认真算了这几个月的营业额和储蓄账目。老婆说："我们买套房子吧？"我伸出右手，摸摸老婆的额头，又摸摸自己的脸，感觉有些滚烫。我说："你不会是感冒烧糊涂了？"老婆不直接回答我，而是喃喃自语："你从来就不相信我，不信你拿卡去查查？我们在深圳买不起房，在老家还是可以贷款买套房的，最起码可以交个首付款吧？"我还是有些怀疑她说的话。

第二天清晨，天刚蒙蒙亮，我迫不及待地去附近的银行查询余额。当我把卡插进柜员机卡口内，按语音提示一步步操作，输入密码，查询余额，看到显示屏上出现的余额数据，连我都不敢相信。倘若在工厂生产线，怎么都存不到这么多钱！庆幸的是，我选择了做生意，于是赶紧给老婆打电话说："我刚查了，是真的！"回到店里，老婆给我介绍了近大半年的经营情况，自从地铁 11 号线开通后，周边明显多了好多家高档酒店、休闲会所、公寓楼等。一栋栋高楼大厦像雨后春笋般拔地而起，每天都有络绎不绝的旅游团队，提着、拖着、背着大小行李箱问路，寻找他们在网上预订的酒店。他们都是坐 11 号线地铁，分流到新和社区附近来的旅游团队。那些客人一下车，就拎着包往工业园区、城中小区、商务酒店的方向走去。只要有人流经过我的小店，多少要买点矿泉水、饮料、香烟什么的。前些年，我在路上偶遇两三个高鼻子蓝眼睛的外国人，看到他们拿着类似长枪大炮的相机或其他摄录工具到处晃悠时会去围观，像看西洋景一样。换成现在，他们带着摄影、录像等设备穿梭在老村与工业区的大街小巷，我已习以为常。

老婆统计每天的营业额比以前超出很多，这样下来，我们就可以保证每月的房贷支出。于是，我们于 2016 年年底回到湖南长沙买了一套一百〇八平方米的商品房。虽然是以首付加贷款的形式购买，但总算实现了人生的目标之一。

在新和社区，小商品集散流动摊位、精品风味美食摊、旅游观光的人群、南来北往的人们络绎不绝，最大的消费群体还是市内向市外迁移过来的租户。以前城中村的人流寥寥无几，现在人满为患。这一切得益于地铁 11 号线的开通。由于市内消费水准高、压力大，部分上班族开始转移阵地，往地铁沿线生活水平较低的城中村进驻。很显然，城中村的人流量增加了几倍。一向生意寡淡、死气沉沉的老住宅小区像被打了强心针，给地铁附近的商业街增添了新的活力。

附近一个酒楼的陈老板打了几个电话给我，约我晚上去他的酒楼吃饭。前几年，介绍陈老板来新和投资开酒楼。地铁开通前，他的生意毫无起色，于是想把酒楼转让出去。我说：“兄弟，再坚持一下，地铁马上就要开通了，生意肯定就会火爆起来的。”他听了我的忠告，选择坚持下来。看陈老板说话的表情，就猜到他有好事分享。果然，他想在附近开家分店，并且想邀我入股。明知是赚钱的买卖，傻瓜都不会放过这么好的机会。陈老板的新店选址在和平村某商业街内，经过专业人士设计、装修，选好日子，一家农家乐式的酒楼在一阵礼花鞭炮声中开业了。我以股东的身份出席了分店的开张剪彩仪式。这样一来，我的钱袋又多了一份收入。

运气来了，挡都挡不住。阿超与我是同行，也是我二十多年以前的同事，前几年，他在深圳承包饭堂，赚得盆满钵满。地铁 11 号线开通后，他也嗅到了一丝商机。几年都没联系的他突然打电话给我，说他在塘尾地铁站附近，要我有空过去坐坐。原来他看好一间铺面，两层楼，近千平方米，想租下来做湘菜馆，问我有没有兴趣。这等好事我怎能错过？阿超说他早就不搞大饭堂了，要来这里开湘菜馆，如果我入伙，他给我百分之十的股份。现在，我已是两家湘菜馆的股东，如果不是地铁开通，我哪来这些商机？

我爱运动，特别喜欢跑步，以前总要跑到很远的地方才有适合的运动场所。由于地铁的开通，福永、福海街道投入巨资，把立新湖水库周边升级改造成跑步、休闲的长廊。在地铁站一公里的范围内，新增了祥福、乐福、新和街心花园等三个主题公园。每个公园都设有星级公厕，提升了周边居民的宜居生活环境。这几年，所有的道路、绿化、公共设施都升级改造了，还打造社区与地铁无缝衔接，投入一批微型巴士专线，打通交通的最后一公里。因此，我的便利店也随之迁到附近最旺的地方。这几年的良性经营，让我获益不少。

去年，我买了一台新车，还闹出了一个奇葩的笑话。一个同村同学在她六七岁那年全家搬到了新疆，因为微信的力量，我们分开四十多年的小学同学又联系上了。通过聊天得知，她正跟随旅行团来到了深圳，刚逛完世界之窗，正在大门口，很想约我见个面。于是，我们相互给对方发了个定位，线路上显示距离不远，我步行十几分钟就到 11 号线地铁站。当时只发定位告诉她方位，接着想还是自己开车去接她，也好尽地主之谊，顺便秀秀我的新车。当即我就开车出发，没想到路上堵车厉害，原本四十分钟的车程，开了一个多小时还没到。我开车到达世界之窗门口，焦急地巡视四周，但仍然不见她踪影。突然，手机上迸出来一条短信："我已经到了你的店门口了。"我只好空车打道回府。原来她看我约定的时间还没有到，以为我有事走不开，遂乘地铁过来了。没想到私家车也不好使，还不如选择绿色、低碳环保的公共交通出行。

地铁 11 号线的开通，激活了周边餐饮、酒店、旅游、居家、通信网络、电子商务、金融地产等相关产业链。2019 年 9 月 28 日，一个更好更大的地标性建筑运筹开业了，那就是深圳宝安国际会展中心。经过四年多的施工建设，已经竣工并开业。一个会展中心就是一座新城，好几条地铁正在争分夺秒、保质保量、如火如荼地赶工期，分别从地上地下与会展中心无缝会合。现在，周边的高档住宅小区、学校、医院、城际铁路等公共配套完善。微巴、公交线路密如蛛网，架构着这座大湾区的轴心新城。以大湾区为轴心，辐射周边的地区。繁荣珠三角大湾区、活跃长三角、拉动环渤海湾，乃至走向全世界。因此，我也在运筹，想抓住机遇开设分店，目前正在四周物色门店。

11 号线地铁开通后，周边一公里范围之内相继开放几座公园。环立新湖跑道，同泰购物中心、华强北商住小区、宝安国际会展中心，无缝衔接的微巴打通最后一公里。各种文化娱乐活动也多了起来，简阅书吧和多条美食商业街的形成，都离不开地铁 11 号线的穿针引线。福海街道正在加速硬件设施升级，建设宜居环境，升级成为深圳市“双宜小区”样板社区。出门不带泥，出行不淋雨，吃饭不出十分钟车程。从我所在的地方乘地铁 11 号线出发，坐两站到宝安国际机场，来个想走就走的旅行。最方便的是，坐 11 号线到福田，再转乘高铁就可以到达我的老家。地铁，让我感觉离家也越来越近了。

扶贫散记

龙川扶贫记

2020 年 11 月 24 日，宝安区作协选派部分作家到河源市龙川县铁场镇实地参观深圳市宝安区对口帮扶的几个省级重点贫困村，大家兵分三路，我去了铁场镇和田村，在那里见到了于小雨。

吃过饭，于小雨说，我想把这些剩菜剩饭打包回家。接着，他有些难为情地说，在下面驻村，一个人做饭不太方便。大部分时间不是走村串户，就是在田间地头。偶尔做一顿简餐，都是奢望。平时就是咸菜、火腿、泡面凑合着吃。即便是这些食物，采购过来也不容易。从驻村点到铁场镇上还有好几十公里的山路呢。特地去采购不现实，只有利用去镇上汇报工作的机会忙里偷闲采购些食品和生活用品。特别是农忙季节，哪顾得了做饭，吃个把月方便面也是常事。今天碰巧撞上饭点，留在镇政府食堂吃一顿工作餐，等于打牙祭。

这位八〇后小伙子从小随父母在南方长大，既有北方人的耿直，也学会了南方人的勤俭节约。他没有听父母的安排去当一名医生，而是选择了成为一名警察。于小雨考上了他梦寐以求的公安警察学院，毕业后分配到惠州市公安局。2018年，通过公务员考试，他被选调到宝安区统计局工作。2019年，在家调休的于小雨突然接到单位领导的电话，让他抓紧时间收拾行李，半个小时后在单位大院集合。他带上行李准时赶到单位。领导见到他，催他赶紧上车，说是派他出去办点事。几个小时后，他们一行远离了喧嚣的大城市。第二天，送他过来的领导与铁场镇的领导交接完工作，镇长告诉于小雨，稍等一下，会有人带他去下面的驻村点。当于小雨再次背上行李出发时，发现自己要坐的是一辆手扶拖拉机。在拖拉机上颠簸了两个多小时，才到达驻点的和田村。

于小雨说，刚来和田村时，几间破旧土坯房就是村部，那已经成了危房，根本住不了人。起初，他还是借宿在附近的农户家里。条件是差了点，他却抱着既来之则安之的想法，默默在心里做好了打“持久战”的准备。

听说我是从深圳宝安过来的，于小雨脸上露出了笑容。在铁场镇领导安排的接待室里，于小雨讲了一些驻村的基本情况，然后邀请我去驻村现场看看。于小雨先行回村，铁场镇政府派了一辆商务车送我们，当车穿过国道与省际道交会处时，司机指着中间那条崭新的水泥路说，你们要去和田村就走中间这条路，这是于小雨主持修建的，也是和田村的康庄大道。那是一条标准的两车道村级公路，车拐进村道，每前进五百米，马路旁便有一组蓝、绿、黄、黑四种颜色的垃圾分类桶。每隔一公里，还有一间垃圾屋。司机大哥得意地说，全村四个垃圾转运站，四百个垃圾分类桶，为了申请这个项目资金，于小雨做了不少工作。工程完成了，垃圾清运又是件棘手的事。于小雨在村里选了好几块偏远荒地，考虑到驻村的生态环境，选址不得不一改再改，最后迁到一块废弃多年的采矿区当填埋场。

车缓缓驶向村部大院，于小雨早已在那里等候，车还未停稳，他就迫不及待地伸手来拉车门。这是一栋两层独门独院，刚建好的党群服务中心内还设有社康中心等，各项功能俱全。碰巧有位负责打扫卫生的清洁工上班，见到大家，忙放下手里的东西，指引大家上二楼办公室。她边走边介绍说，“这个小于，好后生啊！为村里做了很多好事。就拿这村部来说吧，以前又旧又破，村民好多年都没有来村部开会办事。以前办事要跑上几十公里山路到铁场镇上，来回花上一整天时间还不一定能办好，现在办事基本上不用跑镇上去了，在村部政务服务厅就可以办好。”说完，阿姨又用手指着马路对面让我看，那里是焕然一新的文化广场，广场中央有梦幻舞台，舞台上空挂着高低炮音响、魔幻射灯等。

于小雨说，为了重新修建村部、文化广场，还真费了不少周折。刚开始，村民十分抵触。大家认为，这么多年，没有村部和文化广场都过来了，没必要浪费人力物力，还要占用大家的公共土地资源，得不偿失，不如把这些工程款分发给大家，落到实处。

新修建的村部比原村部大两倍还多，原址面积不够，需要村民置换土地，受到周边几户村民的极力阻挠。于小雨挨家挨户地做工作，最终达成共识。村部竣工了，配套设施要跟上，信息要畅通。于是在每个自然村小组安装了有线广播——停摆了几十年的大喇叭又开始广播了，村民们都兴高采烈。村部还专门配备了广播室、播音员，可以在早晚播报新闻、农技小知识等。如果遇到紧急或突发事件，也可以通过村广播站第一时间下达通知。村部和文化广场修好后，于小雨想到村民长年窝在大山里，与外界接触甚少，信息闭塞，他便与镇宣传部负责人沟通，组织文化、科教电影下乡活动。逢年过节，还组织举办客家山歌擂台赛、丰收乐队表演，大大地丰富了村民们的文化生活。

刚来和田村时，全村找不到一间公共厕所，人们方便时也不太讲究，马路两旁、墙角地头都可以解决，既不雅观，且容易传播疾病。于小雨从小在大城市生活，对卫生要求高，他第一次进村就暗下决心，一定要提高村民素养，彻底改变村民不讲卫生的陋习。后来，于小雨参与设计和建造了两处大型公共厕所，厕所外观简洁大气，还配有残疾人专用的无障碍洗手间、储物间、母婴室，基本上达到了大城市的公厕标准。这是户外公厕。还有居家厕所改造工程。根据扶贫政策，村里的贫困户、孤寡老人、失独人员、军烈家属、五保户家庭，实行全免费改造。另外一些人家，由县扶贫办出资，每家每户按四千七百元的标准补贴，不足部分自己出。于小雨来和田村之前，所有的村级公路都是简陋的土坯路，村道两边杂草丛生，尘土飞扬，大雨过后，路面凹凸不平，会出现许多水坑。不要说小型的农用汽车无法通行，就连手推车都难通行。于小雨顺着那条土路，每天来回在村子里走上好几趟，他寻思着怎样修建这条村道。他知道，要致富，先修路。通过计算，他拿出方案，向县扶贫办、铁场镇政府领导汇报，项目很快得到了批复。只是修路要占地，占谁家的地呢？大部分村民建房都是因地制宜，方便就好，每户之间距离跨度大。知道要修路了，村民心里各自打起小算盘，有的要求路过他家门前，有的要求路过他家的田头……不同的想法导致争论不休，意见不统一，就很难开工。为了尽快开工，于小雨挨家挨户去做工作，综合大家的意见，制定调解方案，给予损失土地的村民部分经济补偿，不能说让村民百分之百满意，但采取少数服从多数的原则，这件事最后也算圆满完成了。

从筑路基到铺水泥，不到半年时间，一条高标准的村级公路顺利通车。公路两边栽上了树，种上了花草，安装了照明路灯和公交站台遮雨棚。村里的老爷爷老奶奶听说装上路灯了，手握拐杖，在大路上走走停停，双手抚摸着感应灯柱，满脸皱纹遮不住内心的喜悦。现在的和田村，一到晚上，一条条彩色的灯柱，可以照亮整个村子。

路通了，进货更方便，村里开起了好几家生活超市。自从扶贫工作队进驻和田村，先后修建主支干村路二十多公里。于小雨考虑到部分村民出门难，又出点子，申请购买了一辆大巴车，由村委统一管理。等到村民需要进城时，大巴车便派上用场，相当于开通了和田村直达龙川县城的专线。

于小雨永远忘不了，为了修建这条路，差点把命都搭上了。那是 2019 年夏天的雨季，于小雨为了尽快解决修路问题，天天骑着摩托车在镇政府与县扶贫办之间跑。一天，他去找领导，想早点将修路方案确定下来。回来时有点晚，由于坡陡路滑，摩托车在下坡处把持不住，栽向路边的水沟。他的双腿被摩托车压得动弹不得，双手一时也失去知觉。稍微缓和后，他摸出兜里的手机，试着拨打了 120 急救电话。偏远山区，救护车哪能那么快赶过来？他望着黑夜，有些绝望。几个小时过去了，村部留守干部见他还没回来，预感他出事了，找来几位年轻村民，沿着他回来的方向边喊边找，终于找到了他。

于小雨的一只胳膊摔成粉碎性骨折。俗话说，伤筋动骨一百天。可在家休息不到一个月，于小雨又拖着伤痛的身体赶去和田村，继续完成他的修路申报工作。

水是生命之源，于小雨到村里时，发现村民取水方法很原始——就地取材在低洼处挖一个小深坑，让水聚集后，用水瓢舀到木桶里，挑回去沉淀一下，人畜共用。极少数有条件的村民，自家深挖机井取水。大部分村民还是到小沟小塘边挑水喝，而牲畜就在上游排泄粪便，很不卫生。由于和田村地处山区，水资源紧缺，有的地方根本打不出水来。经过实地考察，于小雨发现隔壁村有个小水库，并且与东江水系相通。深思熟虑后，最后敲定在此处取水。于小雨立马起草方案，一次次往镇上跑，把自己的想法向领导汇报，希望领导支持他的方案——把水库的水通过凿渠引流到和田村，中途修建一座抽水增压泵站、一个大型消毒净水池……后来，扶贫办出资，镇政府施工，共铺设管道 7.5 公里，覆盖面积约十三平方公里，三千多名群众受益，占全村总人口的 80% 以上。

教育是头等大事，再穷不能穷教育，再苦不能苦孩子。这是于小雨常挂在口头的话。他在村里摸底排查登记造册，对全村适龄儿童的入学情况了如指掌。哪家孩子因交不起学费而辍学，他劝返并给予资助。哪家孩子调皮捣蛋不愿意上学，他上门做思想工作……为了提高村里孩子的学习积极性，于小雨还想出一个奖励办法——凡是考上大学的，村里每年资助给他三千元，其中本科按每人每年七千五百元补助。全村享受教育补贴达五十九人。

有个叫鲁奇春的农户，五个小孩都在上学，妻子智力缺陷，眼看大儿子就要参加高考了，家里却无能力供他上学，要他辍学去打工缓解家庭负担。于小雨知道情况后，立即上门做思想工作，当即承诺，村里答应解决部分学费，并给鲁奇春安排工作——负责清扫马路。虽然每月工资才两千八百元，但再加上一些贫困补贴、农田收入，还是能补贴家庭大部分开支的。

为了把优势劳动资源利用起来，扶持传统产业与新兴产业同步协作发展，于小雨盘查了村里的劳动生产力与传统产业的基本情况。特别是在新引进的孵化项目上，他组织建设温室养殖大棚三个，面积七千五百平方米，养殖鸡鸭苗十万只，总投资二百六十五万元。村民自愿入股，部分农户实行居家散养，以合作社加散户承包模式经营。

于小雨说，对企业要有个统筹规划，通过大棚温室养殖模式推广，初有成效。为了让农户全心全意投入到致富脱贫攻坚战中来，他与扶贫办、镇领导、和田村委领导班子一起制定发展方向，引进新项目，特别是光伏发电产业链做得比较成功。光伏发电在保障村民用电后，还可以把剩余的电卖给村集体企业。于小雨保险意识很强，他着手给全村民众建了一个健康档案，社保、医疗保障全覆盖，人手一份健康知识小册子。为五保户、特困户登记造册，精准帮扶。对不能外出的老弱病残，也尽量给他们安排合适的就业岗位，比如扫马路、养路护林、公厕保洁、清运垃圾、维护村部日常管理等。他经常到居民家里去走访，偶尔也会遇到不顺心的事。于小雨无奈地说，村中有那么几家人，平时好吃懒做，打牌赌博，还经常在村里打架闹事。有一次，有个村民跑到村部，闯进于小雨的办公室威胁说，你不是扶贫书记吗？我家里困难，你给我搞个特困户名额，我要吃低保。于小雨见他酒气熏天，不与他一般见识。过后，于小雨多次上门劝导，讲解低保政策，同时举出符合吃低保的案例给他听，最后使那人认识到自己的错误。后来，于小雨给他在养殖场谋了一份差事，两个人成了朋友。

落后贫困的和田村旧貌换新颜。现在的和田村，合作社、养殖场、光伏发电等项目已见成效，村民年收入有了明显提高，和田村已经提前完成脱贫致富任务。

我爱瑶乡更爱七百弄

邱其周是一名医生，也是一名老党员。自从他来到大化后，瑶乡已经成为他的第二故乡。两年多的扶贫工作，他出色地完成了使命且收获颇丰。今年，他还被评为深圳市优秀扶贫干部。他在获奖感言中这样写道："不忘儿时众人帮，还报今朝扶瑶乡。"

我们宝安区作协代表一行人来到大化县政府接待大厅，邱其周等几位宝安驻大化扶贫办干部早在办公室等候。记得去时阳光明媚，哪知晚上突如其来降温，第二天早上，室外温度只有三摄氏度。大家一见面，感觉有股暖流扑面而来，偌大的会客厅气氛热闹起来。"今天在大化见到你们，我感到格外亲切，老家来人了，不亦乐乎。大化地处深山，你们一定会感到惊讶的，一个在深圳繁华都市住惯的人，怎么会习惯这穷乡僻壤的瑶乡呢？"这是深圳市宝安区驻广西大化县扶贫办主任邱其周见到我们说的第一句话。还没来得及开口，他已经猜出大伙儿的心思。邱其周一边给大家端茶递水，一边慢慢拾起过往经历，他悠悠地说："我小时候，家里穷，左邻右舍经常大帮小凑送菜借米，村里族人个个慷慨解囊，所以我从小立下志愿，长大后一定要报答家乡父老，好好回报社会。”

2018 年 12 月，单位有消息传出，要选派干部赴河源龙川支援扶贫工作，邱其周第一时间就递交了申请书。想想自己是龙川本地人，如果利用这次机会，回到老家开展工作，不但争了面子，还可以实现小时候许下的心愿，他兴奋不已。却因为其他因素，最终未能如愿成行。邱其周自我安慰说：“有心栽花花不开，无心插柳柳成荫。好在柳暗花明又一村，皇天不负有心人啊！”紧接着来了第二个好消息，同样的时间段，深圳市要派遣一批医疗工作队，赴广西大化县进行全民义诊活动。邱其周随宝安区一批专业医疗工作团队来到大化瑶乡，通过两天的义诊活动对瑶乡大化有了一定的了解。虽然这只是短暂的接触，但瑶乡人的纯朴好客给邱其周留下了深刻的印象。

参加扶贫工作队也是一波三折。2019 年 5 月，邱其周同一天收到两份通知书，一份是赴美国公派学习，一份是选派扶贫干部支援偏远山区。他当时还兼任医院院办主任一职，全家人都反对他选择后者。能拿到公派留学名额，对他而言意义非凡。邱其周也很纠结，说真心话，如果选择去美国留学，不管对今后仕途发展还是自身医学专业技术提升，都是一个难得的大好机遇。自打收到通知书后，他就没有睡个安稳觉，脑海里总是浮现老家年迈父母蹒跚的身影，浮现妻子紧紧抱着襁褓中熟睡的幼子的模样，浮现宗亲村邻一棵菜一把米的恩惠。

2019 年 5 月 3 日，就在邱其周还没下定决心的时候，单位领导突然找到他，开门见山地说：“小邱，情况有变，出国深造的事先缓一缓，你马上回家准备一下，这几天就会派你赴广西大化开展扶贫工作。”5 月 12 日，母亲节，也就是这一天，邱其周来不及陪母亲过节，他背上行李，与家人、同事、亲朋好友道别，坐上公务专车，迅速赶赴新的工作岗位。

刚到大化，新任命他为宝安驻大化扶贫办党组成员、副主任等职。扶贫办是全县脱贫攻坚的指挥中心，这也标志着他肩上的担子不轻。接到新任务的邱其周一刻也不敢放松，走马上任第一件事就是上山下乡，走村串户摸底排查，登记造册收集信息，给脱贫致富规划精准方案。邱其周了解到，大化地处云贵高原南缘的红水河之滨，全县总人口 47.9 万人，总面积 2716 平方公里，为石漠化区域，石山占全县辖区面积的 90.1%，人均耕地不足 0.7 亩，素有“九分石头一分土”之称，是广西四个极度贫困县之一。面对恶劣条件，邱其周时刻牢记使命，不负嘱托，一心扑在扶贫脱贫攻坚战上。他调整心态，梳理思路，按照“宝安所能，大化所需”，紧紧围绕“两不愁三保障”的短板和弱项开展工作。

邱其周明白，要想扶贫，首先要输血，一定要修建产业园区，招商引资，拉动内需，要有支柱产业来支撑。通过周密计划与当地政府联合督办，促成园区尽快建成。邱其周以为工业园区建成就已大功告成。没想到几个月过去了，迟迟没企业进驻，这无疑影响了原计划进度。他反复思考，最后得出的结论是：园区没有招商引资的优惠政策，企业担心进驻后没保障。邱其周与大化县政府分管企业干部落实政策，三顾茅庐拜访企业，宣传园区扶持政策，让企业老板打消顾虑，建立互信，吃下定心丸。不久，一家广东公司就顺利进驻园区。

财神爷是招进来了，要有项目才能让企业运作，否则也留不住。邱其周想到初来大化摸底排查时，留意到当地有种叫“旱藕粉丝”的土特产很受当地人喜欢，不过只在大化小有名气。好东西没有去整合资源，更没有去开发利用，导致打不开销路，产品流通不出去。邱其周思想开阔，见识广，他看见这些用原始方法制作出来的绿色农家土特产如获至宝，便想：“倘若这些产品输入到深圳，绝对会供不应求的。”然而偏僻的瑶乡还在使用传统加工模式，效率低，且是小范围的自产自销。没有品牌营销策划，哪来的经济发展？如果帮助他们打开市场销路，拓宽销售渠道，不但能解决当地群众就业，也带动当地人的种植积极性，给农户增加收入。邱其周找到了脱贫致富的金钥匙。

沃柑是大化绿色标志产品，有一定的种植规模，但销售渠道不通畅，影响了群众的种植积极性，导致沃柑销售价格一直走低。邱其周通过整合资源，建立沃柑合作社，还给沃柑注册商标进行保护。其他水果在十月份中下旬已经推向市场了，沃柑在年底或者来年春节才能采摘推向市场。2019 年是沃柑的丰收之年，如果春节期间不抓紧采摘推向市场，过完春节，沃柑就会全部烂在果园里。邱其周心急如焚，他调动所有能用的资源，到处打电话联系水果经销商。由于大化路途遥远，运输成本高，有的经销商也不愿意冒这个风险。邱其周找到大化县主要领导磋商，给沿线各地各级政府打电话沟通，发去协商函，从而打开一条绿色通道。最后，种植面积最大的都阳乡忠武村东皇岭的沃柑销售一空，瑶乡沃柑走进了深圳的大小超市，给深圳人民送上一份新年礼物。

今年，邱其周还要继续把沃柑品牌做大做强，拓展更宽广的销售渠道。

邱其周来大化两年多，记忆最深的是七百弄乡之行。七百弄乡是大化县最偏远的一个乡镇，那里高山险峻，有的地方一点儿泥土都没有，连草都长不出来。石漠化超百分之九十，总人口才一万余人。地少山多，人们分散居住，交通闭塞，没有支柱产业。农民想走出大山比登天还难，有的人一辈子都没有走出过七百弄。曾有联合国官员到访过七百弄乡后，得出的结论是："七百弄片区是仅次于沙漠地区，最不适合人类居住的区域之一"。邱其周提起考察七百弄乡的经历，脸色一下了暗下来。他抬头望着窗外，眼圈有些发红，半天说不出话来。没想到一个堂堂七尺男儿，一名优秀儿科医生，见过多少生死病痛，竟然对一趟进山的经历心有余悸。

快两年了，每当邱其周想起那件事，心里就会咯噔直跳。那是2019年刚来大化时，责任和使命告诉他，必须详细了解大化县所有大小乡镇的基本情况，才能真正做到精准扶贫。邱其周和几名同事坐车去七百弄乡，当车行至七百弄乡山脚下时，有同事打退堂鼓："已经到了七百弄地界，看看就好，不必进山冒那个险吧？"邱其周还是坚持要去看个究竟。公务车像一只蚂蚁在七扭八歪的盘山公路上爬行，车同人仿佛吊在半空中，行走在云端。大家的腿都在打哆嗦，眼睛根本不敢往山下看，有的人快要吓尿裤子了。由于路况不好，车行驶得很慢。七百弄海拔一千多米高，到处云雾缭绕，雨刮器怎么也擦不净水汽，几乎遮挡了前行的视线。司机都有些害怕了，随行的同事都埋怨不该上来。邱其周一边给同事做思想工作，一边叮嘱司机注意安全。大家都捏着一把汗。刚好车行在狭窄的拐弯处，冷不防从背面上坡处驶出一辆货车，来不及刹车，货车直接撞上了公务车。货车司机赶紧下车，看到车头受损严重，里面的人被撞晕了，他也被吓蒙了。在大山深处发生事故，真是叫天天不应叫地地不灵。山上根本没有信号。货车司机拿出手机试拨 120 急救电话，怎么也打不通。他赶紧用铁棍撬开公务车门窗，把邱其周等人一个个拖出来，放在悬崖边上等待救援。在山里哪里会有救援，要么自救，要么等死。大家不同程度地受了伤，邱其周伤势最严重。他们找来树枝做拐杖，相互搀扶着往七百弄深山的村子里面走去。那次经历算是死里逃生，捡回一条性命。

邱其周还没等养好伤，就提前结束假期赶赴工作岗位。要想改变七百弄的现状，必须先解决几大硬件；水、电、路，实现输血式到造血式产业链的转变。

大化属典型的喀斯特地貌，缺水非常严重，人畜饮水十分困难，“一水三用贵如油，洗菜洗脚又喂牛”是七百弄乡的打油诗，也见证了缺水的严重。邱其周想，政府派扶贫办干部来的目的是什么？就是来改变七百弄，要让这首打油诗里的现实成为历史。从七百弄乡回来后，邱其周一直在着手七百弄的建设规划。在他的协调督促下，利用深圳资助的扶贫资金，为七百弄乡建立了多个家庭水柜，修建多个集中供水工程，在七百弄山脚下拦坝修水库、修建输水网管等工程，一下子解决了七百弄乡的生命之水。

邱其周见七百弄乡的劳动力过剩，就找到深圳一家房地产开发公司结对帮扶，为农民工进行职业技术培训，开展就业对接，把剩余劳动力选择性外输就业。对留守农户，邱其周为他们开展项目开发，打造农副产品培育基地。“不要授人以鱼，而要授人以渔”，这是邱其周的扶贫思路。

由于七百弄乡产业基础薄弱，发展条件差，邱其周协调推进七百弄乡联建联养（种）模式，坚持因地制宜，推动七百弄鸡与七百弄山羊种养场的建设，每个村都有七百弄山羊、七百弄鸡的种养合作社。邱其周满怀信心地说："七百弄鸡与七百弄山羊产业链已基本形成，我正在帮助七百弄乡修建王烈水库，把七百弄的旅游业这个软实力品牌打造好。今后的七百弄将是集旅游、观光、美食于一体的好去处。可喜的是，经过大家的努力，将七百弄鸡规范化养殖，顺利通过并被定为'圳品'。"

与美为邻

鞭声匿迹

说起放鞭炮，从古至今从未失宠。在广东，尤其是在深圳，只要有人居住的地方，逢年过节就会燃放鞭炮。如初一、十五拜神、婚丧嫁娶、开工入伙等重大活动都会鞭声四起。

记得刚来深圳的第一个晚上，我被突如其来的鞭炮声吓得心惊胆战。问早来深圳的老乡，他们说："这算啥？后面动作会更大，有你受的。慢慢地，你就习惯了。"

深圳的城中村住满各类人群，以工厂上班族居多，城中村夜宵档发达，整晚都有人营业，被称之为不夜城。为了躲避集体宿舍的吵闹，工人们三五个、七八个合租一间铁皮房或者低矮的老房子。租房比工厂宿舍小很多，却属于自由空间。在节假日，邀上三五好友，炒几个家常菜打牙祭。如果碰上亲朋好友过来探访，进不了封闭式管理的宿舍，也可在出租屋挤一挤，蛮方便的。到了夏天，深圳用电需求量大，电力供不应求，只有错峰用电。此时工厂调班，可以躲在出租屋睡个懒觉。城中村的土地庙、祠堂不会因你在调休而有所顾忌，他们依然举办各种祭祀活动，冷不丁地放一挂鞭炮，把在睡梦中的人吓个半死。好长一段时间里，我都会因此做噩梦。

1997 年春节，我没有回老家，选择留深过年。大年三十晚上，大街小巷、每家每户门前张灯结彩，观花灯的人络绎不绝。当你驻足猜灯谜时，突然一串鞭炮把你吓得小心肝都要迸出来。更可怕的是那个威力巨大的“春天雷”礼花弹，只见那一束束五颜六色的火球腾空而起，在半空中“啪啪啪”地响个不停，半空中绽放着五彩斑斓的火星点，特别绚丽。不远处，雨点般的火球“唰、唰、唰……”的声音不绝于耳。有时会传来刺耳的尖叫声，原来是发生了火灾，人员伤亡是避免不了的。那时候的城中村，随处可见搭肩楼、握手楼，错综复杂的乱搭乱接现象，让我一点儿安全感也没有。消防设施也不完善，一旦发生火灾，连消防车都进不来，存在很大的安全隐患。

每到清明、端午、中秋、中元、重阳等重大节日，家家户户都在门口摆上香蜡、纸钱、烟酒、水果、鸡鸭鱼肉等祭祀品。每家门口竖立一根长长的铁杆，上面挂一大串鞭炮。别看每家每户并没有统一放鞭炮的号令，然而只要城中村有一户先点燃烟花爆竹，其他人会马上响应，如鸡啼，如蛙鸣，会传染的。霎时间，响声一片，整个城市的空气中都弥漫着呛鼻子的火药味。推窗望去，啥都看不清楚，唯一可见的是，交相辉映的火光在半空四射。村里人并不嫌吵闹，反而以谁家烟花鞭炮声响大、燃放时间长为荣。第二天清晨，大街小巷都是堆积如山的烟花爆竹燃放后的垃圾，累坏了环卫工人，也污染了环境。

2000 年以后，政府开始重视烟花爆竹的燃放问题。村民各自为营的祭祀活动有所收敛。肆无忌惮的开放式燃放烟花爆竹的情形不见了，每家每户门口多了一个燃放桶，大串的鞭炮改为“三二响”。所谓三二响，就是像老家驱赶鸟儿偷食时燃放的短挂鞭炮。其他活动燃放鞭炮也有了新的规定，不再是二十四小时全天候随意燃放，晚上十二点以后禁止燃放烟花鞭炮。到了下半夜，我终于可以安心地睡个好觉了。2010 年，我从桥头村搬进了新和村，政府更加重视公共安全，特别是对燃放烟花爆竹有了明确的法律法规约束，专门颁布了实施细则。那几年，村集体统一修建燃放烟花爆竹的大型场所，所有祭祀由村集体统筹安排。举办集体祭祀活动，必须到燃烧屋放鞭炮，避免了火灾安全隐患，生命财产安全得以保障。人文素质不断提高，政府更加重视群艺生活，有序开放了群艺馆、免费送科教电影下社区……接着，各种文艺演出社团下乡，广场舞也跳起来了。

变化最大的还是 2017 年，政府新政策出台，产能与人口密度相结合，重新规划精细区域治理。我居住的新和社区，把人文、宜居、消防安全、市容市貌、鞭炮燃放等放在政考的第一关。社区居民积极响应“廉洁家风、文明乡俗”等号召，节假日和逢初一、十五不再放烟花爆竹，而是在门口挂一串电子烟花，扰民的鞭炮烟花已不再唱主角，只是一种生活的仪式。

至味基围菜

来深圳已经快三十年了，我由一个初生牛犊不怕虎的“深闯”，变成了安居畅享这方水土的深圳人。深圳没有北方黑土地的辽阔，没有长江中下游江南水乡的柔美，但它独“鳌”中国南海，是位于珠江出海口一颗璀璨的明珠。福海地处珠江出海口，背靠凤凰山，三面环海，以大海养育着这里的基围人。基围人以海的味道，唱出咸水歌谣，以海水烹制出了鲜咸别具一格的基围菜，南粤特色的“基围文化”突显深圳文化的无穷魅力。我怀着强烈的好奇心，总想去探寻它。

深圳是一座新移民城市，多元文化的融入使这座城市的味道千奇百怪。偏安一隅的福海小城菜系林立，其中，以广府粤菜、河梅客家菜、潮汕传统菜三雄问鼎。湖南菜、四川菜不甘示弱，北方面点、西北风味、沙县小吃也各具特色，唯有福海基围人的自家菜不争不抢，暗开一院红。

靠近海鲜市场附近，有一条似乎被人遗忘的旧村落，保存着20世纪60年代原貌的旧街，时光在这里好像按了暂停键。孖庙基围菜馆就开在旧街口，餐馆招牌早已褪了颜色，海鹏哥撒网、渔女织网的海上渔家标志隐约可见。餐馆面积不大，四间铺面，上下两层，大约两三百平方米，一次性可放十二三张桌子。内饰没有湘菜馆的农耕文化格局，没有川菜馆的辣感十足，更没有星级酒店的时尚豪华。在这里吃饭的大多都是本地人，也有少数慕名而来的客人。摆设陈旧却挡不住生意的异常火爆，里面已座无虚席，外面排队等候就餐的人还是那么多。

半小时后，服务员拿着菜单和笔过来问我：“老板，你们吃点啥？”我随口回道：“找到这里来，就是想吃你们的特色菜。”服务员摆上一壶茶水，几碟下酒菜，凉拌海带丝、花生米、白醋萝卜等。菜谱中，莆瓜炒基围虾、原蒸大花蟹、粉丝蒸沙虫、香芋咸肉卷、梅菜干蒸肉饼、菜椒炒鳝丝、黑芝麻花生年糕、丝瓜焗生蚝，都是深受欢迎的家常基围菜。服务员见我皱眉头，故意调侃着说：“今天算你们好运，老板亲自掌勺，给你们做一道快要失传的基围菜——碌鹅。”这话一下提起了大家的兴趣。

我走进厨房，准备偷师学艺。只见老板选一只七八斤重的瘦鹅宰杀后洗干净，将冰糖、姜、蒜头、葱结、八角、桂皮、花椒、陈皮、盐、豆豉、虾米、墨鱼仔、少许五香料一起塞进鹅肚子里，用针线缝合，腌制半小时待用。热锅烧油至六成温，把鹅放入油锅炸至金黄色，捞出，稍凉后取出鹅肚料包，将香脆碌鹅斩件，摆盘，上席。不一会儿，一道香喷喷的碌鹅端上来，色泽金黄，外酥里嫩。大厨又给我们备了豉汁蘸水，大家吃后赞不绝口。

碌鹅本是一道客家菜，进入基围人的生活，将其改良，竟让我们吃出了从未吃过的美味来。服务员给我们讲解碌鹅菜的来由。多年前，基围人居无定所，海上生存环境恶劣，想吃一顿像样的饭菜，只有等到基围人婚丧嫁娶，才有机会海吃海喝。所以，福海基围人很珍惜每一顿基围菜的做法，花很多心思去做每一道菜。他们把捕捞的海产品沿岸兜售，有一次，船行至惠州港口，一只鹅趁人不留意，偷偷跑上船偷吃鱼虾。不知不觉，这只鹅随船远行。渔家发现这鹅，就养了起来，鹅每天吃着小鱼小虾。海上风浪大，养鹅不便，遂决定把鹅处理掉。又考虑到船上不方便炒菜，就将鹅洗干净，把船上有限的调料加入一些海鱼、虾米、蟹碎等塞进鹅肚子里。再在锅里放水淹没鹅身，又加入酱油，盖上锅盖继续行船。由于在海上要拉网捕鱼，渔家忘了锅里还有鹅，等把网收起靠岸，这才想起锅里的鹅。渔家揭开锅盖，发现锅里的水早已烧干，鹅身呈酱褐色，散发着闻所未闻的香味。一尝，妙不可言。

有幸吃到正宗基围菜，我和朋友都颇为高兴。临走时，看见不远处一大片渔家特色建筑群，那是即将开业的渔人码头，集海产品交易、基围人博物馆、基围人农耕民宿文化、基围文化非遗展示馆、创新基围菜大酒楼于一体。我想，让更多人熟知基围文化，也必能吸引更多人品尝基围菜的美味，基围菜的特色将会在众多菜系中突围，彰显出更好的定位。

新和新村

我 1994 年就来福永镇了，而到新和村却是 2007 年。那时只知道有个新和村，偶尔路过也没作停留，更没有关注它。印象中的新和村贫穷落后，公交车绕过时，只看见一条破败不堪的街道。街道两旁有零星散落的几处小工业园区，厂不多，也不大，没有一家上规模的大企业。唯一算得上人流量较大的是新和菜市场。建筑不高，只是两层混凝土结构的楼房，顶楼还是用铁皮加建的。一楼是综合市场的粮杂批发部，二楼是服装店，三楼是外来工的出租屋。

新和村唯一的一条主村道，不到半个小时就走完整个村。往村子纵深进去，不到五百米就没路可走了。随处可见乱搭建的铁皮出租屋，垃圾、灰尘四处横飞，走过那里还要用手捂住鼻子，不然熏天臭气会把你的五脏六腑都翻腾出来。新和市场店铺外，有一群戴着斗笠的本地人在兜售自己下海捕捞的海产品。村里的绿化就不用说了，全是“光杆司令”，连个遮阴的地方都难找。

村里有福兴小学，一栋教学楼承载一切功能。整个村子就两间简易的医疗室，除了简单的包扎消毒外，药品严重不齐，仅有的几种药品还紧缺，简单的感冒发烧还能应付，稍复杂一点儿的病还得到福永镇医院去。

新和村的发展总是比别的村要慢半拍。由于本身底子薄，资金短缺，想发展也只能干瞪眼。相比福永镇的白石厦村、凤凰村、怀德村、塘尾村、和平村、桥头村等发展较早、有工业基础的村子，新和村就差远了。就拿机场附近的下十围村和兴围村说吧，虽然它面积不大，工厂不多，但地理位置好，早已形成了商业板块，商业发展比较成熟，利用机场优势，已成商业金融繁华地圈。

2007 年，我来到新和村某电镀厂上班。空闲时总在村里转悠，偶遇村里上了年纪的阿姨阿叔在村口唠嗑，我主动上前找他们搭话，拉家常，打听新和村的前世今生。新和村是新的移民村，原住民很少，全村老少不足一千人，大部分都是海上渔民迁过来的，并且不是来自同一地区，口音与姓氏都不同。他们来自潮汕、广西北海、广州番禺、中山等地，甚至还有从福建过来的。新和村有个不争的事实：新和没有历史。因此，村里没有祠堂、祖屋，所以不敢与其他村相比，也不敢去争地、抢人、谈条件。

中华人民共和国成立后，政府为了边防安全，便于管理，出台了一些临时政策，鼓励渔民上岸，政府给予一些如分田地、建住房、学校、医疗保健室等政策扶持。新和靠海，浅海低洼地多，只有将浅海围海造田，改造成鱼塘搞养殖业。沿海的天气变化莫测，有时候在睡梦中，台风突然造访，把房子屋顶、鱼塘工棚掀得底朝天，让村民光着身子睡在了露天花园，辛苦养殖的鱼虾全打了水漂。

2007 年，宝安大道贯通，机场航道改扩建，延伸至新和村附近。

村里的流动人口急剧增加，一栋栋高楼拔地而起，几纵几横的水泥路面步行街像渔网一样把整个新和村编织起来。原来的福兴学校也扩大规模，增加了好几栋教学楼，高标准的操场里有排球场、篮球场、羽毛球、乒乓球等各种活动场所。新修的教师公寓楼更加气派，学校还增加了实验室与阅览室，条件大大提升与改善。村里人口增长，原有的学校已经满足不了生源需要，遂增加了一所鹏辉中英文学校，从小学到初中，可容纳几千名学生，还有几所新开的幼儿园，形成了后来的现代化新村。

2017 年，福永分为福永和福海两个街道，新和村属福海街道，福海街道把新和村作为提升试点，投入大量资金改造新和市容市貌，村道路面翻修，电、气、网升级改造。刚竣工的改扩建几万平方米的新和村福永海鲜市场，打造基围文化特色的渔人码头商业街。从远处慕名来到新和村参观基围文化长廊、品尝基围美食的人络绎不绝。深圳宝安国际机场二期航道改扩建到新和村，地铁 11 号线刚好穿过新和村的心脏，并且还把地铁站直接建在家门口。修建中的地铁 12 号线，也从新和村的腹地穿过，并设有区间站，新和村迎来了前所未有的发展契机。

2018 年，福海街道被定位为大湾区轴心，距新和村仅一步之遥，深圳最大的国际展览中心也落户福海街道，与新和村成了近邻。汉永酒店、维也纳酒店，其他星级酒店也落户新和村。国内外知名大型购物中心、超市、便利店、美食店，像大榕树的胡须深入新和村的每一条大街小巷。特别是物流园与公寓房，随处可见。新和村一度成了深圳热点，人口从原来的不足千人，到现在总数达到十万人之多，相当于一个小县城人口的总和，一个曾经落后的弹丸小渔村，成了福海乃至宝安区的经济商业模范村。

这两年来，在福海街道领导的重视下，改造新和村成为领导的重要决策，把新和村打造成“双宜村”。学校、医院、住房，全面升级改造，旧工业园区升级，重新焕发生机，马路两边的穿衣戴帽工程以及景观灯改造成为新和村一道亮丽的风景线。在新和福洲大道与同富裕工业园交会处，有块三角地，大约几千平方米，之前就是一块荒地，杂草丛生，经常半夜有人偷倒建筑垃圾。旁边有一条通往海边的臭水沟，原来是福永河的支流。前些年，那里用围栏圈起来，上面有政府公示，属沿江高速配套工程储备地，预设加油站。

2017年，新成立的福海街道着手解决民生问题，注重环境保护，首先治理新和村的两条黑色“腰带”。第一条就是宝安大道旁海鲜市场到海边虾山涌，第二条是福洲大道到海边孖庙涌的臭水河。在虾山涌与孖庙涌分别修建了污水截流净化泵站，使工业污水、居民生活污水通过污水处理，达到水质排放标准后流入大海。治理后的福永河修了徒步观赏栈道。福洲大道到福永河支流两边种植了花草，福海街道领导还把那里定为“福海街道义工林”。每年的植树节和雷锋纪念日，街道领导都会组织人来植树。新和村的插花地当然也不会遗漏，这是重中之重的工程。从2019年开始，街道派设计专家多次考察。2020年6月底，新和街心公园终于完工并对外开放。展现在新和村人面前的是一座功能齐全又富有创意的人文袖珍公园，也填补了福永、福海所有村落中没有公园的历史。

走进新和街心公园，所有的健身设施齐全，特别是村里的老年人和小孩，玩得不亦乐乎。一到晚上，夜幕下的新和街心公园，大家聊天、健身、跑步、跳舞、捉迷藏随处可见。常传来一阵阵欢声笑语。进门直走两三米，就有个十几平方米的凉亭，几位老人在凉亭里弹奏各种乐器，随着节奏唱起了歌。到了晚上十一点，新和街心公园之夜依然亮如白昼，人们玩得正尽兴，也没有离开的意思。

现在的新和村，已不是当年的小渔村，而是大湾区的一个有文化、有创意、有发展的经济强村。随着 12 号线的开通，深圳国际会展中心的营运，市中心的人流偏向新和村，给新和村注入新鲜血液。新和村已是观光、美食、购物最佳首选地，更是网红打卡地。新和村的发展将会更加美好。

借米

人往往在低谷时，才能看清亲情与友情之间的世态凉薄。

借米比借钱更难开口，说到借米，实在是难以启齿的。回想起小时候家里借米的经历，到现在都觉得有些丢人。真正去借过米的人才能体会到“难”字有多难写，我想，大部分人都没有这种借米的经历。在我的童年记忆中，我家每年青黄不接的时节，就靠借米度日。

记得我五六岁时，得过一场大病，花了好多钱，还欠下医院一笔不小的医药费。在当时，用“天文数字”来形容一点儿不为过。为了给我治病，父亲被逼得没辙，才把家里能卖的都卖了，甚至把家里仅剩的口粮都卖出去了，家里到了吃了上顿无下顿的地步。

父亲性格腼腆、懦弱，不爱说话，最犟的是，他从不求人。每次救急借东借西，都是母亲出面，好像她才是家里的顶梁柱。家里大大小小的事都是母亲一个人张罗，父亲从不过问，只顾驴拉磨式的劳作。当我看见母亲低着头去左邻右舍家里，一准又是遇到什么难处了。邻居都还好，很少让母亲空手而回，东家借几斤玉米糠，西家借几碗高粱麸皮。弄回来后，掺杂一些野菜，搅和成糊糊吃。

那年，大哥十五岁，二哥十二岁，我六岁，正是长身体的时候，母亲宁愿自己饿肚子，也不忍心让我们挨饿。每次把搅和的菜糊糊分成四碗，我们三个兄弟各一碗，父亲和母亲共分一碗。他们每天还要到村集体出工，干的是体力活儿，那点菜糊糊根本耐不住饿，他们整天饿着肚子，还要挣工分养活一家大小。

母亲借米，一般都是晚上去，一是白天要干活儿，二是晚上不太引人注意，母亲好面子，被人看见了难为情。记得第一次借米是去生产队里胡大妈家，母亲带上我给她做伴。她背着土花布袋子，手里拿着一根两米多长的竹棍。那时，家家户户养狗。竹棍用于赶狗。母亲拉着我的手，摸着黑，小心翼翼地往前走。大约走了半里路，前面有光亮的房子就是胡大妈的家。她家独门独户，离马路较远。我们还没靠近她家的院子围墙，她家的大黄狗听到脚步声就跑出来了，先是一阵狂奔乱叫，随后带着一帮狗崽气势汹汹地扑过来，龇牙咧嘴的模样，那架势像要撕你的肉，啃你的骨头。看上去，凶残至极。

母亲赶紧把我藏在她身后，高举手中的竹棍，厉声喝道；“你这死狗，还不快走，小心我一棒子打死你！”

这话还真灵，大黄狗不敢继续向前。看来它也是欺软怕硬的主儿，见母亲这般凶狠，也胆怯起来，狗自顾自地朝着天空乱叫一通，带着狗儿狗孙走一步回头望一眼，还采取“进一步，退三步，又叫一声”的撤退战略，慢慢撤退到狗窝里。

胡大妈听到狗叫，知道有人来了，站在门口大声喊：“谁啊？这么晚做什么？”母亲以我的口吻称呼胡大妈，说：“胡大妈，是我，友玉！”“啥？有鱼？我不买鱼。”胡大妈的耳朵有点背，容易串话。“不是卖鱼，我是彭婶的三丫头。”母亲纠正说。胡大妈总算听明白了，她一只手提着煤油灯，一只手拄着拐杖走出来迎我们。这时，大黄狗仗着主人在，又想在主人面前表现一番，再次张牙舞爪地凶起来。胡大妈抓起手上的拐杖就撩过去，大黄狗躲得快，没打着。狗见主人发飙了，情况不妙，撒腿灰溜溜地逃走了。

我们跟着胡大妈进了家门，她家偌大的房子，就住胡大妈同友炳伯伯两人。她两个女儿早几年嫁人了，按政策，她还是五保户，不但有政府按月定量发放的福利粮，还有镇上民政所的慰问金。友炳伯伯自己还能劳动，没事就去开垦荒地，种出的粮食，也吃不完。母亲说明来意，胡大妈二话没说，直接把米缸搬出来，将米倒入两个盆里，说："友玉，你看看，就剩这么多了，我们俩一人一半。我知道你家里人多，我再给你多舀两碗米。”母亲连忙说：“胡大妈，谢谢您，你自己多留一点儿，我熬过这几天就好了。如果不够，再去想其他办法。”坐在堂屋门角落抽旱烟的友炳伯伯故意咳嗽几声，胡大妈会意，说：“那也行，你就拿小份吧。”友炳伯伯又用烟枪头猛敲几下门框，胡妈妈似乎明白了什么。她迅速把两盆米重新倒入米缸里，对着友炳伯伯说：“友玉不是外人，我们从小看着她长大的，她家里孩子多，口粮肯定不够吃的。我们家就两个人吃饭，还有一些玉米、番薯、土豆等杂粮，可以填补一下。”友炳伯伯没有出声，起身把凳子摔得老响，他走进房间，用力反推一把房门，熄灯休息了。胡大妈被大力的关门声吓了一大跳，身体都抖了几下。母亲见状，不好为难胡大妈，收起布袋，牵着我就往外面走，边走边说：“胡大妈，我对不起您，给您添麻烦了，您回头给友炳伯伯说一声，米我不借了，让他不要生气，您也早点回屋休息吧。”

母亲的自尊心受到了打击，她强忍着泪水往肚子里吞。我们走出胡大妈家的大栅门时，大黄狗也跟着跑出来，死死盯着我们的一举一动，生怕偷走它家的一针一线。胡大妈跟着跑出来，她手里提着一只小篮子，篮子上面用一块布盖着。她悄悄把篮子递到母亲手里，低声说：“三丫头，对不起啊。我家老头儿就是孤老心，从不管别人死活。我自从十六岁就嫁进这个家里，从来做不了主。你也不要记恨他，他就是那样的性格，我早已经习惯了。”为了掩耳盗铃，胡大妈转身朝大门口故意大声说：“友玉，你跟孩子慢点走，有空过来坐坐，太晚了，我就不留你们了，早点回去休息吧。”

母亲提着篮子，拉着我越走越快，回到家门口，见家里没有点灯，母亲以为家人们早睡着了，轻手轻脚地推开门，堂屋里的煤油灯突然点着了，把我俩吓一跳。原来，父亲睡不着觉，一直在等着我们回来，他闲得无聊，索性坐在堂屋抽旱烟。母亲走在煤油灯下，放下篮子，掀开旧花布，睁大眼睛看了又看，忍不住捂住鼻子，哽咽着半天说不出一句话来。原来，当友炳伯伯表现出不愿借米的态度时，胡大妈不想与他发生正面冲突，就来个“阳奉阴违”，她趁友炳伯伯进房休息的空隙，偷偷跑进杂物房，拿起篮子，在里面塞满玉米、番薯、土豆，还有两小碗大米，匆匆忙忙找块旧花布盖着。母亲在心里感激胡大妈，看着篮子里满满的爱心，不停地擦拭眼泪。她语重心长地说：“平儿，你一定要记住别人对你的好。”后来，友炳伯伯和胡大妈过世，还是父亲帮他们俩入殓的，母亲带一帮妇女负责烧火煮饭。他们的丧事是大家一起操办的，甚是体面。

第二次借米是两个月后，正是青黄不接的时候。那时候，有余粮比身上的黄金还珍贵。母亲有两位大姐，按理说，我应该叫她们大姨妈、二姨妈。家里没有男丁，外婆做主把母亲留在家里，招父亲做上门女婿。这样一来，我就将她们改口叫大伯、二伯。大伯家条件不好，她早年丧夫，一个人拉扯着四个小孩，还搭上一个八十多岁有视力障碍的婆婆，日子过得十分艰辛。我们自然不好意思朝她开口借米。二伯家底殷实，只是她公公是出了名的“铁公鸡”，又是个“半桶水”的风水先生。别看他是“半桶水”，找他看风水的人络绎不绝。这行业来钱快，且不需要成本，所以家底厚。二伯结婚后生了三个小孩，最小的是男孩，这对重男轻女的家公家婆来说实在是皆大欢喜，她公公的收入供家里开支绰绰有余。二伯的老公在生产队当仓库保管员，是个爱贪小便宜的人，利用职务之便，时不时半夜从仓库偷些玉米、黄豆、麦子、稻谷等粮食回家。更可恶的是，他白天踩点儿，晚上顺手牵羊把人家菜园子里的辣椒、瓜果、蔬菜等摘回家，从无空手而回的。别人家缺粮食，她家的粮食吃不完，于是把剩余的粮食拿来放高利贷。二伯的老公也学了几招看风水的绝招，常在外故弄玄虚骗取钱财。每次给人看风水时，都说天机不可泄露这样的鬼话，故意设套让人往里钻。如果你真要弄清其中的玄机，就会被他牵着鼻子走，钱财照收不误。

母亲也是没有办法了，才想到去二伯家借米。母亲也清楚从她家是借不到任何东西的。能在她家借到米的人，绝不是一般人。不过母亲还是抱着试试看的心态去二伯家。两姊妹见面，二伯脸上倒是热情，拉着母亲的手说：“幺妹，你好久没来了，如果你还不来我家玩，我准备就这两天回娘家看你的。三侄子生病了，我都没空回去看他，现在恢复得怎么样了？”二伯边说，边搬凳子让母亲坐。

二伯关心地说："你们还没吃早饭吧？等你二姐夫回来了，我们就烧火做饭。"这时，她公婆也在屋门口坐着。他们俩向来就不待见二伯娘家人。她公公自言自语地说："本为不是出去帮忙了吗？不知道什么时候才回来。没做事吃早饭，那不是浪费粮食吗？一天吃两餐饭就好了。""本为"是二伯老公的名字，吃两餐饭，是青黄不接时的临时规矩，本意是节约粮食。母亲明白二伯的公婆有意驱赶客人，连忙给自己打圆场说："二姐，早饭就不吃了，我家里还等我回去做饭呢。你侄子生病借了好多钱，为了凑医药费，把口粮都卖了。看在姐妹情分上，能不能借一担米让我们渡过难关？"二伯听了，好半天说不出话来。母亲知道她做不了主，又说："实在不方便就算了，我们只好全家饿死算了。再说，这世上饿死的也不只我们一家。"话都说到这个份儿上了，二伯的脸上也挂不住，大胆做主说："没事，等你二姐夫回来，我给他说，自己的姊妹不借，还借给谁？这个主，我还是做得了。如果你姐夫不答应，我就同他翻脸。大不了把我的那份口粮留出来，也要借给你。幺妹，你尽管放心回去，明天早上直接过来挑稻谷就是。"

母亲饿着肚子走了十几里路回到家，还有点不放心，又跑到同母异父的小舅家里去，对小舅说："你明天早上带着你大外甥去二姐家挑稻谷。我今天去二姐家借米了，二姐亲口答应借一担稻谷给我，我怕她会反悔，还是麻烦你去一趟，毕竟你是娘家兄弟，多少会给你几分面子的。"小舅满口答应下来。十五岁的大哥听说要去二伯家，高兴得一夜没睡好。他猜想二伯家条件好，生活也不差，好久没见荤了，到二伯家有大餐吃了，口水都流湿了整个衣领口。

第二天，大哥早早起床，挑着母亲准备好的箩筐，焦急地等着小舅过来。母亲猜想，去了二伯家不会有早饭吃，于是煮了几个芋头叫他们带在路上吃。小舅说要挑箩筐，大哥逞强坚持要挑，小舅也不同他争，跟在大哥后面往二伯家去。过了河，顺着大路走七八里，又走一段小路，再翻过几道田埂到了二伯家。大哥欣喜地在二伯家厨房转悠，就是不见二伯烧火煮饭，吃大餐的计划估计要泡汤了。

二伯的老公见小舅子到来，表情冷漠，拉着脸，一副爱答不理的样子。小舅也不想多待一分钟，直奔主题，说："二姐，二姐夫，幺姐让我过来帮她挑稻谷的，她说你昨天答应了。我就不在你家吃饭了，稻谷放在哪里？我自己去装，赶时间挑回去，还要回去整地呢。"二伯不敢说话，二伯父开口了："真是不巧，她借米时，我不在家。前几天，我答应将米借给别人了。家里缺粮食应该早点跟我打个招呼，我肯定不会答应借给别人了。你说，家里有余粮不借给自家亲戚，借给谁？你说借给外人，说得过去吗？我的脸往哪里搁？"他不愧是看风水的，说得比唱得还好听。

二伯父当着小舅子的面唱起双簧，又指着二伯说："都是你搞的好事，不跟我商量，就随便答应别人借稻谷，这下好了，我看你怎么向小舅子、幺妹他们交代！"二伯像一根木桩傻傻地站在一旁。家里哪里有她说话的份儿？二伯父不光计谋得逞，得了便宜还卖乖。小舅早已看出二伯父的心思，只是不想当面拆穿。来之前，他就猜到可能会是这样的结果。他非常了解二伯父的性格，不见兔子不撒鹰、嫌贫爱富。为了两头不伤和气，小舅只有两边劝说："没事，你们也不用吵了，没有就算了，下次有了再捎个口信，那我们先回去了。"小舅挑着那担空箩筐，摇摇晃晃走在来时的小路上。大哥跟在他后面跌跌撞撞地走着，早就没有了来时的那个兴奋劲儿。

母亲估算着时间，老远望着小舅他们回来的路口，只见小舅挑着那担空箩筐无精打采地回来了，心里也不是个滋味，自责说："谁叫我们家比她穷呢？姐妹情算什么？亲情值几个钱？面子有时候也不能当饭吃。"母亲也只能把这事闷在心里，偶尔朝自己发发牢骚。

过了几天，母亲去镇上买蔬菜种子，凑巧遇见二伯隔壁的蔡婶，她老远就看见我母亲了，伸手拉着我母亲问："幺妹，你那天去你二姐家借米吗？借到了没？"我母亲有点不好意思说出口。蔡婶又说："没有吧？我看见你兄弟同你家老大去的，却挑着一担空箩筐回来。"母亲解释说："不巧。他说早几天答应借给人家了。""放屁！我看见你兄弟前脚刚走，隔壁村的老赵后脚就挑着一担稻谷从她家后门出来了。"蔡婶是个直性子，藏不住话。母亲闻言，顿觉头晕。她稍作休息后，一个人无精打采地回家。此后，母亲大病一场。

物勒工名

我是逛街误打误撞窜到临澧县红军路的，然后撞进了老戴理发店。铺面不大，面积不过五平方米。没有精美华丽的新潮装修，一切摆设还是20世纪六七十年代的模样。倒是门前显眼位置处摆放的这把老得掉牙的理发座椅，吸引了南来北往的中老年人。不光是摆设陈旧，就连老师傅手里用的每一件行头都是那样的稀奇古怪，估计现在的年轻人压根没见过。我是七〇后，脑海里依稀有些眼熟。

看着这些老古董工具，一下勾起我的儿时记忆，这还是我小时候在老家镇上见过的，那位理发师傅是我本家，听说传到他是第四代了，算得上是理发世家。前几年回老家，得知老师傅已经作古，再无传人。怀着好奇，我站在门口，往里望了望，座椅上躺着人，看他穿戴打扮，像是外地打工回来的，所有走进这间理发店的人，都是怀旧的人。他闭上双眼，躺在老式太师椅子上，椅子上的污垢布满整张椅子，旁边放着一张断了腿的三脚洗脸架，断腿用竹条绑着，与两条好腿共同支撑着身子。洗脸架共三层，上层正面镶嵌着长六十厘米、宽三十厘米的小镜子，镜框上搭着一条毛巾，已经洗得脱纱了，留下千疮百孔，只是依然洗得雪白。镜子下面放着一只搪瓷脸盆，脸盆有好几处掉瓷了，上面打了补丁，搪瓷盆四周还能清晰地看见“农业学大寨，工业学大庆”的字样。二层是工具箱，内有洗发膏、老上海牌香皂。香皂盒内有小毛刷，用来刷胡子。还有一把手动剃须刀，像麒麟，又像变形金刚，两个手柄张开，分别用大拇指同中指或者无名指握住，大拇指同中指用力往里合，无名指、小指随后助推。一般人很难握得住，就是握住也不一定合拢得来。一把头尾都翘起来的刮胡刀，看上去像一把简单的小折扇，用手指从里面一抵，刀片迅速从刀架跳出，像电视剧《天龙八部》里的一把弯刀。握刀有讲究，学徒时间没有一年半载，师傅是不会让你握刀的，弄不好会见红。第三层放磨刀石、搪刀油布、挖耳勺、修脚刀、指甲钳等工具。整个架子放置的都是传承下来的老物件。

座椅最吸引人，分三层，最底层是脚踏。第二层就有名堂了，人坐上去，整个二层是一个圆轱辘似的，两边可以放手和胳膊。二层有个机关，背后有个支柱，支柱中间有一内槽，顺槽下来有七个小孔，槽里有一根关键的插轴头，插轴头顶部有个小孔。一根绳子拉住一根铁钉。如是理发，就要坐立。这时，把插销放到底部，再在中间把铁钉插进去，座椅不会倒。第三层的底座有大铁疙瘩，喇叭形，沉，受力的地方全靠它撑起来。喇叭铁疙瘩中间有根圆柱支撑，可以左右转动。如果你要刮胡子，那就大有学问了，在第三层与第二层中间，把支柱槽里的铁销抽出来，再把铁钉插到最上面的孔里，椅子的二层与三层就会倾斜下来，三层的脚踏也会随着翘起，整个人就躺在一条平行线上。这时，理发师就会给你修面、刮胡子。椅子旁边挂着一块布，其实就是一块修配厂的轮胎皮，两面磨得亮堂堂的，上面起了一层油污垢。

椅子右边放一个蜂窝煤灶，旁边放着几个煤球，灶上放着铝合金锅，烧着热水，供理发用。房间里最多能容下三两个人，再无空间了。我也想体验一下，顺口问理发师傅："修面多少钱？"回答很干脆："五元！"

不用考虑，直接进去等。大约等了半个钟头，里面的人出来了，看他付了十块钱。等那人走了，老师傅才同我打招呼："小伙子，你这个年龄，看得起我的手艺？"我说："怀旧呗。"老师傅示意我坐在那把老古董椅子上，没有沙发的绵软，也没有深圳的顺德家私的高端，就是带有一股远久气息，给人异样的感觉。

老师傅上身穿一件过时褪色的仿真皮衣，下身一条土黄色的棉裤，上面染有黑色小点，许是给老年人染发落上的吧。老师傅问，你从外面打工回来？我说，是的，刚从深圳回来。他问了我很多外面打工的事情。我们相谈甚欢。看来他一辈子没有出去过。

老师傅在脸盆里倒少许热水，把毛巾浸泡约五分钟，拿起，对折几个回合成了三指宽度，他把毛巾压在我的上嘴唇上。老师傅告诉我，他这种老式理发，整个临澧县在 2017 年时还有三个人，到去年只剩下两个人了。我开玩笑说，老师傅是非遗传承人之一，政府应该给资金扶持。老师傅不在意地说，社会进步快，年轻人不愿意学老手艺。

十分钟过去，老师傅取下我上嘴唇已经凉了的毛巾，他开始娴熟地动作起来，左手提椅子插头，右手扶着椅子转动几下，再拉一下三层的头枕，椅子"咯咯"地晃动几下，我从脚到头哗啦啦就飘在半空中，着实把我吓一跳，担心会摔着。没想到老师傅一点儿都不紧张，我的头与脚笔直成一线，就像砧板上的肉只能任人宰割。这时，老师傅把一条左腿压在我的下半身，整个身体前倾，左手拿了一块挂在椅子上的轮胎皮，右手在上面用力上下滑动，弯刀“嚓嚓”地响个不停。我心里害怕，生怕那块横在我头上的轮胎皮断了拉头线，紧张得大气也不敢出。老师傅一只右脚紧挨着椅身抖动，好像在用力磨刀。我心里祈祷：“千万不要出事，太危险了！”

老师傅面带笑容地说：“才几分钟，你就害怕成这样了！”听他这么说，我放松了许多。老师傅左手压着我的上嘴唇，右手五指呈半弯月地握紧刀，在我的嘴角轻轻刮着。我闭着眼，只听“嘘嘘”响个不停。那是胡须被割断的声音。我的毛细血管都在起伏，心脏都快跳出来了。五分钟过去了，上嘴唇刮完了，老师傅往脸盆里换热水，又把毛巾泡在里面。可能是紧张的缘故，我感觉如同过了几个小时。

我好奇心起问老师傅，当初为什么选择理发？他打开了话匣子了，他是澧县白衣公社人，20 世纪 60 年代生，本来一心想读书。读初中时，家里很穷，兄弟三个，他排行老大。老师傅一岁多时，由于没人照顾，自己爬到灶头，衣服起火了，他的左腿烧伤，又没钱治疗落下残疾。所以，他上学特用功，希望跳出农门。初中毕业后，别的同学都收到高中录取通知书，他却没收到。跑了几次村部询问，都不给答复。他知道祖上成分不好，一气之下，他就往邻近的安乡县交界跑了。

这时，老师傅的脸色有些变化，看得出来，他对当年的遭遇依然介怀。老师傅说话还不忘干活儿，他拿起毛巾，用手上的刀在我的下巴处继续刮胡子，别看他已经五十出头儿，但手上功夫赛过一般年轻人。他说，那年冲动下跑到安乡县，又是一个下雨天，他跟着人流混进渡船，到了安乡地界，在河码头转悠了一整天。他是背着家里人出走的，根本就没有带钱，也没有钱可带。眼看天色渐晚，整个河堤上不见几个人影，心里有些害怕。这时，见渡口不远有个茅草棚。转眼天色更晚，路上行人更稀，他心里更加害怕了。刚好茅草棚亮起了油灯，那是整个河码头唯一的光亮。他的衣服已经被细雨淋湿，人也一天没吃饭，可谓又冷又饿。草棚的老板也留意到门口的这个小男孩，就大声喊："小伢子，你咋不回家啊？"一听到有人和他打招呼，老师傅又喜又怕，不敢出声。老板是一位快七十岁的老爷爷，从里面的摆设看，他是一个老理发师傅。老板招呼他进去，嘘寒问暖。又给他炒了一碗剩饭，没有菜，就是在饭里加了一块猪油。

老师傅告诉我，那是他这辈子吃得最香的一顿饭。

他看老板这么好，就放松了警惕，一五一十地说出了他的遭遇。老板以前在衙门内给老爷理发，算是吃官饭的，只是一生好赌，所以没成家，到了这把年纪还是孤家寡人。老板的手艺远近闻名，带出徒弟无数。老板看他可怜，就说，你愿意住多久就住多久，就当给我做个伴儿。

老师傅没咋考虑就答应了。

一晃两三个月过去了，老师傅也没给家里捎信。在码头跟着老板久了，慢慢对理发有了兴趣。有一天，他就试探地问老板："我给您当徒弟吧？"当时，老板没作声。害得老师傅几天都不好意思同老板说话。一天晚上，老板收完工，把老师傅叫到堂屋的隔弄，点燃油灯，又点燃两根红色圆柱蜡烛、三根粉红色的长香，拉开用红布盖起来的理发王爷像，要老师傅对头像磕头。老板嘴里念念有词。礼毕，老板说，我当年也是这样拜师学艺的，我的师父传我手艺，我给他养老送终。你要是拜我为师，也要给我养老送终，我就把老祖宗的手艺同一套饭碗传授给你。

当时，老师傅也是为了有口饭吃和有地方栖身，就稀里糊涂地接受了老板的传承衣钵。两三年后，他从一个十几岁的流浪儿变成了近二十岁的青年，老师傅也学到了老板的手艺。没多久，老板过世了，老师傅安葬了老板。

离家三年多，老师傅有些想家了。他变卖了码头的铺面，渡船到对岸回到家里。家人都在集体劳动，靠挣工分过活。老师傅是残疾人，蒙村里照顾做理发师，给全村老小理发。工作是有了，钱却挣不到几个。

转眼到了 1978 年，国家政策有些变化。这些年，老师傅在家理发也没闲着，经常听广播、收音机，看报纸，也觉察出一些动静，于是辞去村里的理发工作，收拾行李只身到外面闯荡。他坐上去省城的公交车，也不知道去哪里好。公交车行驶到临澧县城，有个孕妇即将分娩，全车人都下来了，司机直接将孕妇拉往县城医院。一车人等那辆车回来载他们，半天不见人影。老师傅把老板传给他的八宝箱随身携带，累了就放在路边的地上，将木箱子当凳子坐着。

等了半天，大家都去寻找别的交通工具了，老师傅也提着箱子在附近转悠，路过一家国营理发店门口，看见里面在吵架，一个干部模样的人正和年轻的理发师理论。听了一会儿，老师傅明白了，干部说他的平头理得不好，要理发师赔钱。年轻的理发师学徒不久，师傅又不在店里，被吓坏了。这时，老师傅走进去，他放下工具箱，拿出剪子，劝说那个干部坐下，说，我也是理发师，重新给你理发。老师傅拿出熟练的手艺，几下功夫就把平头理个工工整整。干部从镜子里看了看发型非常满意，气也消了。这时，从外面赶回来的店老板在一旁完整地看见了刚才的一幕，他伸出大拇指对老师傅连连说："了不起啊！好手艺！"店老板送走干部，转身给老师傅五元钱做补偿。老师傅连忙说："都是同行，帮帮忙有什么？不用钱！"老板不好意思地说："大师傅，在哪里上班？需要帮助的地方尽管说。"

老师傅刚从农村出来，想找点事做。老板说，我们刚好缺人手，你先做临时工。老师傅正愁找不到工作，一听这话乐了。第二天，老师傅就正式上班了，他凭着手艺人的良心做事。老板也没亏待他，很快将他转为合同工。后来，老师傅在店里跟着时代的潮流，学习烫头、卷发和年轻人的时髦发型。再后来，老板帮他转为正式工，他有了城镇户口。

随着社会发展，许多国有企业解体，大家自谋生路，老师傅第一个出来单干，就是这个位置，也是这家店，老师傅坚持传统技艺，身残志坚，尊老爱幼，特别是碰见残疾人来理发还不收钱。老师傅的生意有口皆碑，很快打开了局面。后来经人介绍，与本县郊区一户人家的女儿结为连理，成家立业。

老师傅告诉我，他经常参加一些公益活动。政府考虑到他的情况，去年还特别照顾，给他分了一套保障房，自己没花一分钱。

听过老师傅讲他的经历，我也替他高兴。他说，感谢政府的照顾，感谢安乡县河码头老板的收留并传给他饭碗，感谢临澧国营理发店老板的帮助，才有了他今天的幸福生活。人只要努力，多做善事，必有后福。

老师傅哼着临澧荆河戏，手里拿着老式弯月刀，细细地帮我修面、修眉、挖耳屎、刮胡子，全套下来，花了一个多钟头。我说，老师傅，忙活这么久，您划算吗？他的脸上写满了肃穆与庄严，说，这是我的招牌，我得对自己理过发的客人负责。

我心头一震，在普遍浮躁的今天，他对自己的工作竟如此认真，我想起了“物勒工名”这个成语，他就像古代传统器物的制造者，把自己的名字刻在器物上，那是他的招牌，也是他的荣耀与尊严。我想，只有坚持传统与怀旧的人才能体会到老师傅那份执着。临走，我想与老师傅合影留念，他欣然答应。我给他理发的费用，他怎么也不要，我还是放下十元钱。老师傅见我起身，又慢慢打理店铺的卫生。他说，现在生意少了，只有少许老顾客还来。几个月下来，就会少几个顾客。老师傅还说，自己的小孩不愿意学，只有他在坚持，只要他能做一天，就坚守到最后。

走出老戴理发店，我回望门口的招牌，上面闪着微微的光芒。这些几乎被人们遗忘在角落里的老式理发店，勾起了我诸多回忆。此时，那些旧事在我的心头，起起伏伏。

二爷轶事

湘北水乡一隅的曾家河小镇，无论哪家举办红白喜事，总能看见一位衣衫褴褛的中年男子，他半边肩膀裸露，挑一担水，走着六亲不认的脚步，抖耸着两只耳朵，一边吆喝一边摇摆，惹得满堂亲朋好友哄堂大笑。他敞开那鸭骚公的破喉咙扯犊子："让一让，让一让，后面跟着个花姑娘。张郎不着，李郎不相，偏偏喜欢我这个老帅哥葛二郎。"隔着老远，就能听到那怪异的声音。他是村里大名鼎鼎的笑柄葛二爷，又名葛大壮。

葛二爷单身，过着一人吃饱全家不饿的神仙生活。偶尔，他的小日子也会过得紧巴。按理说，他身强体壮，不至于过成现在的样子。他勤快，只是有些笨拙，还有个不好的习惯，在去别人家帮忙的时候，不管人家是否同意，想着法子先尝菜。于是，大伙儿给他取个绰号"葛先尝"。

那年，村里正在紧锣密鼓地筹划农村基本责任田包干到户的准备工作，集体大锅饭的时代将成为历史。葛二爷犯愁了，这意味着他在村部混时度日的好景不长了。以前只要村里哪家办喜事，葛二爷不请自来，自告奋勇前去帮忙，每次都忙到主人家酒席结束为止。葛二爷平时不常开火煮饭，总是东家一顿西家一餐地蹭饭吃。没事的时候，他就在屋前的河堤上支张竹藤椅，抻长脖子，竖起两个顺风耳，手里拿着破蒲扇，优哉游哉地装睡。他并没有睡着，而是在收风声打探信息。只要有路人提起半个“酒”字，他立马起身接上话茬子：“哪家又办喜事啊？好久没开荤了。”葛二爷算计着，又可以混吃混喝几天了。他平时从不上集市买菜，更不用说买肉，是那种“今日有酒今日醉，莫让酒樽空对月”的人。也有人说他是“叫花子不留隔夜食，口袋只要剩一分钱，不会让它见到第二天的太阳”。

葛二爷做事懒散，没有耐性，众人也不能对他有太多指望，只能让他敲敲边鼓打个下手什么的。早些年，农村里的生活都比较苦，平时大家都吃不上肉，只有红白喜事才“打打牙祭”，偶尔吃一次肉，就像过大年。葛二爷最惦记的是村里哪家办喜事，他就会有用武之地。他除了办酒席肯帮忙，别的事就不是那么积极了，唯有挑水这件事很上心。如果主事的不安排他的活儿，那就真把他得罪了，心情不爽时，他会当着全村人的面嚼你的舌根。挑水是苦力活儿，但近水楼台先得月，可以偷吃。一次，村里的泥瓦匠师傅酒红说：“杨洪大哥要结婚了，定好日子就是今明两天。”葛二爷听到风声，拔腿就跑，赶忙跑去帮忙，首先抢到挑水这份美差。当天厨房帮忙的人比较少，正忙得不可开交时，土大厨王大来的老婆过来说，家里出事了，需要赶紧回去。王师傅简单交代了一下就走了，几个帮忙打下手的都是些七大姑八大姨，也不知道这菜咋整。

王大厨走时，把红烧肉草草翻炒了几下，估摸着下了佐料，放好水把肉焖在锅里，临走前嘱咐说已调好味道，却没说还要焖多久才能出锅。几位姑姑嫂嫂急得像热锅上的蚂蚁团团转，个个都捏拿不准火候，连拿锅铲去翻动一下的勇气都没有，怕弄坏了不好交差。这时，葛二爷寻准时机凑上前，装出一本正经的样子揭开锅盖，学着王大厨的模样，两手不停地把溢出来的红烧肉香气往自己鼻孔里扇。

葛二爷闭上双眼，张开大嘴，露出那一辈子没刷过的黑牙，鼻孔随着香气不停地里外伸缩抽动，嘴角边流出两道长长的口水。扑鼻的肉香弄得他上下嘴唇微微抿了好几下，把流出来的口水又吞了回去。看着锅里金黄色的红烧肉，葛二爷怎么也按捺不住内心的渴望，恨不得狼吞虎咽饱餐一顿。最终，还是理性抑制住了欲望，他歪着头故意说："这肉好香，还差一点儿火候。"他这么一说，几个姑姑嫂嫂还真相信了葛二爷的鬼话。他知道鱼儿上钩了，故弄玄虚地说："等我挑一担水回来再看看。"挑水回来，他名正言顺地拿着筷子，毫不客气地搛了一块滚烫的坨子肉，不管三七二十一就往嘴里塞。由于肉块子特别大，又是从热锅里出来的，把他烫得直打哆嗦，结结巴巴地说："还没好，只有七成熟！"他挑着空水桶就往水塘边跑，其实是被肉烫得不行了。

当葛二爷加快速度又挑一担水回来时，他使用同样的方法，又戳了一块大坨子肉往嘴里塞，还是吞吞吐吐地说："八成熟。"紧接着，葛二爷来回跑了好几趟，把锅里的肉吃了三分之一还多。站在锅边的几个姑姑嫂嫂看得直瞪眼，又不好意思说出实情，只得叫主人家再买点肉回来，赶紧烹制好补数。

自从那次成功后，葛二爷想吃肉就用同样的套路，竟一次又一次得手。其实，村里人都晓得葛二爷的心思，一个光棍儿也怪可怜的，大家没捅破，就是给他留点颜面，都是乡里乡亲的，抬头不见低头见，犯不着。出乎意料的是，村里有人办喜事，还有主人家特地捎口信，指名道姓要葛二爷来挑水。好像葛二爷不来开不了席。

葛二爷经历坎坷，他父亲是个老红军，在中华人民共和国成立前夕的一次战斗中牺牲了。葛二爷的母亲带着他的姐姐改嫁到外地去了，从此没有了音讯，只留下葛二爷一个人生活。村里乡亲看他怪可怜的，大家轮流给他送吃的，他是吃百家饭长大的。所以，他把全村人都当成靠山。葛二爷本来有个很好的前程。中华人民共和国成立初期，政府对军烈属遗孤特别关照，村里决定把他送到条件优越的县城孤儿院去，让他得到更好的照顾。在县城孤儿院里，葛二爷一点儿都不习惯，毕竟他从小在农村自由惯了。他在孤儿院里天天闹着要回家，院长拿他没办法，请示县民政局领导，把他送回到镇福利院。葛二爷到了镇福利院一点儿也不安分，没住上一个月，又说这里一点儿都不好玩。福利院的工作人员好说歹说，多次给他做思想工作，他就是不愿意待在福利院，天天嚷嚷找福利院院长，要他们把自己送回村里。福利院同镇政府领导商量后，只好把他的福利补贴发放给村里面，由村里负责照顾他的生活起居。

村里人一直特别照顾他，从不让他干重活儿。可他不爱学习，却热衷于放牛，整天跟着牛打转，也有人叫他“葛二牛”或者喊他“牛司令”。转眼间，葛二爷快满十八岁了，政府考虑到他是烈士后代，鼓励他去参军，他很快就通过了体检、政审等程序，葛二爷光荣参军了。刚开始，他还勉强混得过去，可是到了新兵连就吃不消了。他从小到大自由懒散惯了，哪里受得了部队的约束？这可把连长急坏了，葛二爷死缠烂打拉着连长说：“连长，你送我回老家去吧。

你们这里一点儿都不好玩，还是俺村里当个放牛官过瘾。在附近几个村子中，没有谁的牛能打过俺放过的牛。”部队领导本来想重点培养他，没想到他是个扶不起来的阿斗，又拗不过葛二爷。一年后，他提前退伍复员，派人送他回到原籍，让他继续过放牛的生活。

从部队回来的葛二爷，村里本想培养他，让他先担任村民兵连长，可他连基本的内务条例都不会，更不用说带领全村民兵参加全镇举办的一年一度的大练兵比武。没办法，只有安排他在村部打杂跑腿。到了20世纪80年代初期，农村政策发生了翻天覆地的变化，不再是集体出工了。村里搞起了基本责任田年产包干到户，葛二爷不知道何去何从。他没成家，从小没干过农活儿，主动提出不用给他分田地。

有一次，他差点丢了性命。那年秋天，隔壁村王主任六十岁大寿。葛二爷知道后，鸡叫三遍就起床跑过去帮忙，由于王主任家里客人多，摆了很多桌酒席。把葛二爷累得够呛，厨房不停地催他挑水、端菜、抹桌椅，忙得他连尝肉的机会都没有。酒席散后，王主任知道葛二爷确实辛苦，特别交代后厨师傅多准备几个菜好好款待他。他趁着好酒好菜，多喝了几杯，一下喝高了。王主任怕出事，极力劝葛二爷早点回家休息。走时，王主任送给葛二爷一大块剩下的猪肉，还有一些酒席剩下的大杂烩，让葛二爷带回去慢慢吃。王主任找来一条扁担，一头绑着猪肉，另一头用蛇皮袋装着一些杂烩菜，又把葛二爷送到村口。葛二爷挑着扁担，没走多远，酒劲上来，头昏脑涨的他走起路来东倒西歪。由于是秋天，村里的稻田都收割了，为了赶种油菜，村民就把半干的稻草捆绑起来，扎成草垛子堆积在村道边。葛二爷趁着昏暗的月色，挑着王主任送的菜，跌跌撞撞，深一脚浅一脚地走着。就在前面四五十米的地方，隐隐约约地看见好像有个人影在晃动，葛二爷向对方摆手，对方没有反应。他用手揉眼定睛再看，还是没有一点儿动静。是不是自己喝醉了看花了眼？葛二爷麻着胆子又继续往前走了十几米，停顿了一会儿，歪着脑袋看了又看，发现前面还是有个人影在晃动。

一向胆大包天的葛二爷也紧张起来，再也不敢向前走出半步。他挑着担子，躲在稻草垛堆后面，侧着身体伸出半个脑袋再往前面看去，奇怪，又不见半个人影。他不禁倒吸一口凉气，自言自语地问道："难道碰见鬼了？"他用左手拧了一下大腿，又用右手拍了一下左脸，有点疼。看来自己不是做梦。就在这时，一只老鼠蹿出来，把葛二爷吓个半死。这时，他发现前面稻草垛堆也有个头伸出来。葛二爷越想越害怕，想起小时候在村部乘凉，听村里上了年纪的人常说，这条村道边上埋了一些儿时就夭折的讨债鬼，他们都是些半大小子。有的是得病死的、有的是溺水死的，有的是车祸死的……葛二爷越想越害怕，突然感觉裤衩里有股热泉喷出，原来是吓得尿裤子了，他浑身直冒冷汗，咬牙思考半晌，横竖都是一死，索性豁出去了，于是壮着胆大声吼着："什么吊死鬼、饿死鬼，通通给我站出来！我是阎王爷派过来收拾你们的'黑无常'！"葛二爷之所以有胆说这话，是他小时候听人说，只有鬼怕人的，哪有人怕鬼的！这招真灵，前面的鬼影消失了。

葛二爷想起调虎离山计，又拿起扁担挑好东西，顺着前面的草垛堆从后面包抄过去，想抓住那个鬼影。刚走到草垛堆后面，葛二爷喊话："不管你是何物，今天我一定要抓到你，阎王爷已把你登记上生死册了！"葛二爷环绕稻草垛堆转了好几圈，就是不见人影。

说心里话，当时他也很害怕。没想到前面的人影也学着葛二爷的方法，都在试探对方。葛二爷正在想用什么办法捉住这个鬼影，突然只听“啪”的一声响，前面的草堆冒出个长满稻草的大头，整个身子像个庞然大物，正踩着猫步一步步逼近。葛二爷看着看着，腿就软了，他浑身打哆嗦，一时紧张竟瘫软在地，昏死过去。

村里人都在议论：“葛二爷这是咋了？前几天还好好的，去隔壁村王主任家帮了几天忙，就成这样了。眼看都快不行了，已经三天三夜没醒来了。”这话听起来让人心里有些发毛。还有人说：“三天前还看见他在隔壁村挑水呢！这下真出人命了。”那几天，村里都在议论这件怪事，商量怎么样给他办理后事。

村里的狗剩几天没出门，话传到他的耳朵里，他明白那晚发生了什么事。只是狗剩不好意思说出来。那晚，狗剩在镇上赌博输了钱，想扳回本钱，就去隔壁村偷耕牛。没想到耕牛没偷到，反被牛主人发现，一声吆喝，全村人出动，追赶了好几十里路，要不是那几个稻草堆救了他，差点命都搭上了。好不容易摆脱追兵，他正想躲在草垛堆后面休息一下。没想到屁股没坐稳，就听到前面有脚步声传来。狗剩暗想，对方这么快又追上了，莫非他们是两路夹击？来人肩上还扛着家伙，可谓来者不善。只好先躲起来看情况。他感觉对方也不敢贸然行动，于是灵机一动，把自己身上插些稻草，像个变形金刚的大力士，走着猫步张牙舞爪，竟然把葛二爷吓晕过去了。

狗剩傻愣了一会儿，看对方没动静了，壮着胆子走上去，一看是葛二爷。他先是用一只手指，放在葛二爷的鼻孔处，看葛二爷是否还有呼吸。再用脚轻轻踢了葛二爷几下，一点儿反应都没有。狗剩知道这次玩笑开大了，摊上大事了。狗剩望了一下四周，不见半个人影，把心一横，撒腿就跑。狗剩跑了半里多路又停下来，觉得自己不地道，又折回来，把葛二爷背到葛二爷的家门口。又从葛二爷身上掏出钥匙开了门，把他放到床上，然后偷偷回家了。

村民见葛二爷几天没醒，就找来村医，使用各种方法都没弄醒他。奇怪的是，狗剩一去，他突然就醒来了。自那儿以后，葛二爷像变了一个人，话也少了，村里红白喜事也不见他去挑水了。

如母师爱

我一路走来，从学校教育学文化到走向社会学技术，从参加成人高等教育到在文学路上追梦前行，遇到的老师多矣，他们都是最值得尊敬的好老师。然而，印象最深的还是我的小学二年级班主任陈洁老师。

1982 年，应澧县政府规划和涔南乡政府要求，我们永长村小学拆迁合并到涔南乡中心小学。那年，涔南乡中心小学还在紧张而有序的建设中。新教学楼还没建成，临时搭建的中心小学却一到六年级都能正常开班。教学设施还算齐全，就是教室拥挤了一点儿。从永长、庆丰、河北这几个靠乡政府最近的自然村合并上来的学生都要通过严格的入学考试，我顺利过关，被分配到陈老师的二（2）班。入学前就有所耳闻，涔南乡中心小学来了一位非常严厉的公办老师，她的名声在全乡教育系统是出了名的。以前在永长村小学教学的都是本村的民办代课老师，乡里乡亲的，学生们没有一丝恐惧感。听他们这么一说，有的学生家长担心自己的孩子能否适应，甚至还有部分家长动了转学的念头。

新学期第一天，我早上放完牛赶到学校已是七点过十分钟，到学校大门口时，我迟到了。操场上不见一个人影，只听到朗朗的读书声远远地传来。我低着头拼命往教室侧门跑去，刚跑到教室门口，正准备走后门悄悄溜进去，却与班主任老师撞个满怀，我的莽撞差点把她撞倒在地，幸好她的后面有道门。我不敢抬头看老师，一个劲儿地往教室里钻。一只纤细的小手却像一把大力钳子夹着我的耳朵，把我牵回到教室门外，教室里顿时鸦雀无声，一双双眼睛齐刷刷地盯着我，大家可能都在幸灾乐祸。我心里也紧张起来，身子有些颤抖。老师问我："新同学，你怎么迟到了？第一天上学迟到，可以原谅一次，但迟到了要到门口喊报告，怎么就这样没有礼貌地闯进去呢？罚你站十分钟后，自己回到座位上去。下不为例。"

学校有食堂，学生可以自由选择搭餐，条件好的同学在开学前就已登记搭餐。我家里实在拿不出一个星期两块八毛钱的搭餐费和四斤大米，于是迟迟没有登记。家里缺饭吃，我每天早上起来，把前一天晚上的剩饭炒热，夹上几块辣萝卜一起带到学校。每次开饭时，有的同学父母在镇上的单位上班，他们会准点把可口的饭菜送到教室来。看见其他同学碗里都是香香的下饭菜，我不好意思打开饭盒，等他们吃完了再偷偷吃几口。

有一次，班主任陈老师走到我的课桌前面，在我对面坐下，她问我："你怎么不吃饭？"我说："老师，我还不太饿，等下再吃。"这时，陈老师看了看我的脸，笑着要我打开饭盒。我迟疑了一下，不知道陈老师要玩什么花样，只好不情愿地把饭盒打开。这时，她举起筷子，手疾眼快地把自己碗里的几块红烧肉全搛在我的碗里，边搛边说："我们俩换着吃，我尝尝你家的菜。"我看见碗里的几块辣萝卜实在拿不出手，紧张得说不出话来，可陈老师已经把我碗里的辣萝卜夹到她的碗里，边嚼边说："辣萝卜好香啊，你妈妈做的吗？好手艺！"旁边座位上的几个同学好奇地看着我，我天天吃的菜是他们最不喜欢吃的，怎么到了陈老师的嘴里就成香饽饽了？从那儿以后，陈老师经常端着碗找我换菜吃。碰到学校食堂加餐，她会多打一份给我。在班上，好多同学私下议论："这个同学跟班主任是啥亲戚关系？老师怎么这么关心他？"

读二年级下学期时，我妈妈得了一场大病，在澧县中医院住院。具体啥病家里人都不说，反正很严重。我爸爸和我大哥为了节省路费，每天很早就起床，走二十多里路到医院照顾妈妈，我就像个没人管的孤儿。外婆有时候过来看我，带一点儿剩菜剩饭给我吃。我也不好意思找爸爸要钱买铅笔和练习本，铅笔只有捡别人没用完丢弃的，练习本就只能找些草纸剪成方块，用米糊粘一下再用。妈妈看病需要很多钱，这对本来就贫穷的家来说简直是雪上加霜。每次交作业本时，同学们都盯着我的作业本，还故意嘲笑我。有一天，陈老师拿了厚厚的一沓本子和八支铅笔放在我的课桌上，对我说："以后没有本子和铅笔就告诉我。"我知道陈老师也没有多余的本子和铅笔，一定是她自己掏腰包买的。我看着这些本子和铅笔，感动得泪水差点夺眶而出。

期中考试到了，我事先准备好了各种文具，早上走得急，将文具落在家里。到正式考试时，书包里怎么也找不到笔和纸，急得我满头大汗。十分钟后，监考老师走出教室，在门口朝隔壁考场内打哑语手势。几分钟后，班主任陈老师拿着纸笔迅速走到我的面前放下，又用柔和与期待的目光看了我一眼，随后走出教室，进入隔壁教室去了。一个星期后，考试结果出来了，陈老师拿着卷子边走边看，她的脸上洋溢着笑容，还时不时看我一眼。我心想坏了，是不是我考砸了？陈老师走上讲台，教室里迅速安静下来。她开始总结考试要点，交代以后考试的注意事项，紧接着喊我的名字。喊了好几声，我都没反应过来，还是同桌的女同学拉了一下我的衣襟，我才反应过来。陈老师要我上台，我更害怕了，迟迟迈不开脚。陈老师再次大声喊我，我才慌慌张张地跑上去。以为老师会严厉地批评我，没想到，老师当着全班同学的面表扬了我，原来我取得了全班第一名的成绩。自那儿以后，班里的同学与我交流多了，他们还不时找我辅导作业，经常找我换菜吃。我的校园生活开始丰富多彩起来。

最难忘的是第二学期的“六一”儿童节，学校提前一个月就发通知，要求每个年级班组都要表演节目，我被陈老师选中参加班里节目表演。我们班表演的节目是小舞蹈，由六个人组成，三男三女。经过几个星期的排练，在儿童节前一天彩排。

5 月 30 日下午，我们提前放学，陈老师交代表演节目的同学，服装自理，白衬衣，海军蓝裤子，白球鞋。这些要求真的把我难住了。这对家庭条件好的同学实在是小菜一碟，而我一个困难户，置办这些行头比登天还难，怎么办？白球鞋、白衬衣还可以找邻居借穿，但海军蓝裤子就有了难度。我只好在家里翻箱倒柜，找了一条颜色接近的裤子，却没有注意款式。第二天清早，我穿着那条裤子去了学校。

九点钟表演开始，我们的节目被安排在第三场。前面两个节目已表演完，轮到我们班表演了，大喇叭开始放音乐，我们随着音乐节奏跳起来。第二个动作需要半蹲，我的腿怎么也蹲不下去，我使劲往下一蹲，没想到用力过猛把裤子撕破了。真是羞死人了，我的脸顿时红了。勉强把节目表演完，等大家都下了表演台，我才跟在后面，用两只手捂住屁股前后，找一个偏僻的位置坐下来查看裤子，才发现原来穿错了裤子。我把妈妈的裤子穿上了，那裤子不是前开口的，而是两边开腰口，怪不得蹲不下去呢。我不敢朝四周张望，生怕周围的人看出破绽来。如果地下有个口子，我都有勇气钻进去。这时，东面最后一排座位上的陈老师起身走到我面前，我不敢看她，恨不得把头埋在两腿之间。她二话没说，脱下身上米灰色马甲套在我的腰上，带我走到教室里，又拿出一条早准备好了的海军蓝裤子让我穿上。原来，她在我跨进校门就注意到我穿错了裤子，只是怕影响表演节目才没有提示我。在我表演时，她抽空回宿舍找来海军蓝裤子。这条裤子还是崭新的，我穿上大小刚好合适。陈老师要我放学后就这样穿回去。

星期一，我把洗好的裤子叠好带到学校，找准机会还给陈老师，她却说："不用还了，就送给你穿吧。"我坚持不收。陈老师说，旧了，放好久了，只是舍不得丢。我不好再推辞，就把那条海军蓝裤子收起来放进书包里。

1997 年，我从深圳回家，专程回母校看望陈老师，我提到了那条海军蓝裤子，她把头背过去偷偷流眼泪。原来，陈老师有个儿子与我同年，后来出了意外……想到这些，我心里十分难受。走出学校多年，我还是第一次回母校看她。也就是那一年，陈老师离开了她站了几十年的讲台。从那儿以后，我会经常打电话问候她，特别是逢年过节一定要打电话问候。在我的心里，她不只是我的老师，更是我的母亲。

入殓棺夫

父亲忠厚老实，少言寡语，不管谁找他都有求必应，是十里八乡少有的大好人。在我们乡下农村，有两种人比较忙又受人尊重。一是给出嫁的姑娘化妆的化妆师，又称“绞脸”“开脸”。二是给死者穿寿衣的入殓师，又叫“装老”“殓服”。以前无专人从事这个职业，都是临时委派。父亲阴差阳错，稀里糊涂学到了这一技能。他从事入殓师这个特殊行业有些年头了，对生死早已看淡。

阎王爷要收你，从不分贵贱长幼。老家给死者打丧鼓的打鼓匠说：“舍不得也要舍，分不得也要分。人生如戏，奈何桥上两分离。”何来两分？一是英年早逝，二是白发人送黑发人。父亲对这些早已麻木，若不是还有两个鼻孔出气，他连自己是人是鬼都分不清了。

每做完一场入殓服务，父亲习惯性地拿起他那寸步不离的铜色烟枪，小心翼翼地往里塞满土烟丝，生怕漏掉一丁点烟渣，好像比黄金还珍贵。他从裤兜里掏出那只装满火石的老古董打火机，用两根手指使劲驱动齿轮扳机，只听“啪啪啪”地响个不停，火机也随之“唰唰唰”地冒出火星子。父亲一对人黄板牙紧紧咬住烟嘴，对准烟枪迫不及待地猛吸几口，他两个腮帮子一上一下地捣鼓，生怕一丝烟味从牙齿缝隙里漏掉。瞬间的满足感让他精神焕发，接着仰望天空，嘴里吐出一缕缕乳白色的烟圈。那双生满老茧的手不停地挤捏着烟枪上黑色火石。一股呛鼻的烤烟味扑鼻而来，这是父亲最幸福的时刻。

第一次见父亲做入殓，我才四岁。那年的冬天比往年要冷得多。农村没有娱乐项目，老年人喜欢围炉烤火拉家常，年轻人不是三五个在一起玩扑克，就是躲进被窝里“创造”下一代。深夜两点左右，父亲被一阵阵急促的敲门声惊醒了，同村钢爷爷的堂侄华波在敲门：“陈哥，陈哥，钢叔走了，黄妈妈派我来喊你过去一下。”他口中的钢叔是我爷爷的拜把子兄弟，我应该叫他钢爷爷。忽闻噩耗，父亲猛地掀开被子，顾不上穿鞋，冒着刺骨的寒风，火急火燎地往钢爷爷家跑。被敲门声惊醒的我，也偷偷地跟在他身后，父亲浑然不知。

钢爷爷的家人早有准备，在父亲到来之前，他们已在布置灵堂。父亲的脚步越来越沉，堂屋到卧室里不足三米距离，父亲的脚怎么也迈不开。钢爷爷的遗体还放在床上，用一条白床单掩盖着，床两头堆满了春秋两季的衣服。没有人敢去帮他整理，大家都在焦急等待父亲的到来。

父亲的前脚跟刚落地，黄奶奶缓缓地走过来，拉着父亲的手泣不成声，哽咽地说：“黑狗啊！终于把你盼来了。你钢叔临走时一直念着你的名字，虽然你不是我亲生的，但是你钢叔一直把你当一家人看待。”父亲听了黄奶奶的话，再也抑制不住了，他“扑通”一下跪在床前，趴在钢爷爷的遗体旁号啕大哭起来，所有的委屈、伤痛都伴随着泪水倾泻而出。少顷，父亲调整心情，开始准备钢爷爷的入殓工作。

父亲叫人端来一脸盆温热水，拿出一条崭新的毛巾浸泡在水中。先给钢爷爷洗头，用热毛巾敷脸。几分钟后，父亲拿出早已准备好的老古董手动式推剪，稀齿木梳子、月牙形刮胡刀、梅花长剪和小圆竹筒里装满的挖耳勺等各种工具，给钢爷爷做最后一次护理，让他走得干净体面。父亲褪去钢爷爷身上所有的衣服，帮他全身上下清洗了一遍。修剪手和脚上的指甲，还不忘修眉、剪鼻毛、掏挖耳屎、刮胡子等。父亲把从钢爷爷的身体上清理下来的毛发、指甲，生前用过、穿过的物品统统包裹起来，放到屋前池塘边上一块平整开阔的地上，用石灰粉画上一个大大的圆圈，圈内写上钢爷爷的名字，一把大火将这些物品烧得干干净净。

父亲再帮钢爷爷穿戴寿衣，这是做入殓师最重要的环节。穿寿衣大有学问，赢得逝者家人的认可，博得亲友团的高度评价，关键在此。父亲每次做完入殓满载而归，就足以证明他做入殓师不是浪得虚名。穿寿衣有讲究，一般规定是上四下三七件套。也就是说四件上衣，三条裤子。贴身是一套纯白色内衣套装。父亲把一套白色纯棉内衣给钢爷爷穿上，依次套上一件黑色毛料上衣，一件深蓝色中山装，外面再加一件黑色棉大衣。上身每件衣服中挑选一个口袋放入一块钱硬币。下身在内裤外加一条黑色直筒裤和一条深蓝色羊绒棉裤，每条裤子选一个口袋，装入一块钱纸币。脚上穿一双红色花布棉鞋，用细红绳子把一双脚捆绑住。头上戴一顶瓜皮帽子，左手掐着小手帕，右手抓着一条桃树枝，桃树枝上面穿上七个糯米粑粑。糯米粑粑用红绳子套在桃树枝上，这个又叫“打狗粑”。

据说，刚过世的人必须去阎王爷那里报到，去时要喝忘魂汤，走奈河桥，最后还要坐水牢，下十八层地狱。一路跋山涉水，经历九九八十一难，半路上肯定会碰到猛兽野狗来袭。如果碰到，紧要关头把桃树枝上的糯米粑粑砸过去，这就是救命稻草。野狗猛兽无非也是为了填饱肚子讨口吃的，有了食物也会仁慈放行。桃树枝是一种法器，是制服牛鬼蛇神的撒手锏。

所有寿衣穿戴好以后，父亲看着钢爷爷的遗体，总感觉哪里不对劲儿。他反复看了好几次，发现钢爷爷的眼睛同嘴巴始终没有合拢。突然，父亲想起小时候随父母在中元节拜祖宗时，祠堂的长辈们会在祖宗牌位前许愿，听说每次都很灵验的。父亲揣测着老人家是不是还有什么心愿未了，又用手轻轻在钢爷爷眼睛、嘴巴上抹一通，始终不见合上。最后想了个办法，在钢爷爷的嘴里放了一块糯米粑粑，自言自语地念叨：“钢叔，您一路走好，到了那边有什么需要的，托梦给我。您放心，我会照顾好黄妈妈的。”真是奇怪，一通话说完，钢爷爷的眼睛、嘴巴闭上了。父亲赶快在他的脸上盖了一张白纸，这就是入小殓。

父亲在黄妈妈一家人的帮助下，把棺材里放了一层稻草灰，双手抹平，然后用空酒杯在稻草灰上挨个盖上酒杯大印。盖大印也有说道儿的，逝者实数多少岁，就盖多少个酒杯圈，这也叫“盖寿圈”。父亲把钢爷爷的遗体平移进棺材里，摆放一些生前的衣服、生活用品作随葬品。棺材分前后身，摆放棺材必须要求大头向里，小头向外，遗体也是头朝里，脚朝外。一块白布遮盖钢爷爷全身，棺材顶盖虚掩着，搭在棺材上面，棺材脚底用两条厚实的长板凳子支撑着，底下放一只搪瓷盆子，上放一盏煤油灯，入殓才算基本结束。这叫入大殓。

黄奶奶递给我父亲一个包袱，叮嘱说：“老头子临终前交代我，务必要我把这件东西转交给你。”父亲打开一看，原来是一件旧皮棉袄。这件衣服见着眼熟，父亲想起我爷爷生前也有这么一件，不禁潸然泪下。

父亲说，做入殓师也是高风险职业，不仅有被疾病传染的风险，还会有被吓死的可能。他曾经亲身经历过两次棘手的入殓事件。一次，父亲正在地里忙着搞“双抢”。我的家乡在洞庭湖边上，是典型的江南水乡，以水稻为主要农作物。每年的芒种节前后，正是早收晚插最忙的时候。乡里有名的媒婆蓝妈妈破天荒地第一次来到我家串门，母亲忙着招呼她进里屋坐，一边给她端茶递水，一边准备烧火做饭。蓝妈妈是个急性子，开门见山对母亲说：“幺妹，有个事麻烦你，隔壁村的骆大爷是我姑丈，昨晚过世了，找了好几个人，都说没空去帮他做入殓。”蓝妈妈话里有话，然而母亲丝毫没有觉察出破绽，随口就答应了她的请求。母亲把父亲叫回来，交代他到隔壁村骆大爷家里去一趟。父亲也没多问，带上工具直接来到骆大爷的家里。

父亲面对骆大爷的尸体时，才发现不对劲儿，一股恶臭扑鼻而来，几乎把他的五脏六腑都翻转出来。屋外挤满了人，大家都不敢大声说话，只能背地里议论纷纷。在他们的谈话中得知，骆大爷是因肺癌走的，父亲听得毛骨悚然。刚才查看尸体时，完全没有做任何防护措施，吓得父亲直冒冷汗。现在回想起来了，怪不得蓝妈妈要跑到邻村去请入殓师。

整个屋子里散发着难闻的气味，换了谁都不会接这活儿。父亲也想打退堂鼓，关键时刻还是蓝妈妈出来说好话。蓝妈妈说骆大爷死得很凄凉，父亲才勉强答应下来。父亲拿出器具，开始给骆大爷做入殓。他叫人找来白酒和茶梗，把白酒、茶梗洒落在尸体上、房间每个角落，又洒在自己手上、身上，然后用毛巾围住口鼻，防止臭味渗透。做好简单防护措施后，父亲提心吊胆地给骆大爷清洗。他用筷子小心翼翼地剥开骆大爷的衣服，哪知骆大爷的身体腐烂，胸口还有一个大窟窿，内脏在里面都化成黑水，臭得呛人。父亲帮他修剪时，发现指甲开始脱落，头发稀稀拉拉，脸严重变形，整个身体浮肿，快要爆开，翻动一下可能都会散架。父亲费了九牛二虎之力勉强给骆大爷穿上寿衣，在两个亲友的帮助下，大入殓工作总算完成了，父亲这才松了一口气。

从骆大爷家回来后，父亲一病不起，到县里、省城大医院都看过，吃药打针仍不见好转。身体所有部位都查了个遍，却就是找不到病因。父亲认为是感染了骆大爷的不治之症，既然治不了，索性放弃治疗。自那儿以后，父亲一心待死，再不吃药，也不忌嘴，准备好吃好喝做个饱死鬼算了。几个月过去了，父亲也不关心身体好坏。滴酒不沾的他，也学着喝起酒来，每次一杯下肚就酩酊大醉。有一天早上起来，他如往常一样在水塘边、屋后田里转几圈，感觉身体很舒畅。父亲还故意咳嗽几下，都不敢相信不治反而自然恢复了。

大难不死，必有后福。父亲稀里糊涂捡回来一条命。后来，虽然对得疾病逝者家人邀请他去做入殓心里还是有些忌惮，却怎么也不忍心将他们拒之门外。

骆大爷的入殓让父亲虚惊一场，而云芳的过世却把他的魂差点都弄丢了。云芳是从外地嫁过来的，她性格内向，很少与人沟通，加上她做事处处比别人慢半拍，婆媳关系比较紧张，左邻右舍也冷落她。更可恶的是，她在外面受欺负，家公家婆还向着外人数落她，家里没有她的容身之地。云芳的忍气吞声助长了老公的嚣张跋扈，每次在外面喝酒赌博回来就拿云芳出气，甚至还大打出手。家公家婆不但不帮忙，反而在一旁添油加醋说她的不是，可谓火上浇油。日子实在过不下去了，云芳在某个雷雨交加的夜晚，用一根裤腰带在猪舍悬梁自尽。

被发现时已是凌晨，那还是云芳的老公在外面赌钱回来怎么也叫不开门，开始，他以为她睡死了，遂在外面破口大骂，老半天还是没有一点儿动静，感觉有点不对劲儿。他壮着胆破门而入，凭着手里一根根火柴划出的光亮，从堂屋找到房间都没见人，再从厨房找到杂屋房还是不见人，最后在猪栏四处寻找，无意间抬头看见横梁上吊着个人，当时吓得他魂都飞了，一边跑一边大声喊叫："快来人啊！出事了！死人啦！死人啦……"

整个村被他吵醒，家家户户亮起灯不敢出门过去看，最后他来到村主任家苦苦哀求，还是村主任出面来到我家，敲门叫醒父亲。村主任动了心机，他没有说实情，走到半路才对我父亲说去给云芳入殓。父亲稀里糊涂地入了村主任的套。云芳家的大门紧闭，家里人早被吓跑了。那只有走后门了，村主任死活都不愿意陪父亲进去，说在门口守着，有需要就吱一声。父亲只得一个人摸黑往里走，他也不知道云芳家的猪舍就是后门进去第一间，刚走进去几步，头上好像被硬物撞了一下，感觉眼前有东西在不停地转圈圈。父亲伸手一摸，不偏不倚正好抓住两条腿，还是两只光脚丫。父亲被吓出一身冷汗，顿时裤衩涌出一股暖流，原来是吓得尿裤子了。

父亲从口袋里掏出打火机，"啪啪"两下打着了火，凭借昏暗的光亮定睛一看，眼前的情景把他吓得半死。云芳的尸体就吊在他的头上，脚下的凳子在她一心向死前被踢开。脖子死死卡在冰冷的裤腰带上，勒出深深的血印，场面惨不忍睹，眼睛、鼻子、耳朵、嘴里分别流出大量的血。父亲第一次见识到什么叫七窍流血。父亲忙叫唤村主任进来帮忙，他们把云芳放下来，抬到堂屋中央，把煤油灯也点着了，又打开大门，村里几个胆大的人也跟着进来帮忙。父亲吩咐云芳婆家族里年长妇人，找来一床被子垫在下面，把尸体平移在上面。男女有别，父亲不方便亲自动手入殓，只有在旁边隔着屏风遥控指挥。给云芳清洗、梳理、修剪完毕，开始进入给她穿寿衣的重点环节。几个人在她家里翻箱倒柜一番，也没找出一件拿得出手的衣服，全是一些破旧不堪、补丁加补丁的旧衣服。几位帮忙的阿姨阿婆都看不下去了，忍不住流下眼泪。在父亲的指挥下，大家勉强把云芳入殓了。

父亲从云芳家回来，整个人如霜打的茄子灰头土脸，人像中邪了不吃不喝，躺在床上，两眼直盯着屋梁上的燕子窝。问他什么都不说，一味地摇头、点头。母亲请来镇上的老中医给他看病，老中医把了半天脉，不停地摇头，就是弄不清父亲得了什么病。第二天，天刚亮，父亲起床了，精神还好，说话也像正常人。有人故意逗他笑，可是他一点儿都不理会，像变了一个人。

水乡韵事

木子树的前世今生

在我记事起，村子里就流淌着一条小河，谁也说不清楚河的源头在哪里。有人说是从武陵源山脉的张家界永顺河流下来的；有人说是从长江分洪湖北松滋段经澧水，伙同石门县壶瓶山的水，经过山路十八弯流淌下来的。流经到段儿港，已经没有了波涛汹涌奔流不息的气势了，它成了我们的母亲河。

每年五六月份雨水旺季时，河里的水位会飙升起来。此时的段儿港被暴涨的洪水浪涛打破了宁静。河里出现了各种漂浮物，附近村民行动起来，他们划着小木船清理河面，段儿港热闹起来。有撒网捕鱼的，有拿洛阳铲采春藕节的，有垂钓桃花鱼的……段儿港的河水涨幅随着热闹劲儿骚动了起来。到了秋冬季节，河水放慢了脚步，水渐渐地变清澈了。青蛙冬眠了，静悄悄的，段儿港的水像一根绿色的飘带，环绕着村庄曲折地前行。小河流经我们村子时，不知道经历了多少沟沟坎坎和弯弯拐拐，到了段儿港，它好似回到娘家，随风泛起鱼鳞般的小浪花，像是在欢歌。祖辈们依水而居，段儿港两岸以聚居段姓人较多，“段儿港”因此得名。

小时候，常听长辈们说，段儿港连接几十个湖泊、河流，与附近的涔河、北民湖、澧水相通。水资源丰沛，滋养着十里八乡好几万人。河里的鱼、虾、甲鱼、黄鳝等种类繁多，水流缓冲地带有野生的莲藕、菱角、水笋等水生植物。两岸的人们世世代代以水稻为主产粮食作物，又辅以棉花、玉米、大豆等副产农作物。母亲常给我讲，她年轻时，划着小木筏穿梭在段儿港两岸，两边的木子树非常茂盛，最宽的河面有两三百米，最窄的地方也有二三十米。岸上两边的木子树倒影映在水里，使本来就清澈见底的河水，变得葱翠碧绿。

在段儿港的河堤边上，有个叫“干草堰”的拐角处，曾经有一棵高大的木子树，人称木子王。有人丈量过，四个人手拉手都合抱不住。也没有人知道它的树龄。外婆说，自打她嫁过来，就有了这棵木子树。那是村里一道风景，也是段儿港唯一的标志。村里有大小事，大伙儿都会说：“在木子树下集合吧。”年轻人谈恋爱、相亲、约会、私奔，都会说：“在木子树那里等你噢！”其他木子树可就没有这么好的待遇。我很小的时候，经常跟随大一点儿的玩伴去那里玩，看见他们挎着小竹篓爬上那棵高大的木子树，去采摘成熟的白色木子果。如是采摘半成品，放在太阳下暴晒几天，那深褐色的外壳会慢慢裂开，露出白色圆润的小木子果仁。把晒干后的木子果仁拿到镇上供销社收购点出售，卖几分钱一斤，钱不多，可以换几颗糖吃，好过没有。我们也搞不懂木子仁到底有啥用。后来听人说，木子仁用来榨油，给飞机用的。还有更诡异的说法，如果村里有人生病了久治不愈，就准备一些水果、鸡鸭鱼肉、香蜡纸钱，去木子树土地神那里拜一下，过几天就康复了。我从来没试过，不知道是否管用。

那棵木子树枝叶茂盛，半腰树冠伸展开来，可以放一张小桌子，供三两个人坐着喝茶聊天，打牌下棋。夏天的时候，村里的小朋友们经常爬上去嬉戏玩耍。要想爬到树顶，可不是件容易的事。树足足有二十多米高，要一定的体能和胆量方可。由于长时间风吹雨打，那棵木子树的底部已经严重风化，被虫蛀出了一个空心洞，空间甚大，可以容纳好几个人。木子树一年有三分之二的时间是常绿的，春天发芽，夏天开花，秋天结果。等果实成熟了，伴随着红色的叶子，远远看去，段儿港两岸那大小不一的木子树形成一片红色的港湾。这景致也只有在段儿港能够遇见，是段儿港一道独特的风景线。

木子树根系错综复杂，牢牢地抓住段儿港的大地，屹立几十上百年不倒。1980 年，我刚好六岁，国家实行农村土地承包责任制。一年内实行承包到户未免有些武断，几百人的村哪里说分就能分清楚。大伙儿根据情况上报到镇上，经过研究决定，批准我们村先试点。结果，我们村分成几个自然小组。过渡期三年，到了三年后的 1983 年，全面实行个人单干包产责任田到户，意味着要彻底分家产了。田、地、塘都分完了，就剩下段儿港的木子树没有分。村里的大小荒滩沟堤、死水潭、鱼塘岸边都是栽满了大小不一的树木，木子树占了村里树木的三分之二。走进村子，就像进入一片原始森林，段儿港的那棵木子树，像是村里的瞭望塔。由于这棵木子树在村算是古老的树，大家舍不得把它分配给任何人。有人建议留下来作公共财产，有的村民不干。这事闹到村委会。现任村支书马上要调任了，为了给上面交最后一份满意答卷，强烈要求分割木子树，他还要亲自监督。

因这棵树太大了，锯、挖、砍都要费工夫，其他树木都分完了，就只剩这棵木子树没人要。最后，这棵树分到了村民严西早手上，他分到这棵木子树也很纠结，到底怎么处理？有人给他出馊主意，要他砍了卖柴火，有的要他锯成砧板卖，还有人建议他留下来，每年可以采摘木子仁卖钱。由于那几年木子仁价格不好，甚至没有人收购，思索半天，严西早还是决定锯成砧板卖钱最划算。

说干就干，严西早全家出动，带上准备好的砍刀、长锯、手拉锯等伐木工具立马行动起来，他们相互配合，不到一个星期的工夫，这棵留着几代人念想的木子树被锯倒在段儿港的荒野之上。栽一棵树苗很简单，盼它成长为一棵参天大树不容易，而亲手毁掉一棵树，只需一口气的工夫。严西早把这棵木子树锯成二十厘米厚的木头，再修复成漂亮的砧板，锯下来的成品，几辆卡车都拉不完。大家只有偷偷念叨，为这棵树惋惜。严西早把锯好的木头拉回去，晾干后拉去集市上卖个好价钱，这让他很是赚了一把。严西早把卖砧板的钱买了一台抽水机，靠出租抽水机赚钱。那几年，村民开始利用农闲时间干些传统副业，利用自家房前屋后的空地挖个深坑，用耕牛带上人一起踩熟泥。再把那些熟泥做成红砖土坯子、青瓦土坯子，晾晒干所有的土坯子，最后装进土窑子烧制一个星期，就成了红砖、青瓦。严西早不甘落后，带上家人在自家屋前院后挖土造瓦制砖，他家屋前留下好大一个采过熟泥的深坑，时间一长，积水成了小水塘。

严西早搞副业已三年多，却没有使他摆脱贫穷，快三十岁的人了，还是没讨上老婆的光棍。家里人为这事急死了。婚姻大事急也没用，毕竟缘分没到。那年村里大修水利工程，镇与镇的水利工程修防区对调，刚好我们村被派往比较偏远的一个乡镇，由于相隔好几十公里路，每天来回跑不方便。严西早被安排住在一户刘姓人家里，刘老头儿有两女一男。大女已出嫁，二女叫刘翠花，人长得水灵，手也巧，说话声音甜美，讨人喜欢。村里人对她评价很高。村主任早就给他儿子惦记着。刘翠花打心眼儿里看不上村主任的儿子，她心里早就有意中人了，只是男孩家里条件不好，她父母死活不同意这门亲事，非要她同村主任的儿子成亲。村主任家里殷实，第一次见面礼就是三千元，那还是父母代替她去过门的。那年，刘翠花的弟弟要高考了，如果考上大学，学费从哪里来？所以刘翠花的父母就打起她的主意，他们替刘翠花做了主。她知道拗不过父母，只有暗自着急。

严西早住在刘翠花家里，从第一天见到她，严西早就偷偷喜欢上刘翠花。每天早起，他就给她家挑水收拾院子。每天收工后，抢着给她家干农活儿。一来二去的，就熟了。刘翠花也对这位身材魁梧、满脸络腮胡子的大男人有了信任。经过一段时间的相处，刘翠花觉得可以试探一下严西早，问他愿不愿意帮她一个忙。严西早激动得没听完就满口答应了。刘翠花给他说了自己的遭遇，严西早故作同情，举双手鼓励她逃婚。严西早充当起刘翠花的信使，常给她喜欢的那个男人捎口信。通过周密计划，双方意见达成一致，准备办件轰轰烈烈的大事。

等了约定的那天晚上，严西早送刘翠花去见她男友，帮助他们俩逃婚私奔。当他们到了约定地点，却不见男友出现，这下把刘翠花急坏了。她都把出远门的衣服收拾好了，再等半小时，还是不见半个人影，刘翠花彻底死心了。与其嫁给村主任儿子，还不如跑出去，也许命运还会有所改变。想了一下，她把心一横，拉着严西早问："你喜欢我吗？你愿意带我走吗？"严西早听了刘翠花的几个提问，心中激动不已，他什么也不说，拉着刘翠花就跑。

直到第二年秋天，严西早才带着刘翠花回老家，这时刘翠花已是身怀六甲。在他们出去那段时间，刘翠花的家人多次派人四处打听，第一个怀疑对象就是严西早。刘翠花的父母隔三岔五带人去严西早家里捣乱，放下狠话说："活要见人，死要见尸。"好在村里人对此守口如瓶，不透露半点信息给刘翠花的父母。后来，他们实在找不到人就没来了。那年十月，刘翠花的儿子"阳光"出生了。阳光的出生，给这个贫穷的家庭带来了好运气。有了承包的田地，生活慢慢好起来，一晃，阳光都三岁了。

1988 年夏季，阳光同其他小孩子们一样，见到水就高兴，三五成群在水塘边打水漂，抓青蛙，捞小鱼小虾，还有更调皮的小孩子会脱下衣服，下水游泳。他们根本不知道，这里都是当年村里搞副业造砖瓦留下的水坑。那些水坑有好几米深，下去根本摸不到底儿。终于有一天，出事了，严西早门前挤满了看热闹的人，我个头小，插不进去，只听见一片哭声、嘈杂声，还有撕心裂肺的哭喊声："阳光啊！我的乖乖，你醒醒啊！你不要吓妈妈，妈妈带你去玩……"这时，外面有人牵着水牛走过来，说把小孩放在牛背上，把小孩肚子里的水倒出来就能得救。不一会儿，村里的赤脚医生也过来了，他从药箱取出针头，装满药水对着阳光的屁股打了两针，又做了心肺复苏和胸外心脏按压。半个小时后，阳光七孔流出血来了，赤脚医生停下手，把阳光的眼睛翻开，用手电筒仔仔细细照了又照，一脸无奈地摆摆头说：“晚了，没救了，瞳孔都放大了，准备后事吧。”他背上药箱，擦着眼泪，跌跌撞撞地走了。

办好阳光的后事，好长一段时间里，他全家都没缓过来。祸不单行。同年底，严西早的奶奶也走了，他的父亲也因一场眼疾，失去了一只眼睛，可谓家门不幸。自那儿以后，严西早像变了个人似的，一改以往走路都唱歌的习惯，整天沉默寡言。村民总看见他背着两样工具走路，一把锄头，一把铁锹，整天在段儿港周围转悠。只要见到段儿港周围有荒地，就栽上木子树；见到有坑坑洼洼的地方，就取土填平；见到有跨度大一点儿的小沟渠，就用砖头在两边砌好桥墩，再用钢筋水泥倒上预制板桥面。那几年，村子里大小路面都被严西早修整过。

几年后，段儿港两岸的木子树苗长高了，那夏季的绿葱葱、秋季的枫叶红又回到了段儿港的人间。

鸬鹚

鸬鹚是渔夫的捕鱼神器。它一身黑色的羽毛，上嘴尖端有钩，一双闪着绿光的眼睛，若是跟你对视一眼，一种清寒流过的战栗感弥漫全身。它两只像铁铸成的爪子，稳稳地抓住一条细长的扁担，不管是人走过或者是车从身边驶过，它一点儿都不害怕，甚至不会移动分毫。蹲在扁担上，总看见它半眯着眼睛，有点像姜太公稳坐钓鱼台的神情。段儿港上游的“朱一垱”有几条渔船划来划去，上游的水面更宽一些，鱼虾种类也多。

小时候，时常看见五一村的晏老头儿一年四季挑着一条扁担，扁担两头挂着一条两头尖尖的月儿船。天还没亮，晏老头儿挑着他的两对宝贝鸬鹚，抽着旱烟，嘴上喊着号子，脚下走着纤夫步，优哉游哉地往朱一垱方向走去。晏老头儿有个老据点，就在“河大堰”那棵弯柳树下长期挂着一只鱼篓，有一半淹在水里。记不清是啥时候旁边多了个鸭舍，也不知道是哪个放鸭佬留下来的鸭棚，反正现在被晏老头儿据为私人财产了。晏老头儿祖宗三代都以打鱼为生，算是打鱼世家。以前，水资源丰富，河里鱼类繁多，晏老头儿全家都靠这份营生养活。20 世纪 80 年代，晏老头儿的生意一度火爆，每天到他的鸭棚来买鱼的人络绎不绝，因此，晏老头儿还盖了红砖房，成了本村的“万元户”。

晏老头儿打鱼有个习惯，他每天天蒙蒙亮就来到河边，先把鸬鹚的脖子用细绳子系紧，只留一点儿出气口，也不给它喂食。晏老头儿把渔船放下来，用一根扁担穿插在中间，再用两头的锁孔插上铁钉，这月儿船总算扎稳了。这时，他拿出旱烟袋，从上衣兜里拿出皱巴巴的烟丝，滚上喇叭筒，叼在嘴里，用手拼命地刮挑火柴面。左手拿着烟枪，右手捏紧火种，在烟管头鼓兜里不停地挑拨着，嘴巴有节奏地一吸一鼓，呼啦呼啦地吸嘬着。一阵青烟随着嘴角的缝隙，漫不经心地散去。晏老头儿望望东边的天色，太阳害羞地露出半边小脸蛋，划破一道红色的水平线。这时候的晏老头儿皱紧眉头，纵身跳上月儿船，两脚叉开，双脚各站一只船舱，弯下身子，用一条长长的竹竿，用吃奶的力，朝岸上蹲着的四只鸬鹚头顶上割麦式扫去。鸬鹚早已习惯晏老头儿的这一老套动作，没等他的长竹竿扫到头顶，就“扑通”一下钻进水里。晏老头儿似乎明白了什么，拼了老命地向前一阵凶猛地摇动划桨，头不停地左右张望，两只斗鸡眼前后观察水面上的动静。鸬鹚钻出水面，离月儿船有好几十米远的距离，它们探出头看看晏老头儿是否追得上，等他快要靠近它们时，几只鸬鹚又是一个翻身潜到水下去了。

连续十几分钟，水面平静如镜，晏老头儿纳闷，鸬鹚去哪里了？转方向了吗？晏老头儿凭借他多年放鸬鹚的经验，猜想鸬鹚一定捕捉到大鱼了。果然不出所料，几分钟后，四只鸬鹚不约而同地浮出水面，每只鸬鹚的脖子里都鼓鼓的，嘴里还叼着一只约半斤重的翘嘴鱼。晏老头儿开心坏了，脸变得比翻书还快，只见他拉下脸，鸬鹚见状，立马爬上月儿船，拼命地吐出嘴里的鱼儿，然后，又潜下水里继续抓鱼去了。十五分钟后，晏老头儿拿出放在船舱底下的手网，手中缓慢有序地整理着，细心地设计何处布阵手网局。左手拉着手网绳子末端，右手抓起手网底端一角，从腰部开始渐渐往手里捏挤着，布局完毕，他拿着长竹篙猛地往两只船中间插下，两脚呈八字形站立，一个半蹲侧身，把两只手里拿的手网往左背肩上甩。然后一个歪头前倾，一个半蹲姿势，四十五度半转身侧歪，肩上的手网顺势甩出几十米远的距离，左手右手也跟着托盘而出，好一个“仙人背剑”的撒网姿势，像从天而降的天篷罩子，不偏不倚地罩出簸箕形状，撒网的动作是那么洒脱、完美。两分钟后，晏老头儿收网，期许会有大的收获。当网拖出三分之二时，网里跳出几条三四斤重的草鱼，还有几条半斤左右的鲤鱼，另有其他小虾、小蟹以及瞧不上眼儿的末末鱼。晏老头儿每次都是那么好运，能有预谋的抓撒手网，下网就是十几斤的鱼。其实，晏老头儿捕鱼都是得益于这几只鸬鹚，他每次都在观察鸬鹚潜入水里和浮出水面的时间，如果发现它们潜下去几秒钟就上来，或者一股劲儿地在水上转圈圈不去抓鱼，间或只是在水面上相互嬉戏追逐又不停地往水里钻进钻出。凭经验可以断定，附近水域肯定有鱼群在活动，所以晏老头儿迅速拿出手网，进行精准捕捉，水里的猎物在劫难逃。不过也不是每次撒网都有收获的，前些年我回一趟老家，专程去拜访晏老头儿，一连找了好几里路才找到他。到他原来的据点找不到他，鸭棚和那棵弯柳树还在，只是残枝断柳，光秃秃的，泡在水里的鱼篓不在了，跟着晏老头儿走到滩头更低的水面去了。

晏老头儿告诉我："有时候抛下网，拉上来的就是几条翻着白眼儿的小鱼、小虾，还夹杂着一堆杂草同小泥鳅、田螺，以前是不会出现这些东西的。"晏老头儿看了直摇头，他收起手网，再往前划行一段水域，走到段儿港纵深的水域。同样的动作，同样的手法，拉上来不是大把的鱼，而是一些水藻与失望。晏老头儿是个驴脾气，有些不信邪，赶上鸬鹚，拿出手网，左边一个"贵妃醉酒"，右边一个"如来灌顶"，再往前面一个"仙人摘桃"，后面一个"海底捞月"，四个完美无瑕的祖传撒网手法都用上，打上来的鱼还不够鸬鹚吃。别看晏老头儿表面对鸬鹚严苛，其实心里还是舍不得惩罚它们，照样给它们一些小鱼小虾吃。鸬鹚好比他的命根子，就是不出去捕鱼，也会一日三餐伺候着。

鸬鹚很通人性，每次抓到鱼都会争先恐后地爬上月儿船，抻长脖子，歪着脑袋，望着主人。这时，晏老头儿用长竹竿挑过去，钩住鸬鹚的脚，用力往上一提，鸬鹚就会落在船舱里，伸着脖子让主人挤捏捕获的鱼。晏老头儿用力挤出鸬鹚食道里藏着的鱼，还是不死心，又是一顿折腾，把几只鸬鹚整得筋疲力尽。他随手一扔，鸬鹚拍拍翅膀活跃起来。为了讨好主人，又奔赴抓鱼的战斗中。

段儿港在 20 世纪 90 年代有了变化，由于上游拦坝修水库，再加上好多年没有清理河道，好多地方已经被淤泥堵住了，所以流到段儿港的水越来越少，水浅了，鱼的数量与种类更少了。

晏老头儿撒网是远近闻名的，打鱼算是一把好手，这手艺是从他爷爷那里传下来的，他的祖辈属水上人家。中华人民共和国成立后，晏老头儿的父亲接手祖传手艺在段儿港上游放鸬鹚打鱼，足够养活全家人。那时，他家鸬鹚的数量还比现在多，渔船就有好几条。晏老头儿讲起父辈的经历，嘴角还露出骄傲的笑容。晏老头儿是从 20 世纪 70 年代末期接手这份祖业的，在段儿港上打鱼几十年。由于近几年水资源减少，河里的鱼类逐步减产，加上出现新的捕鱼神器“电网鱼”，导致周边鱼苗都被捕绝。

晏老头儿几次想将鸬鹚卖给城里人，说它们可以当宠物养，这也是给它们找一条生路。有一次，晏老头儿趁着天没亮，把鸬鹚喂得饱饱的，带上它们进县城。那天，他穿上那件褪了色的破黄牛皮棉袄，头上戴着一顶斗笠，肩上压着一条细扁担，四只鸬鹚就落在双肩的弯扁担上。走在大街上，过往的人都不停地回头望着晏老头儿肩上的鸬鹚。晏老头儿走到动物园门口，观望了许久，终于下定决心，走进公园管理办公室，与动物园的工作人员交谈了一会儿，晏老头儿丢下肩上的鸬鹚，头也不回地走了。

晏老头儿走到车站门口时，又想起了忘带了什么东西，连忙跑回动物园。只见鸬鹚正在拼命地想挣脱工作人员的手，它们见到晏老头儿回转身来，扑棱扑棱地向他飞过来。在晏老头儿心里，这几只鸬鹚就是他的小孩，是祖辈留下的遗产。他年事已高，身体大不如前，子女都不愿意继承晏老头儿的手艺，他们宁愿外出打工也不赶鸬鹚。

现在，你再去段儿港，会听到挖沙船的搅拌声音，一股股混浊的河水像条泥龙蜿蜒，再也看不见河里鱼虾追逐的影子。晏老头儿那干瘦且爬满皱纹的脸上，找不出一丝当年抛撒手网的英姿飒爽。他每天贴钱买鱼虾喂鸬鹚，也舍不得卖掉它们。夕阳西下，在段儿港的弯柳树旁，常有一位老人坐在鸭棚旁抽着旱烟，几只鸬鹚在斜阳下追逐、戏水。

他是晏老头儿。

搬罾

搬罾是捕鱼方法中最简单的一种，就是斜拉网，又叫拉晒网。在洞庭湖两岸，水系错综复杂，大小河流湖泊不计其数。有水的地方就有鱼，有鱼的地方少不了各种捕鱼神器。整条段儿港流域，搬罾就只有这一家。

在段儿港的中下游，有个叫“段碧融”的埠头，那儿有段儿港最后流经澧水的一个渡口。中华人民共和国成立前，渡口可热闹了。那时没有电力机械设备时，农村吃的大米都采用最原始工具、最古老的操作技法加工，俗称“对槽舂米”。村民在“段碧融”渡口修一条挡水坝，把水位抬高，在水坝三分之一的地方，往陆地里面纵深挖开道口子，口子上修一道引水闸，把水引向岸边的小房子里。房子里面装有水槽，水槽上架起一部木水车，水车的齿轮咬住槽上的卡轮，随着水的冲击使水车轱辘旋转。如此一来，轱辘上带动的两个木桩一上一下，刚好落在石坑里。旁边的人不停地把稻谷倒进去，用扫把不停地翻扫稻谷，经过几次舂碾，粗米半成品就出炉了。再用簸箕翻扬出谷衣，最后整理干净糙米，就可以出售或自食。小时候，我们常常跑到段碧融老渡口去玩，那个被历史遗忘的对槽舂米的石坑同水车还留在那里，只是已经破旧不堪，好像在诉说当年的辉煌。

我很小的时候，段碧融渡口就有搬罾了，老板就是附近庆丰村的华二爷，那时候他正是青壮年，段儿港的水源充沛，鱼类也比较多。听华二爷说，这个渡口是他爷爷经营的，后来传给了他父亲，中华人民共和国成立后实行公私合营化，在他父亲手里一度火热过。摆渡、舂米都属供销社管理，因此，华二爷的父亲因搬罾还成了吃公家饭的人。虽然渡口公私合营化，但华二爷的父亲还是守着他的搬罾，从没有停止过。那时，我有事没事总喜欢跑到渡口去玩耍，只见渡口往前十米，对岸有两棵树，树相隔三四米，拉网的两只脚绳分别绑在两棵树上。这两棵树还是华二爷的爷爷栽的，现在已成参天大树了。另一头是小木柱头房子，四周没有围墙，上面用稻草搭建，也可以说是有些诗意的凉亭。凉亭里面放置一根木罾杆，木罾杆两头用石柱卡住，绳子就是整个拉网的总指挥。它们被系在木罾杆上，再用一双手不停地用力抓住木罾杆，这时，木罾杆就会把绳子往身上滚，只听见绳子与木罾杆撕扯得吱吱作响，也因此把整个撒开的网拉起来。离开水面两三米，拉网的深度不是很大，在短时间内可以把没有苏醒的鱼麻痹一下，主人趁机划着小船到渡口中央，再用手捞网兜把鱼虾捞上岸来。

搬罾最重要的就是衡量你的体力与耐性，吃不了三碗饭是搬不动那副搬罾的。华二爷的一身肌肉就是这样锻炼出来的。在凉亭旁边有一口大水缸，这口水缸还是华二爷的爷爷传给他的，也有好几十年了，算是老物件。只见水缸里的鱼游来游去，相互追逐戏水。华二爷经常给我们讲搬罾的故事。他说，这缸鱼算什么，以前更多，特别是汛期，一网拉起来有几十上百斤鱼虾。

由于靠近集市，人们习惯到华二爷那里买刚出水的活鱼。华二爷说，那时候搬罾，半小时拉一次网，也没有准确时间，就用一根香做标记。点燃一根香，燃到一半就是半小时。不用担心没有鱼捞，只怕你偷懒不搬罾。搬罾最重要的是勘察水文鱼情，华二爷在不远处设有一个据点，用于观察鱼的动向，如果水流湍急，大鱼会伴随深水逃出去。华二爷的一双慧眼就是它们的克星。有时，华二爷与人聊天，聊到一半，突然掉头跑向渡口，立马拉起木樽，以十分钟一百转的速度把整个网拉起来。果然不出华二爷所料，几条十多斤重的草鱼就被网子兜住了。

华二爷讲，他搬罾还碰见过奇怪的事。有一年夏天，河水猛涨，华二爷想利用汛期多拉几网，运气好时，几天下来，可以赚好几百块钱。华二爷像往常一样吃过晚饭就去渡口，没想到网拉到一半时却拉不动了。华二爷把船划到网的中央，趁月色反光，看见网子上坐着一位妙龄少女，一身洁白的连衣长裙，仰面望着华二爷，随口就问："老板卖鱼吗？"华二爷吓得浑身直打哆嗦，丢下网子和竹竿，拼命用两只手在水里不停地往岸上划，好不容易划到岸边，跳上岸拔腿就跑，头也不回地跑回家了。自那儿以后，华二爷大病一场。等华二爷病好后，再回到渡口却傻眼了，渡口对岸两棵树旁多了一座新坟。听说是华二爷出事那天下葬的，据说是为情所伤上吊而死的。

华二爷再次开工时，他的罾已放不到水底了。原来，上游的水日益减少，加上挖沙船作业，水含泥沙多，鱼的生存环境变差，把水面慢慢淤起来了。华二爷不得不把木罾搬下去，重新设置搬罾的位置。最后，他也记不清是第几次把木罾下潜了。自那儿以后，华二爷的收获一天不如一天，有时候还会搬空罾，一只毛虾都没有。看见上游断断续续的水流，华二爷也很无奈，他想丢掉这搬罾的活儿，几次都没有下狠心。如果还是这样，一年两三个月的汛期，可能真的要改换行业了。

去年年底，我回到家，又跑到渡口。凉亭还在，只是屋顶被风吹雨淋得只剩骨架，那搬罾的渔网一直晾晒在渡口，那曾经滑溜溜的木罾杆已成残肢断臂，水缸不再是鱼虾成群，而是被石头杂草填满。华二爷老了，渡口的搬罾将成为一种回忆。

段儿港的水源少了，但我深信这水乡韵事会远远流传，上游的鸬鹚、中游的木子树、下游的搬罾，都是段儿港的前世今生。我是在段儿港边上长大的，段儿港的印记已深深地扎根在我的时光谣里。

清泥潭韵

古镇风韵

清泥潭古镇，犹如在涔河边上梳妆的姑娘，沉静、端庄、典雅。

这座昔日辉煌的内陆通商旧码头，在明清时期乃至更久远的年代，像一幅色彩斑斓的水粉画，古老而又带着现代的气息。

三湘四水，八百里洞庭湖，浩浩荡荡的澧水自西向东注入洞庭湖，挟九澧桃花之水，融入涔河两岸，独享偏安一隅。涔河水淙淙流淌，清澈见底，曲曲折折，犹如一条银色的绸带，曾给这繁华的古镇增添了不少的生机。那悠长的巷口，在宁静的黄昏，可以清晰地听到走过的足音。斑斑驳驳的苔痕，在推移的岁月里蒸煮，使一种想念越来越准确。古镇上，青石板铺成的小路古色古香。火红色的高跟鞋与青褐色的石板相互碰撞，发出的咚咚声如钢琴奏出的动听音符。它们笑着、跑着，美得好似城墙上舞蹈的阳光，跳着美丽的华尔兹。

不忘旧时渡口，枣红漆的滚柱，土黄色琉璃瓦的八角凉亭，承载多少摆渡人的酸甜苦辣。唯有那爬满青苔的茶马古道，常常回荡起挑夫的脚步声和纤夫的号子声。醉仙居住的古驿站破旧而古朴，长满青苔的院落墙上还铺满绿油油的爬山虎藤蔓，在狭长的阴影下，有了些许凄凉的感觉。所有陈设还保留着旧时的风貌，洗涤不掉年轮的刮痕。随着时间的推移，当年旧街两旁是店肆林立，薄暮的夕阳余晖淡淡地铺洒在红砖绿瓦上，前唐盛世般的场景不再。老街尽头拐角处，只剩下伍婆婆酥麻糖糕点老作坊还在勉强营业。算是古镇上为数不多的百年老店，百吃不厌的五仁桂花饼、酥麻糖、雪花枣梨酥等特色糕点，始终是儿时的味道。

“东送洞庭舟楫，西牵巴楚云烟”，涔河川流不息的情景不再。随着清泥潭古镇地位更迭，取代古镇的新城往下推移千米之外，如今早已没有了往日的车水马龙。清澈见底的河水静静地从旧码头淌过，不问岁月静好。两岸的船工悠闲等待着尘世间的摆渡。小村巷口的石板路，雨后拈一束微风的馨香。当年依河而建的吊脚楼、老茶馆还依稀可见。落马石碑前的状元府第、乡试考场、私塾书院等已破败不堪。如今的人，只能在几间残垣断壁中寻找旧梦。这就是当年最有影响力的经济与政治中心，也是旧时的货物集散地、水运码头，南来北往各路商队必经之路，还是津市商人会跑三斗坪的补给站。

清泥潭古镇，有一段美丽的传说。据说在古镇下游三百米的河中心，有一个十平方米见方的深潭，深潭里面有两条青鱼精，也有人说是青龙和白龙的化身，其实谁也没见过是龙还是鱼。古人云：“山不在高，有仙则名；水不在深，有龙则灵”，所以青鱼潭这个神秘的地方一直被传得神乎其神。不可思议的是，凡过往商船，不约而同地向潭中央抛撒些食物，商船方得以顺利通过。那些没有向深潭中抛下买路钱的，连人带货都被卷入深潭中，消失得无影无踪。听起来让人毛骨悚然。不管是在雨季汛期，还是秋冬枯水季节，青鱼潭中间始终会有一股清澈的泉水涌出来，水高一丈左右，潭水深不可测。

此处事故频出，让所有过往商船感到胆战心惊。大家纷纷议论："商船打扰了青鱼精清净，是不是举办河祭？"越说越离谱了。也有唯恐天下不乱的人，神经兮兮地说："既然是青鱼精作怪，肯定有一物降一物的法器，何不请五通寺的高僧出山，在青鱼潭口做一场法事，一定能够治得了这两条河妖。你们想想看，那千年蛇精白娘子厉害不？照样被法海和尚镇压在西湖雷峰塔下面。何况这小小的青鱼精，还怕治不了它吗？"一通造谣生事的蛊惑后，果真请来了五通寺高僧。他一番操作后，果真再没有发生过翻船事件，因此每年就多了一个河祭仪式。令人匪夷所思的是，常年冒清泉水的青鱼潭，再也不见这奇特景观了，只留下一潭死水。有人说清泥潭这个名字，也是因青鱼潭而得名的。不管是因何而起，是否真有青鱼精的存在，都无从考证。大家更相信五通寺的高僧法力无边。

那时候的陆路交通比较落后，信息更加闭塞，大部分货运只能靠走水路流通。清泥潭地处涔河要塞，又是自上而下进入洞庭湖唯一的水运大码头。上可连通四川，下可经津市水码头入洞庭湖，直接到省城长沙大码头，进行大宗商品交易。或者经岳阳出洞庭湖，顺长江下游到武汉入海口，再绕道上海，可想而知当年的清泥潭水运码头是何等的重要。

父亲常常引以为豪地说：“当年清泥潭古城堪比小上海，城外还驻扎有城防部队，城内有保安团、税警、缉私大队、各省同乡会馆等机构。古镇上的南北货栈、旅馆、戏院、望江酒楼，哪家不是门庭若市？”古镇南北街市人流络绎不绝。各种叫卖声、吆喝声此起彼伏，最悦耳的还是那商贸驮队的马蹄声，恰似百驮迎亲队伍，尽收眼底。那是古镇上一道美丽的风景线，毕竟这样的队伍每天不知要来多少趟。到过清泥潭古镇的人都知道，最引以为荣的莫过于在望江酒楼吃一顿饭。

望江酒楼是木质结构，三层江南水乡应景式楼宇，依河而建，也是富人聚会的高档场所。酒楼最大的看点是三楼楼顶有个露天小花园，里面种有各种珍稀奇花异草、假山盆景。内设达官贵人豪华包厢，有点像富丽堂皇的宫殿。楼阁显眼位置搭有戏台子，酒楼长期驻扎有不同派别的艺人，在那里表演节目。一边用餐，一边听曲，让客人产生乐不思蜀的感觉。二楼属乡贤聚餐场所，内饰名人字画，装饰书香气十足，长期有精通古乐弹奏、古玩字画之流饮酒吟诗玩乐。一楼是大众消费餐厅，主要消费群体是跑货商、镖局、驮商队等，装饰也较为简单。酒楼每层装饰不同，接待客人的规格也区分三六九等，菜品分东南西北口味。

点菜也蛮有学问的，就拿一楼商队散客来说吧，一般老顾客来消费，自己会点一些熟悉的地方风味特色菜，也叫“头菜”，譬如：楼上楼下、芝麻炒猪肝、紫龙穿袍等。听起来天花乱坠，看起来眼花缭乱，与实际名称大相径庭。何为楼上楼下？原来，楼上是豆腐渣，又称和渣，有椒盐和渣、全菜和渣等。楼下是豆腐，又可煎可煮。芝麻炒猪肝，外行人真以为是炒猪肝，内行人才知道是清炒茄子。还有一道紫龙穿袍，以为是山珍海味，原来是青尖椒裹上一层糯糊，下入六成油锅里炸至金黄色捞出，洒上孜然粉即成。一道道象形菜颇受顾客喜爱，菜香量足不说，色香味俱全，主要是价格实惠，很划算。

酒楼的每道菜名都有它的寓意，能在望江酒楼住上一宿，晚上看看涔河上穿梭闪烁的渔灯。在花船上听一段戏剧等，夜深人静时感受一下湘北古镇这世外桃源般的惬意。

古镇风云

清泥潭古镇两岸，分别住着陈、谭两大家族，古镇的经济发展全靠陈谭两家做领头羊。谭家靠谭启钢经营纺纱生意成了资本家，陈家则靠陈本万以土地收租成为大地主。陈谭两家都历经商海风云，才成就了今天这份家业。在清泥潭古镇上，他们是举足轻重的人物。想与他们搭上关系的人踏破门槛，有了重大事情，必邀请他们俩出面做和事佬。

事关生意上欺行霸市、家族矛盾、历史遗留等问题。旧社会和事佬的权力远远凌驾于法律和地方官的权力之上。特别是宗亲内部矛盾、道德伦理等棘手事情，一般人都不敢去管。只要有他们俩出面，矛盾双方才配合调解，才能够顺利解决问题。不过他们俩处理这些琐事，一向秉着公正、公平、公开的原则，从不偏袒哪方。两位老人早已作古，后人在处理那些刁钻刻薄、不按套路出牌的人时，都照搬两位老前辈的处理方式，以此平息祸端。

清泥潭南岸，也就是涔河以南的街市，轻工业发达，家庭小作坊较多。有条通往澧州城的陆路通道，信息比较畅通，商品集散也比较快。南街上有一家最大的南通纱行，老板叫谭启钢，他是整个南街最富有的大老板，号称“谭千户”。古时，千户代表集钱权于一身的权贵，享有皇上恩赐的田地与人口福利。他不仅经营着古镇上最大的纱线行业，还开设有多家手工作坊，如轧花厂、绸缎庄、旗袍洋服定做坊。至于土布染织、蚕蛹抽丝、手摇纺车制造、湘绣织锦等，只要是能赚钱的买卖，他都不会错过，是一位名副其实的大资本家。谭启钢是位老到的商人，每到棉花收购季节，他都会拿出许多资金大量囤积新棉花，将收购来的棉花与自家生产的手摇纺车捆绑在一起，以租赁的模式，分发给附近居民。让他们把纺好的纱线再卖给他家的南通纱行，然后在货款中扣除棉花本钱同租赁纺车租金，所剩下的就是自己的劳动所获，这就是他所提倡的两全其美的方案。这样做，不但为南通纱行提供了源源不断的货源，还能给周边那些劳动力过剩、没有本钱的贫穷家庭提供就业岗位，解决了他们迫在眉睫的生活压力。互惠互利的好事，何乐而不为呢？

赚钱的门路接踵而来，谭启钢将收购过来的蚕蛹拍茧抽丝，把从上海采购回来的国外进口高级染料与蚕丝进行搭配深加工，制成高档服饰所需的面料，再通过清泥潭水运码头的有利条件，发挥地利优势将货物装运上船，走水路运送到上海等大城市。然后卖给外国人开设的丝绸加工厂、织布厂等大公司，赚取高额利润。就连上海市最大的四行仓库，里面都堆放着清泥潭南通纱行的货物，这就是谭老板的经商门道。谭老板是生意场上难得的奇才，在清泥潭算是传奇人物。他为人低调，处事周到，性格豪爽，广结善缘，不掖不藏，很多商道老板甘愿拜在他的门下。他小时候得了一场疾病，疏忽大意没有及时就医，导致听力有点影响，故而说话嗓门儿有点高。他总是担心别人听不清他说话，所以鼓足劲儿扯开嗓子同你交谈。有时候说话像打国际长途一样，线路远，信号弱，搞得彼此气氛十分紧张。知根知底的人，不会说什么。碰见不了解他的人，误以为他财大气粗，仗势压人。这只是某些别有用心的人，对他的偏见而已。他做生意从不欺行霸市，不搞强买强卖那一套。谈生意也喜欢一锤定音。这难道是因为他的名字中有个“钢”字吗？性格造就个性，这也是他常说的。同谭老板做生意，他不喜欢拖泥带水，一口价买卖。有人因为他这个做法，给他取个“谭一刀”“钢片”等绰号。

他刀子嘴豆腐心，非常富有同情心。遇见家庭特别困难的或者穿得破破烂烂的人，他都会多给些工钱，或者把家里的旧衣服甚至还没穿上身的新衣服送给他们。他常交代掌柜，如遇到这几种人来交纺纱货，一定要把收购价提高一到两成，不要挑明，间接帮到他们，给人家尊严。也有明事理的人想把多给的利润退还给谭老板，谭启钢故意解释说：“昨天收购价格往上提了，我没有多算给你们，不说还好，说了更惭愧，经常少付了你们零头。”他是清泥潭公认的善心老板。谭老板在清泥潭事业有成，在澧州城里也不逊色。澧州城最大的纱行、福利棉被加工厂都是他开的。他在澧州城里有多处房产、商行、铺面等，辐射多种经营项目。

涔河北岸也就是北街，有家最大的“陈氏粮油酒坊”，老板叫陈本万，拥有清泥潭北岸以河堤为界方圆上千亩的土地。涔河以北最大的粮食储备库、油脂加工作坊、酿酒坊等都是他的产业，可谓家底殷实。陈本万坐拥大片土地，他把一部分土地拿来出租给农户收取租金，另一部分种上经济型农作物换取经济效益。光是酿酒坊，就有几十亩面积，所酿造出来的酒供不应求，畅销湖南、湖北等地。庄园里有长工、家丁、私塾先生、园艺师上百人。清泥潭北岸主街上的商号、铺面、小作坊不计其数。榨油作坊也具备一定规模，两人高、直径两三米粗的大树做成的木榨就有几十台，属湘北地区最大的榨油作坊。

记得20世纪六七十年代，我们村要筹建榨油厂，村干部一筹莫展，我父亲自告奋勇回涔北村老家，买了两台他们用旧的木榨回来。父亲一眼就认出老陈家留下的老古董，买回来为村里帮了大忙，菜籽油、棉籽油、花生油、芝麻油等都是通过木榨榨出来的。两台木榨到2000年油厂倒闭才被丢弃，它已是第二次完成使命。我父亲后来说："这木榨原来就是我家的，中华人民共和国成立后被充公为村集体所有，没想到还会被我买到，发挥余热。"虽然清泥潭古镇只是一个区公所的行政中心所在地，所辐射的地域范围可不小。

陈家在清泥潭古镇上的铺面房产占据半条街。在澧州城里的产业就不用说了，澧州城北门口进去往左拐整个一条街，所有米行、油店、酒坊等，连三岁小孩都知道，那是老陈家的。打下这份家业不容易，陈本万的父亲在世时，家里生意已经做得够大了。他们姊妹六个，两个姐姐一个妹妹，陈本万在兄弟当中排行老二，在兄弟姐妹中排行老四。他从小乖巧懂事，在他很小的时候，家里遭遇一场灭顶之灾。

陈家的财富早就被在龙垱、胡家坳一带流窜的土匪给盯上了。

正月十五，土匪派人提前潜入陈家踩点，趁陈家忙于过元宵节，里应外合翻墙闯入，实施他们的打砸烧抢计划。土匪喜欢搞突然袭击，陈家老爷来不及搬救兵，随手抄起家伙就与土匪殊死搏斗，终究寡不众敌，陈家老爷被打断腿，大少爷重伤，都没能救过来。陈家伤亡惨重，土匪掠走值钱的东西趁机逃离现场。家里一片狼藉，一时群龙无首。家里突遭此变故，陈本万悲痛不已，又怕土匪卷土重来。陈家上下在谢老夫人的带领下，拖着一家老小，趁着夜色暂时逃离了清泥潭，到澧州城躲避风头去了。陈本万的母亲谢氏是大户人家的千金，从小跟随父亲走南闯北跑生意，耳濡目染，是一个很有主见的妇人。关键时刻，她沉着冷静，能够独当一面。她知道乱时如何躲避锋芒，带领大家逃进澧州城安顿下来。城里也有陈家的产业，可以整合资源，日后东山再起也有资本。陈本万从小聪明伶俐，头脑灵活，最讨母亲喜爱。母亲早就看出他是一块做生意的好材料，不管去哪里谈生意都会带着他。逢年过节拜访一些生意场上的老朋友也会带上他，教他怎么样去处理人情世故，维护生意伙伴之间的人际关系等。

在澧州城经营大买卖的杨老板与陈家是多年的世交，两家来往本来就非常密切。杨老板育有三男两女，第二胎还是龙凤胎。龙凤胎中的千金杨大小姐上过洋学堂，知书达理又贤惠，十六岁就长得亭亭玉立。这些早就被陈家谢老夫人看在眼里记在心里。陈杨两家很早就私底下暗许这门娃娃亲。两家不单是世交，还是生意上的最佳合作伙伴。杨老板在澧州城也算是有实力的大老板，如果陈杨联姻成功，不但在生意场上强强联手，两家更是亲上加亲。

陈本万未成家之前，陈家的生意在遭遇劫难后已恢复得差不多了，甚至还超过父亲陈老爷在世的规模。他把清泥潭北街上、乡下的产业全部收购回来，整合了新的资源。婚后的杨家大小姐只管做好她的富太太，在家相夫教子，从不过问生意上的事。她为陈家育有一儿一女，日子过得有滋有味，生意蒸蒸日上。

陈谭两家在清泥潭素有“南纱北地”之称。有人说，一山不容二虎。庆幸的是，他们两家不但是生意场上的好搭档好伙伴，私底下还是在关公庙里拜过把子的好兄弟。南街的谭启钢聪明勤奋，把谭氏家族的生意做得红红火火。谭启钢娶妻黄氏，是平阳大户人家的千金，育有两女一男，日子过得美滋滋的。谭老板经常往返长沙、武汉、上海等大城市，早就看出了一些时局的变化。自 1945 年抗战胜利以后，国内一直没有太平过，时局动荡不安，民不聊生。谭老板经常往返于大城市，偶尔买份报纸看看，在茶馆听听评书，感觉这些大城市的空气中都带有火药味。北方的战事正吃紧，南方老家的清泥潭小镇好像与世隔绝，浑然不知外面的时局变化，涔河上的商船往返频繁，古镇上到处是生意人和周而复始的劳作者，这里还是一个安全的港湾。半年后，谭老板又跑了一趟上海回来，整个人变了一个样，他一改往日勤俭节约的习惯，开始在生活上放纵自己。黄赌毒一样都不沾的他，从那时起也学会了喝酒、抽烟、赌博，一副破罐子破摔的模样。他大肆挥霍钱财，变本加厉变卖家产等行为让镇上的人看到他就躲，还有人取笑他说：“谭老板跑一趟上海，是不是在百乐门受到刺激？脑袋给百乐门的明星用裙子兜了一下，被迷得找不到北了。”

好好的一个人，说变就变了。

北街的陈本万整天忙着打理城里城外的生意，从不关心时局变化，依然用心经营着他的粮油、酒坊、田地收租等事情，把所有的收益拿来置办田产。在城里买下一个又一个铺面，开设多家粮油杂货店、酒坊等。他浑然不知时局的变化，也不关注谭老板的异常举动，继续做他的土财主梦。

“我是做正经生意，谁能拿我怎么着？我又不是刘文彩那种欺压和剥削老百姓的地主恶霸。身正不怕影斜，好坏自有公论。”陈本万时常这样说自己。他还吩咐下去，把家里多余的库房、杂物房等收拾干净，收留那些无家可归的流浪汉、孤寡老人、乞丐等，倾其所有地帮助他们。

陈本万是我的爷爷，我父亲是后来落魄的陈少爷，他每年在吃年夜饭守岁时总要说：“小时候，印象最深的是父亲要我给一位姓周的乞丐帮主送被褥，被子里夹着一个大红包，端上大鱼大肉和瓜子花生等零食。还给他张罗娶妻生子，乞丐帮主一直住在陈家好多年，陈家也把他当成自家人一样对待。”

谭老板把最后一批货送到上海时，上海已经解放了。他怀着忐忑不安的心情回到清泥潭古镇，预感到情况不妙，加大挥霍力度，继续过着他的醉生梦死生活。所有值钱的都变卖了，最后跑到南街尽头买了两间简陋的平房，过着粗茶淡饭的清闲生活。一天早晨起来，清泥潭古镇满大街插满红旗，小孩子们挥舞着小红旗，镇上的人敲锣打鼓，放鞭炮迎接解放。原来，解放的风来得太快了，湘北重镇澧县已被提前解放了。

解放了，该来的总会来。政府颁布一系列法令法规，土改工作队紧跟其后。开展土改政策宣传总动员，有步骤地对资本家进行成分等划分、财产评估和政策感化。南方大部分城市在解放军摧枯拉朽的攻势下相继解放。

南街的谭老板最聪明，他及时分清时局，知晓上海的风向会吹遍全国，所以早想好对策，用各种手段麻痹大家，一边挥霍，一边肆意变卖所有家产。最后，清算工作组以资产总数不足，不属于作恶多端、恶贯满盈那种，把他定性为小资产阶级分子。他没有资产可没收的了，只有剩下的两间破平房，被遣回不远处的乡下种地去了。而北岸的陈本万洞察力不够，不关心时局变化，看不清形势，还在大量收购田产，最后清算工作组以财产、田地数额巨大为据，定性他为大地主大资本家。考虑到他平时接济乡民，没有欺压百姓，在群众心目中有口皆碑，工作组酌情处理，把陈家所有财产土地全部充公。陈本万被工作组带去劳动改造，全家人住牛棚，自谋生路。首要任务是要接受贫下中农再教育，学习新思想，洗心革面，重新做人。被没收财产的陈本万被派去干修水库、挖鱼塘、挑土护河堤坡等繁重体力劳动。白天干超负荷的体力劳动，晚上还要去大礼堂接受政治思想教育。

三个月后，陈本万选择了轻生。那年，陈本万的大儿子八岁，女儿六岁。发生这样的变故，谁接受得了？妻子本是澧县城里杨老板的千金，没想到一夜之间偌大的家业化为乌有，她觉得无颜面对娘家人。丈夫自尽的噩耗传到废弃的破牛棚，本来生活就很艰难的一家人唯一的顶梁柱都倒了，她哪里经受得了这样的打击，急火攻心下也病倒了。无钱医治使得她病情加重，眼下只能求助娘家人伸出援手。其实娘家人也好不到哪里去，只是好歹在乡下还有几间祠堂住——因那祠堂是他们辉煌时捐款修缮的。为了保命，杨小姐只有狠心丢下八岁的儿子和六岁的女儿，被娘家人抬回乡下养病去了。

陈本万平时广交朋友，家里天天摆流水席，门庭若市。自从家里出事后，原来的朋友一个都不见了踪影。只有受他恩惠最多的那位乞丐帮主不离不弃，好心收留了这对苦命的孩子。乞丐帮主带着陈本万八岁的儿子下乡乞讨。有时候碰见好心人赏碗剩饭，他放下当年少爷的架子，用一双漆黑的小手，端着那碗饭，宁愿自己挨饿都舍不得吃，连滚带爬地赶回去，送给在破牛棚里挨饿的妹妹。就这样，兄妹俩相依为命，饥一餐饱一顿地活了下来。幸运的是，他们还有这位知恩图报的乞丐帮主，愿意帮助他俩渡过难关。

而两年后，在娘家养病的杨家大小姐始终过不了心里那道坎，接受不了现实，整天胡思乱想，使得病情愈来愈严重。弥留之际，她最放心不下的就是一对可怜的儿女。还没等交代后事，她就在一个雷雨交加的晚上，带着遗憾彻底告别了这个世界。杨家人四处打听，托人寻找，好不容易找到在外流浪的一对儿女，带着他们俩去杨家见母亲最后一面。娘家人顶着各种压力，将这位苦命的杨小姐草草安葬在杨家祖坟山上。杨家也遭受同样的命运，日子不好过，无能力抚养陈家这对苦命的兄妹。兄妹俩跪拜了杨家所有亲人，抱着母亲的灵牌，一路哭喊着走了二十多公里，继续过着乞讨流浪生活。

一晃十年过去了，原来的陈少爷已经成年，以前的富人变成了现在的穷人，这就是世事难料。他们兄妹俩由于年龄小没有分到田地，妹妹靠帮别人干临时工糊口。乞丐帮主在临死之前，把江湖上失传的“一口唾沫治蛇伤”的最后一味秘方药传授给了陈家少爷。当年救济兄妹的乞丐帮主本姓周，大家都叫他周叫花子，他收陈家少爷为关门弟子。周帮主有一身本事，尤其精通医术，不管多严重的病症，只要他接手，就能药到病除。能够入他眼得到他亲手医治的，也很是难得。他给人看病，得看自己的心情。谁叫他是叫花子，是天不管、地不收的江湖怪侠呢。

我父亲晚年告诉我，他最难忘的有两件事。第一件事是师父教他治蛇伤的医术，师父不照本宣科，而是手把手地教他医术。有一次，他陪师父出诊回来，师父在水塘边看见一条剧毒蝮蛇，土话叫“血丝根”。他抓起蛇叫我父亲：“黑狗，快来！你把手伸出来。”黑狗是我父亲的小名，他出生的时辰不好，非要取个贱名，不然恐怕养不大。他的手还没靠近，师父就把抓蛇的那只手凑上去，手里的毒蛇一口咬向他。这一幕把他吓坏了，这不是谋杀吗？父亲知道蛇毒厉害，心里有再多怨恨也不敢跑。因为一旦被蛇咬了，蛇毒迅速通过你的血液、神经，进入到身体的各部位，你越是运动，蛇毒侵入越快，意味着死得更快。

一旁的师父还在幸灾乐祸，他解开裤腰带。把我父亲被蛇咬伤的手臂用裤腰带死死地绑紧，又用力摔破乞讨用的一只破瓷碗，选一块三角形瓷片往伤口上猛扎几下，深褐色的血柱喷涌出来。我父亲感觉马上就要昏死过去，眼睛似乎能看见两个人影。师父叫醒他，要他起身跟在后面。师父一边用打狗棍指着路边的野草说：“这是七叶一枝花、半边莲、益母草、紫花地丁、败酱草、破铜钱……”一边要求他连根挖出来，在水塘边洗干净，每一种草药分别放在嘴里嚼碎。再从几个袋子中掏出不同颜色的粉末，放进嚼碎的草药中拌匀，敷在伤口上，又用裤腰带包扎。师傅掐指一算，说：“半夜三更时，蛇毒会发作得更厉害，你要忍住疼痛。那时取下药包，加一些凉水调和，再敷在上面。”

等到三更时，我父亲整条手臂肿得像象腿，伴随着高烧难受死了。师父在旁边说：“等到天亮了，症状会有所减轻，你去挖这几味药，回来再加几种药粉，重复三天，你就好了六成。”三天后，师父又带他去采不同的药。又过三天，手臂肿胀明显消退。最后三天是关键，师父交代说：“最后三天的药，如果药量控制不好，身体内的蛇毒不会清理干净。就算你好了，以后体内的毒素还会发作，长出毒瘤来，那时候会更加难受。”刚开始，我父亲还怨恨师父心狠手辣，想草菅人命，现在已经明白师父这样做，是想让自己长记性，今后不管碰见哪种情况，都会自行处理。

父亲还说到一次是治疗外伤，邻村一个五岁的小姑娘，右脸太阳穴位置长了一个恶性脓包。去了多家医院问诊，医生们都不敢治疗，最后找到周师傅。师父看了看，指着我父亲说：“你去喝两口酒过来，准备吸脓包。”父亲愣了一下没反应，师父大声呵斥道：“怕什么？这个要命的地方，谁敢动手术？只有用嘴吸出里面的脓血，才有救。”父亲照着师父的吩咐做了。当父亲吸完脓血脏东西后，师父告诉他去采哪几种草药，告诉他用法与用量。父亲按照师父的方法给小女孩治疗，小女孩的脓包很快消了，一个星期后就痊愈了。小女孩的父母提着好酒好菜来感谢师徒俩，师父说：“不用谢我，不是我吸的。如果要感谢，你们就谢我徒弟吧。”原来师父是在给徒弟铺路，他准备慢慢退隐江湖。

听父亲说，他师父救人治病，从不收钱，全当做好事。如果真要感谢，就送点好酒好菜犒赏一下。师父这个规矩，父亲一直坚守到死都没改变。哪怕是饿死，甚至家里穷得揭不开锅也不破坏师父立下的规矩。

转眼又过了几年，我父亲已经二十多岁了，也到了谈婚论嫁的年龄。那个年代，成分不好的人是不好嫁娶的。特别是地主、资本家的子女更难。在那个年代，好多人躲都来不及，哪里还敢与他们谈恋爱？生怕再受到牵连。加上我父亲一贫如洗的家境，成家更是难上加难。后经人介绍，入赘到清泥潭南岸石滚垱村一户贫困潦倒的段姓人家。父亲的妹妹经人介绍，嫁到湖北公安县夹竹园最穷的一户李姓人家。

倒是谭老板没有因为成分受到处罚。他回到乡下后，因平时给宗亲们一些小恩小惠，所以讨人喜欢，小日子过得有滋有味。后来国家政策开始改变，历史遗留问题得到解决。谭老板的子女都被安排进城，有的被安排在国营单位上班。由于他机智，子女在乡下都得到了很好的教育。政策放开后，国家需要大量有文化的人才，他们都找到了好工作。谭老板有以前经商经历，夫妻俩被安排到镇里供销社，也算体面。巧的是，我父亲入的段家与谭老板在同一个村。

本来，我父亲也该享受政策红利，本可安排他到医院工作。由于历史原因，他在该上学的年龄到处流浪讨饭吃，没有接受过学校教育，也没有参加过专业技术培训，只上了几年私塾，这是远远不够的，枉费了一身独门医术。

现在的清泥潭古镇，是一个没落的小集市，早已退出历史舞台。记忆渐渐远去，父亲过世后，我再也没有回过清泥潭古镇。偶尔路过古镇，仿佛看见当年清泥潭两岸的街市再现。谭家与陈家的兴衰变迁是自然轮回，也是旧时代的终结。

清泥潭古镇像是乡亲们那布满皱纹的脸，每道皱褶里都有一个故事，记载着我父亲儿时的顽皮，少时的梦想，还有古镇里点点滴滴的变迁，它是走家串户的货郎架子上那一块香甜的牛皮糖，耐人品味。

生产队长

葬礼

1997年清明前夕，我回到了家乡。那时，我已在深圳打工三年。

那天早上，我在工厂宿舍楼下的潮兴早餐店点了一碗石湾现磨粿条粉、两根油条，吃饱之后，坐一块钱公交车到福永镇汽车站，距发车还有半个小时。当检票员用熟悉的家乡口音对我说“老乡，欢迎你回家，拿好行李进闸检票”的那一刻，激动得我的眼泪快掉下来。

一路长途跋涉，车行驶到了村口下车，迎面走来一位披麻戴孝的中年男子，他一瘸一拐地走在送葬队伍最前面，右手挎着一只腰子篮，里面装有五颜六色的冥币，还有印有“汇通元宝”的仿古黄白两色铜钱纸币。他时不时抛洒着纸钱，嘴里喃喃自语：“香爹爹，一路走好啊！各路神仙、阎王爷、黑无常、白无常，一定要保佑香爹爹顺顺利利到达极乐世界……”

原来是香队长走了。小时候，我就听说他不简单，他的功绩在乡亲们心里永远抹不去。看到今天送葬的场面，我想他的一生可以盖棺论定了。整个村子乃至周边村镇，男女老少都赶来送他最后一程。送葬队伍从我身边慢慢移动。前面的大树底下，有位老人在抹眼泪，走近一看，原来是邻村的刘婆婆。她为了送香队长，天还没亮就拄着拐杖出发了，带病守在村口，庆幸自己没有错过送葬队伍。当她见到送葬队伍走近时，激动地拿出一块皱巴巴的小手绢搓揉几下，擦拭着眼角那两行混浊的眼泪，深情地说："我见不得这种场面，只要一听到吹唢呐的声响，我这不值钱的眼泪就像破堤的洪水，拦都拦不住。"刘婆婆一边擦鼻子，一边望着前面长长的送葬队伍，倚靠在跟她年龄差不多的一棵弯杨柳树旁。呆滞良久，随后哀叹一声说："老队长可好了，眼睛一闭，啥事都不用操心，还有这么多人风风光光地把他抬出去。而我这孤寡老婆子，不知哪天死了，就是发臭了、长蛆了，也没有人哓得哦！更不要说把我送上山。"刘婆婆望着远去的队伍半天不语，似乎又有什么话想对死者说。她抽动几下嘴角，始终没有说出口，然后扶起拐杖，跌跌撞撞消失在人流中。

那一路噼啪作响的鞭炮声响彻整个湾子，也敲开了四邻八乡的大门，用"人山人海"来形容一点儿都不为过。几个好奇的村民争先恐后地翻看花圈上的挽联，张口结舌惊呼起来："你们快来看，不得了噢，全是大人物送的呢。他们送花圈来了！"村里人一齐炸开了锅，凡上了年纪的人都尊称他为"香队长"或者"香同志"，人活着的时候没人在意他的存在感，突然离开了，大伙儿纷纷翻出他过去的点点滴滴，才想起他对大家的好儿。

操办丧事的所有开销都由这些曾经受过他特殊关照的人出资，

他们比香队长的子女还上心。曾经为了安置这些人，香队长绞尽了脑汁。

远远听见那撕心裂肺的哭喊声、震耳欲聋的鞭炮声、唢呐声，它们敲醒了刘婆婆的记忆。

刘婆婆借米

刘婆婆走上一会儿，坐在路边的水闸墩子上歇脚，还不忘回头望着远去的送葬队伍。见有人凑过来询问她为什么这么伤心，刘婆婆把刚才未说的话和盘托出。

那是香队长刚当上生产队长的第二年，因天灾收成不好，大家的日子都不好过。刘婆婆原名刘水英，是石门县逃饥荒流落到这里的。她运气不好，结婚之前，老公隐瞒了家族遗传病。结婚后，男人不能干重体力活儿，饭量还不小。饥荒年哪有够吃的粮食？没办法，只有减量。她老公饥饿而死，留下一对三岁的双胞胎儿子。家里早就被老公的病折腾得揭不开锅。实在没辙了，刘水英想到邻村生产队借米。她把头上裹得严严实实的，生怕别人认出她来。腋下夹着一张蛇皮袋子，等大家都回去做午饭的时候，悄悄地朝生产队仓库走去。这天在生产队仓库值守的是光棍郝麻子。刘水英正准备敲门，正巧郝麻子撒尿回来，他嬉皮笑脸，像绿头苍蝇一样叮上来，正伸手摸向刘水英图谋不轨时，被及时赶来的香队长看见。香队长狠狠地教训了郝麻子一顿，随后还借给刘水英一袋子稻谷。

香队长

香队长原名唐世香，寓意香火世代相传，家里兄弟两个，父亲长期在外，家里只有娘仨相依为命。唐世香的父亲是乡里公认的大力士，有一股子蛮劲，在津市九华会商队做挑夫，没有两百斤的力气是入不了队伍的。

为了生计，他父亲经常跟随九华会商队挑些棉花、皮货，由津市望江楼码头出发，经澧州、清泥潭，上三斗坪。在三斗坪地下黑市换取川盐回来，由九华会拿去倒卖，一趟下来，风餐露宿，往返足足需要一个月。虽然路途辛苦，可一趟货赶下来，够家里大小吃上好几个月。有一次，香队长的父亲运送一批纺纱线走三斗坪，由于雨季来临，当他们牵着骡队走在狭窄陡峭的西陵峡茶马古道上时，一不小心连人马带货一起摔下山崖，后来连个尸首都没找到。

一个半月后，唐母才得知这个噩耗，她悲痛欲绝。家里唯一的顶梁柱走了，一家老小没有了经济支撑，孤儿寡母实在撑不下去了。唐母做出惊人的决定，她忍痛割爱，把还在襁褓中不到一岁的唐世香的弟弟送人，又把刚满四岁的唐世香托付给唐氏族亲们来抚养。不是走投无路谁会送走自己的亲骨肉呢？临走时，她不忘给老唐家留下一根血脉。唐母安置好两个小孩的去处，背负着千夫所指的骂名，下嫁到隔壁县去了。后来还是从她娘家人嘴里知道，像她这种人是不允许进娘家门的。她在村口破房子里住了一段时间，有位好心人可怜她，给她做媒嫁给一户姓田的木匠做了填房。

唐世香从小是吃百家饭长大的。自从母亲改嫁以后，再也没有回来看过他。他永远记得，自己是靠村里族亲们从牙缝里抠出来的一点儿口粮喂养大的，全村人都是他的至亲。唐世香找人看过命相，掐算八字说他土多，天生的劳苦命。自他懂事开始，县里所发生的每一件事情都与他有关，比如：治理西湖、修枝柳铁路、围堰造田、修建艳洲水电站……每件事都不简单，他所经历的都是大事、难事。

段儿港是石滚垱村的前身，也是当时的人口大村。特别是第四生产小队，人口占全村总人口的三分之一，第四生产小队青壮年劳动力严重过剩。由于男多女少生育比例严重失衡，男人当不了家，多是女人说了算，遂有人戏称第四生产小队是“耙耳朵光棍生产队”。这个村地处洞庭湖尾坝，是典型的湖区，年年遭受旱涝灾，村民苦不堪言。这给生产队长的管理带来不少压力。年轻人混在一起，鬼点子多，管理起来费脑筋。三五个容易管理，几十个抱成团就把控不住了。历任生产队长都不敢招惹他们，怕他们合起伙来作怪。好几任生产队长都是被他们整下台的，极少有人能将生产队长的位置坐长久。香队长本不想接这烫手山芋，谁知老队长一声令下，他只得老老实实接替了这份苦差事。那年，香队长还未满十八岁。

婚礼

有一天，村里出了名的媒婆蓝妈妈戴着一顶旧草帽，上身穿一件“的确良”衬衣，下身穿一条深蓝色自染土布大筒裤，很不搭的是，脚上穿着一双打了好几个补丁的花布鞋。她左肩上搭一条白毛巾，右肩上扛着一把锄头，两只脚像踩着风火轮似的飞快地朝香队长家跑去。到了门口来不及叫门，前脚又刹不住车，猛地一脚踹了下去。香队长被这粗鲁的踹门声吓一跳，穿个裤衩光着脚丫就往堂屋跑，慌乱中被床尾的尿桶绊了一下，差点摔个人仰马翻。

蓝妈妈见门还没有打开，连喊带踹地大声嚷嚷起来："香伢子，还不起床？太阳都晒屁股了，我早上起来都锄了两垄地。喜事，喜事，天大的喜事！"一句半截话把香队长带进云里雾里，他不自在地抓摸着后脑勺，心里有气又不敢发火，恭恭敬敬地问："蓝妈妈，您今天是咋了？太阳公公还没起床，是不是看错时间了？我一晚上都待在家里，大门不出，二门不迈，哪来的喜事？除非天上掉馅饼，那也要起早啊。"蓝妈妈是个急性子，见香队长还不明白她的来意，她王婆卖瓜自卖自夸起来："香伢子，你不要不信啊！就凭我这三寸巧舌，不管你是啥条件，只要有我蓝妈妈出手，没有办不成的。"蓝妈妈铆足了劲儿说了半天，香队长揣着明白装糊涂，急得她直跺脚。蓝妈妈也慌了，降低声调说："前几天，我去隔壁村讨辣椒秧苗，路过铁匠老王家门前，看见他家的二闺女王二妹正在晾晒衣服。好家伙！不看不在意，越看越漂亮，几年不见，差点都快认不出来了。那瓜子脸蛋，白细白嫩的皮肤，真是谁见谁爱。"蓝妈妈一番挖空心思的赞美弄得香队长心花怒放。蓝妈妈这次算是有心了，开门见山地说："香伢子，这次主要是征求一下你的意见，如果有那层意思，我明天就过去给你保媒。"其实，蓝妈妈也在为自己打着如意算盘。如果这门亲事说成了，按老规矩，媒婆四十八餐吃是少不了的，更重要的是，今年春节换新皮鞋的愿望就要实现了。

两个年轻人年龄相仿，条件相当，王二妹家里还有三个弟弟妹妹，她父母恨不得现在就把她嫁出去，还能节省一些口粮。经过蓝妈妈撮合，他们俩第一次见面就互生好感。那时候，香队长还只是生产队里的一名记分员，队长有事公出就由他临时代管。在大家心里，早就把他当成准生产队长了。男大当婚，女大当嫁，大伙儿一直都在为他的婚事操心，苦于没有合适的人选。这下好了，如果这次蓝妈妈做媒真的成功了，她就是生产队里的一大功臣。

香队长没有父母，于是简化礼数，直接走婚姻登记程序。乡政府民政所的工作人员带着他们俩拍结婚证照、填写婚姻登记表。工作人员把介绍信、户口证明等资料拿在手上仔细看了又看，发现一个漏洞，立即把全部资料退还给了他们，并安慰他们说："你们两个咋搞的？男方还没达到法定结婚年龄，女方勉强达到结婚年龄。你们先回家，达到登记年龄再来办理吧！"工作人员拍着胸口说："幸好今天没给你们办理登记手续，否则被领导查出来，会受到很严重的处罚。"民政局工作人员拉开大门送客。两个年轻人急得"哇哇"地哭起来了。香队长跑步回到老生产队长家里，说出事情的经过，恳求他帮忙。老队长二话没说，来不及换衣服，打着赤脚就往民政所跑。有老队长出面，这事总算办妥了。

大婚日子选在腊月二十四，这也是老队长选的，他开玩笑说："腊月二十四是好日子。老人常说，与老鼠同天结婚，以后不缺饭吃。"在老队长的张罗下，村民们分头张罗婚礼。举办结婚典礼当天，还闹了个大笑话。主婚人老队长故意刁难证婚人蓝妈妈，要求证婚人宣读结婚证书。蓝妈妈大字不识几个，看了半天也不敢读出声来，原来她发现那结婚证上的名字不是新郎官本人。她满脸涨得通红，弄得亲友团哄堂大笑。

蓝妈妈身旁站着一个戴眼镜的小男孩，他侧身瞟了一眼蓝妈妈手里的结婚证书，阴阳怪气地大声宣读起来："新娘王二妹、新郎刘军！”大伙儿听到新郎的名字，炸开了锅，好奇地问：“啥意思啊？新郎不是唐世香吗？怎么临时换新郎了？前几天老队长还专门去了一趟民政局，说把事情办好了。这又是唱哪一出？”王二妹听了，气得当场哭了起来，就要离场而去。现场唯独老队长面不改色，他不慌不忙地走到主席台前，扮个鬼脸说：“这是我的主意，不碍事的。香伢子不够法定结婚年龄，怎么说情也无济于事，民政所的工作人员就是不给办理结婚登记。”老队长软磨硬泡下，工作人员实在没办法，暗示了一下老队长，他心领神会，想出了这个馊主意。他又说：“先把够年龄的名额顶上，等刘军结婚时，就改用香伢子的名字，大家都是乡里乡亲的，这事好商量！”听完，现场响起了热烈的掌声，大伙儿都竖起大拇指。

新婚假期还没结束，老生产队长亲自上门找到香伢子，他咳嗽几下，整理那件褪色的旧军绿夹克上衣，还特地扣上衣领最上面那颗扣子，两手叉腰，板着脸。他一脸严肃的表情，搞得香队长心里也紧张起来，还以为哪里做得不好，他老人家来兴师问罪呢。老队长见香队长不敢出声，为了缓和气氛，一只手搭在他的左肩上，嘴凑在他耳边，好像几十年没见面的兄弟。老队长掏出藏在心里的话，一字一句地说：“香伢子，其实我早就不想干这个生产队长了，只是一直没有合适的人选。这几年我带着你，觉得只有你能担此重任。现在，我要把权力交给你。说句心里话，我是看着你长大的，知根知底，你为人处事圆润，做事能力强。又年轻，大有作为。今后带领村民过日子的担子，就落在你的身上了。”骤然受命让香队长措手不及，他一再推辞说：“老叔，我还是太年轻了，需要跟着您多学习、多锻炼。好多事情我都不懂，现在根本胜任不了，掌控不了那么大的局面。”老队长一听，脸“唰”地变青了，他瞪着一双牛眼，脾气一点就着，冲着香队长吼道：“年轻怎么了？我十四五岁就从我父亲手里接过了这副担子，一干就是好多年。难道要我把生产队长的位置传给我的儿子？那不是搞世袭制吗！”香队长立马解释说：“我都没做好心理准备，您就要我当这个生产队长。再说，当队长也要全体队员选举才能产生。我不能这样不明不白地接手，到时候在别人面前说不起话，今后怎么开展工作？”老队长觉得也是这么个理儿，他点了点头。

春节后开工第一件大事就是召开生产队长选举会议，要求村委会派代表监督换届选举会。香队长顺利地当选生产队长一职。

治理西湖

那年冬天比往年提前了两个月，往年的九月还是夏天，那年已经下过好几场大雪。接到上级通知，全县各乡镇要组织精干劳动力，开赴邻县支援治理西湖湖口。在西湖镇湖口筑一道防洪大堤，也就是保护西湖城镇的围垸防洪工程。如果围堵成功，以后西湖镇以外的水涝、旱灾都会缓解。治理西湖口是地委统一下达的冬修水利任务。村支书点名要香队长带队出征。其实，村里自己的冬修水利任务也比较重，要留一部分人在自家门口清理淤泥和排水渠。现在又加上治理西湖的工程，那要分成两队人马，才能解决劳动力的分配任务。

“毛院长”是董杰的绰号，他是生产队里出了名的“挑屎粑粑”。如果遇见挑大粪的人从他眼皮底下过去，都要用手指一下，露出讨厌至极的表情。香队长把他列为最不服管教的捣乱分子名单之首。毛院长得知这个消息后，动起了歪脑筋，他同几个死党盘算着："如果哥们留在家里搞冬修，村里肯定会临时调妇女主任谭三妹接任，那就惨了。她有'三八红旗手'和'先进青年突击队员'等荣誉，做事雷厉风行，人送外号'铁娘子'。如果是她带队，那还不把咱哥儿几个当成眼中钉、肉中刺？就算不被她折磨死，也要脱一层皮。"众人一听，个个吓得毛骨悚然，纷纷要毛院长想对策。

说起谭三妹，还有一个故事。她父亲帮生产队里看牛时，收了别人一包香烟，就把牛借给对方犁了几垄菜地。这事换成任何人都会睁一眼闭一眼，可谭三妹为这事同她的父亲杠上了，闹得可凶，一点儿情面都不给她父亲留。在全体生产队员大会上，她非要父亲当众认个错，写保证书。毛院长怕落在她的手里没有好果子吃，所以在生产队里上蹿下跳地活动。他还找人给村干部说情，主动要求分到香队长的队伍里去，安排他去治西湖工程。村支书见他积极性很高，就答应了。

西湖镇湖口大堤上，一望无际的芦苇荡随着东西南北风起伏不定，像海水涨潮一样连绵起伏，十分壮观。方圆几十上百公里的地方见不到一户人家，更不要说炊烟升起。至于高楼大厦，只能是幻想中的海市蜃楼。那里甚至连一棵遮风挡雨的大树都没有，是个鸟不拉屎的地方。站在湖堤上向四周望去，只有几只鸟在自由飞翔，给荒凉的芦苇荡增加几分凄凉。一阵阵凉风吹过，毛院长连续打了好几个寒战。

这是香队长上任后第一次带队出远门。他带头指挥大家砍些芦苇，准备搭建宿舍、厨房、冲凉房、工具房、会议室等。毛院长平时在生产队里爱偷奸耍滑，还染上赌博的恶习，他哪里受得了这般苦？他歪着脑袋，在工地瞎转悠，眼珠子一转，故意扯开嗓门儿说："这么差的环境，要我们在这里遭罪，听说西湖的水含有血吸虫，喝了会染上血吸虫病，目前没治愈的良方，只有眼睁睁地看着等死。"毛院长见大家听得认真，故意夸张地说："芦苇荡里经常有白鼠出没，它的毒性比眼镜蛇还毒。我们的食物都是集中在工棚敞开的桌面上，万一哪天白鼠进去舔一下，或者拉尿在上面，大家吃了统统会去见马克思。再说，今年的鬼天气提前进入了冬天，在这荒郊野岭上，会冻死人的，哪个愿意留下来是他的事，我可管不了呢，我还是回家烤火去。"大伙儿听了毛院长的蛊惑，心里开始动摇，都有逃跑的冲动。

香队长早就识破毛院长的诡计，他从大局出发，耐心地给村民们做思想工作，拍着胸口说："这里环境是差了点，但是政府会想办法改善的。如果我们都怕吃苦不去干，那全县几十万人的生活咋办？不治理好西湖，明年开春汛期一到，全县的春耕生产全泡汤，生命财产都会受到很大的威胁。"话都说到这份儿上了，大伙儿勉强答应继续留在这里，不过要尽快改善环境，否则大家会走人。香队长求爷爷告奶奶，好不容易才把大家说通，只差给他们磕头了。

工棚搭好后，召开第一次会议，香队长首先介绍这次水利工程的重要性，然后分配工作任务。香队长知道毛院长的坏毛病，弄不好他又会整出幺蛾子来。所以特别照顾他，给他安排一个估方员的工作。只需要整天拿着一把卷尺，丈量土石方。工作简单，还轻松没压力。

初期工程主要是清理浅滩淤泥，这是一项艰巨任务。只有清理完淤泥，才能开展筑坝的后续工作。工程进行不到半个月，毛院长的老毛病再也藏不住了。香队长对他的照顾，他不但不感恩，反而埋怨说："每天早起跟随测量评估队，不是蹲工地，就是做笔记，有时间还要帮忙挖淤泥、挑淤泥。遇到深坑积水太多，还要打赤脚下去，用两只水桶帮忙挑水排涝，累死了！"毛院长提前收工后，饭也不想吃，和衣倒在床上就鼾声如雷。

天刚蒙蒙亮，毛院长还在梦乡就被香队长的哨子声吵醒了。他一骨碌从上铺爬起来，洗漱完后，急忙钻进工棚后面的茅房准备偷懒。工地茅房就是随便挖个深坑，放两块横木板铺上，中间斜插一根粗木条，两腿分开，蹲下去方便。如果大便不对准木棒，绝对会有"屎地雷"炸到你身上。可能是吃坏了肚子，毛院长硬是蹲了一个钟头。出工的哨子吹了一遍又一遍，大伙儿都陆陆续续上工了，唯独毛院长不在场。每天开工前，班组长都要清点人数，总结前一天的工程进度，把当天的任务迅速分配下去。一个小时过去了，香队长巡视整个工地，还没发现毛院长的踪影。香队长问了几位班组长，也问了与他同宿舍的室友，都说早上见他起床了，后面就没留意了。

香队长猜想一定有名堂，他放下手里的工具，跑到宿舍、茅房找毛院长，还不停地喊他的名字，可就是没人回应。香队长在厕所周围百十米的范围又找了一遍仍然不见人。他又跑到河堤上，还是不见人。香队长正准备离开，又回头多望一眼，见不远处有一小股浓烟从芦苇荡中间冒出来。难道那里还有人居住吗？不好！着火了。香队长转身就往芦苇荡中央跑去。烟雾正朝他这个方向飘过来，由瓦灰色变成深黑色。直觉告诉他，要出大事了。他立马吹响那枚挂在胸前的哨子。不远处工地上的人听到哨子声，闻讯赶来。

香队长抢先一步跑到火势旺的地方，眼前闪出一个鼻子黑、嘴巴乌、全身上下黑黑的家伙来，把香队长吓了一跳。原来是毛院长。香队长脱下上衣拼命地拍打芦苇秆上的火苗，毛院长也加入救火队伍中。一会儿工夫，大伙儿七手八脚把刚刚燃起来的大火扑灭了。香队长气得鼻子冒烟，他板着脸，恨不得生吃了毛院长。毛院长吓得支支吾吾半天说不出话来。香队长说："你闯大祸了，弄不好你要坐牢的！"毛院长听了，吓得嘴唇都抖了起来，他吞吞吐吐地交代说："其实我很早就起来了，跑到茅房，一不小心，被一枚屎弹溅在身上。狼狈地跑回宿舍换衣服，感觉有点冷，又回到床上赖了一会儿床，没想到等我醒来时，宿舍不见半个人影。我想，反正迟到了，去了也要挨罚，还不如躲进芦苇荡里补一觉。"毛院长又说："躲在芦苇荡里，我害怕有野兽出没，睡不着，索性点燃一支烟压惊。哪晓得抽着抽着就睡着了。直到四周的芦苇燃烧起来，火越烧越旺，慌忙中，我找不到可以救火的工具，又迷失了方向，只有像猴子跳圈一样乱窜。"

香队长听了，不知道气打哪里出，选择报警吧，毛院长年龄还小，再说他又是媒婆蓝妈妈的小儿子，不看僧面看佛面。如果放任不管，不知道以后会闯出什么祸来。香队长计上心来。他压着火，像亲大哥一样安慰毛院长："没事的，还好燃烧面积不大，没有造成严重后果，你放心，我会处理好的。"

香队长又向大家解释说："毛院长口头向我请过假，他说早上起来身体不舒服，想休息一天。可能一个人待在宿舍又闲不住，想去芦苇荡里捡鸟蛋，给大伙儿改善伙食，不小心把芦苇点着了，是好心办坏事。”大伙儿听了解释也没人继续讨论这件事了。晚上收工后，香队长跑到工地总指挥部无意间听到一个消息，说今年冬季征兵工作开始了。香队长怕听错，又打电话到村部询问，民兵营长告诉他说：“是真的，你有合适的人推荐？”香队长想到毛院长。

白天的事，弄得香队长没有心情。晚上他在工棚外走来走去，不知道怎样去同毛院长说。他走到毛院长床前，拍他的肩膀。毛院长眯着眼，见香队长过来，以为要他作检讨，跟着就出来了。他们俩坐在工棚外的草地上，香队长语重心长地说：“小老弟，有个好消息告诉你，听说开始征兵了。小道消息说，这次去很远的地方，还是有技术含量的通信兵。听说通信兵不用站岗，整天背着工具箱，拿着无线电步话机到处爬杆巡线，还可以欣赏沿路的风景。有时候爬到电线杆上，还可以掏鸟窝呢！”香队长的一番忽悠，把毛院长逗得心痒痒的，他马上露出渴望的眼神。香队长看出毛院长的小心思，故意扯着嗓子吊他的胃口：“名额很紧张，要是你不愿意去，我就把名额让给别人。”毛院长没等香队长把话说完，连忙说：“我去，我去，谁说我不去！你要是把名额让给了别人，我就跟你急！”香队长解释说：“你母亲是我的媒人，你们全家都是我的恩人，我首先考虑的当然是你。”毛院长诉苦道：“你看现在跑到这鬼地方来，我的脸上、脚跟、手上，全生了冻疮，特别是一双手，才几天工夫就长出了厚厚的茧子。要是去相亲，人家女孩子都看不上我，我早就想离开这里了！”

香队长想，如果把他继续留在这里，迟早会出大事的，还不如送个顺水人情。帮忙帮到底，送佛送到西。香队长最后交代毛院长说：“我已经给村里打过招呼，你回去后就去找民兵营长，让他陪你去武装部报名，参加征兵体检。”

一个月的征兵工作接近尾声，毛院长也顺利收到入伍通知书。一个月后，部队接兵领导到了县武装部，毛院长也换上了新军装开拔。到了部队的毛院长，对一切都感到新鲜，看什么都稀奇。三个月的新兵连生活很快就结束，准备下连队了。初次下到连队的毛院长还保留着一些在老家的坏习惯，说话土里土气，还闹出好多笑话。他还有一些社会大哥的坏毛病，直接影响到连队集体荣誉。就连一向护着他的老班长对他也有看法，要让他知道什么是军纪军规。在部队，不像是以前在村子当二痞子的时代，要彻底改变自己。

毛院长所在的连队属通信连，负责基层单位通讯维护。他们被派往新疆某部驻阿拉山口边防哨所。阿拉山口常年积雪，一年有十个月是冬天。刚开始，毛院长根本就不适应那里的气候。饮食方面也是大问题。老家是鱼米之乡，主食是大米。部队在新疆高原地区，以面食为主，平时用餐是馒头，他怎么都吃不下。还好后来部队为了照顾到不同省份的新兵，通知后勤炊事班每个星期安排一顿米饭。

下连队的工作任务是保护军用通信线路顺畅，也就是护线兵。毛院长穿着厚厚的防寒保暖军服，脚上套着重重的雪橇鞋，浑身穿得像企鹅一样。身上还背着几十千克重的大包裹，里面全是线缆和维修工具。一路检测时，一定要特别小心翼翼地行走，一不留神，就会踩空滑倒在地，会顺着积雪溜进万丈深渊的大雪山脚下。遇到山口刮冰凌风暴时，还得滑到山坳里躲起来。有时候风雪特别大时，要等风小一点儿，再侧卧着爬行往前走。毛院长在老家平地里走宽敞大路习惯了，看见眼前一片白茫茫的雪山地，以为像老家的稻田埂一样平整，一时兴起就一个劲儿地乱跑乱踩，一不小心就掉进了猎人设伏的陷阱坑了，还好他命大，里面没有放置狩猎的三角叉子，有惊无险，不过还是把毛院长吓出一身冷汗。后来他出去巡线时都特别小心。下连队快半年了，毛院长第一次给家里写信。他告诉父亲，他们在一次例行检测任务时，发现地下埋线被破坏了。他知道事情非常严重，如果班长派一个人去阿拉山口哨所报告情况，中途有紧急情况咋办？哨所接不到上级的指令咋办？后果十分严重。考虑再三，他还是与战友一起处理线路问题。阿拉山口海拔有几千米高，空气稀薄，很容易出现高原反应，他们所带的氧气不多，只够正常巡逻用，没想到会出现这档子事。他们接通线路的过程中花费的时间太长，所带的氧气所剩无几，开始呼吸困难，心慌胸闷，眼前一片空白。他与战友明白将要面对什么样的结局。大家心里也害怕起来，后来还是被巡逻的战友救了，算是福大命大，又捡回了一条命。

毛院长在信中特别提起香队长，言词有些过激。他开始埋怨起香队长当初的用意，要不是他夸大其词，毛院长哪里会上他的当来参军？分明就是甩包袱。毛院长回想起香队长说过的话，一人参军，全家光荣。如果去了部队表现好，还有提干的机会。如果真的有那一天，就好比端上了铁饭碗。命都差点快没了，这些所谓的精神食粮都是没用的。

香队长看过毛院长父亲送过来的书信，想起毛院长所经受的那些事，有点悔不当初。又想，如果不让他接受部队锻炼，后果会很严重。照信中所说，如果他是因我丢了性命，我会后悔一辈子。香队长越想越惭愧，当初为一己私利，为了管好这个调皮捣蛋鬼才出此下策。虽有点不地道，怎么说也是想让他出去见识一下，从思想上进行改造。事已至此，所有的错都无法补救，香队长知道自己比窦娥还冤。毛院长还在信中特别提到那次在阿拉山口雪山巡线的经历，他在信里发牢骚，说当初不该信香队长，被他忽悠。如果可以当逃兵，他一刻也不想留在这里。毛院长的父亲看到信，心疼得热泪盈眶，想到儿子在家里哪会受这般苦。他父亲在心里自责，怪自己当初没有阻拦他去参军。

经历过两次九死一生的险情，毛院长在部队里渐渐成熟了。三年的军旅生涯很快过去，毛院长这三年在部队学到了无线电通信方面的专业知识。第三年，他还当上了班长，他服从部队安排，光荣复员回到家乡。毛院长退伍了，没等他适应过来，马上接到县里退伍军人安置办打来的电话，要他务必赶到县邮电局报到。毛院长还没反应过来，难道当几年义务兵还有工作安排？后来才知道，他刚回到老家，部队首长就给地方政府写推荐信："该同志在部队表现不错，专业技术好。如果地方政府有相关单位可以对口接收，可以让他继续发挥作用，为群众服务。"毛院长顺理成章地被招进了县邮电局工作。由于专业对口，毛院长负责全县邮电通信线路养护工作。还真是被香队长忽悠对了，吃上了公家饭，端上了铁饭碗。

第一天上班，毛院长穿上邮电局给他发的工作制服。深橄榄绿套装，三接头的黑皮鞋，草绿色帆布挎包上面绣着红色的"中国邮电"四个大字，一辆在当时还算很稀罕的二八双杠永久牌男式自行车，都是统一刷"邮电色"。特别显眼的还是头上那顶大檐帽，中间镶嵌着一颗庄严的国徽。头顶挂国徽可是国家公职人员呢。

毛院长每个休息日都会骑着那辆单位配置的邮电标志自行车回家。当他骑进村子那段乡间小路上，村里年轻姑娘都向他投去羡慕的眼神，有的直接向他抛媚眼。就凭他的这份体面工作，媒婆都快踏破他家的门槛了。他每次回家，只要碰见香队长，都会客客气气地递上一支香烟。以前在部队，毛院长总是埋怨香队长，多次在信中都会给香队长留下一段话，或者另外写一张纸。不是骂他祖宗十八代，就是说等他哪天退伍回家一把火烧了他全家。现在有这份体面的工作，想起自己过去犯傻的那些龌龊事，毛院长脸上就烧得发烫。每年的大小节日，毛院长都会叮嘱家里人备上一份厚礼给香队长，当是自己的一点儿悔过之意。

香队长只要进县城办事，都会给毛院长捎上大包小包的土特产，而毛院长也不会让他空手而回。这次，香队长过世了，毛院长哭得最伤心，他也是第一个赶回来奔丧的人，不枉香队长当年对他的一番良苦用心。

修王家厂水库

那是 1958 年，也是全县自然灾害最严重的一年。最难熬的是赶上饥饿年，不是旱灾就是病虫、水灾，总之，没有一天好日子过。农民种土地，靠天吃饭，其他副业收成也不好。偏有一种生命力极强，种植面积不多，但长势特别好，耐旱耐涝的稻种“农垦 58”。它适应早稻种植，属于晚熟，稻杆矮小，稻米粒密，每穗粒数偏少，生长周期长，比一般稻谷品种要晚十天半个月甚至更长时间才能收割。说起农垦 58，如今还流传着顺口溜：“唯独农垦 58，好吃不好耙，饿死鸡和鸭。”老一辈人说起农垦 58，一脸苦笑。说来也怪，看着稠密的稻苗，想不到结出的稻穗却稀稀疏疏。好不容易等到收割季节，大家犯难了，其他稻谷品种可以随意脱粒，唯独农垦 58

不行。采用大板桶、动力脱谷机、驴拉石碾子、脚踩打谷机、连枷把等农具都无济于事，法子都用尽，就是脱不掉稻粒。难道非要用手一粒一粒地把稻粒掰下来不成吗？经过加工的农垦58谷米粗糙，颜色也不好看，但有一点值得肯定，煮出来的饭粒粒饱满，特香，就是没有菜，光米饭都能吃上三大碗。

光好吃没用，高产才有收益，国家公粮必须要保障。农垦58产量低，县领导特别找专家会诊，还是没能提高产量。全县召开农村工作会议，请来省市县三级农科专家，给这个多灾多难的小地方把脉，希望早一点儿让他们摆脱贫困，解决农民吃饱饭的问题。这事情通过县领导班子多次开会讨论研究，最后决定在王家厂上游修建大型引水工程，大面积种植高产杂交水稻品种。高产杂交水稻对生长环境要求不低，首先要保障水资源。

以前都是取邻县松滋浥水水库或者西斋水库的水。现在两个水库放水量都在减少，有时候甚至关闭水闸门。县领导为了达成取水协议，多次过去协商，可是对岸的县领导也有百般难处。为了睦邻友好，本县领导没有采取过激行为。这两个水库上游水源就在王家厂境内，一直没有拦坝，还得继续花钱去邻县水库买水。

县领导痛下决心，要在王家厂修建蓄水水库，解决涔河以北澧阳平原的大片良田灌溉问题。香队长到村部开会，知道又有大会战。这次是三年工期，属脱产包干。接到修建王家厂水库任务，大家既高兴又担心，修水库覆盖几十万受益人群，担心脱产包干，一家老小生活怎么办？香队长也担心那一帮不安分的后生仔不好驾驭。这次任务重，时间长了，迟早要出问题。

香队长心里跟明镜似的，有些事也由不得他自己。选劳动力的事，村委说了算，都是按户口本上抽调，考虑每个家庭实际情况。水利工程按劳分配，也要照顾妇女、老弱病残。还好这次有地市领导牵头，修建王家厂水库惠及半个县的范围，是全县工作的重中之重。所有乡镇抽调的劳动力都集中在同一处工地，统一调配。几次冬修工程，领导都看到了香队长办事的能力，这次由香队长兼任副总指挥。修水库与其他冬修工程不同，它的工程质量要求更高，是关乎民生的百年大计，需要万无一失。王家厂水库的设计方案是既要有灌溉、航运、蓄水发电、养殖等功能，又要考虑到今后开发观光旅游、健身娱乐为一体的休闲胜地。全县八大区，四十八个乡镇，总人口几十万人。这次动用全县精干劳动力，少说也有十万人。在工程启动仪式上，各个乡镇工程队都做了宣誓词，立下军令状。在生产队里经常吃不饱饭，上级领导说一切物资优先保障修水库的工人，所以村里的青壮劳动力争先恐后要去修水库。

刚开始，大家都表现不错。工期头三个月，还提前完成预期目标。香队长笑得合不拢嘴，还信心满满地自夸："这次终于挑对人了，也让我少操心。"话是如此，却事与愿违。就在第二个工期赶进度时，出现一些小插曲。有人反映工地食堂吃不饱饭，工人闹情绪，甚至扬言要罢工。到底咋回事？矛头直接指向香队长表弟肖传福，人称"生熟富"。他是个唯利是图的家伙，这次说他贪污伙食费。香队长早些时候就听到传言，只是并没在意，没想到事情闹大了。如果不及时处理，怕一发不可收拾。他怒气冲冲地走进厨房，肖传福见状立马上前打招呼，没等香队长开口，他就拿出伙食采购清单，一样一样指给他看。从账面上看不出问题。香队长警告了表弟，这伙食稍微有点改善。

说起肖传福，香队长还真有些不放心。他们年龄相差好几岁，表弟从小脑瓜子就比其他人灵活，平时爱耍点小聪明。记得小时候，生产队里哪家有什么果子，哪家菜园里的香瓜熟了，他都清楚。每次邻居大骂偷瓜的事，不用调查，一定是他干的。经常有人找上门，他父母还护短，与邻居对骂，好像冤枉了他家的孩子。肖传福的外号叫“生熟富”的由来，小时候，他父母每天很早就出工干活儿，肖传福还没有起床。他母亲就把米淘好，灶头柴火放好，临走时告诉他怎么煮饭。可肖传福哪里记得住，不是一锅夹生饭，就是一锅烧得乌黑芭蕉的锅巴饭。偶尔运气好，能烧一回正常米饭。他事情没做好，你还不能说他，否则一生气，甩手不干了，弄不好全家人都要挨饿。父母还得哄着他点，时间久了，哪有不透风的墙，全生产队里都传开了，所以后来都叫他“生熟富”。

坚持不到半年，工地伙食一差再差，实在让人看不下去了，甚至有人告到县领导那里说：“香队长包庇亲属，中饱私囊。”每天都有工地停工甚至罢工，香队长听了火冒三丈，他跑到厨房，当着大家的面，对他劈头盖脸一顿臭骂。然后宣布一项重大决定，罢免肖传福工地伙食团长和伙食采购员的职务，安排他去工地挖土。通过调查走访，确实发现了不少问题。原来肖传福利用职务之便，克扣工人伙食费，还伙同生产队里几个要好的兄弟，深夜翻山越岭几十里到王家厂镇上去赌博。他手气不好，每次都是输，肖传福就想到在伙食费上做文章。为了赚赌资，他买菜缺斤少两，买最差最烂的菜。刚开始，大家顾及香队长的面子，忍着没去反映情况。时间久了，饭菜越来越离谱，每天不够吃，更不要说吃饱饭，逼着大家造反。香队长知道，如果不大义灭亲，不足以服众。表弟年纪小，如果捅上去，大则可送派出所，小则名声不好，今后他在村子里还怎么过？香队长左右为难。送他回去吧？表姑家条件不好，父母又有病。再说水利任务，是按户口本上的人头抽调的。要他回去，难道要年迈的表姑父来工地挑土吗？香队长为这事急得焦头烂额，于公于私都有些拿捏不准。弄不好，几年辛苦得来的声誉将毁于一旦。这时候，他眼前一亮，想到正在村里搞地质勘探钻井施工队长老杨，这半年都在生产队好几块田里打孔、挖泥、钻洞。说是那里有石油，如果勘探成功，国家会把这里改成油田，当地农民就成了油田职工，让大家高兴了好一段时间。

香队长连夜骑着那辆刚当上生产队长时买的永久牌二八大杠自行车回去了。他趁着黑夜深一脚浅一脚地前行，毕竟不能光明正大走大路，只有抄小路走，有段浅河滩头，还要打赤脚扛着那辆自行车走。五六十公里路，走了两三个小时。好不容易到了生产队里的地界，香队长考虑到自己毕竟没有向指挥部请假，是偷偷溜回来的，于是路过家门口也不回，他直奔老杨的钻井队工地。工地二十四小时作业，自行发电，老远就看见一座高耸的钻井吊塔灯火通明。两百米外就能听到机器的轰鸣声与狼狗的狂吠声。有人过来了，拿强光手电筒射向香队长脸上，香队长两手推着自行车忙朝对方打招呼："老杨，是我，香队长！"对方听出声音，回应道："香队长，半夜三更找我有啥事？""我是从王家厂水库工地赶回来的，有急事找你商量。上次您同我说的事，是否还算数？"香队长问道。老杨把狗拴住，招呼香队长进工棚坐。香队长开门见山地说："您上次说，要我帮您找钻井学徒的事，这么久没回您。还要人吗？"老杨迫不及待地说："咋不要呢，就是太苦太累，又是临时工，没有人肯干，你有人介绍吗？”这句话正中香队长下怀，他就是要的这句话。

香队长把肖传福的事隐瞒了一些，又添加了一些不实的内容。老杨说：“这几天就要转场地了，可能到外省去，甚至到更远的地方，也许三五年才能回家一次。”香队长为了把这事平息，啥条件都听不进去了，一门心思想着让肖传福离开王家厂工地就万事大吉。他与老杨约定，让肖传福明天就来这里上班。香队长见天快亮了，风风火火骑着车走小路回去了。刚巧赶到工地吃早饭，香队长那布满血丝的眼盯着肖传福看了又看，主动开口说：“表弟，有个好事，你愿不愿意去？”肖传福也觉察到工地紧张气氛，一种不祥的预感悄悄在滋生，迟早要暴发。只要能离开这里，就是让他去推雷他也愿意。

肖传福按香队长交代，带上简单的行李，等到天黑就步行回家了。他走到家门口，远远地看见母亲在屋门口朝他望，他猜想母亲看见了他的身影，还是忍住打招呼的想法，直奔钻井队去了。老杨给他交代一番工作制度，带他直接下钻井队干活儿了。一个星期后，肖传福随钻井队撤走了。钻井工具装满几辆大卡车，队伍一路向北，肖传福都不记得走了多少公里。他们到达目的地时，只见一片荒无人烟的戈壁滩，原来他们去了新疆。

一晃三年过去了。由于地处沙漠，交通不便，居无定所，所以肖传福连一封信都没寄回家。为了这事，肖传福的父母多次上门找香队长要人。香队长也不清楚肖传福现在到底在哪里，也不敢说真话，可肖传福的父母不是这样想的。刚开始，来询问还是很礼貌的，慢慢地态度就转变了。几年不见儿子的音讯，以为出意外了，他们认为所有的错都是香队长造成的。香队长跳进黄河都洗不清了。

有一次，肖传福的母亲见到香队长就骂：“你是个骗子，人贩子，还我儿来！”以往的亲人变仇人，香队长心里不是个滋味。他几次利用去镇上开会的机会，向领导打听是否有人去省城办事。他把老杨留给他的单位地址拿出来，抄一份给镇领导，请求如果有人去省城，或者有亲戚朋友在省城工作，就帮忙打听一下是否有这个单位存在。功夫不负有心人，镇上某个领导的同学在省城工作，还真的打听到这家单位，也找到老杨的家属。原来老杨自那年转工地，也有三年多没回家了。这不，他家人拿出一大包信件，交代他爱人帮忙，收到信件后，分别寄到钻井队职工家去。由于肖传福不敢说真实地址，导致这些信件在老杨家积压了好几年，信封都发黄了。那位镇领导的同学就拿出信件转寄到肖传福的生产大队部。

肖传福的父母收到信件后开心坏了，迫切打开信看，信件大致内容说，他刚到新疆，一切都不习惯，条件十分恶劣，吃住都很简单，甚至有想离开的想法，但茫茫沙漠，一望无际，你往哪里跑？除了补给车进出，连一只鸟飞过都是稀罕。前几个月，他感到绝望，难道这辈子就在这里终老？他觉得自己最后死了，一抹黄沙土埋在这里吧！想到表哥的难处，他不恨他，这也是命中注定的。

肖传福提到半年后的事，一次半夜里刮起了沙尘暴，先前没有收到天气预报，他们的宿舍一半在地下，一半帐篷在地上的，吃饭睡觉都在下面。为了防止野兽、毒蛇、虫子侵犯，晚上都裹着厚厚的棉被，蒙着头睡在里面。等睡醒过来，发现自己被厚厚的黄沙埋在地下了。肖传福以为这次真的活不过来了。就在他们都不抱希望时，又一场风暴把压在他们身上的黄沙刮到另外一个地方去了。大千世界无奇不有，也许这就是命不该绝。肖传福还提到一个喜讯：“这三年来，他一直勤勤恳恳，从一个临时工干到转正了。现在已经是地质勘探局第一工程队正式员工，是真正的铁饭碗。”他还说：“他现在是机修工，这三年的杂工没白混，学的都是真本事，从钻井机械运转发出来的声音，他就能判断出设备是否正常，问题出在哪里。”肖传福的父母看了信件，有些过意不去，先前对香队长的态度太过分了。作为长辈，他们又放不下架子，每次碰见香队长就低头擦肩，勉强“嗯”一声，就算打招呼了。

有一年，肖传福从外地带了一位姑娘回来，说是给父母看看，原来他早已经成家了。肖传福成了技术员，回家探亲的时间就多了。后来，他做了基层干部，回家就更勤了。不过每次回家，他都捎一些稀罕玩意儿给香队长，还要做几个好菜，两老表喝上几杯。一次香队长犯胃病久治不愈，大伙儿怀疑是胃癌。肖传福知道后，特地请假回来带香队长去省城大医院检查，还好只是浅表性胃炎，吃药打针，休养一段时间就好了。这次香队长过世，肖传福的工程队正在参加对外援助项目，与外国公司合作共同开发油气田项目。他知道消息后，立马搭乘飞机赶回来了。

修铁路

1970 年，大家盼星星盼月亮，终于盼来了一条过境的“枝柳铁路”，并且还说在县内设一个火车站，方便大家出行。省地市铁道工程与路桥专家大清早来到镇政府，商讨工程施工问题。香队长坐在自家院门口抽着烟，双眼凝视前方。随后，他伸出一双长满厚厚老茧的手掐算，自言自语地说：“没想到我从老队长手里接过来班，一晃又干了好几届了。”此时，香队长已经是四个小孩的父亲了，村里的生活水准却没有多大的提高和改善。

这么多年来，香队长的这个习惯还是没有改变。每天不管刮风下雨，哪怕下冰雹落刀子，他总都是全村第一个起床的。起来后第一件事不是急着吃早餐，而是吹着那只褪色的口哨子。这把哨子可有点历史，还是打日本鬼子时，一个本村放牛娃给国民党军官喂马，军官奖励给了放牛娃的。香队长是怎么得到哨子的，他自己都说不出个子丑寅卯来。可他每天拿着哨子吹，催促大家养成早起的习惯。

一天早晨，他接到村部传达室谢伯伯捎来的口信，要他下午两点去镇上开会，说是有很紧要的任务。一般来说，不是重大水利工程，上头不会叫生产队长去开会的。其实，这条铁路早些年就在规划中。香队长接到村委会的通知，要他做好动员工作，带领全村青壮年劳动力去修铁路。

香队长记不清第几次带队出远门了。说是本县范围内，其实那里属于很偏远的乡镇，离家几十公里。要不是修建铁路，恐怕用八抬大轿来接他，他都不会去到那里的。刚到工地上的香队长，被叫到临时总指挥部去开会。接到任务后，香队长有些为难了，上面给的条件是在最短的时间内提前完成任务，农忙季节还要抽调部分劳动力去支援农忙收割，必须做到两不误。

香队长这次带领的不光是本村本生产队的劳动力，还有其他乡镇村组的人员。他是第一次接手这么大的工程，心理压力可想而知。急得他不知从何下手，这些人会听他的指挥吗？香队长想了一夜，想出一套完整的工作方案。先把体弱的、个子小的安排去搞后勤保障，干烧火做饭、打杂的工作。身强体壮、精力充沛、劳动力强的年轻人，安排他们上工地挖土石方，做填埋、整理路基等工作。枝柳铁路工段土石方基建工程量非常大。

上工地的第一天，大伙儿都尽心尽力地干活儿。可是到了晚上，生产队里的王小毛就找到香队长，苦苦哀求地说：“香队长，我腿痛的老毛病犯了，干不了体力活儿。我申请去厨房帮忙，你给我调整一下工作岗位。”香队长以为王小毛是开玩笑的，随口答应说：“那好吧！你明天去厨房帮忙，先说好，身体恢复了立马给我上工地！”第二天，王小毛果真去了厨房。在外人面前装得像真的一样，走起路来一瘸一拐的，脸上表情很难受的样子。

中午饭后，大伙儿都去干活儿了。到了准备晚餐的时候，不见王小毛来帮忙。厨房的伙头军班长刁强到指挥部找香队长要人，香队长也有些怀疑王小毛装病，苦于找不到证据。他丢下手头的事，也陪刁强去寻找，原来王小毛躲在工棚后面茅草堆里睡大觉。香队长气得牙痒痒的，正准备拿家伙收拾他，他倒反应快，跑得比兔子还快，一点儿都不像有腿伤的人。王小毛是生产队里出了名的滑头，人称“王猴子”。这次如果不是县里按人头卡工分任务，他才不会报名去修铁路的。留在家里要干活儿，以为出去可以耍小聪明放羊，结果如意算盘打错了。香队长早就知道他的底细，也猜出他会来这一手，没想到还是被他忽悠了。

王小毛装病的事，被工地上传得纷纷扬扬，香队长的脸上也挂不住。为了掩耳盗铃压住下面的声音，香队长开出病假单，要王小毛去王家厂镇医院做全面检查。王小毛知道快露馅了，死马当活马医，硬着头皮去医院做检查。快到医院门口，王小毛知道骗人的后果，一不做，二不休，他捡起地上的瓦片，就往大腿处划一道深深的口子，顿时鲜血直流。到医院门口，护士见王小毛的腿在流血，赶紧扶他去急诊科进行包扎。医生给他包扎好伤口，还开了一些消炎药，叮嘱最少半个月不能下地干活儿。王小毛接过病假单，脸上露出诡异的笑容，庆幸阴谋诡计得逞，可以名正言顺地在工地睡大觉了。

王小毛腿伤刚恢复，病假也休完了，香队长正考虑让他上工地。刚巧镇里派武装部长来铁路工地上视察工作，他向香队长透露一个不好的消息，乡里正在开展春季征兵工作，报名参军的人少之又少，恐怕任务完成不了。香队长灵机一动，想到王小毛这狡猾的猴子偷懒说谎装病。为了达到目的，不择手段。时间久了，还会影响到其他人，不如让他去当兵。

晚饭后，香队长找到武装部长问："裴部长，今年招啥兵种？"裴部长把嘴凑到香队长的耳边小声说："今年招科技兵，就是跟种田差不多。说是在海南岛，都以为是海军，其实不是在军舰上执行任务，而是'修地球'，所以好多年轻人向村里打听后都不愿意报名。这不，急死我了。如果再招不到人，到时候不但会挨批评，还会扣我的奖金。"香队长想到王小毛，把他的情况给裴部长说了。裴部长说："只要身体健康，明天下午就把他带回镇里做体检去，后面的事我来操办。"

有了裴部长的口头许诺，香队长心里踏实了。晚饭后，他找到王小毛说："我刚才找武装部长聊了一会儿，好不容易给你要到一个征兵名额。听裴部长说，这次是广州军区招兵，还是最好的兵种，海军中的侦察兵。"王小毛儿时的梦想就是长大了当一名侦察兵，一听是自己喜欢的兵种，马上精神抖擞，一改往日的刁蛮语气，低声下气地凑到香队长跟前，讨好地说："我的香叔，不，你就是我亲叔，这等好事，你一定要帮我争取噢！下辈子，我做牛做马都要报答您对我的恩情。”说着就同香队长套近乎，又是递烟，又是给他拍身上的尘土。

第二天下午，王小毛满心欢喜地坐上裴部长的吉普车回镇上去了。一下车，裴部长就领着他参加征兵体检。在修铁路工地上带班的香队长双手合十，朝天拜了几下，嘴里念叨：“谢天谢地，终于把这个瘟神送走了！”转眼一个月过去了，王小毛通过体检、政审，如愿以偿穿上一套崭新的海军蓝新军服。只等接兵干部一到，立马走人。一个星期后，王小毛接到通知，要他到县武装部报到。到了县兵站休整三天，王小毛随接兵车到了部队，进入新兵连的集训营地。

三个月很快过去，其他新兵都被基层连队挑走了，只有王小毛等少数人无人问津。他开始着急了，找到新兵连长询问情况，连长说：“等通知。”王小毛按捺不住，只身来到团部，团长说：“明天下午去基地。”没听错吧？到底是基层还是基地？不管他，安心等吧。第二天，王小毛和几个战友坐上军用卡车，被送到海口某基地。刚下车，领导急着催着他们到基地农场参观，熟悉环境。到了农场，王小毛看着一望无际的稻田，顿时傻眼了。问了身边的战友，他的兴奋劲头一下跌到谷底。香队长虽说把王小毛送出去了，但心里还是放心不下，总觉得心里塞着块石头，堵得慌，他每天焦急地等待王小毛的书信。

王小毛当兵大半年了，香队长终于等来王小毛父亲递给他的信。其中有一页是用粗笔写的，开头第一句话是：“不得好死的香队长，你把我骗出去当兵，是怕我抢你的生产队长不成？你骗我说是海军，侦察兵，放你娘的狗屁！原来是去做地地道道的农民。我就是怕干农活儿，才信你的鬼话。以为出去当兵就可以解脱了，不用种地干农活儿，不用挑大粪享清福。没想到，我兜了一大圈，还是被打回原形做农民。我上辈子与你结多大的血海深仇，你要这样报复我？”

香队长看过信，心里也不是滋味，知道自己做得有些过分。后来，王小毛在每一封写给家里的书信中，都有一页是写给香队长的，除了骂就找不出别的新鲜词了。转眼王小毛当兵快两年了，也到了他休探亲假的时候。王小毛在信中说大约在腊月二十四前到家。那天，他父亲早早守在村口，下雪天，有点冷，有人劝他先回去烤火，儿子又不是找不到家门。他父亲不听，一定要等儿子回来。等到好晚，王小毛才回来，小毛父亲接过儿子的行李，浑身上下打量，看这两年下来儿子瘦了还是胖了。刚到家门口，全家人都出来迎接他。王小毛这时像变了个人，他成熟多了，见谁都打招呼。刚放下行李，王小毛迫不及待地拿出准备好的礼物，挨家挨户去散发喜糖。走到香队长家门口，王小毛故意不同他打招呼。

听说王小毛回来了，香队长本想去他家问候一下，以前的事怕他还在气头上，所以没过去。他站在自家大门口，盼着王小毛串门，哪晓得他绕着走。老远看见王小毛的身影，一套崭新的军装，个头也长高了，身体也长结实了，看上去精神多了。可是王小毛刚才的举动确实让香队长有些难受，他匆匆回屋，用力关上大门，一句话也不说。老婆见他脸色难看，轻声细语地问道：“咋了？气冲冲的，谁得罪了你？”香队长丢了一句：“我是个浑蛋，我算什么。”就睡觉了。王二妹看香队长像吃错了药，于是走进隔壁房间织毛衣去了。

刚躺下不到十分钟，就听见有人在敲门。香队长装作没听见，王二妹放下手里的毛线去开门。当门打开，王小毛叫了一声："王婶，香叔睡觉了吗？"王二妹使个眼色，王小毛直接朝香队长的房间走去，香队长还在装睡。王小毛知道香队长还在生气，不好意思打扰他，丢下一包海南特产椰子糖就走了，说改天再来找他聊天。王小毛走后，一连好几天都在忙着走亲访友。香队长也在忙村里的事，直到王小毛假期快要结束，两个人都没碰面。

一晃，王小毛回部队又两年过去了，听说王小毛要退伍了。香队长又在犯嘀咕：会不会回来报复我？也可能是自己想多了。王小毛在部队是科技兵，负责科研制种，保障部队自给自足。四年里，他学了一技之长，复员回到了地方，被县军转办安排在镇种子站做第一任站长。镇领导很赏识王小毛，要他把在部队所学的技术传授给家乡人。在镇领导的大力支持下，王小毛选自己所在的石滚垱村搞科学制种实验。他仿照部队的模式，选一块好的制种农田。从选种、泡种、培育、优苗都亲自监督。他带领全镇所有农科队技术人员下到实验田，手把手地教他们。用了一个半月到两个月的时间，播种、育苗、催苗，直到秧苗生长发育。制种的关键在秧苗扬花，王小毛吃住在实验田，每天寸步不离地看着秧苗，推算出母本与父本交配的最佳时间。王小毛与同事们各站一边，拉着绳子，从稻穗腰间慢慢拉扯向前走，刚好母本的花粉压过父本的花蕊。再次调转方向，用同样的方法，再操作一次。王小毛信心十足地说："这次制种非常成功，只要再等半月，稻种就开始收割，到时候一定会算出亩产多少斤。"果然不负众望，王小毛的水稻实验田比原始播种方法亩产翻了两番。

王小毛实验培育的新稻种，不但解决了全镇人的温饱，还扩大推广种植，增加了全镇人的收入。每次香队长去镇上办事，王小毛都非要请他吃饭。后来，王小毛从镇种子站辞职出来，承包了几十亩水稻田，成立种子公司，自己做起了种子交易。没几年的时间，他就成了全镇第一个“万元户”，建了全镇第一栋楼房，成为全镇第一个买小轿车的人。他是全镇人的标杆。每到逢年过节，他都会带着全家人去看望香队长。

园田化

20世纪70年代初，也是农村大搞农田整改运动的时期。村里人多，能耕种的土地少，不但全村人吃不饱饭，也给上交公粮带来不小的影响。

其他生产队还有部分余水面积，而香队长领导的这个生产队多半是荒滩野湖。每到青黄不接时，就会有人向生产队借口粮。借的人多了，生产队也被借空。向村集体粮仓借粮需要生产队长做担保，这也是让香队长最恼火的事。经过村委向镇领导反映，原来这不只是我们村的个案，全县普遍都出现了严重饥荒。这也引起了各级领导的高度重视，所以全县开展了轰轰烈烈的园田化农田改造运动。

村干部去镇上开会，回来传达的精神是因地制宜，小范围自行良田改造。香队长所在的生产队百分之八十以上都是浅滩野湖，改造难度大。他深知自己手里那些年轻劳动力都是一些捣乱分子，根本搞不成。园田化改造工程已经启动，而且晚稻刚杀青，还不足粒，上头就开始催促收割了。大家庆幸今年不用长途跋涉去换防支援，就在家门口搞建设。香队长先带几个青年积极分子去勘探地形，划分界线。把工作量分工分细到每家每户，甚至精细到每个人多少面积。

镇领导考虑到在本村范围内干活儿方便照顾家人，把赶路的时间挤出来放在工期上，每天可以多干几十个土石方。生产队里园田化项目就在村道南北方位，南边是一片沼泽地，一个叫“枇杷洲”的荒滩野头，正好与“河大堰”的大片沼泽地带连成一片。这块三角地带，每到梅雨季节或夏季汛期就是一片汪洋大海，一眼望不到边。由于水系错综复杂，上游“朱一垱”小河被淤泥阻挡。小雨三天，暴雨三小时，这里就可以撑船，积水猛涨，高处的农作物也会被淹没，大面积良田颗粒无收。严重的时候，甚至形成内积水倒灌，把大片的房子瞬间冲倒，危及人身财产安全。这次，镇领导下了决心，向县领导多次反映情况，没想到全县都有这种情况，已到了非解决不可的地步。

香队长这些年参与大小工程不少，但围堰造田还是头一回，他也是一头雾水。上面说了，不但要造田，还要懂排水渠设计，这都是难题。工程开始，香队长召集大家开会，采用民主决策，鼓励大家自由发挥所长。会后分析所有发言建议，香队长心里有底了。香队长带头从五百米以外的高冈上用独轮车取土，用肩挑手提等方法，把土石方拉到围堤上倒下，实行园田化框架式作业。

这是在自家门口给自己造田，刚开始大家积极性很高，一个个干劲十足。原来大伙儿都在偷偷打小算盘，以为荒废的地方不算面积，谁围起来就归谁。香队长知道后，立即开会教育大家，告诉村民，改造出来的良田、鱼塘都是公家集体所有。这样一来，生产队里就无缘无故多了好几十上百亩余水面积，不用担心交完公粮没饭吃了。不到半个月，枇杷洲园田化工程粗具规模，一块块格子田展示出良田万顷的景象。镇领导下乡督察工作，看见枇杷洲园田化工程比预期还快，就把全镇各村组园田化施工队负责人叫过来参观工地，并召开现场会，把枇杷洲园田化工地作样板。一下子，香队长成了全镇的名人。

大家都沉浸在成绩的光环下，不觉放松了工作进度。有一天，香队长半夜闹肚子去了一趟卫生院，回来时傻眼了，工地上没人干活儿。有的和衣靠着田埂打瞌睡，有的叽叽呱呱扯家常，有的索性找来干柴生火跳篝火舞。香队长气得脸都青了。大伙儿看见香队长过来，起身拿工具假装忙活起来。香队长睁大眼睛，就是找不到谭三吧的影子。谭三吧是毛院长的表弟，他们性格差不多，是调皮捣蛋那种人。香队长转了大半圈，大家陆陆续续地开始干活儿了。在尾坝处，有一伙人躲在那里。香队长三步并作两步走过去，眼前的场景看了让他又好气又好笑，原来谭三吧一伙蹲在格子田角落玩扑克。谭三吧脸上贴满了白纸条，眉毛、鼻子、嘴巴、眼皮上，全用圆珠笔画满的乌龟。他们见到香队长过来，一个个吓得鸡飞狗跳，瞬间作鸟兽散，有的人鞋子都跑掉了。只有谭三吧比较镇定，没有一点儿想跑的迹象，他反而理直气壮地对香队长说："老队长，我可没偷懒，刚才干累了，大伙儿说休息，才娱乐一下的。我们准备玩完这一把就干活的。"香队长勉强相信谭三吧的话，交代他们几个好好做事。香队长知道他们几个的脾气，只能给个台阶让他们下。如果坚持原则，不但管不了他们，闹僵了反而不好收场。

这时，香队长一改以前的严肃态度，面带微笑地说："谭三吧，输赢如何？看样子你是赢了？不然你脸上怎么挂那么多……”谭三吧听到香队长第一次用这种语气对自己说话，还真有些不习惯，他心里有些紧张，不好意思回答。陪他一起玩牌的几个难兄难弟早不见人影了，谭三吧慌忙中随便抓了一条扁担就走，一下被香队长厉声喝住了。香队长见软的不行就来硬的，他板着脸，眼珠子都快瞪出来了，走上前去，指着谭三吧破口就骂：“有你们几个老鼠屎在，啥事情都做不好，看看其他生产队，人家都快完工了。你们倒好，还有心思玩牌？真是头上顶坨屎，不晓得香臭！”旁边格子田里正在劳动的人们就偷笑，有的指指点点。谭三吧低着头，任凭香队长怎么说都不敢回嘴。他知道香队长是个火爆脾气，但刀子嘴豆腐心。他发火时，你不要理会，事情过去后，他会反省，回头给你赔礼道歉。

这次骂过人后，香队长意外地没有向谭三吧道歉。谭三吧也没有吸取教训，反而变本加厉。在谭三吧的鼓捣下，他们每天趁着香队长去总指挥部开会那空当，几个捣蛋鬼一拍即合，索性一不做，二不休，跑到枇杷洲纵深处的荷塘采藕去了。待香队长回来，他们几个跑得无影无踪。香队长火冒三丈，他一边走一边咆哮，径直走向谭三吧的家里，破门而入发现他们几个在炖莲藕吃，正准备举杯喝酒呢。香队长无奈地摇头，心想：“骂也骂了，吵也吵也，分也扣了，就是没有效果。”那晚，香队长没心思吃晚饭，早早洗漱睡觉了。长期这样下去，怎么管理别人？影响太恶劣了。没等天亮，香队长就跑到民兵营长的家里，王营长知道香队长肯定有事找他商量。王营长早已把桌椅摆好，香队长问：“王营长，今年招兵咋还没开始啊？”王营长说：“我正准备找你商量这个事，没想到你上门来了。”王营长说：“刚接到镇武装部通知，今年招铁道工程兵，听说在东三省，说白了就是钻隧道！好几个村的营长说条件太差，生活很艰苦，没人想去。”香队长有些犯难了，又怕同王小毛、毛院长那样被人家骂。

他从王营长家回来，在院子里来来回回走了好几趟，地下都快走出一条槽来。这几天发生的事都与谭三吧有关，不把他推出去，这工程没法交代。舍不得孩子套不住狼，他把心一横，就这么着吧。主意拿定了，计策想好了，还要有人配合演才算成功。香队长第二天就去乡武装部找部长，他们统一好口径。武装部长利用下村督导征兵工作的机会，第一站选香队长所在的村组。在动员大会上，武装部长面不改色地说：“今年征兵条件放宽了，身高与体重相差一点点，都可以报名参军。还有一点，今年征沈阳军区的兵，在东北三省的边防部队，站在乌苏里江岸边上，就可以看见对岸的俄罗斯美女。”这么一说，可把谭三吧的心说开花了。快二十岁的人了，全生产队就剩他一个没找对象，村里的媒婆蓝妈妈都不肯给他介绍对象。可想而知，他让人多讨厌。谭三吧越想越气，索性去当兵，让他们瞧瞧。谭三吧做着娶俄罗斯美女的梦，跑到乡卫生院体检，顺利过关。

一个星期后，乡里通知他到县人民医院进行第二次体检，又过关。最后一道关口是政审，要彻查他祖上三代人有无犯罪记录。香队长担保，政审通过。香队长心里那块石头才从胸口落下来。谭三吧当兵的事已是板上钉钉，就等县武装部通知了。

说起谭三吧要去当兵，家里人都不相信，这么个好吃懒做的人，不出三个月就会被部队遣送回来。生产队里也没有一个人看好他，谭三吧也有点失落，甚至产生不去了的念头。考虑到要挑土搞园田化工程，还是走为上计。香队长看他情绪低落，很是担心他。一个星期后，谭三吧换上一套崭新的军装在村里炫耀，一会儿学着走正步，一会儿又学行军礼。下午，他随一辆解放牌军用卡车，消失得无影无踪。到了部队，谭三吧跳下军用卡车，他环视四周，傻眼了。正值十一月，放在老家最多是刺骨的风霜天，最多再来个雨夹雪。而北国的黑龙江佳木斯地区是一层厚厚的超过半人深的积雪，而且还是零下三四十摄氏度的低温。人穿得厚厚的，像狗熊一样笨重，这能生存吗？谭三吧倒吸了一口凉气。他用右手使劲掐自己的右脸，疼！还是有知觉的，可心里拔凉拔凉的。他彻底失望，肠子都悔青了。

新兵集训后，谭三吧被分配到汤原县的铁道工程兵连队。刚到连队，他一点儿都不习惯，每天天没亮就要整理内务，出早操。谭三吧在老家睡到自然醒，生产队长经常破门喊他出工，他还会找出千万个理由搪塞，要么说睡过头，要么装病，每次都能蒙混过关。可这是部队，有纪律必须服从。开始的几天，谭三吧确实受不了，有当逃兵的想法。

每天跟着老班长进入隧道最深处，拿着冲力钻、铁锤、半自动挖掘机，向着坚硬的石头咚咚咚地打洞，也不知道要过多久才能打穿。洞里比外面更冷。这是一条军用铁路隧道，外面都是荒山野岭。他的手都磨出好多血泡子，连吃饭拿筷子都困难。谭三吧实在受不了了。洞内潮湿，他一双脚生满了冻疮，谭三吧开始埋怨起香队长，怪他说当兵的地方好，又靠近边境，还能看俄罗斯美女。他怀疑香队长、民兵营长，武装部长早就串通好了。

谭三吧见战友们都在写信回家，也萌生了写信的念头。他不是思念亲人，而是想痛痛快快地写信骂那些鼓动他去当兵的人。

谭三吧把字典里代表骂人的词汇全都找出来用上了，感觉还不解气。在老家，怎么也不会受这般苦。在部队却是当苦役，想起来气不知道从哪出，憎恨与委屈交织在一起，伤心与绝望汇成泪水，像破堤的洪水倾而下。转眼大半年过去了，谭三吧从开始的埋怨到渐渐熟悉工作，也就慢慢习惯了这份工作。连指导员看他脑子灵活，就把一个培训学习的名额给了他。谭三吧简单收拾好行李，到总部报到去了。

部队每年都要从基层选派优秀士兵去深造，主要是学习基建工程，学制一年。谭三吧明白，没有文化和技术就没出路。一年学习结束后，谭三吧没有回原来的连队，而是去了另一个团。这个团主要负责军事要塞、部队营房建造，待遇比普通士兵好很多。谭三吧心态改变了，做事也积极上进了，有空就到团部阅览室看书、学习、请教老兵。在三年的军旅生涯中，他不知道参加了多少项工程建造。他们当中只有极少数有高文凭的人考上军校，最后留在了部队。很快就到退伍复员期，铁打的营盘流水的兵，谭三吧知道自己迟早会有这么一天的。

在车上，战友们一个个都不说话，几年的朝夕相处，现在要各奔东西，大家心里都很难受，有万般的不舍。没想到这次送他们的是三年前到县武装部接他们的领导。在部队时天天盼望回家，现在要退伍了又舍不得回家，都希望车开得再慢一点儿。谭三吧感慨道;“三年前，我是被骗来当兵的，三年后是光荣退伍被送回来的。”在县武装部简单交接后，他背上两个军用旅行包，拉着这几年攒下的资料走出大门。在门外，他听到一个曾经最讨厌的声音在叫他，这口吻再熟悉不过了。只见香队长推着那辆凤凰牌载重自行车站在武装部大门口，原来是来接他的。香队长帮他拿着行李装上车，非要谭三吧坐在后面。眼前的香队长显得那么瘦小，他吃力踩着自行车。谭三吧几次想问香队长，他的父母咋没过来接他？却欲言又止。

原本半个小时的车程，香队长踩了一个钟，才把谭三吧拉到自己家里。王二妹早在门口等着他们，见着谭三吧回来，开心得不得了，又是拉他进屋，又是帮忙提行李，搞得谭三吧有些不自在。王二妹在香队长出发前就在做准备，把家里好吃好喝的全摆上桌。香队长也不客套，自罚三杯酒为谭三吧接风洗尘。酒足饭饱后，香队长叮嘱王二妹给谭三吧准备房间。这时，谭三吧吞吞吐吐地问："香叔，我还是回家睡吧！谢谢您的款待，我回去看看我的父母。"香队长同王二妹知道瞒不住，抢着说："孩子，在香叔这里待不习惯吧？以后，你就把这里当成你的家。"谭三吧听香队长这么说，说道："你们肯定有事瞒着我。"香队长把谭三吧带进卧室，关上门，他坐在床头，弓下身子，低下头，把藏在床底的木箱子拖出来打开。看看那些用旧报纸严严实实包好的书信，谭三吧心里更沉重了，他猜想出大事了。

香队长走到谭三吧面前说："三吧，你父母在半年前就走了，他们前后相差一个月，走得很急。你父亲卧床一个多星期，只是说小感冒没事，后来自己买了点药吃，第二天就没气了。你母亲可能是受到打击，忧伤过度，没有一个月也走了。走的前两天，她特地到我家来，胡乱说了一些话，要我照顾你，把你当亲儿子看待。当时，我以为她在开玩笑，就没在意，没想到没两天，就不声不响地走了。"听了香叔的话，谭三吧抱头大哭。香队长也不知道说什么好，只得说："你父亲走时，准备打电话到部队通知你，可你妈不让，说让你安心留在部队。后来的书信，都是我替你父亲回复你的。你母亲过世前就交代过，她死了不要通知你，怕影响你工作。后来半年的书信，都是我以你父母的名义写给你的。”谭三吧听到这里，立马跪在香队长面前，恭恭敬敬地磕了三个响头，独自回房间休息去了。

半个月后，谭三吧接到军转办通知，被安排在县建委工作。他背上行李去县建委报到去了。原来，谭三吧能安排工作也是机缘巧合。他退伍后不久，县委要求各企事业单位接收部分退伍军人就业，按专业技能分配。谭三吧在部队是工程兵，懂基建、施工、监理方面的知识，刚好是建委急需的人才。

第一天上班，谭三吧就坐在工程监理科股长的办公桌上。他用部队的纪律严格要求自己，短短十年时间，从一名股长升到科长。后来他辞职单干，选择在家乡的镇上开了一家退伍军人建筑公司。工人都是退伍军人，方便管理，企业名声也好。几年的时间，公司越做越大。谭三吧怎么也忘不了香队长的恩情，隔三岔五就开车回去，带上香队长喜欢吃的东西，像亲生儿子一样照顾他们。在香队长重病期间，谭三吧硬是寸步不离，伺候到他咽气那一刻。

修艳洲电站

1976 年，那是第一次动员修建艳洲电站，举全县之人力修建水电站。这个计划酝酿已久，从中华人民共和成立初期就有人提过。澧水河长期泛滥成灾，沿岸的几个乡镇经常遭破堤倒垸之苦。当时财政吃紧，这件事就一直被耽搁下来。到了 20 世纪 70 年代初期，县财政压力有所缓解，修建水电站的事又被提上议事日程。县水利部门多次派专家进行勘探，并在电站初定的上下游位置监测水文数据，绘出水文分布图，更好地分析评估修建水电站的利与弊。

香队长已是高龄，他再次带队出征。在不远处的河堤上搭好临时工棚，那是他们的阵地。香队长安排好吃住，一个人走在河边，想着这河面那么宽，用土石方填一条挡水堤谈何容易？县领导早有设计方案，不用他操心，只管把活儿干好就行。前期工程在五百米开外的地方取土，用手推车运到河堤边上填埋。水电站下游位置筑挡水堤，旁边开一道引水渠，方便各种船只过往。香队长抽签，他的工程区域在最前面位置，也是领导督点，所以身上责任重大。

这次带队，有生产队里最难管的号称“铁三角”的三个人也在其中。香队长看到他们就头疼，管好他们不容易，必须与他们斗智斗勇。前面的几个调皮蛋都被他忽悠走了，可是他们三个人怎么办呢？香队长每天督促他们上工，这次不同于以前的工程，传统的肩挑手推已赶不上工期，大型机械又没有。刚开始，大家还是采用半手工半机械，总算对付过去了。

一天，铁三角之一的廖清水，外号“榨菜坨”。不老实干活儿，专找各种理由要无赖，让他什么都不做他就开心，一让他干活就说：“我烧裆了，真的干不了。”早上还看见他活蹦乱跳的，一下子就烧裆了？烧裆是肥胖人的专利，廖清水瘦得跟猴儿似的，可能吗？他个头不高，最多一米五五，体重八十斤不到，按理说不会出现这种情况。香队长看他那痛苦的表情又不像在装，于是要求廖清水把裤子解开查看。廖清水死活不肯，他气愤地说：“凭什么？我还是童子军，要看，给钱！”香队长回怼道：“怕什么？我也是男的，不是没见过。”廖清水见香队长非要看不可，拗不过他，很不情愿地解开裤子，直往下拉一点点，打死都不肯再往下拉了。香队长两眼盯着往里看，廖清水早料到香队长会来这招，故意嗷嗷叫痛。他早就做好了应对准备，吃中午饭时，悄悄溜进厨房偷了半块生姜藏在裤兜里。香队长来检查前，他把手伸进裤衩内，在大腿两边抹上一层。几分钟后，大腿根部内侧火辣辣的。香队长看了说："真烧裆了？那赶紧去总指挥部找医生看看。"

见廖清水休病假，铁三角中的"猴子"薛阳春坐不住了。他身高一米六，偏瘦，所以大家都叫他薛猴子。叫他猴子一点儿不错，他猴精儿猴精儿的。如果生产队发放福利，他比谁跑得都快。这几天，廖清水不在，他们俩同香队长一起干活儿偷不了懒，所以不开心。薛阳春点子多，他有个一年四季都要穿袜子的习惯，并且还要穿比较厚的袜子。他穿上深色袜子做过实验，把鞋面打湿，经过运动，鞋面的水会浸湿袜子，这样脚指头上就会印上与袜子同样的颜色。

车拉到一半时，薛阳春就抬着一只脚，一边跳一边拼命地叫嚷着："哎哟，哎哟！"香队长上前扶着薛阳春问道："咋了？"薛阳春用手抬起那条腿，香队长也帮他慢慢解下袜子，只见四个脚指头都是青紫色。他缺一个脚指头，是小时候被墙砖砸断的。香队长不知情，以为是车压着脚了。他不敢带薛阳春去医务室，毕竟"榨菜坨"廖清水受伤还没好，又出一个"猴子"薛阳春，影响也不好。

香队长看了薛阳春的脚，比自己脚受伤还难受。他把薛阳春抱进工棚宿舍，上一些跌打扭伤药。香队长前脚一走，薛阳春就高兴得跳起来，自言自语道："老队长，就这么把你忽悠了，你怎么不摸一下我的脚呢？""榨菜坨"廖清水病了，"猴子"薛阳春伤了，铁三角只剩"秀才"张春芒了。

工地人员与车相匹配，一个萝卜一个坑。两个人干三个人的活儿，确实辛苦，“秀才”也不是善茬儿，他有自己的小算盘。“秀才”比他们俩还大一岁，他祖父是私塾先生，所以“秀才”遗传了他们的基因。他读过高小，凭他的聪明头脑，能识文断字。张春芒家两兄弟，前面有四个姐姐，他是老幺。家里孩子多，条件肯定不好，他从小调皮，鬼点子多，一帮年轻人在一起，都选他做军师。张春芒小时候喜欢游泳，没有做好防护措施，一只耳朵进水，引发了中耳炎，造成听力受损。张春芒看铁三角的两位都休病假了，他一个人干活儿更没劲。他们俩不在，张春芒好几晚都失眠。跟着香队长干活儿，那就是像敢死队一样拼了命地干，没有休息时间，年轻人哪里受得了？张春芒窝着一肚子怨气，总想不出好点子。在这个节骨眼儿上，要是人员接二连三地出问题，肯定会引起香队长的怀疑，所以要想出万全之策。

第二天，“秀才”张春芒早早出工，他把三轮车装得满满的，用铁锹拍得严严实实，又主动要求拉车。香队长看他年纪轻轻，拉车费体力，有些心疼他。张春芒说：“香叔，还是我来，我快二十岁了，不小了，也要锻炼一下自己。”香队长看他这么主动，就同意了。香队长在后面，用铁锹头插在三轮车的后背上，铁锹把子顶着自己的肚脐眼儿，鼓足劲儿帮他推车。车拉到围堤上坡处，张春芒看好时机，有意识地把车把手上下摇晃，香队长见状大声喊道：“春芒，握紧车把手，不要松手！”“秀才”故意装作没听见，不停“啊啊啊”地叫唤。刚好前面有块大石头，张春芒把车轮对着石头压过去，“砰”的一下，连人带车一起冲进河里。

11 月的河水很是刺骨，水并不深，刚好浸到全身。慌乱中，张春芒用手不停地掏耳朵，好像耳朵里进水了。香队长立马跳下水，把他拉上来，带到指挥部医务室，让医务给他检查身体。香队长脱下自己的外衣披在张春芒身上，医生一连问了张春芒好几次，他都装作没听见，傻傻地望着医生，还一个劲儿地做手势，表示自己什么都听不见。医生打开手电筒，在张春芒的两只耳朵里轮番检查，发现里面有水进入。医生判断会引起中耳炎。张春芒还一个劲儿地打喷嚏，医生见这么严重，建议他去大医院。张春芒不肯，就配了一些药带回去了。香队长急得像热锅上的蚂蚁，这是咋了，工地上接二连三地出事？

第二天清早，香队长就去总指挥部反映情况，说劳动力不够，会影响工程的速度。指挥部也理解，没有过多责备。香队长从指挥部回来，先到工地去巡查一圈，听到有人自言自语地说："这下好了，三个人刚好凑一桌牌。如果这样子也行的话，我们也找个法子，不做事，休息去。"香队长听出他们的弦外之音，但是整个事件他都在现场，应该不会有假。香队长还是有点不放心，他往工棚宿舍赶去，当他走近工棚时，就听到他们三人的争吵声。香队长有些怀疑自己的耳朵，走近一看，肺都快气炸了。原来他们三个人根本就没有病，都是装的，个个都能打死老虎，混在一起打扑克赌钱呢！香队长伸手将扑克撕得粉碎，厉声吼道："你们想干什么？几个人合起来骗我！"香队长走出宿舍，把他们三个叫出来，问他们："这是谁的主意？"三个人都不说话，还蛮义气的。香队长再问一次，还是都不承认。香队长没辙了，要是说出去，又是自己生产队里的事，远亲不如近邻，他左右为难。晚上，隔壁镇带队的老樊过来找香队长，说是心里烦，想要喝几杯解闷。香队长心情也好不到哪里去，爽快地答应了。老樊早有准备，从肩上取下一个褪色的军用挎包，拿出一瓶年份有点久的德山大曲，拧开瓶盖，一股香气溢出来。老樊眯着眼睛，翘着小嘴，几杯酒下肚后，老樊说：“老唐，有个小道消息，地区劳动局帮武汉钢厂招一批年轻工人。”香队长如获至宝，这是天大的喜事，正愁那三个人没法管理呢。真是踏破铁鞋无觅处，得来全不费功夫！

香队长给老樊倒满酒，让老樊支招。没等天亮，香队长就去镇政府，在副书记办公室门口等着。快八点时，一位体形微胖的中年男子提着公文包走来。香队长忙上前打招呼：“梁书记，您好！终于等到您了。”梁书记有些诧异，这人没见过，感觉又挺熟悉，于是“嗯”了一下。梁书记开门让香队长进去坐，又倒水给他喝。香队长上前递一支香烟，梁书记急忙摆摆手，把烟推回去了。

梁书记说：“你哪个村的？找我啥事？”香队长说明来意。梁书记说：“是有那么回事，不过名额紧张。”香队长急忙凑上去说：“梁书记，您知道我这个生产队的实际情况，尽量优先考虑一下。”梁书记脸上露出笑容，拍拍香队长的肩说：“你先回去吧！我会考虑的，等我消息。”香队长开心地走出镇政府大院。

香队长刚回到工地，指挥部捎信说要他去一趟。他顾不上吃早饭，一阵小跑过去，才进门，总指挥就说：“香队长，你牛，上面有关系？”香队长急忙回复：“哪里有啥关系，只是同梁书记熟。”总指挥一听，赶紧凑过去巴结香队长，告诉他：“好消息！这次全县总共二十个招聘名额，我们镇仅有的三个名额都被你要到了，牛人啊！赶紧做好准备，说不定这两天要到医院体检呢！”说着，给香队长倒开水去了。香队长听到这话，心里的石头总算落地了。他等不及总指挥的开水，直接到工地把这个好消息告诉他们三个。

“榨菜坨”说：“香队长，是真的吗？不会骗我们出去吧？”“猴子”接着说：“管他呢！只要不推土，干什么都行。”只有“秀才”在一旁不出声，迟疑了一下，“秀才”开口说：“我也听到风声，听说当兵比进工厂强。进厂三年合同期满了，以后不一定要你。再说炼钢厂到处是危险，最脏最累的活儿就是留给临时工做的。”香队长不慌不忙地说：“我是花了大力气，才把名额要过来的，隔壁镇老樊想要都不给。”他们三个一听又有几分相信，这苦活儿不知还要干多久，如果不早点离开，在这里不死都要脱一层皮。第三天，香队长接到通知，带他们三人去镇卫生院体检，看架势比征兵体检还要严格。

三人站成一排，“猴子”与“秀才”身高差不多，合格。而榨菜坨矮一点儿，厂里要求身高标准是一米六以上，他不禁有些紧张。医生走到他面前时，“榨菜坨”把脚垫起来，抬头挺胸，乍一看身高都差不多，第一关算过了。第二项是检查全身上下是否有缺陷，刚好薛猴子的左脚大拇指断了，他从小到大都不敢打赤脚。医生在喊：“稍息”，“猴子”故意伸出右脚。医生又喊“稍息、立正”，“猴子”总是伸右脚，也算过关。第三项是测听力，医生不停地叫口令，要他们按原话喊出来。“秀才”的左耳听力受损，他一向是凭眼力看对方口型辨别声音的。这三项都蒙混过关了，只等最后一项肝功能化验结果，如果这方面没问题，那他们三个去武钢的事就板上钉钉了。可能是工厂催得紧，没几天，他们三个就换上武钢厂的工作服，搭上一辆手扶拖拉机去县城汽车站，又转乘长途车去工厂。香队长把他们送上车，就回工地了。

他们到了武钢厂，运气对他们来说都不错。“榨菜坨”个子小，被分到锅炉车间，虽有点脏，但总比推土强。薛猴子个子大，被分配到轧钢车间学铸造技术，刚开始吃了一点儿苦，后来还当上轧钢师傅。“秀才”运气就不用说了，在那个年代，肚里有点墨水真吃香，他刚进厂就被分到设计部门，从一名小小设计员干到车间主任。生产队出去的几个人中，数他们三个运气最好。那个年代，工人最吃香，拿固定工资，劳保用品用不完，经常把剩下的寄回家，香队长也跟着沾一点儿福气。

香队长在世那会儿，他们谁回家，都会去看看香队长，同他拉拉家常。这次香队长过世，葬礼办得好，少不了他们三个人的鼎力资助。

“吴军长”

“吴军长”是吴先军的外号。我读小学时，每天上下学都要经过镇上最繁华的地段“拐角楼”。那是个十字形的街道，一条207国道从镇中心穿过，刚好将街道分为东西南北街。东边延伸到镇政府，正对面西去是条断头路，十字路口往东第一栋楼叫拐角楼。往南可去澧县县城，往北则通往湖北公安县。另有一条往西走的曾（曾家河乡）大（大堰垱镇）公路，是去张家界的。

吴军长疯了多年，整天在街上乱逛。我在中心小学就读时，镇上人都把他当“把戏”玩耍。大概是1986年，吴军长那时六十岁左右，他身强力壮，整日精神抖擞。从装扮上，乍一看竟像部队的大领导。他每天穿一套褪色的旧军装，头戴一顶大檐圆帽，脚穿一双军用解放鞋，手里握着一根一米多长的木棒。别人说是烧火棍，可在吴军长眼里却是一杆“半自动步枪”。他随身携带，“枪”不离人，人不离“枪”。这杆“枪”是吴军长用一包短嘴常德牌香烟在唐木匠那里换来的。这根烧火棍经过唐木匠的精雕细琢，同真枪没啥区别。吴先军整日拿着这把假枪在曾家河大街上耀武扬威，他还一本正经地搞军训，如练队列、冲刺、投弹、反侦察，特别是那一套匍匐前进的完整动作像模像样，吸引了不少围观群众。

吴军长把自己当成了执法人员，每天拿着木棒在街上晃荡。他早上帮助税务所的同志收地摊管理费，晚上就在街上巡逻。了解他的人在背地里都叫他“吴疯子”，但不敢当面叫，他会翻脸打人。如果你叫他“吴军长”，他可高兴了，马上严肃起来，在你面前稍息、立正，然后行上一个标准的军礼。初来乍到的外乡人不知道他的底细，还以为他是镇上派出所或者税务所的工作人员。只见他逢人就打招呼，让人感觉这个镇上的人很友好。

吴先军早前不是这样的，他原本有个很好的前程。听他同村的人讲，吴军长的父亲参加过红军。那是 1935 年，红军来到他的家乡大堰垱，与当地土匪、县保安团争夺县城打了一场恶仗。部队伤员多，损失惨重。在攻打县城撤退时，部队经过黑马垱，遇到一股非常强悍的地方土匪顽固抵抗，连部队的炊事班长都牺牲了。部队吃了败仗，情况很危急，上级要求部队马上转移。“吴军长”的父亲由于家里贫穷吃不上饭，听说部队管饭，于是做了红军的临时“挑夫”，跟着队伍走了。刚开始说好挑过湖南境界就回家，后来行军遇到突发事情，再也没回来。父亲走时，吴军长才几岁。听其他挑夫说，吴军长的父亲随红军挑到湘贵交界处本想回家，又怕被地主告密说他给红军当过挑夫，自己送死不说，还会连累全家人跟着遭殃。想到这里，他把心一横，干脆参加红军了。那正是白色恐怖年代，谁也不敢说他父亲参加过红军的事，家里人压根就不知道他后来参加红军。

母亲见等不到男人回来，丢下吴军长改嫁走了。吴军长小时候吃过很多苦，他是吃百家饭长大的。后来，年幼的吴军长在乡农会的鼓励下参加了解放军，他连枪都没端稳，新中国就宣告成立了。紧接着，吴军长跟随解放军大部队南征北战，继续扫除国民党残余部队。因作战勇敢，还被上级多次表扬，同年，他加入了中国共产党。他曾对人说："刚入党的那几个晚上，我高兴得睡不着觉。"后来朝鲜战争爆发，吴军长是第一批抗美援朝的战士。在朝鲜战场上，他负过伤，九死一生，一直到朝鲜战争结束才回国。回国后的吴军长回到自己的家乡，政府很重视参加过战斗的军转人员，安排他到县运输公司上班。刚上班的吴军长被安排坐办公室，可他怎么也不愿意，多次找领导说："我是党员，没有文化，把这个机会让给年轻有文化的人，我不是回来享清福的，我要到最艰苦的一线去。"领导只得安排他到运输队去。运输队条件差，运输工具是解放牌运输卡车加骡马车队。汽车数量少得可怜，一般都是留着跑长途运输用的，大部分都是人力赶着骡子，或者用驴马拉车。说好听点是县运输公司，说白了就是赶着马车、板车的队伍。

运输队的任务就是把县五交化公司采购的一批批家用电器、日用品、陶瓷器皿等南北货物分批运到下面各个乡镇供销社仓库。吴军长工作积极主动，他还是赶马车的好手，每次都是第一个提前完成送货任务。他爱惜马儿，把马儿养得很好。他还多次向领导打报告，要求让自己负责最远的乡镇、最难走最危险的线路。他有个犟脾气，每个月发了工资，他首先拿一部分交党费，然后自己留很少部分当零花钱，其余的钱全部分给队里家庭负担重的同事。同事们看他没成家，要他自己留着，存点钱好娶老婆。他听了，只是若无其事地笑笑，然后依然如故。后来，谁给他提存钱的事，他就跟谁急。

在运输队里，他就是活雷锋，没有哪个不喜欢他的。有一次，同事的老婆即将临盆，临时请假走了。吴军长知道后，他赶紧拉完自己的货，又主动帮同事拉一趟货。由于偏远乡镇路程远，又是下雨天，把货拉到目的地已经很晚了。当地供销社领导留他住一晚。他说："明天有明天的事。如果留在这里过夜，明天又要耽搁半天。"他坚持要走，对方拿他没办法。回去的路上遇到下坡路，刚下过一场雨，加上黄泥路打滑，吴军长一不小心连人带车翻在半山沟里。等他醒来，发现自己躺在医院的病床上。

住了两天院的吴军长急着要出院，医生说还不可以出院，他非要出院。没办法，医院只能通知吴军长的单位领导。领导来了，身后还跟着一位地区的大领导。大领导看着病床上的吴军长，不禁"啊"的一声，顿时眼泪止不住地往下流，他走上前紧紧地握着吴军长的手，激动地说："太像了……"哽咽半天，大领导激动地说："你父亲是我的救命恩人，我们在出湖南境时，遇到国民党部队追击，我在一次战役中负伤。你父亲一路背着我，我才捡回来一条命。后来，我们一起去了贵州，部队重新整编，我们在那里就分开了，从此失去了联系。"大领导在解放战争中碰见原部队的战友，问吴军长父亲的情况，得知吴军长的父亲已经牺牲了。这位大领导对县领导说，想带吴军长去地区工作。吴军长知道后，死活不愿意去。大领导没办法，只好一个人回地区去了。

吴军长出院后，运输公司的领导告诉他，要他到下面某镇政府去报到。这个消息把吴军长搞蒙了，他问领导，是不是自己工作能力不够？工作做得不够好？领导说："不是这样的。因你工作非常出色，又是红军烈士后代，国家有政策，你应该享受优抚优待。大领导交代过，要好好培养你。”吴军长听了，骂起了运输公司领导，说：“你们没有党性，没有原则。烈士后代又怎么了？我们更要严格要求自己，为大家做表率，这样才不辱共产党员的本色。”在场的人听了吴军长的话都不敢说话。还是和吴军长关系最铁的车队长劝道：“既然是领导的决定，肯定有他们的考量，要你到下面镇政府部门去上班不是坏事。你是党员，要服从党的工作安排，入党宣誓词你忘了吗？”一席话说得吴军长哑口无言。

一个星期后，吴军长回到自己出生地的镇政府上班了。由于是上级领导交代过，大家都以为是上面领导让他到基层锻炼，所以不敢怠慢，希望他哪天高升后可以拉大家一把。刚去的一年多时间里，吴军长被安排在派出所当干警，他虚心请教老公安办案方法，认真学习法律法规。执法严格，不徇私情。

过了一段时间。吴军长又接到镇领导指示，说要给他重新安排工作，让他暂时休息，等待新的任命通知。哪知道镇上负责人调走了，这一等就是几个月。三个月后，吴军长来到新任镇长办公室说明自己的来意，要求恢复工作。新镇长说要走访调查。连续几天大会小会商讨吴军长的工作安排问题，就是没有一个部门愿意接纳他。最后，新镇长安排吴军长管理镇政府全体工作人员的伙食。吴军长第一次做司务长，发现了镇政府后勤管理存在不少问题，而且这股歪风邪气由来已久。镇上领导经常下乡搞调研，每次下乡视察工作都由下面村组负责接待，怎么到月底发工资时还拿出差伙食费补贴？问题远不只如此，还有工作人员到镇政府食堂将饭菜打包带回家。这还不算什么。最可恶的是，吴军长说这种行为不好，必须改正。那些人反而提无理要求，要么补餐票，要么补伙食费。这不是占国家便宜，中饱私囊吗？吴军长越想越气，又去找新镇长反映。新镇长说：“他们也是为了工作，多吃一点儿饭……”吴军长被气得直咬牙。

以吴军长做人做事的原则，绝不容忍这种现象继续发生。他左思右想，不能放任他们，公费也是老百姓的钱，不能给他们白吃。到了月底，会计把伙食费收据单拿过来，说是要报销，请吴军长在上面签字、盖章。吴军长说：“违反国家财务支出规定，必须要把多发的伙食费退回来，按标准重新开票，我才签字盖章，否则我不会签的。”新镇长拿他没办法，只好照他说的去做。吴军长又一次以一名共产党员的原则做了一件正确的事。

后来，由于吴军长一直干这些得罪人的事，领导对他印象越来越不好。早前领导知道吴军长的家庭背景，又顾及他的面子，所以没有翻脸。可是到了 20 世纪 80 年代，镇政府领导换成新派干部，一切都要看能力大小来任职。吴军长的年龄也大了，镇领导有心安排他提前退休，让他不用上班，只管领工资。这种打着灯笼都难找的好事，他却一百个不愿意。他找到领导说：“我还能劳动，还可以为人民多做些事。”领导说服不了他，就把他安排到环卫站当环卫工人，负责整个镇上的清扫工作。

吴军长当清扫工的同时，主动当镇上的义务夜巡更夫、义务市场管理人员。每晚，他在镇上巡逻，盘查可疑人员，劝导离家出走的学生回家，阻止多起盗窃事件发生，及时发现多起火灾隐患……

1983 年，镇上发生了一件大事。那天刚好是大年三十晚上，家家户户都在享受团圆的喜悦。老家有个习惯，一家人吃过团圆饭，傍晚去祖坟送灯，然后一家人回来围着一堆火守岁。晚上十一点半钟，吴军长像往常一样走在大街上，手里拿着木棒，嘴里喊着好多年不变的口号：“各家各户，小心火烛，防火防盗……”

他走到麻纺厂门口，见有个人影在晃动，他怀疑是小偷。年底了，麻纺厂提前放假，老板、工人都回家过年了。值班的保安想到今天是大年三十晚上，没有人会出来偷盗，也回家陪家人守岁去了。吴军长躲在一旁，想着等小偷出来抓个现行。正当他在考虑怎么抓捕时，小偷从麻纺厂的铁栅门内丢出一大包东西，然后从铁栅门翻出。吴军长箭步上前，一把抓住小偷的外衣。小偷个头大，他很快挣脱吴军长的手。吴军长使出擒拿手段抓住小偷，小偷没辙，随口就喊：“吴大爷，是我，张三……”吴军长没答话，也不敢松手，怕张三再次在自己的眼皮底下溜走。张三见吴军长软的不吃，就同他来硬的，挣扎中，惯偷犯张三抽身一闪一蹲，顺手捡起地上半截砖头对着吴军长的头，不管三七二十一就是一阵猛砸……

吴军长醒来时，已在医院里昏睡多时。当身体恢复得差不多了，吴军长办理了出院手续，政府安排他住敬老院，他死活不去。他回出生的村子，却已经找不到回家的路，那些人他也完全不认得了。如有人试探着问他以前发生的一些事，他也想不起来。只见他经常在镇上跑步操练，像军训一样喊“一二一”。但他一点儿都不糊涂，每次见到需要帮助的人，都会主动帮忙。

别的事情他都记不起来了，唯独每个季度交党费忘不了。后来，张三被公安机关抓到了，判了重刑。等他出来，可能同吴军长现在的年纪差不多了。

爱的传承

父亲曾以“救死扶伤，施善于人”为己任，却因为拥有一颗善良的心，把自己的一生都搭进去了。从我懂事起，父亲的身体就大不如前了。一米八几的大个子，佝偻着背，没有一点儿男人的阳刚之气，说话做事有气无力，走起路来生怕踩死一只蚂蚁。我常常在睡梦中，被父母的吵架声惊醒。母亲总是埋怨说：“全世界就你心眼儿好，你是大善人、活菩萨。你是家里的顶梁柱，给别人抽那么多血，你是不要命了吗？你想做雷锋，我不反对，可家里一家老小要靠你来养活。你这样做，是对家人不负责任。这下好了，为了救人，把自己的身体搞垮了，以后有事，谁来管你？”母亲说的是气话，却不无道理。父亲的身体木已成舟，现在说什么都晚了。母亲每次骂父亲，言语是有些过激，其实也是心疼父亲。后面的日子，他们在无休止的争吵中度过。我明白父亲的身体为什么会弄成现在这个样子。我十岁那年，在村里人茶余饭后的闲聊中，了解到了一些陈年的琐碎旧事。

1974年11月15日，天下着雨，母亲正在厨房准备一家人的早饭，父亲在家做活儿。突然，同村的汤木匠气喘吁吁地跑到我家里，他一只手扶住门框说："快，快，老陈，求求你，救救我家肖姑娘。"（肖姑娘是汤木匠的老婆，"姑娘"是我们老家人对老婆的称呼）。父亲来不及多问，丢下手里的工具就跟在汤木匠身后跑。原来，汤木匠的老婆要生娃了，生到一半难产了。罗妈妈是村里的接生婆，村里大大小小的孩子差不多都是她接生的，很少出事故。罗妈妈 14 日夜里就到了汤木匠家，小孩横躺着卡在肚子里，接生婆使出浑身解数到天亮都没能使孩子顺利降生。她预感到要出大事，这才催促汤木匠把我父亲叫来。罗妈妈见我父亲进门，如见到大救星，心中踏实多了，她一边脱掉手套，一边收拾东西，随时准备开溜，还故作镇定地说："老陈，你来得正好，我今天有点急事，约了隔壁村的刘二，答应给他老婆去接生。我原以为汤木匠的老婆生产很快，毕竟他的大儿子也是我接生的，没想到中途出现这档子事。"眼看时间等不及了，她匆匆忙忙交代我父亲说："老陈，不用怕，你不也懂医吗？人与牲畜生产都是一个原理，大同小异，拜托你帮忙接下生吧。"话刚落音，罗妈妈丢下手里的工具跑得不见了人影。

父亲接着工具傻愣在那里不知如何下手。他嘲讽自己充其量只是个草药郎中，破天荒地给村里老黄牛接过生，那还是好几年前的事，压根就没给人接生过。其实，罗妈妈在孕妇折腾了一两个小时仍没生出来时后就预判到情况不妙，她怕出事毁了一生美誉，所以撒谎说有急事要走。她火急火燎地催促汤木匠请我父亲来顶雷。父亲早就看出她那点小心思，只是碍于情面不想当面戳穿她。父亲接过罗妈妈手里的工具不知如何下手。孕妇疼得满头大汗，一声声撕心裂肺的叫喊吓得父亲瑟瑟发抖，他浑身直冒冷汗。不一会儿，孕妇的叫喊声越来越微弱，父亲的心不由得紧张起来了。凭着多年行医的经验告诉他，孕妇危在旦夕，如果不及时送医院，恐怕要酿成大祸。父亲跑出来，站在晒谷场上焦急地喊了好几声却没人回应。原来，汤木匠还在四处筹钱找人。

时间一秒秒过去，孕妇也在朝着死亡的深渊一步步滑落。汤木匠好不容易叫来三个大男人，在父亲的督促下，他们在汤木匠家里翻箱倒柜，想找一辆手推车把孕妇弄到镇卫生院去。没想到汤木匠家徒四壁，口袋比脸还干净，他们找了半天都没有找到合适的工具。好不容易找到一张破椅子和两根晾衣竿，东拼西凑做了个简易担架。拿一床破被子把孕妇包裹严实，将她轻轻抬上担架，大家冒着大雨，踩着泥泞不堪的村道，一路溜滑到了镇卫生院门口。急诊科接待了他们，当值医生仔细检查了一遍，发现孕妇情况危急，立马招呼院部，把孕妇转到妇产科手术。手术室主刀医生准备就绪，要求家属签字，可是汤木匠还没赶到医院，医生只得焦急等待。每过去三到五分钟，医生就跑出来催一次，没有家属签字，手术没法进行。医院和医生都怕担这个风险。大约过了半个钟头，汤木匠才从外面赶来。他赤着脚，踩着一脚泥巴，一身湿淋淋的，失魂落魄地站在那里。

医生拿着手术风险责任书要汤木匠签字，还附着一张预交住院押金催款单。汤木匠搜遍全身上下所有口袋只找出仅有的几十块钱，这还是借遍了全村所有的亲朋好友。这点钱拿来做手术只是杯水车薪。医生看他实在可怜，也没有再坚持先交钱后做手术的原则。几位医生点头默许，决定先救人，其他事暂缓。手术室的灯一直亮着，汤木匠同另外四个大男人被关在门外。医生进入手术室一个多小时了，还没有听见婴儿的啼哭声，大家开始担心起来。最着急的是汤木匠，他扒在手术室门口，把脚尖竖起来，好不容易从小小窗口望到里面，可是啥也看不见。正当他抬着头向上瞄时，医生突然开门，把汤木匠摔个四腿朝天。还没等他反应过来，医生神情慌张地大声说："家属在吗？不好了，病人难产，大出血，情况非常危险，做好马上给孕妇输血的准备。我们医院条件不好，没有血库，院领导已经请示上级医院支援送血浆过来，最快也要半个多小时才到。病人的身体不允许等，只能你们家属想办法，就近采血最合适。"汤木匠听到医生的话，差点没昏死过去，他两条腿抖得像跳霹雳舞，如果不是手扶着墙，恐怕要瘫软在地。

汤木匠也没想出更好的办法，他绝望的眼神盯着四个大男人。谭三毛低着头，不敢正眼看大家，他吞吞吐吐地说："各位大哥，实在不好意思。我走得急，顺便把我家的大水牛拴在屋后柳树上。我以为去去马上就可以回家，哪晓得会拉到医院里来，我有事，先走了。"王军成看谭三毛走了，心里也慌了起来，他似乎嗅到了什么味道，接着说："我家早几天就没米下锅了，出门前，老婆以为我去打米了。"说完就走了。薛洋河也怕沾上麻烦，边走边说："我差点忘了，上个月就答应老表，今天去帮忙换屋顶。你看，都到这个时间点了，等下老表会误会的。"说完也闪了。三个人都走了，只剩下父亲和汤木匠两个人呆呆地等在那里。我估计父亲的脑袋一定是给驴踢了，他为什么不跑呢？汤木匠拉着我父亲的手，一把鼻涕一把眼泪地跪下央求道："老陈啊，求求你了，帮我想想办法，现在只有你能救我家肖姑娘了。你看我家里一贫如洗，还有一个两岁的儿子，孩子不能没有母亲。你想想，不是我这个半把式手艺，到外地去做工骗个老婆回来，恐怕要打一辈子光棍的。"父亲内心十分纠结，他想，如果我同他们三个人一样一走了之，恐怕这辈子都无法原谅自己。自己好歹也算是个郎中，如果见死不救，今后在村子里还有脸混下去吗？父亲权衡利弊，不知如何是好。

医生又在一个劲儿地催促汤木匠，手术室里的护士也在大声呼喊："医生，快来啊！病人血压下降得好厉害，快跌到危险值了。如果不赶紧给孕妇输血，恐怕很快就没命了。"看样子，弄不好就是一尸两命。汤木匠跪在手术室门口，拼命给手术室的医生和护士磕头作揖，恳求他们大发慈悲救救他老婆。没有血浆，神仙都没有办法，医生和护士也爱莫能助。医生只有不停地催促汤木匠赶紧想办法找到血源，只有找到血浆才可能保住孕妇的生命。时间紧迫，汤木匠把头想破也想不出办法来。这时，他径直跑进手术室，伸出胳膊自告奋勇地说："医生，抽我的血吧！如果能一命抵两条性命，就算是死，我也值了。"汤木匠挺身而出把医生们感动了。人命关天，容不得多想，医生也顾不了那么多框框条条，他们把汤木匠领到化验室，迅速给他抽血做血型匹配。十分钟后，化验结果出来了，汤木匠与他老婆的血型不同，不可以输血。汤木匠听到这个结果，如遇晴天霹雳，一头栽倒在化验室。

一个正躺在手术室等待救援，另一个又倒下了，医生赶紧给汤木匠施救。还好没什么大碍，可能是几天没休息加上心急如焚，身体严重透支造成的。医生给他喝了半瓶葡萄糖注射液，汤木匠慢慢恢复了体力，醒来的第一句话就是问血浆找到了没有？他被医生扶起来，还在一个劲儿地喘粗气，见医生摇头，他失望地走出化验室。他又把目光落到我父亲身上，慢慢走到我父亲跟前，"扑通"一声跪下，两手紧紧抱住我父亲的双腿号啕大哭："老陈啊！求求你，可怜可怜我吧！现在只有你能救我家肖姑娘了。如果肖姑娘有什么好歹，我也不想活了。倘若你救了我家肖姑娘，下辈子让我做牛做马来报答你。”我父亲看着汤木匠那可怜兮兮的样子，硬着的心被他的泪水软化了。他知道只有立马答应他的请求，汤木匠才肯起来，否则，他会长跪不起。

父亲跟随医生去了化验室做血型匹配，化验结果超出父亲的预料，没想到与汤木匠老婆的血型是同一血型。医生看着结果，脸上也露出了笑容，激动地说："孕妇有救了，马上开始输血。"父亲也记不清医生到底抽了多少毫升血，迷迷糊糊中感觉医生换了好几根管子。当他走出病房，两只脚摸不着北，整个身体轻飘飘的，没有一点儿知觉。

手术进行了几个小时，大家心里都在祈祷奇迹出现，刚巧，护士破门喊道："母女平安！"汤木匠听了热泪盈眶，他激动得哭了。

天蒙蒙亮，父亲这才跌跌撞撞走回家。母亲知道他昨晚彻夜未归，也没有多问。他见到母亲也不敢说出实情，进屋倒在床上就睡着了。平时每天准点起床的他睡了一天一夜，到了第二天上午十点还没起来。母亲开始并没在意，等到十二点，父亲仍然还没起来。母亲开始怀疑，她好奇地走进房间里，看见父亲脸上苍白如纸。母亲关切地问："一天一夜没回来，到底干吗去了？"父亲一直低着头没有回答。母亲察觉父亲的举动诡异，正想朝他发火，这时村里王军成的老婆过来串门。她向来是无事不登三宝殿，来了肯定没好事。

王军成的老婆叫萝卜花，在村里是出了名的尖嘴婆，喜欢多管闲事，大家都讨厌她。萝卜花看到我母亲的举动有些反常，上前把我母亲拉到一边，两眼神秘地朝四周扫视一遍，看是否方便说话。她把嘴凑在母亲的左耳朵边问：“他婶，你家老陈回来了吗？”“萝卜花，咋了？我家老陈天亮才回来，到底出啥事了？”母亲关切地问萝卜花。“回来就好，听我家王军成说，幸好跑得快，不然就……”萝卜花支支吾吾说句半截话就跑了。

母亲猜想他们肯定有事瞒着自己，简单收拾一下，虚掩着大门，朝谭三毛家走去了。谭三毛是父亲的徒弟，有啥事他肯定知晓。没想到谭三毛家大门紧闭，母亲又掉转头去薛洋河家打听情况。薛洋河正在门口编草鞋，见我母亲走来，他丢下手里的活儿撒腿就往屋后菜地里跑。母亲还没反应过来，薛洋河已跑了几百米远。我母亲大声喊道：“薛洋河，你咋看见我就跑呢？我又不是老虎，怕我吃了你不成？”“嫂子，不好意思啊！这事不怨我，是你家老陈自愿留下来的。”说着，薛洋河躲得更远了。“大兄弟，啥事不好说？你们一个个躲着，把我弄糊涂了，有什么大不了的事？把你们一个个弄得像老鼠见到猫似的。”母亲苦苦哀求。薛洋河还是不肯说实话，也不肯靠近我母亲。他们不说，我母亲也没辙，只有打道回府。

回去后，母亲装作什么事都没有发生，她想让父亲亲口说出来。母亲哪里知道，父亲是个闷葫芦，要想他开口交代问题，除非铁树开花。半个月后，村里人都在议论纷纷，唯有我母亲被蒙在鼓里。一天，汤木匠提着一斤二两肉，一斤红糖和一包烟丝来到我家。他见到我母亲就像见到老祖宗一样，说话都小心翼翼的。汤木匠问我母亲：“幺妹子，老陈在家吗？我想谢谢他，如果不是他给我家肖姑娘抽血，她早没命了。”母亲这才恍然大悟，怪不得这些天村里人都躲着她，个个说话阴阳怪气。母亲对父亲的恨就是从那时候开始的，她每每想起这件事，气就不打从哪里出。

父亲经过那件事后，体重掉了很多，体力也大不如前。他抽血后，营养跟不上，没几年，身体就垮了。父亲不能干重体力活儿了，生产队里的社员们都不愿意同他搭班，就连妇女儿童都嫌弃他。在那个靠体力挣工分的年代，在村里备受歧视的父亲只能干些修修补补的杂活儿，工分当然比不上出大工的。到了年底盘点，我们家年年超支，日子过得清贫如洗，甚至经常连肚子都吃不饱。

受父亲的影响，成年后的我也多次参加医院举办的无偿献血活动，我知道，献血是爱，是勇气，是关怀，是为挽救他人生命奉献自己的微薄之力，也是爱的传承。

春到水乡

滩头田间

茶盐驿道的清泥潭古镇下游五百米处是永长村。在那里，有澧水八条支流之一的涔河，像一条裙带拴住南北两岸。她挟着湘西古风，混着九水泥沙，带着一身傲气奔赴洞庭。蜿蜒中，经苍翠隽秀的段儿港阻挡，冲击成一个巨大的平川沙洲，也可理解为滩头，其地形像一把弹奏的琵琶琴，故被称为琵琶洲，后被人们俗称为枇杷洲。早年，枇杷洲荒无人烟。两千多年前，伟大诗人屈原经于此地，并在其灿烂华章里歌咏道：“望涔阳兮极浦，横大江兮扬灵”。至此，涔水被点上文化烙印，以灵性示人。这里的地形凹凸不平，高低跨度大，因澧水支系接长江上游荆江分洪段与松滋澧水山水相连，导致这里的湖田由涔水的水位变化决定面积大小。每年春、夏、秋三季，汛期来临，涔河两岸水位会高于枇杷洲，如头顶着一口大水缸，湖区内的积水会成为最大的难题，轻则呈现出梯田状，重则成为汪洋状。长此以往，适合播种的良田少之又少。村民靠渔猎为生，成为人们当时的生存常态。

中华人民共和国成立初期，枇杷洲内积水泛滥，常受洪水侵袭，村民们辛苦了大半年的劳动成果被洪水冲得一干二净，生活苦不堪言。政府通过多次实地勘察、走访，查阅地方志，把枇杷洲湖区做了一次系统的水文资源统计，得出准确的雨季频发原始数据后，经省、市、县三级水利专家多次会诊，为湖区做了一个长远规划，掀起了一场史无前例的园田化改造运动。说到园田化改造，得从村民们的田说起。枇杷洲地处澧阳平原腹部，是湖南主要粮食种植示范区，也是重要的棉产区，与有着五千多年稻城之称的城头山近邻，207 国道像一根扁担挑两个箩筐，把枇杷洲一分为二。以其得天独厚的地理位置，村民原本可以靠种田为生。事实上，村里并没有宽松的土地，按实打实的亩数上报面积。村民靠种田根本解决不了一家人的温保，与隔壁的乡镇相比，真是天壤之别。

我至今能清晰地回忆起小时候的年关，父亲蹲在墙角拼命抽烟的情景。一到年底，家里便揭不开锅，母亲与父亲商议着去村上贷点款，帮我们添置新衣服、买点年货。父亲可能是不好意思出门或是开不了口，他紧紧地捏着自制的旱烟揉搓，任凭母亲怎么辱骂决不还口。许久，父亲点上了火，深吸一口，猛地朝墙角吐出憋了好久的浓烟，一双生满老茧子的黑手拿着烟斗，随即在墙砖上敲几下，塞进烟袋里，起身披着那件露出几眼棉絮的破棉袄，埋头把烟枪别在裤腰上，满脸褶皱的脸上看不出一丝笑容。通常，他会在外面转悠好几圈，等到天黑，才吓吓唧唧地去敲村会计的家门。令父亲没想到的是，此时的会计家里早已挤满了同样需要借贷的人，大家有着同样的想法。村会计看着大家，无奈地摇头，从抽屉里拿出年度全村收支总账本摆在大家面前，用一根被烟熏得漆黑的食指，敲了敲账本，指着收支明细说：“今年的收成不好，上交任务没完成。上级是按上交任务完成程度拨款的，所以村里没有余钱，如果非要支出，那就叫超支预结。村里已向上面反映实际困难，好说歹说，才答应借到一点点钱。谁都有困难，大家克服一下，可能达不到你们想要的结果，你们挤挤凑凑，相互匀一匀，接济一下，还是勉强能够过个年嘛！”听了会计的话，村民刚才还在幻想的心像被泼了一瓢冷水，彻底冷到了极点，一切计划都被打破了。儿时，远房亲戚会给我们家接济旧衣鞋帽，或是每年大洪灾过后，会收到一些外地捐赠的旧衣服。穿新衣服成了我们这代人的奢望。

20 世纪 70 年代末期，村里人开始尝试在水稻田里进行多种经营。分别种上瓜果蔬菜等经济型农作物，眼看地里长势不错，村民们开始盘算丰收，好不容易盼到可以收成了，销售方面却犯了难，卖不到好价钱不说，那些堆积如山的农副产品还有很多烂在地里，弄得大家血本无归。从期望到失望，老实巴交的汉子们像泄了气的皮球，一个个瘫软在田埂上。时代总是在进步，让贫农翻身是那个年代奋斗者的理想。没过几年，改革开放的春风吹遍大江南北，20 世纪 80 年代初期，枇杷洲的永长村也搭上这趟车。永长村分步骤地实行农田承包责任制，最终要让土地包干到户，这对农民来说，是个很好的发展契机。蓄势待发的同时，问题也接踵而至。几经扭转都没有收益的村民学会了思考：湖区土地该如何经营？众人琢磨着……

砖瓦痕迹

其实，那时的永长村已不完全靠种田为生了。那里盛行着传统技术——自办土作坊制作砖瓦。早年，人们居住的房子都是清一色的用大土砖加茅草建成。制作大土砖，由专业的土匠师傅们完成。因晚稻生长期长，耐干旱，土质含水分少，他们制作大土砖通常会选用收割晚稻后的田地，再经过半个月的人拉、牛踩、石滚碾压严实等一道道烦琐的工序。小时候的我喜欢在村里转悠，觉得土匠师傅们比我那农民父亲要聪明许多，我对他们的一身手艺很是好奇，常乐于跟着“大师”。跟得最多的要数隔壁李爹。李爹无子女，平时除了种些农作物外，剩余时间全部用在他那手艺上。村里大人们都很尊敬他，称他李师傅。他很喜欢孩子，对我们的围观从不厌烦，只是交代我们要注意安全，在他做事时不许吵闹。

我至今还记得李爹为我家建房子的画面：在我家屋场前面空置宅基地里，他娴熟地用石灰粉画线定位。如果砌土砖墙体，必须在地基上铺上半米高砂卵石加水泥混凝土。条件好的人家，选用碗粗的杉木作屋梁，大多人家采用楠竹为屋梁。楠竹寿命短，细竹子做穿插屋梁的瓦枕，上面铺上稻草，这样的房子冬暖夏凉。如不被洪水浸泡，每年更换一次稻草，三五年换一次屋梁，住上百年不成问题。

因这里土砖用的泥黏性好，耐用，所以附近十里八村的村民如要建房子，都到这里来买土砖。至今还流传一个千古传唱故事：据说哭倒长城的孟姜女就出生在这一带，她的老公范氏被朝廷抓去修长城，用家乡的传统工艺烧制大土砖筑长城。孟姜女在嘉山筑台望夫，见夫多年不归，于是千里送寒衣，见夫已为修筑长城而亡，孟姜女跪拜长城脚下哭夫十日，诚心感动上苍，硬是哭倒了城墙。

在以粮食产量为基本的时代，农村副业经济还没搞活，尽管土砖筑房盛行，依然不允许个人拥有私有化作坊。政策放开后，农民可以自由支配自己的土地，有了自主经营权，大家的积极性起来了。从那时候开始，村里自办土作坊，并与时俱进，改进了做砖瓦的技术。

春风拂过，不论是田间地头，还是传统小作坊都生机勃勃。此时的永长村，每家每户的晒谷场上都是提瓦桶、跑砖模的身影在穿梭，无论男女老少，大家都在忙碌。泥瓦师傅左手捻住泥坯头，右手托起泥坯中尾端，迅速提起薄薄的泥片往瓦桶模具上敷。然后左手扶着瓦桶柄，右手拿起铁挡片，点几滴水洒在瓦桶表面，当当几下，不停地转动模具，用自制水尺划一圈，剩余的泥坯向四周溅分。提瓦桶工是个技术活儿，他像一个魔术师，将泥瓦桶在稻香灰里点一下，一个一个的瓦桶如整齐的队列。提瓦桶工左手捏柄，右手轻轻往里一推，瓦桶缩小成小半桶，取出瓦衣，四片大小均匀的瓦桶就站立在太阳下等待风吹日晒。同样的程序，一天下来可以做一千个左右，一个月可以做一窑土瓦坯子。速度如此之快，永长村的实力不可小看。

枇杷洲上的永长村算得上是砖瓦加工基地，十米一坑，五十米一窑，几乎一家一窑，最不济的也是两三户共用一窑。每到月底，大家装好自家土砖土瓦坯子进窑洞。烧制砖瓦也是有讲究的，进窑后，头三天用小火慢慢把土坯水分烤干。第四天中火，把土坯烧热至半红。第五到六天，进入大火期，从观火眼可以看到窑洞内的土砖瓦被烧的大致情况，直烧成一个满身通红的大熔炉。第七天，火候须恰到好处，窑匠师傅用大土砖把整个窑洞上下所有进出口封闭，在窑顶四周砌上一层三十厘米高的小堤，让窑顶围成一块类似的“水稻田”。关键时刻已到，四个身强力壮的劳力挑着涂过桐油的大木水桶，从窑底到窑顶十几米的跨度，他们不停地往超过千摄氏度高温的窑顶挑水浇灌。窑匠师傅用一根两米长的粗钢筋在窑顶四周用力往里插，刚开始，倒进去的水很快就会跟着插入的小孔渗透进去。

一般来说，一窑砖瓦要挑三百多担水。前两天，吸水量大，最后一天根据情况慢慢减少。成窑的关键，看窑匠师傅的眼力，水下多了，砖瓦会“伤水”，烧出来的砖瓦不结实，也不耐用，一碰就粉身碎骨。如果水少了，又叫“抗水”，烧出来的砖瓦就变成了花脸，一半红色一半淡灰色。这样的瓦看起来半生不熟，虽然牢固坚硬，盖在屋上却不协调，不美观。开窑也是技术活，开早了会放红，出来窑的砖瓦边上有少许紫红色。开迟了会返青，剩余的窑水没有及时挥发，水蒸气积淀在坯子上，颜色老青，看起来像陈旧老瓦。

荷花满塘

1980 年到 1990 年的十年间，是村子烧制砖瓦的鼎盛时期。枇杷洲成就了永长村，做砖瓦的名声远近闻名，产品远销到了全国各地。村民的收入增加了，烧制砖瓦的传统副业竟成了主业，一部分人富起来了。村里修起了一栋栋青砖红瓦的平房，万元户像雨后春笋不断冒出。有了支柱产业，其他副业也就跟着带动起来，村里有了第一台方向盘手扶拖拉机、第一台大卡车。看着村里的产业链，他们搞起了个体运输行业。小家电悄悄发生变化，从原来 14 英寸的韶峰牌黑白电视机逐渐换成17英寸、21英寸的大电视机，甚至有人托亲朋好友从广州、深圳等地弄来了外国牌的彩色电视机。各种品牌自行车、缝纫机也不断进村。做小买卖、收购农副产品的二道贩子骑着嘉陵摩托车走村串户。一时间，永长村成了远近闻名的富裕村、样板村。周边相邻的乡镇纷纷仿效，拉关系，找熟人，想把自家女儿嫁到永长村。

烧砖瓦的这些年，虽然富了村里人，也害苦了自己。由于盲目乱开挖采土，乱挖建窑洞，使大部分良田荒废，甚至变成砖瓦采料基地。整个村子到处被挖得稀巴烂，一个个土坑裸露在外面，碰见下雨天则积水严重，废弃的表皮泥土堆积如小山，随雨水夹杂着泥土流失，阻挡小沟小渠的畅通，引发内积水直接淹没良田，引起多处房屋倒塌。更严重的是，有些孩子在采泥积水坑里戏水，土坑最浅处都有好几米深，又是垂直向下挖的，掉下去根本爬不上来，不丢命才怪呢！村里也出现好几例悲剧。长期烧窑，烟雾严重污染环境，就连禾苗都被熏死。煤烟中含毒，连牛都不吃被煤烟熏过的野草。塘里的鱼无故翻肚死去，一时之间，村里没有一口干净的井，枇杷洲成了一片烂泥岗。

一个不争的事实摆在眼前，也改变了永长村的现状。一河之隔的雷公塔镇办了一家全自动化机械化制造砖瓦的砖瓦厂，压制出来的红砖大小一致，全身通红喜庆，并且节省人工、材料，效率高，利润丰厚。永长村的传统烧制砖瓦作坊跟不上时代的步伐，青壮男女随打工潮去了南方，留下来的体弱多病的老人和妇女儿童无力撑起传统作坊，只能放弃这些烧制砖瓦的作坊。曾经，枇杷洲上百条烟囱冲上天，今日死气沉沉火冷烟熄。到了20世纪90年代初，政府开始严抓农村生态环保，对有破坏性、污染严重的传统作坊一律关停，千户百窑的永长村组织村干部对砖窑洞进行摧毁，采泥、填坑、复绿。“枇杷洲的生态环境一定要得到根本改变”，这不是一句口号。政府给出几年的改进期限。第一批赴广东打工的青年，部分做到企业高管、公司核心技术骨干，甚至有特别优秀的人当起了老板，在外发展得很不错。

为了枇杷洲的长远发展，乡政府主要领导、永长村全体党员、村干部在春节省亲期间，诚邀有作为的本村外出青年座谈，为永长村、枇杷洲今后发展出谋划策。大家各抒己见，很快就有了前期规划思路，首要任务就是疏通沟渠堰塞湖，平整农田，修建引水渠，在荒废砖瓦窑洞和堤坡种草栽树，让枇杷洲绿化全覆盖。

20 世纪 90 年代末期，由于三峡大坝的修建，长江水系与洞庭湖息息相通，以前的河水泛滥情形也得到改善。政府大力出台扶持政策，把原来的野湖野塘进行改造，划分成规模的责任区，承包到户，湖里种莲藕、养鱼，搞生态农家旅游项目。到 2000 年年末，枇杷洲已经历了十年的孵化期，村里产业链初成雏形。春季到来，村民利用莲藕做产业，弄几条小木船，组织划船。每逢双休日，吸引到周边城里人来枇杷洲采藕梢、赏莲花、踏青、垂钓等。夏季采摘藕梢，用真空包装打包，冷藏厢车运送到各大城市超市。最具特色的是湖里的小龙虾，本地胡子鲢鱼、黄鳝都是野生的，深受城里人喜欢，创造的经济价值可观。秋季采摘莲蓬和莲子，把莲蓬和莲子深加工，包装成礼品盒，一部分莲子做成甜品罐头，那是最佳补品。一部分莲心做成茶叶，莲心茶有清火的作用。冬季收入就可观了，枇杷洲的莲藕香甜软糯，含多种维生素，是不可多得的绿色食品。利用莲藕深加工，把切片藕做成小吃甜藕，藕打粉做成营养品，也是上佳礼品。

以前，湖边的田常被水淹没。近年，政府把重心放在农村搞农田改造，将散块的农田整合成方格子田，方便小型机械化作业。整合的农田承包给本村村民，搞农业耕地流转，实现规范化、产业化、无公害的水稻基地。利用湖泊的地缘，引湖水与稻田持平，稻田放养鲫鱼，又叫稻田鱼，鲫鱼在稻谷扬花季节自由嬉戏，吃稻花，不用打农药，纯净的湖水养生态鱼。到鱼长至半斤左右，捕来送到深加工基地，按传统方法腌制，做成具有地方特色的稻田酱板鱼。与鱼同时放养的还有洞庭湖谷鸭，不用喂饲料，将鸭子放养在稻田里，它们专吃虫子、小田螺，与鲫鱼、泥鳅、黄鳝、青蛙都是好伙伴，似乎它们天生就是邻居。稻田鸭早有了归宿，许多酱板鸭企业看好这里的鸭子，争先恐后提前交订金收购，生怕错过这杯羹。枇杷洲生态湖成了酱板鸭孵化基地，如此一来，村里的湖与稻田协同发展。

这几年村民收入颇丰，以前的青砖瓦小平房已经落伍了，家家户户盖起了小洋楼，大部分村民买了小汽车，村道与镇道无缝衔接，宽阔的水泥路与两旁香樟树形成一道美丽的风景线。乡村道路拓宽了，集市也热闹起来了，当年的小集市也成了现在的镇中心街市，赶集的人络绎不绝，各种叫卖声不停……

前些年，我很少回家，近几年回家的次数多了，当看见门前的一片荷塘，看到家乡的变化，已找不到以前砖瓦窑洞的影子。无论我漂泊在哪里，都时常在梦里回到开满荷花的枇杷洲。

渡河之舟

我五岁那年突生一场大病，母亲被吓坏了，赶紧捎口信把在村副业队做工的父亲叫回来。父亲得知消息，放下手中的活儿就往家里赶，他见我瘫软在地，一把抱起我迅速往镇卫生院跑。他跑进镇卫生院大厅，身后留下两条带血的脚印，原来父亲顾不上穿鞋子，赤着脚一路狂奔，脚被划破好几道口子，血流不止。

母亲紧跟其后，前脚还未踏进大厅就大声呼救："医生，医生，快，快救救我儿子……"门口的护士急忙在前面带路，引导父亲背我进急诊室。急诊室当值的是一位身材高大，戴着一副金丝眼镜，看上去斯斯文文的年轻男医生。他见情况紧急，支开旁边的病人，帮忙把我扶上诊台。

他让我平躺在一张小型手术台上，拿捏着我的手，说："小朋友，你先不要说话，我问你，你只要点头或者摇头就好。"他继续观察我的全身，看有没有其他外伤，等检查完，他指示我父亲把我抱回初诊桌旁边的椅子上。医生把一根长十多厘米的透明玻璃管式体温计用力甩了几下，要母亲帮着把它插入我的左臂腋下夹五分钟。

他让我把另外一只手放在诊包上，打手势要我张开嘴巴，看我的舌苔，翻弄我的上下眼皮，看眼眶内的瞳孔颜色，用手掌心手掌背摸我的额头，又拿出听诊器在我的左胸、右胸、左后背、右后背等部位来回游动探听。他一会儿眉头紧锁，一会儿眯着眼睛注视着窗外，一会儿停下手里的听诊器发呆，好像在深思谋略，一会儿又摇头。母亲看着他的表情，不禁心急如焚。

父亲扶着母亲在一旁焦急地等待结果。医生对着父亲说："方便借一步说话吗？"母亲意识到事情的严重性，只是心中还是期盼最好的结果。医生和父亲走到急诊室旁的楼梯过道，说："怎么现在才送来？"父亲说："啥情况？有话直说，不管怎样，我都会竭尽全力救治他的。"医生说："我给他初步诊断了一下，他的病非常严重，已经到了最危险的阶段。"父亲说："有多严重？会死人吗？"医生说："他还发高烧呢，胸、肺出现了严重问题，如果不赶紧治疗，很可能会撑不到月底了。"父亲说："那你还不抓紧治疗？"医生说："我还是建议你们赶紧转上级医院，我们这里医疗条件太差了，长期缺医少药的，再说如果万一需要做大手术，麻烦就大了。"父亲傻愣在那里，顿时没了主张。医生催促说："你们最好抓紧去县医院，办理住院手续。"母亲得知，又一次瘫软在地上。母亲央求说："医生，求求您再想想办法救救我儿子，我知道你们医生一定会有办法的，你们不会见死不救的。"

护士让母亲先交急诊挂号费、初检费，母亲掏空口袋，一个铜板都没有。原来出门时，母亲一着急忘了带钱，她以为跟村里卫生室找赤脚医生看病一样，可以赊账。如果问题不是很严重，赤脚医生便简单治疗，也不用自己花钱。医生见母亲实在没钱，他跑到收费处说："记在我账上就好。"话说到这份儿上了，已经是"最后通牒"了。父亲背着我，像霜打的茄子无精打采，我们跌跌撞撞地走出镇卫生院大门，父亲回头望了望，好像在等谁喊他回去，可惜父亲没有等到。

到了家里，母亲欲言又止，最后鼓足勇气说："他爸，你不是有个表妹在津市一家大职工医院当院长吗？我们不如去找她看看，兴许她有办法，救得了咱儿子的命！"父亲默不作声。父亲心里明白，说来我们是亲姑舅老表，但家庭条件悬殊那么大，平时都不怎么来往。人家现在是大医院的院长，我们一个地地道道的农民，人家会见我们吗？肯帮忙吗？顾不上这么多了，救人要紧。母亲把家里仅有的一点儿积蓄全部拿上，从家里到医院还有四五十公里，那是一条简易公路，公交车到不了医院。一算，单程公交车费都需要五块钱。父亲说："我们还是走路去吧！"父亲背着我，母亲在后面扶着，两个人歇歇停停，互相换着背，经过三个小时步行，终于到了津市。

津市这家职工医院配置比县级医院好得多。医院在对面半坡上，需要坐船才能过去。好不容易找到医院大门，一进门就被门口的护士拦下来。她看我们灰头土脸，像逃荒的人，一脸嫌弃地说："哎，你们干吗的？挂号了吗？"母亲说："我们不知道要挂号，还没来得及挂号。"护士的态度更加恶劣了，说："你以为这里是你家吗？随便就能进去吗？这里是职工医院，只有厂里的工人和家属才能进去看病的。"母亲被她说得无地自容，难堪死了。为了给我看病，她只有忍气吞声，鼓足勇气说："我们是来找人的。"护士说："找人也不行，要提前打招呼，要对方邀请你才行。"母亲不想把时间浪费在这里，看护士也不是什么好人，严肃地对她说："我找你们杨院长！”护士一听是找院长，态度收敛了一点儿，半信半疑地说：“确定是找我们杨院长？”母亲“嗯”了一声。

护士一改刚才的话风说：“大姐，您跟我来，到护士站休息一会儿，我去帮您通知杨院长。”不一会儿，一位高个子，扎着马尾辫，穿一身白大褂的女医生风风火火走过来，见面就喊：“黑狗哥，表嫂，什么风把你们吹来了？你们可是无事不登三宝殿呢，有什么事情找我？”她口中的黑狗是我父亲的小名，很少有人知道。父亲在表妹面前有点害羞了，他腼腆一笑。母亲也不好意思开口，她一把抱起我，说：“快，快叫表姑妈。”

表姑妈顿时明白了，赶紧要人扶我上7号门诊，那里是她的专家诊室。表姑用镇卫生院医生一样的方法重新给我检查了一遍。她问我一些“小便黄不黄，大便硬不硬，呼吸顺不顺畅，心里烧不烧”等问题。稍后，她脸上严肃起来了，毫不掩饰地说：“你们怎么搞的？都是成年人了，一点儿都不关心孩子，都成这样了，这个时候才想到看医生？你们知不知道，孩子的病非常严重。”母亲低声地说：“我们也不知道会这样子，昨天他还活蹦乱跳的，今天一早突然就站不起来了。我们去了镇卫生院，他说没办法医治，要求我们转县医院。我们在县医院没有半个熟人，怎么办嘛。最后想到你在大医院，见多识广，一定有办法的，所以才投奔你。”表姑妈一边收拾听诊器，一边在处方单上密密麻麻地写着几行字交给父亲，说：“黑狗哥，实在对不起！我这里也没办法治疗他的病，我给你介绍一位医生，兴许他有办法。他在襄阳街开了一家诊所，你们现在过去还来得及。”父亲接过那张“处方单”，像接过千斤大石头一样沉，他的手不停地颤抖。

表姑妈一边催促我们快点走，一边不停地撸起袖子看手表，想必是急着下班了。父亲背着我走出 7 号诊室，走过大厅，台钟敲响了下班铃声，许多医生护士拿着搪瓷碗边走边聊天，好像是赶着去吃午饭。

我们又回到来时经过的渡口，父亲望着泥沙一样颜色的河水，内心像刀绞一样地痛。他长叹一声，掏出表姑妈写给他的那张纸条，咬牙撕得粉碎，随手扔进河里。父亲踏上甲板说："儿，不要怨父母，是你投错了胎，下辈子投胎，你要选一个好人家。"母亲默默抹着眼泪，父母又把我背回了家。他们商量，明天还是去镇卫生院看看。

我们起得早，在卫生院门口足足等了两个多小时，才陆陆续续看见有医务人员来上班。母亲一眼就认出了第一次帮我诊断的那位年轻医生，她机灵地走上前去，一下跪在医生面前哭着说："医生，你一定要救救我儿子，我现在真的没办法了，大医院去了，都不愿意接收，只有回来找您看看。"父亲也说："医生，我儿子的病果真是不治之症，我们也尽最后一次努力，死马当活马医。万一救不活，我们绝不怪你，知道您已经尽力了。如果能救活，您就是他的再生父母，也是我们全家的大恩人。"父亲差点给医生下跪了。医生第一次碰见这种事，弄得他不知所措，他赶忙扶起我母亲说："不是我不想救您儿子，真是没办法，我还没见过这种病。"医生不答应，母亲准备长跪不起。医生看我们一家人的处境，心软了，就说："我把丑话说在前头，万一有什么事，你们可千万不要后悔。弄不好我也会丢饭碗，甚至还要承担法律责任的。"医生喊护士推车过来，把我送进诊室。他又给我量体温，仔细检查一遍，填写资料，把我推到化验室抽血，再到 X 光室拍胸片。三个小时后，所有检查检验结果全部出来了，诊断为急性胸膜炎、急性肺炎。两种病同时发作，要是不及时治疗，严重时会危及生命的。

医生看过结果后摇头说：“我真没治疗过这种综合病症，想帮助你们也有心无力。”父亲好半天说不出话，母亲也呆愣在那里。医生安慰我父母说：“这种病也不是不可以治疗。我在长沙某大医院进修学习时，就亲眼见我的导师收治过这种病例。经过导师的精心治疗，病人后来完全康复了。如果你们真的相信我，我就试一试。我就与导师联系，要他们帮忙，共同研究治疗方案。”母亲听到医生这样说，心里悬着的那块大石头落地了，脸上露出一丝欣慰的笑容。医生马上安排我住院，到了住院部缴费窗口才发现身上带的那点钱还不够交住院押金。最后，住院押金还是这位医生担保的。

母亲在医院照顾我，父亲回家凑医药费去了。家里还有两个哥哥要照看，父亲天天医院、家里两头跑。半个月下来，父母都瘦了一圈。特别是父亲，他不爱找人借东西，只好倒卖家里的猪崽、母鸡、木梁等。最后，连仅有的一点儿口粮和来年的稻谷种子都卖了。这点钱用在医药费上依然是杯水车薪。

父亲最心疼也最舍不得的是他从小戴在身上的那块“长命锁”。那是父亲出生之后、摆百日宴之前，我祖父到金银首饰加工店特别定做的。长命锁代表平安、幸福、长寿。它的背面还刻有父亲的名字、生辰八字、属相等。以前，父亲就是讨米要饭做乞丐都没敢动卖长命锁的心思。为了救我，他以两百元的价格把长命锁卖了。祖父当年为打造这块长命锁，花了一百多两白花花的银子，换成现在，最少要值个十万八万的。

我在医院住了将近一个多月，医生天天守在医院里，随时与长沙大医院的导师联系，向他们汇报病情，调整治疗方案。只是医院的药费催款单堆积如山，为了我，全家债台高筑。母亲看我的面色好转，身体恢复得快，再看家里的条件实在是撑不住了。她和医生商量，想让我提前出院，回家休养。医生看了后期的多次检查结果，觉得出院在家休养也可以。在那位医生的担保下，欠下医院的医药费，医院将从他的工资里慢慢扣除。父母想办法挣到钱，再慢慢还给那位好心的医生。

我出院时，医生说我身体太虚弱，要加强营养。欠下医生那么多医药费都不知道去哪里挣，家里一时半会儿挪不出钱来给我增加营养。为此，父亲每天到镇上菜市场找屠夫赊账买肉。屠夫答应了。父亲每天去镇上赊二两瘦肉回来，交给母亲，给我煮各种各种样的滋补靓汤，我的身体一天比一天好。我天天喝靓汤，惹得两位哥哥都差点要干架了，他们既羡慕又嫉妒，还说父母偏心，把好吃的总是留给我吃，说他们俩肯定不是父母亲生的，也许是捡来的，不然怎么会区别对待？因此，我经常引来两位哥哥的白眼。

我的医药费整整偿还了三年。三年里，我家没杀过年猪，平时连肉都不敢吃。还清债务的最后一个月，父母带着我，提着一只大公鸡和几十只土鸡蛋来到把我从死神手中拉回来的医生家中登门拜谢。救我的医生姓刘，住在医院附近的村子，他父亲是位德高望重的老中医，在镇卫生院退休，他是顶替父亲的岗位上班的。刘医生父亲也是一位善良的好医生，经常救济附近的村民，家里还开有一家诊所。他父亲退休了，以前找他看过病的人还是喜欢找他看病。他父亲看病只收本钱，从不收诊治费，遇到特别困难的家庭甚至一分不收。有时遇到几十里外的老人生病，刘医生就骑着自行车载着他父亲出诊。不管刮风下雨，还是雨雪交加，父子俩风雨无阻，有时还摔得人仰马翻。

临走前，刘医生说漏了嘴，让我得知父母这三年是怎么样过来的。我获悉后，心疼得滴血。父母亲除了在生活上节俭，就靠劳动换报酬。父母亲经常晚上不在家，其实是出去揽活儿。到了双抢季节，他们白天干自己的分内活儿，晚上则帮别人收割早稻、插晚稻秧。夏天蚊子多，他们就用毛巾把头裹得严严实实。为防蚂蟥吸血，他们就在腿上抹上一层菜籽油。冬天农闲季节，他们就帮村里砖窑厂出货。砖窑厂赶工期，还没等砖瓦完全冷却下来，就急着出货。因为太热，一般人不肯做。外面零下几摄氏度，窑内是几十度的高温，就是戴上手套都会被烫破皮，穿着单衣单裤进去，出来时变成“非洲人”。一场窑出下来，整个人像被烧烤了一遍。父母就是靠挣这种辛苦钱，用三年时间偿还了刘医生担保的医药费。刘医生再三叮嘱我父母说：“你们不用急，慢慢还，实在没有就算了。这样玩命干活儿，弄不好不但要钱没挣到，还会把自己的身体搞垮。”父亲拍着胸脯说：“没事，我自己的身体好，这点活儿累不着。谢谢您的帮助，这钱拖欠您够久了。”

自那儿以后，父母每年都带着我去刘医生家串门。母亲说：“受人滴水之恩，当涌泉相报。一个人不要忘了曾经拉过你一把的人，何况刘医生还救过你的命，可以说，因为有他，你才能重生。”

幼时食谱

猫耳朵

我七岁那年的湖南冬至日特别冷。印象中，冬至是要吃饺子的。母亲像往常一样早早起床做起了家务。她先把厨房卫生打扫得干干净净，把偏屋的手推石磨用米汤水冲洗一遍，又把前一天晚上泡好的黏米捞起来。母亲说："今天冬至，给你们做好吃的。"我问母亲："做什么？"她说："暂时保密。"只见她把石磨移到偏屋中间位置，左手拿着小木瓢，挖进黏米盆里，一勺一勺地喂着石磨口。右手用力推着石磨拉把手，每喂一小勺黏米，跟着盛一勺水倒进去，迅速用手推动石磨顺时针转两圈半，只见石磨上下石块缝隙间流出大量乳白色的米浆来。奇怪的是，米浆不约而同地顺着石磨槽沟流下，汇集在歪嘴形的槽口，最后流进一只早就守候在那里的木桶里。

半个小时下来，母亲累得额头冒出了一层汗珠。我想帮她擦去汗水，母亲笑着说："不用擦，等下掉进石磨口不但添加味道，还节约用水呢！"母亲故意说笑着。她磨好米浆，放进厨房灶台边，开始清理石磨。清理完石磨，又跑去菜园里割了几把韭菜、一棵大白菜、两个白萝卜，然后把它们清洗干净，切碎，放进脸盆里，加上盐、味精、辣椒粉、酱油、猪油渣，用刀背拍碎备用。

母亲要我点火热锅，她往锅里放了半锅水，交叉放了四条小竹子，盖上锅盖，交代我加柴催火。这时，热气从锅盖翻腾出来。母亲把一个直径十厘米大小的平底锅放在竹架上，盖上锅盖一分钟，迅速拿出平底锅，用毛竹刷子在碗里点油，用刷子在平底锅内左右刷几下，再用葫芦瓜瓤舀半瓢米浆倒进去，两只手握紧平底锅在空中旋转几下，让米浆完全粘满平底锅面，然后放在竹架上，盖上锅盖，猛火五分钟。

母亲的表情有些紧张，她把双手伸进冰冷的水桶里，让手降温，这是为了下一步受热时没那么烫手。她揭开锅盖，双手迅速捧出平底锅，左手按住锅边，右手拿着一支筷子迅速在平底锅四周划一圈。举起平底锅往准备好的绳子上一扣，只见那乳白色的、晶莹剔透的黏米浆皮就出锅了，正挂在绳子上透着热气。

母亲把黏米浆皮全部做完，拿出砧板，用刀把米皮改切成一块块鸡蛋大小的皮子。然后系上围裙，又把皮子一张张铺开，再把准备好的馅料搅拌均匀。左手托着皮子，右手放馅料，不时腾出右手，用食指尖点水在皮子四周抹一遍，顺着皮边，上下捏出锯齿花纹，与左手汇合，两只手合拢用力一掐，就算大功告成了。母亲把这些皮子一个个包完，样子很古怪，又像月牙形，又像牛角形，又像柳叶形，更像某种动物的耳朵。母亲把做好的饺子放锅里蒸二十多分钟，然后端出来，分给我们兄弟三个人吃。

母亲想了半天才说：“今天是冬至，吃了饺子不冻耳朵，那就叫猫耳朵吧。”那是我吃过的最好吃的一顿饺子。我一直在心里犯疑，母亲为什么给它取名“猫耳朵”？可能是因为猫有九条命，母亲希望我们福大命大。饺子皮本该是用面粉做的，我们是南方人，以水稻为主打食物，所以就用米浆做饺子皮。如今，母亲已作古，我也来到深圳打工好多年，每到冬至，我都会按母亲的配方包饺子，却怎么也做不出母亲的味道。我知道，那里面有一道独特的配方，那就是母亲的爱。

黄金响铃片

说到红薯，大家都不陌生，大多数人也许还会说，在俺老家，这就是用来喂猪的。然而在我的童年时代，这算是奢侈品。我们老家靠近洞庭湖，一半是围堰鱼塘，一半是黑色淤泥填埋起来的湖田。主打农作物是水稻，土质黏而肥沃，不适宜种红薯。想吃红薯，得乘车到一百公里以外的邻县去购买或用其他农产品交换。小时候，每到红薯收获季节，邻县的贩子会用车把红薯拉到我们村子，一些村民就会用稻谷去换红薯。隔壁蓝妈妈经常挑一担红薯回来，每天煮饭时，在锅里面放上几个红薯一起蒸。外出干活儿，为了节省时间，中午不回来吃饭，就在田间地头拿红薯当主食。每次偷偷地看他们吃红薯，馋得我口水直流。

我家境不好，每年的开销都超支，哪有剩余粮食去换红薯？我也不敢跟母亲提起。有一次，我在大堤上放牛，捡到几个半截红薯，喜出望外。原来是长了一些虫眼，贩子扔在路边不要了。我却把它当宝贝，脱下衣服包裹起来带回家。

我不敢告诉母亲，只是偷偷溜进厨房，在灶台下面扒开一个草灰坑，把红薯埋起来。晚上，母亲回家烧火做饭，闻到一股烤红薯的清香。她在加柴时扒出几个红薯，脸立马变得严肃起来，吼着问我："你是不是偷稻谷去换红薯了？"我肯定地说："没有。这是我在路上捡回来的。"母亲还是不信，跑到储粮柜看了一眼，发现中间好大一个坑，她抄起扫把，不问青红皂白对着我就是一顿打。我觉得很委屈，气冲冲地往房间跑，将门反锁着，蒙着被子大哭起来。好几天过去了，我心里的气还没消。不管母亲怎样讨好我，我都不搭理她。

一个星期后的某天早晨，我还在睡梦中，迷迷糊糊间，感觉脖子边有个热乎乎的东西，还用毛巾裹着。是红薯香！我被诱人的红薯香味馋得口水都流湿了大半边枕巾。我睁开眼，偷偷用手撕开一点口子，露出一小节烧焦的红薯。我环视四周，母亲拿着扫把在扫地，她走过来给我道歉："对不起，我冤枉你了，储粮柜的坑是猫抓老鼠时刨的。那晚你埋在灶头的红薯我看了，时间长了，烤干了，我尝了一点儿，是苦的，已经坏了。"母亲给我撕开烤焦的红薯皮，把紫红色的薯肉喂给我吃，她自已舍不得吃薯肉，只吃撕下的皮。

自那儿以后，每年红薯上市，母亲都会用稻谷换一点儿红薯，变着花样弄给我吃。最好吃的是刮薯片，只见母亲把红薯洗干净，放在锅里煮熟，再倒入木桶里，用打糍粑的木棍把红薯捣成薯泥。在薯泥中放入黑芝麻、鸡蛋清、生粉、泡打粉，搅拌均匀，发酵十分钟。母亲早已准备好一张宽两米、长四米的纯粗棉布，也叫土大布，将它平铺在竹席上，将红薯泥分别堆积成几个小坨点，再用木刮勺将薯泥均匀抹在土大布上，直到平整。制作好的刮薯泥要在堂屋阴凉处放置两天，再拿到太阳下晒两天。直到薯泥七八成干，且四周翘起来，再用手轻轻一提，就可以把整张撕下来。

这时，母亲就会用剪刀把它们分成五厘米宽的条状，再把它们剪成边长两厘米的等腰三角形，剪好的薯片再铺在簸箕里晾晒几天，直到用手掐，可以发出焦脆的响声。等到过年过节，或者是家里有贵客来时，母亲就会支锅烧油，把晒干的薯片拿出来。母亲分辨不了油温高低，会丢一些青菜叶或者是一截生葱到锅里。如果油的气泡小，证明油温很低；如果油翻滚的气泡大，就证明可以下锅了。炸薯片，油温掌控很关键。油温低了，薯片炸不开，不但不脆，还不好吃；油温高了，薯片会炸得焦黑且味苦难吃。每次炸薯片，母亲都很紧张。好在每次都炸得很成功。母亲炸的薯片又香又脆，颜色好看还呈金黄色，咬在嘴里发出嘎吱嘎吱的声音，所以，母亲给它取名叫“黄金响铃片”。

自从母亲过世后，我来到深圳打工，很少回家，再也没有吃过这么香的薯片了。后来逛超市时，见到有红薯片卖，买了一点儿尝尝，味道相似，但还是没有母亲做的那种味道。

想念妈妈牌“米皮”

小时候，每到寒冬腊月，男人们都去修防汛水利工程，女人们就留在家带小孩准备年货。那时候物资紧缺，家里只有大米，别无选择下，母亲用大木桶泡了十斤米。三天后，把泡好的米捞起，重新加入清水，再用手工石磨磨成米浆，再沉淀一晚，给我们做米皮吃。在我们湖南澧县老家，几乎家家户户都会做米皮，类似广东的汤河粉。

第二天，母亲一声吆喝，左邻右舍，七大姑八大姨的都来帮忙，满屋子都是人，不用分工，大家自觉地找到岗位干活儿，烧火、洗锅、摆架子。用大锅放水，中间放三根十厘米的细竹竿，铺上一个竹筛子，筛子上放一只直径长二十厘米的不锈钢圆盆，盖上锅盖。待蒸汽升起，加少许凉水，用葫芦水瓢舀上一碗米浆倒入圆盆中，再把圆盆捧起，在手上转圈旋转，让米浆均匀铺开后放下。旺火蒸五分钟取出，用筷子在圆盆周围划一圈，迅速端起圆盆倒扣在一根细长竹竿上，米皮自然脱落挂在上面，晶莹剔透，像一块块膏药贴。趁热取出，可以放一点儿红糖包着吃，或者铺开撒上辣椒粉、咸菜丝，则更加美味了。

米皮挂上半小时，等热气完全退后，取下来，将其卷叠滚成圆筒，用刀切成一指宽的粗条，铺开在大太阳天晾晒一个星期，再用塑料袋装好密封储存。等到过年时，中午懒得淘米煮饭，或者来了客人想用最快捷的招待方式，主人就会拿出压在箱底的米皮。生火烧水，把腊肉切成粒或丝，热锅放油下腊肉丁姜丝、蒜米、辣椒粉、蒜苗头、甜面酱，炒香后，加少许水烧开，调口味，用碗盛起来，是为米皮的臊子。再烧开水，把米皮放锅里，放一些青菜进去。煮熟，捞出米皮和青菜，浇上臊子，撒上少许香菜、葱花，真是美味。

做米皮的原材料有好几种：荞麦、豌豆、土豆、红薯，我最爱的是母亲做的白菜苔煮米皮。记得我八岁那年，一天放学回家，母亲不在家，我习惯性地在家里找东西吃，翻遍了所有能藏东西的地方，就是没有留意厨房的大锅盖。平时回家，灶头都是冷的，今天怎么还是热的？我揭开锅盖，欣喜地发现在锅底有一大碗米皮，米皮上盖着几根白菜苔，碗底泡着小半勺水，水还冒着热气。我把碗端在灶台边上，挑开白菜苔，中间露出两个白鼓鼓的荷包蛋。这时，母亲从外面回来，朝我笑了笑说：“好吃吗？今天你长尾巴了。”在我们家乡，“长尾巴”就是过生日的意思，表示我又长大一岁了。那米皮特别好吃，我连汤都喝尽了，还舔了舔碗边残留的汤汁。

多年过去了，母亲做的米皮依然令我记忆犹新。每到年关，我就会想起家乡的米皮，常去吃一碗类似米皮的原味汤河粉。

又闻柿子香

每到金秋十月，我就会想起老家的一句民谣：“冬瓜披白纱，茄子穿紫袍，又青又红是辣椒，红彤彤的是柿子……”心中也会不由自主地想起一段陈年往事。那年我十岁，农村生活条件差，勉强吃饱的肚子常令我动一些歪心思。我和小伙伴们有事没事喜欢在村组转悠，寻机找点吃的。

八月某天的傍晚有些闷热，邻居阳春在门口喊我。他名声不好，不敢进我家门，怕我母亲凶他。我在门口用手比画着打哑语，他似懂非懂地走了。我偷偷从后门出来，翻过土栅栏，到村部找阳春接头。一番商量后，我俩准备去偷我堂婶家的柿子。阳春准备一根竹竿，一条绳子。我把绳子捆绑在腰上，另一头由阳春拉着，我爬上竹竿，扶住围墙翻过去。我们商量好了，万一情况有变，我会顺着围墙从里面爬过来，在外墙的阳春要迅速拉绳子接应我。

我好不容易爬上满身长满臭疙瘩的柿子树，看着一个个青青的像驼铃一样大小的柿子，口水早就流湿了衣襟。这时发现远处有人说话，阳春也跺脚暗示我。要么快点摘，要么先下去躲起来。我想，哪有入宝山空手而归的道理。看着那圆圆的青果，恨不得把整个树枝都折下来。突然，堂叔家的后门打开了，堂婶站在门口，她歪着头，望了望那棵柿子树，好像发现了什么。我屏住呼吸，此时就算有大黄蜂蛰我，我也不敢出声。围墙外的阳春吓坏了，他丢掉绳子和竹竿，撒腿跑了。幸好堂婶回屋了，我悬着的心终于放回到肚子里。我把上衣扎进裤带里，把摘下来的柿子全部塞进贴身处，待塞满了，慢慢从树上滑下来，找到矮墙处翻出来。

没想到青柿子有细毛，跑动时黏着身子，弄得我全身痒痒的。阳春早料到我会去村部找他，见我过来，赶紧帮忙接柿子。我瞪了他一眼，没好气地说："你跑得比兔子还快，还想吃？"阳春很委屈地说："我如果不跑，两个人都被抓到，到时候谁救你啊？"阳春看见果子，馋得口水都流出来了。我洋洋得意，拿出一个较大的青柿子，在衣袖上擦几下塞在嘴里，本想好好细嚼慢吞，哪晓得味道涩极了。阳春还等着我告诉他柿子是啥味道，我没吭声，顺手把剩下的柿子全部给了他，阳春乐坏了。

到了十月，堂婶提一筐柿子过来，同我妈说："姐，这是给侄子的。"母亲接过柿子，把它们埋在谷仓里。一个星期后，母亲把柿子挖出来，挑选一个又红又大的，在上面挖一个小洞，让我使劲吸，那味道好极了。母亲笑着对我说："以后不许再偷堂叔家的柿子了。"

抹不去的记忆

1979 年腊月，父亲冒着严寒在冬修水利工地上做事，母亲带着我们三兄弟在家里做些年前打扫卫生的杂活儿。冬天昼短夜长，不知道啥时候开始，大伙儿习惯一日吃两餐饭，可能是那几年收成不好，为了节约口粮采取的措施吧。大人还勉强撑得住，可是我们这些小孩子怎么扛得住？一天到晚总觉得肚子饿。记得那天是腊月二十九，按旧历，家里兄弟姊妹多的，按大小顺序轮流吃团圆饭。大清早，村子里传来一阵“噼噼啪啪”的鞭炮声，偶尔飘来蒸、炒、煮、煎、卤、炸等各种年饭的香味，闻得我口水四溢，肚子里“咕噜咕噜”作响。

下午，村东头聚集一大堆人，原来是隔壁村炸爆米花的谭爹爹来了。他五十多岁，年轻时参加抗美援朝作战负伤落下了残疾，腿脚有些不便。如今年龄大了，因不能干体力活儿，每到年末就搞点副业。他一身黑乎乎的油布衣服，头上顶着“炖钵帽子”，除了两只眼珠在转动，脸上木讷没有表情，乍一看还以为是包公再世或者唱京剧的花旦武生。

谭爹爹放下一套炸爆米花的行头，把火炉支起，装上风箱，摆开三四米长的筒子套，在尾端打个结，用一块石头压着。又打开椭圆小蛮腰的羊角锅炉，一双乌漆抹黑的手伸进一张蛇皮袋里，连续抓了几把米就往锅炉里倒，然后用钢套拧上盖子，再放在火炉上。左手转动铁罐头，右手拉风箱，边转动边抽空用铁钩戳煤炭，随着风箱呼啦，火星四射。十分钟后，谭爹爹把锅炉罐头挪开火炉，罩上筒子套，把罐头盖住，右手拿一根铁管插在羊角罐头上，“砰”的一声，像珍珠一样白花花的爆米花冲进筒子套里，冒出的热气像原子弹爆炸一样，蘑菇云腾空而起，香气瞬间弥漫整个村子。我央求母亲给我炸爆米花吃，母亲说：“哪有剩余的粮食搞这些。”我拗不过母亲，就自己想办法，到附近的田头、稻草堆里找些瘪谷穗子，又找来火柴点燃，瘪谷穗子就会炸开，露出半开半鼓的爆米花，我一粒一粒捡着吃。母亲看着我那开心的样子，眼泪哗哗地流下来。

没等天黑，我们就窝在床上了，母亲说："明天就是大年三十了，你父亲很快就回来了。"听到这个消息我可高兴了，猜想父亲一定会有很多好吃的带给我们。为了等父亲回来，我一点儿睡意都没有，可一盏煤油灯都燃尽了，也不见父亲回来。第二天早上醒来，我朦朦胧胧地翻着身，隐约听到耳边有响动，像脚踩风干的树叶声响，我微微睁开眼，见床头有个红纸包，小心翼翼地打开折好的红纸包，原来是喜饼，又称"发饼"，上面盖有大大的红印章，我舍不得吃，却还是忍不住拈一小撮塞进嘴里，让口水慢慢地浸湿喜饼，嚼起来松软香甜。

原来，父亲半夜从工地回来了。

父亲领取那少得可怜的福利金，盘算着拿着这点恨不得掰开做几份用的辛苦钱到附近的集市，凭计划票买了三斤猪肉、一条一斤半重的鲤鱼、一个去皮猪头骨、几块猪血、一大蛇皮袋白萝卜大白菜、少许姜蒜，这是父亲挑几十公里路带回来的。大清早，父亲就烧火准备团圆饭，他同母亲合作，一个烧火，一个主厨。只见父亲把锅刷洗干净，放大半锅水，把洗净的猪骨头放锅里，大火烧开，小火煮半小时，把猪骨头捞出来，再把切成厚片的白萝卜倒在锅里焖熟。轮到母亲上场了，她把头骨肉取下切成粗丝备用，先煎鱼，炒猪血，然后用辣椒炒猪头肉丝，又炒一碗大白菜，母亲最后炒了一碗压轴菜——什锦炒肉，面子上是几块肉，下面是榨菜、辣萝卜垫底，这就是我们家乡流传的大菜"金包银"。

吃团圆饭前，要举行一个仪式，父亲把桌子摆在大门口，点上香烛，把一棵大蒜苗头塞进鱼嘴里，留出大蒜头须。把炒好的菜端上来摆在四方桌子上，每一个方位摆三个碗、三个酒杯，每个碗盛一小口饭，杯子里倒入少许茶水。这时，父亲打来一盆热水，洗净手脸，换上一套干净的衣服，面对南方跪下拜三下，磕三个响头，嘴里不停地念叨："所有过世的亲人前辈、列祖列宗、各路神仙、菩萨都过来吃饭、喝茶，希望你们吃饱喝足了就回家，保佑我们全家身体健康，平平安安。"一阵祈福祷告后，父亲把所有的饭都倒在锅里，茶水洒在桌子下面，重新给我们盛饭，招呼我们上席。父亲还在忙活，他从里屋取出一条长挂鞭炮，来到屋前几米的空地上，点燃香烛，然后将堂屋神台上的香烛也点燃，最后出去点燃鞭炮，随着鞭炮声噼噼啪啪地响起，父亲的脸上露出了久违的笑容。母亲赶紧招呼我们吃饭，这顿饭大家期待了很久，都有些迫不及待。

守在一旁的我总盯着那碗盖得严严实实的大菜，盘算着能够饱餐一顿。不一会儿，母亲揭开"金包银"大菜盖子，用筷子分别给我们三兄弟每人搛了一块肥肉，其余的菜用筷子收拢盘边，照原样盖起。那条嘴里含着大蒜头须的干烧鱼也跟着端进屋里，只有蒜苗煎猪血、一大碗肉汤炖白萝卜留在桌子上。母亲边吃饭边说："肉不多，有客人来拜年，如果没有肉，显得寒酸，所以省着给客人吃。鱼是拜神的，要到正月十五过完元宵节才能吃。"母亲又说："现在家里不宽裕，等明年丰收了，买个大猪头、肥肉、大草鱼，让你们吃个够！"我偷偷地看母亲脸色，她背过身子，不停地擦拭眼泪。那个春节，我们也没有去亲戚朋友家串门，母亲说："富在深山有远亲，穷在闹市无人问。"

转眼到了 1983 年，政策有所转变，农民可以包产到户。其他地方 1980 年就开始包干，我们村是 1981 年才开始大队改小队，逐步实行联产责任到户。包产到户，实行自主交公粮，计划票逐步退出历史舞台。农民都希望耕者有其田，大伙儿很是高兴了一阵，大家努力种地，农闲时间自由分配，出去搞副业。1981 年到 1983 年，我们家交足国家公粮任务后，剩余不了多少粮食。父亲只好利用农闲时间出去搞副业，赚些油盐钱贴补家庭开支。

我九岁那年，印象中那是我出生后过的第一个丰盛的年。冬至过后，父亲早早就买了年货，记得有十斤猪肉，五条大草鱼，还买了一个带皮的大猪头。母亲说："准备在大年三十那天，先煮熟拜神，再把它做成十碗八盘，让一家人享用。还用大米炸两袋爆米花，熬一桶麦芽糖，给我们切爆米花糖吃。"

说起切爆米花糖，我就特别开心，口水随之就流出来了。整个村里，就一两个人会切"爆米花"，还要老早预约才行，不然到大年三十都排不上队。母亲为了让我们吃上米花糖，上半年就做了准备，她留了部分黄豆种子，买了花生米、芝麻，把橘子皮晒干储存起来……记得那天是腊月二十八，邻居凤伯伯天黑前把切爆米花糖的工具放在我家了，说回家个把钟头就回来。父亲闻言，放心去准备切米花糖的材料。由于是老邻居，凤伯伯还是蛮守信的，大约八点半就到了，父亲把所需要的原材料都准备妥当，母亲帮忙打下手。这时，凤伯伯解开工具，系好围裙，在灶台旁边搭两条长板凳，铺上一块半扇大门，把一个长宽约二十厘米见方的四方形杉木框摆正，旁边放着两把很锋利的刀和一个圆滚滚的木轱辘。

父亲负责烧火，待锅温升高，凤伯伯舀几勺麦芽糖倒入锅里，由于温度高，锅底立刻飘出糖焦味，凤伯伯敲两下锅边，父亲马上把灶里的柴火退了出来。慢慢地，麦芽糖开始融化。凤伯伯看着糖的颜色问母亲是否有白糖。母亲还没反应过来，凤伯伯急眼了说："你的麦芽糖熬坏了，成色不好，黏度不够，刀切时会散掉，所以加点白砂糖，成功率高。"麦芽糖是父亲学着熬制的，可能差些火候。母亲拿来白砂糖，凤伯伯接过，往锅里倒了两三斤，再加上四到五斤的麦芽糖，一起在锅里搅和。切米花糖最关键的就是炒糖色，我们三兄弟一个劲儿地直盯着凤伯伯的手，只见那双黑且干瘦的大手紧紧握着长锅铲，随着锅里的温度，时而顺时针逆时针地转圈圈，时而十字交叉左右上下来回搅动。本来是寒冬腊月，天气寒冷，可凤伯伯的额头还在冒热汗。我们三兄弟死死地盯着他的手，好像生怕他抽空偷吃锅里的糖汁。突然"啪"的一声响，凤伯伯大声吼着我们："还不走开？等下糖汁会扑在脸上，你就毁容了。"听他这么说，吓得我们三兄弟连忙躲在母亲的后面。见母亲一动不动，我们又壮着胆子伸出半个头去看看锅里，被眼前的情景惊呆了。凤伯伯一边搅动，一边自言自语地说："你们看看，糖汁变色了。"大家都好奇地盯着锅底，只见糖汁呈金黄色，几秒钟一变，慢慢地，锅里的糖汁鼓着小眼睛；几秒钟后，糖汁又鼓成大牛眼睛；再过几秒，又是密密麻麻的一片，像一块布。凤伯伯说，这是被子眼。只见锅底越来越稠，这时，凤伯伯瞪大了眼睛，三秒钟后，他一声大喊："好！"立刻把准备好的半袋爆米花倒进锅里，一手拿锅铲，一手拿勺，两只手在锅里像打架似的翻腾着、搅拌着，把糖汁浇在爆米花上。慢慢地，糖汁与爆米花交织在一起，每扯上一次，糖汁就拉扯出金黄色的细丝，在煤油灯下闪闪发光。

随着糖花的黏稠状态，凤伯伯抓一把用爆米花碾碎的粉末撒在木框里，用一块长方形木条在框里来回抹平抹均匀，他以最快的速度把爆米花稠糖汁用木瓢舀在木框框里，在上面用木轱辘来回碾压至平整，再用木条在木框里比画着，用刀随比画的印记切下去，等爆米花糖半冷却时，又用木条压在爆米花糖上，一刀刀快速切下，只听见“嘎嘎嘎”的响声，不到五分钟就切完了。凤伯伯说：“如果太热时切，会散；如果太凉时切，下不了刀，所以要掐准温度下手，这样切出来的爆米花糖又脆又好看。”他采用同样的方法，后来在爆米花中撒了芝麻，又叫芝麻糖；撒上花生米，又叫花生糖；撒上炒香的黄豆，又叫黄豆糖。每种糖都少不了陈皮，这样切出来的爆米花糖香甜可口，又甜又脆。

那天，凤伯伯忙到很晚才切完爆米花糖，没等切完，我们就睡着了。只过两天就是大年三十了，父母亲同往常一样，打扫整个屋子的卫生，准备团圆饭。只见父亲准备一口大锅，放半锅水，里面放了一些佐料，诸如桂皮、八角、花椒、干辣椒等。父亲把大猪头洗净放锅里，再放一块腊肉，盖上锅盖，随着大火烧开水，一股腊肉的香味溢出来。大约半小时后，母亲把煮好的猪头肉与腊肉捞出来，装在一口搪瓷盆里，再在猪头上放一把菜刀、三棵带叶子的大蒜苗、一小棵白菜，寓意“清清白白”。父亲把煮熟的猪头端出来，放在屋檐下的大方桌子上，点燃两根蜡烛、三炷香。还是老规矩，父亲换上新衣服，手脸洗净，虔诚地跪下，他双手合十，嘴里喃喃祈福。礼毕，母亲开口说：“孩子们，今天让你们吃饱吃够。”我们像饿牢里跑出来的犯人，第一次见到那么多肉，真想一口吞下去，没有肉吃时幻想饱餐一顿，有肉吃时却无从下手。我们三兄弟你争我抢，谁也不服输，拼命地用两只手，抠、抓、撕、拉、扯，啃咬猪头的各个部位，不一会儿，把整个猪头弄得七穿八孔，一片狼藉。母亲过来收拾残局，把剩余的猪头拿到厨房，准备把猪头各个部位派上用场。母亲把两个猪耳朵取下来说可以炒一碗耳尖，把猪鼻子部分炒一碗辣椒炒猪鼻。母亲一边找猪舌头，一边说："今天给你们炒一份猪舌尖。这个部位的肉全是瘦肉，最好吃。"找了半天，却没有找到猪舌头。母亲以为煮肉时，猪舌头掉在锅里没弄上来，就跑到厨房用锅铲在锅底反复捞，也没见猪舌头。母亲又在搪瓷盆里翻起来看了又看，也没见着，她不再找猪舌头，转身准备团圆饭的其他菜。

忙碌了几个小时，团圆饭做好了。母亲把外婆接过来一起吃年夜饭，她在桌子上拼命地给我们三兄弟搛菜。由于猪头祭神后被我们兄弟扫荡过一次，我没有多少食欲，只好勉强吃一点儿。二哥更是一点儿都不想吃，母亲以为他身体不舒服，关心地走过去，拉着他问长问短。二哥也不说话，而是找借口出去找邻居家的同伴玩花炮去了。二哥走后，大哥说出了原委，原来我们三兄弟抢猪头肉吃时，二哥抓到一条粗长的瘦肉，吃得很香。大哥见了，想用猪皮换，二哥不答应。后来母亲到处找猪舌头，大哥这才想起来二哥吃的就是那条猪舌头。他当时不敢说，怕二哥生气。母亲听了并没有生气，反而开心地笑了笑，当着我们的面说："明年我们把田种好，自己养一头大肥猪，让你们吃饱喝足。"

如今，我们从孩童成长为中年人，各自有了家庭，也实现了小时候吃不饱到现在超越小康生活水准的巨大转变。只是现在每年摆上猪头拜神时，我就会想起母亲找猪舌头的事，想起 1983 年的团圆饭，那是最难忘的一顿年夜饭。想起当年父母的不容易，他们勤俭持家的家风我时刻铭记在心，特别是母亲常说的“吃得苦中苦，方为人上人，过日子要细水长流”那番话，更是让我终身受益。

年夜饭，我最深的记忆。

二月映雪

刘二甲年轻时当过兵，退伍后回到村里整天抱着个二胡走东串西。无论走到哪里，只要听说是刘二甲表演拉二胡，村民再忙也要放下手中的活计，听上两曲再走。刘二甲全心全意沉迷在他的艺术世界里。

为了生计，刘二甲跟着草台班子去配乐，打打边鼓，混口饭吃。他天生一张国字脸，身材魁梧，一米七八的个头，英俊的脸配上一双桃花眼。走起路来有点像戏班里的花旦，轻手轻脚，显得斯文而又儒雅。最大的缺点是喜爱开玩笑。见到村里年轻的嫂子、少妇们，像个绿头苍蝇一样主动凑过去，找个理由搭讪几句。张嘴就是一口难以启齿的下流话，说得老阿姨都羞红了脸，村里人都给他取个绰号叫他“流氓甲”。

其实，刘二甲刚入伍时也是个有理想、有抱负的热血青年。入伍后，他被分配到新兵连的炊事班，工作轻松不说，吃喝是绝对有保障。当兵前，常常为吃不饱肚子犯愁，现在可好了，米饭白馒头管饱，再也不用担心饿肚子了。新兵连三个月集训很快结束了，他又被分配到炊事班，这次不是做伙头军，而是去养猪。刚开始的新鲜感立马消退，他整天闷闷不乐，也无心去养猪，心想："我费九牛二虎之力来当兵，不是来当这个养猪司令员。"他开始闹情绪，始终不甘心当个养猪兵，要是传回老家，丢死人了。这样在部队混下去也不是个办法，倘若哪天退伍回到老家，难不成还要去继续种地？刘二甲越想越气。

半年后，机会终于来了。团部下发通知，要连级以上单位各自选派几个精彩节目，为将要举办的迎新春联欢晚会做准备。刘二甲听到这个消息兴奋不已，他开心得一夜未眠。第二天，他急匆匆找到连部文书，把自己想要参加春晚的愿望说出来，还把节目一起呈报上来了。他是全团第一个报名的人，也是众多节目中唯一的二胡独奏。自从报名参加春晚后，刘二甲每天变得勤奋多了。做好本职工作后，就躲在营房后的山上，全神贯注练习他的二胡。他每天掰着手指头数日子，终于熬到了演出这一天。旅部首长在没有通知的情况下，空降到团部晚会演出现场。在场的官兵全都愣住了，全体起立敬礼，首长招手回礼示意说："同志们好！今天就是路过，不要紧张，演出照常进行就好。"

前面表演的独唱、舞蹈、相声、话剧小品等节目都非常精彩，博得掌声一片。刘二甲感到空前的压力，等他出场时，没有急着表演，而是拿出师父河大爷临终前交给他的那把二胡，在舞台前展示给大家看，讲述这把二胡的前世今生。随后直奔主题，表演他与师父经常切磋的那首"五女拜寿"。二胡以欢快的节奏，把会场气氛推向顶峰。随后又以一首阿炳的成名曲——"二泉映月"，点燃了整个会场。这次演出，刘二甲在台上发挥得相当出色，把河大爷教他的二胡精髓表演得淋漓尽致，引得会场掌声不断，表演相当成功。

一场演出下来，旅部首长从头到尾眼都不眨，全程观看了刘二甲的二胡独奏。只有把情感同灵魂融入二胡里，才能演奏出高山流水之势。听得首长好几次站起身来为他鼓掌，连连拍手叫好。原来，旅部首长是个戏迷，从小就对二胡情有独钟。首长当着团领导的面立马批示："马上调刘二甲去旅部文工团，做宣传队文艺兵。"听到这个好消息，刘二甲激动得当场热泪盈眶，他傻傻地站在舞台上，手握那把二胡一动不动，好半天才缓过神来。他谢过所有在场的官兵，做出惊人的举动，当即跪在舞台上，双手托举二胡过头顶，向天大喊："师父，师父！我终于成功了！"

说起刘二甲拉二胡，有一段坎坷的经历。小时候，他家里很穷，兄弟姐妹又多，更没有上过几年学。好在他从小聪明伶俐，头脑灵活，鬼点子也多，擅长察言观色。他在家里排行老二，出生那年又遇甲子年，所以取名刘二甲。他十几岁那年，家乡发大水，上级指示，为了保护全县工业重地，不惜一切代价保护县城。万全之策只有牺牲县城附近的几个村子。石滚垱村离得最近，首当其冲，把该村作为防洪泄洪主战场。镇领导通知全村所有人，放弃大件物品，把自家值钱的小件东西都往大堤上或高处搬运，到了时间就开始炸堤泄洪。人命关天，迫在眉睫之时，别人都在抢救自家财产，可是刘二甲偏反其道而行。不帮助家里搬运东西也就算了，还跑到五保户河大爷家里帮他搬东西。刘二甲的这个举动，当场把河大爷感动得老泪纵横。河大爷是远近闻名的二胡表演高手，年轻时曾毕业于国内某知名大学音乐系。唯独对二胡偏爱，曾拜名师门下，又受到大学教授赏识和栽培。只是他生不逢时，年轻韶华之时遇上战乱，在家国存亡之际，他投笔从戎，毅然决定参军保家卫国。战争胜利后，他婉言谢绝政府留他在大城市高校任教的机会，执意选择回到家乡中学任教。接过母校启蒙恩师的教鞭，走向讲台，继续教他热爱的艺术学科。

退休以后，河大爷拿出毕生积蓄，组建民间艺术团，为培养更多艺术人才做铺路石。每天清晨，河大爷都会在大堤上拉二胡，连树上的小鸟听了都会翩翩起舞，犁地的老黄牛听了也会仰天长叹，摇头摆尾以示赞赏。河大爷经常在家里练习拉二胡，刘二甲就远远地在一旁偷听。那时，刘二甲还没拜河大爷为师。河大爷还是镇上"草台戏班"的二胡手兼副团长，也是丧葬打击乐队的唢呐手加鼓手。所谓草台戏班，就是乡里举办红白喜事，还有续家谱、修祠堂、中高考状元等，主人都会邀请镇上草台戏班去唱几场大戏，少不了民间艺术团的助兴。

刘二甲早迷恋上了河大爷的这门技艺，苦于没有钱拜师学艺。想跟河大爷学习拉二胡，必须遵从老规矩，行三拜九叩大礼，大摆拜师宴。河大爷收徒要求很高：品行一定要好，并且要有一定经济基础，才能更好地去钻研艺术。怕选徒不慎，砸了他的金字招牌。刘二甲哪有这个条件？好在机会是留给有准备的人。通过抗洪抢险这件事，彻底改变了河大爷的看法。河大爷当着全村人的面，拍着胸脯说："从今以后，我不但要收刘二甲为关门弟子，还要把他当干儿子。"

刘二甲跟着河大爷潜心学习二胡技艺，经常跟着他出场子。河大爷逢人就说："这是我干儿子，以后还靠你们这些前辈多多指教他。”几年的苦心练习，刘二甲把河大爷的十八般武艺全部学到家了，所以后来才能在部队大显身手，得到了首长赏识的机会。

刚开始进旅部文工团，刘二甲向大家虚心请教。他谦虚谨慎，做人也低调。每次下基层演出，刘二甲的二胡独奏“二泉映月”都会把演出会场引向高潮。文工团长每次都把刘二甲的表演作为压轴节目放在最后。因此，刘二甲顺理成章地成了文工团里的台柱子。刘二甲在文工团里没少下功夫，把所学到的都用在表演中。经常同文工团领导一起搞创作、编曲、排练节目。最值得肯定的是，他把文工团当成自己的家，把文艺战友当成自家兄弟姐妹看待。还手把手地教他们拉二胡，传授技艺，在文工团里举办二胡培训辅导班等项目。

人怕出名猪怕壮，所谓树大招风。文工团新秀刘二甲遇到很多文艺女兵主动向他示好，找机会接近他。女兵们打照面还不忘寻机给他抛媚眼，个个动了芳心，美得刘二甲心里像吃蜂蜜一样甜，不知如何是好。晚上睡觉时，他爱说梦话，还叫出好几个心仪女兵的名字来。刘二甲对团里那个最漂亮、最温柔的女报幕员印象最深，从他调入文工团的第一天起，就暗恋上她了。纸始终是包不住火，时间长了，哪有不透风的墙？他的那点事早已掩饰不住了。其实那位女报幕员也对刘二甲颇有好感。毕竟他们朝夕相处，日久生情。好景不长，他与年轻漂亮的女兵谈恋爱的事，被领导知道了。其实这事要是换了别人兴许是件好事，男才女貌，你情我愿。但是偏偏发生在刘二甲的身上，就如自己踩进雷区，弄不好会把他炸得尸骨无存。因为刘二甲喜爱的女兵正好是某军官的未婚妻，他们早已确定了恋爱关系。由于那位军官去执行特殊任务，要等任务完成就回来举办婚礼。如果组织继续视而不见，这就会牵扯到作风问题。

为了消除影响和杜绝后患，部队领导召开紧急保密会议。反复研究认为，唯一能解决的办法就是让刘二甲提前退伍。其实部队领导也舍不得让他走，自从刘二甲进了文工团，丰富了部队的文艺生活，还多次代表部队参加各种比赛，拿过不少奖。

这棒打鸳鸯之举也是不得已而为之。领导们也知道他是受害者，好不容易得来的大好前程被他亲手毁了。刘二甲无奈，谁叫他爱了不该爱的人，非要去碰那个“雷”呢？真替他感到惋惜，他比窦娥还冤。虽说提前退伍对他的打击很大，但他也明白，这也是部队首长对他的爱护。想想自己在部队几年的奋斗又被打回原形，想到马上又要回农村种地，刘二甲想死的心都有。当时为了让他当兵，生产队长还真是煞费苦心。当兵前，刘二甲在村里的口碑并不是很好。那个年代，当兵政审这一关非常严格的，要审查好几代亲属关系。

刘二甲平时干活爱耍点小聪明，总是与生产队长抬杠。生产队长也是怕了他，只差叫他老祖宗了。为了稳住他不带头搞事，生产队长“忽悠”刘二甲说：“如果下次大型工矿企业下乡招聘或者年底征兵，我一定推荐你去。只要你好好给我干，我做你的担保人。我以人格担保，说话算数。”刘二甲得了生产队长的承诺，整个人像打了鸡血，一改以前的吊儿郎当，干劲十足。同以前相比，判若两人。真巧，冬季征兵开始了。刘二甲通过严格的体检、政审，如愿以偿穿上了一身绿军装，成了一名光荣的人民解放军战士。

临走的前一个晚上，刘二甲掏出所有的积蓄，在村部代销店买了一瓶高粱酒，送给生产队长喝。感谢他的推荐，也是向他赔礼道歉。酒后吐真言，他承认以前的无知，经常在众人面前跟队长抬杠，故意使生产队长难堪。他哪里知道生产队长的心思，巴不得早点让他走，早就把他当作眼中钉、肉中刺。早点把他弄出去，免得又在后面使绊子，搞得队长在生产队里失去了威信。这次帮他，也是帮自己。刘二甲去部队后，生产队长也开心多了，他经常在村民面前提起刘二甲，举起双手摆出作揖姿态，嘴里不断地念叨："菩萨保佑，阿弥陀佛，终于把这个瘟神送走了，善哉，善哉！"

刘二甲除了能拉一手好二胡，还会作词、谱曲、编排、策划。退伍后，经人介绍，他与隔壁镇的贾三妹结了婚。结婚前两三年还算本分，也做一些轻松的农活儿。贾三妹也争气，给刘二甲生了三个小孩，二男一女，小日子还算过得去。虽然那时候家里穷，但刘二甲还算懂事，经常利用农闲时间出去做点私活儿，就是随草台班拉二胡，挣些外快来贴补家用。时间久了，刘二甲老毛病又犯了。他不想就这样一辈子窝在农村里，天天围着老婆孩子过日子，为了一点儿柴米油盐犯愁。他还是想利用他的二胡手艺出人头地，经常跟一些民间艺人在一起切磋、探讨。可老婆受不了他整天不着家，经常为缺油少盐之类的家庭琐事陷入无休止的争吵。他从不操心这些事，只关心他的二胡梦想。终于有一天，刘二甲的老婆再也忍受不了，喝下一瓶敌敌畏自杀了，留下三个可怜的孩子。出事那天，刘二甲还在外面拉二胡跑场子。

他家门前挤满了看热闹的人，只有他老婆一个人孤零零地躺在冰冷的地上，三个小孩伏在贾三妹的身上哭喊。最大的孩子八岁，最小的孩子才满一岁，实在是太可怜了。家里连一身装殓的新衣都没有。等了半天，还是他大哥托人把刘二甲从外地找回来的。只见他一把眼泪一把鼻涕地从村口走来，一个人趴在贾三妹冰冷的尸体上哭得撕心裂肺。在场的人没有一个愿意去搀扶他，都认为他就是个负心汉、彻头彻尾自私自利的小人。不顾一家老小，只为自己一个人活着。他百口难辩，任乡亲们冷眼相对，只得默默地忍受。

他平时对家里不闻不问，村里人对他早有看法。听说他老婆寻短见，还是邻居去他家借农具才发现的，可惜人早已断气了。家里啥都没有，生产队里的乡亲自发前来帮忙，把他家唯一的两块大门取下来。用几块小木板拼凑成一口简易棺材，钉好了，把贾三妹放进去，才算入了殓。几个身强力壮的小伙子，把他老婆抬到刘家祖坟山上，草草地掩埋了。死的人是解脱了，可怜三个孩子食不果腹，过着靠讨饭为生的流浪生活。刘二甲并没有因为老婆的死吸取教训，而是继续搞他的所谓民间艺术。

多年以后，我去了南方的深圳打工。有一次清明节回老家扫墓，向刘二甲的堂侄问起刘二甲。他对我说，刘二甲几年前过世了，死的前一年，还教了一个学生。听说那个学生还在全国大赛中，用刘二甲的那把二胡，把刘二甲改编过的“二泉映月”拿去参赛，获得过大奖。

那时正是倒春寒，二月天还像冬天一样寒冷。刘二甲走的那天晚上，雪下得好大好大，雪花疼痛似的抽搐，覆盖了干枯而丑陋的二月大地，也盖住了刘二甲同他的二胡。他是带着酷爱的艺术走的，走得如此干净，没有带走一缕阳光。那个学生厚葬了他。再后来，听说那个学生在艺术上获得成功，自己开了一家挺有规模的声乐培训机构。他为了感恩刘二甲，把他曾经改编过的“二泉映月”重新整理后，定稿为“二月映雪”。

舍哥的快乐生活

记得舍哥和我二哥同龄，今年最多五十岁。他个子不高，一米五不到，驼背，常常蓬头垢面。一件油得发亮的米灰色旧唐装上衣，硬是被他穿成了黑色。他的长发头型乍一看，真有点像古装片中扮演霍元甲的黄元申。一身脏兮兮的衣服毁了他的一世英名，他还当作宝贝一样，几十年舍不得脱下来洗洗。其实，他精神面貌蛮好的，平时哪家操办红白喜事，他都会不请自来地帮忙。他要求不高，给他口饱饭吃，再给一包烟就够了。他干起活儿来，有使不完的劲儿。

舍哥的缺点是说话嗓门儿大，脾气怪，翻脸快，像三岁的孩子，本来干得好好的，稍有点不如意，丢下手上的活儿，说不干就不干了。谁劝他都没有用，九头牛都拉不回来。他干活时间不能过长，又不能严格要求和约束他。他是个随心所欲的人，从来不按套路出牌的。

舍哥的妹妹告诉我："舍哥真有福气，死在前面了，兄弟姐妹几个风风光光地把他送走了。如果他死在后面，就不好说，到时候谁会收埋他呢？还好，他是死在我家里。算他会挑地方。"

舍哥一辈子没结婚。早些年，他在原来的老宅基地上盖了两间平房。由于长期没有人住，没几年就垮掉了。刚开始，舍哥搬到他弟弟家里去住，后来他弟弟又要重新盖房子，舍哥就被挤到马路对面的妹妹家里去住了。舍哥的妹妹嫁在本村，妹夫是个手艺人，为人处世都不错。舍哥的爸爸从农机站出来单干，刚开始是搞汽车运输公司，利用他在农机站学到的技术，在村部邻近207国道边上开一家汽车维修厂，后来索性把家搬到汽修理厂。舍哥妹妹就住对面，两家就是打个喷嚏都能听得见。

舍哥的妹妹元香告诉我，她给儿子在县城买了一套房子，平时要去城里帮忙带孙子，所以很少回家。前一天晚上，她还同舍哥通了电话，舍哥说自己感冒不舒服，身体并无大碍。元香还是不放心，大清早打电话询问一下，哪晓得电话打爆了都无人接听，回家一看，发现舍哥躺在床底下早已没了呼吸。可能是天气太热，人也开始腐烂，整个屋子里都是臭的。

舍哥在家排行第二，前面有个姐姐，后面还有弟弟和妹妹。姊妹之间年龄相差不大，都是两到三岁的间隔。他父亲原来在乡农机管理站上班，后来他包下拖拉机搞起运输。抓住农村大搞村办副业的机遇，帮村民拉煤、水泥、建材等，是敢于吃螃蟹的人。舍哥的母亲聪明又能干，家里家外一把好手。舍哥家在20世纪80年代是全村第一个万元户。

舍哥的父亲从小天资聪慧，是村里唯一的老牌高中生。舍哥的外公当年当过村支部书记，毛遂自荐把女儿嫁过来。舍哥的外公凭关系，把女婿弄进公社农机管理站上班。那个年代进工厂，必须要村干部推荐才行得通。舍哥是家里的长子，全家都把他当稀宝，含在嘴里都怕化了。只要舍哥有一丁点儿不舒服，家里人会立马抱着去医院。医生怕担责，只要对病情有一丁点儿辅助作用的药品，不管中药还是西药，一律开上处方。由于用药过量，舍哥落下一个脑膜炎的病根。得了这个病，人有时候清醒，有时候糊涂，发病频率较高。家里为他这病操碎了心，父母曾经有过放弃的想法，最终又良心过不去，后来就给他取个小名叫“舍吧”。他不喜欢这个名字，大伙儿都叫他“舍哥”，他才乐意。

舍哥人不坏，偶尔发病时才性格古怪。你对他凶，他比你更凶。如果你对他说一些好听的话哄哄他，他就跟你亲近，也愿意同你玩。

小时候，我经常跟着舍哥混。那是20世纪80年代初，正流行看电视剧《海灯法师》。那玩意看了真会让人上瘾，不吃饭可以，不看电视剧不行。就拿整个永长村说事，还没有几户人家买得起电视机。如果想坐在宽敞的大房子里看电视剧，只能跑到镇上有电视机的单位去，走路不到十五分钟。那时候，我们曾家河乡镇在全县算是数一数二的。因为地缘关系，离县城不到十公里路程，一条南北大动脉207国道横穿镇中心。那时的曾家河乡镇上可热闹了，有多家县办企业落户在这里。有一定规模的有麻纺厂、印刷厂、蜡烛厂、编织袋厂、酱板鸭厂、预制板厂、油脂厂、罐头厂、食品厂……数都数不过来。镇上商铺林立，南来北往的商人络绎不绝，小镇异常繁华，素有“小香港”之称。

说起农机管理站，在镇上算是最有实力的，是全镇第一个买电视机的企业。家里有人在农机站上班，全家人都很有面子。舍哥的父亲在农机站是维修部主管，每次都是舍哥带队去农机站会议室看电视剧，门卫王大牙不会说他的。王大牙还想巴结舍哥，有好吃的都给他留着，舍哥也做起我们看电视的“保护伞”。

门卫王大牙，外号“王马屁”。他原来是下面某个村的支部书记，年满过届，上面关系到位，送个顺水人情，安排他到农机站做保卫工作。

有一次，可能是看电视的人太多，占了领导前排的座位，搞得农机站自己的职工都没有座位了。大家看到某些精彩桥段，喜欢争论不休，甚至大打出手。这件事投诉到了站长那里，王大牙苦于大家都是职工家属，得罪不起，选择睁一只眼，闭一只眼。领导怪罪下来，只能自己先扛着。这天刚好播放电视剧《海灯法师》大结局，大家都担心看不到结尾，早早在村头等舍哥带队去看电视。大家跟在舍哥后面，堵在农机站大门口。时间还没到，里面的人还没下班，大伙儿迫不及待地往里拥。以往王大牙站在门口会说：“大家小心点儿，不用急，我早给你们把电视机打开了。”那天，王大牙像吃错药了，一改往日的皮笑肉不笑的脸，站在门口大吼：“站住！领导都发话了，以后也不许外面的人进站里看电视了。”大伙儿哪里还听得进去，奋不顾身地往里面冲。王大牙从后面冲过来，用身体拦在前面，凶巴巴地说：“再敢闯进去，我就报警了！”大伙儿见状，都不敢出头，一旁的舍哥才不管三七二十一，拉开王大牙就往里闯。我们跟在舍哥身后，拼了命地往里钻。舍哥带头，哪个还敢拦？大伙儿一窝蜂地直接闯进三楼电视房。可是王大牙的动作比舍哥更快，他抢先一步在一楼把连接电视机的电源拔掉。电视机开启不了，大伙儿心急如焚，担心电视剧马上放完了。大家以为是电视机坏了，祈祷师傅快点来维修，哪里知道是王大牙动了手脚。

大约一个钟头，农机站的一位办公室领导过来，王大牙赶紧插上电源，我们只看了十几分钟，电视剧就结束了。舍哥一个劲儿地对着王大牙骂骂咧咧，看上去生气到了极点。王大牙的脸色也不好看，我们担心他们会打起来，于是催促大伙儿下楼回家。舍哥说："怕什么？今天是有人跟我过不去，我没看到前面的几集，等一会儿，我还要往回看。"我们决定不等他了，下楼溜之大吉。

第二天早上，整个镇子被一阵警笛声吵醒了。我来不及洗脸穿鞋子，穿上一条短裤就往后屋跑。透过竹林，看见两位警察把舍哥带上警车拉走了。半个小时后，我走进人群中，听他们七嘴八舌在说："舍哥昨晚看完电视，看见王大牙睡着了，就把电视机抱出去。舍哥把电视机抱到桥中央，扔在离桥面吃水最深的桥墩下去了。当时正是汛期，河水涨得迅猛！"

王大牙白天不让我们进去看电视，舍哥怀恨在心，终于等到电视节目全部播完，就想出这口恶气，趁王大牙睡着的时候，把电视偷偷抱出去扔了。第二天发现电视机丢了，王大牙第一反应就怀疑到舍哥头上。舍哥被派出所抓了，他父亲出面说好话，当着警察的面表态，负责赔偿全部损失。大家都知道舍哥头脑有点毛病，也不再追究，通过调解，双方达成和解，这事就算了结了。

后来好长时间，我都不敢跟着舍哥去镇上看电视了。

有一天不知啥日子，隔壁村子特别热闹，好早就开始放鞭炮，整天都是啪啪啪的响声。其实村里大部分人都知道是啥事，有几个年轻人凑在一起交头接耳嘀咕着啥，可能他们是想合计戏弄一下舍哥。老远就看见舍哥从镇上捡废品回来，嘴里叼着芙蓉牌香烟，头歪着，朝天不停地吐着烟雾，右手臂下夹着化肥袋，边走边哼着不着调的歌。这时，有个麻子叫一声："舍哥来了！"他们故意说："舍哥，你看前面村是干啥了，老是鞭炮响。"舍哥中套了，他立马跑到河堤上去看。太远，看不清楚。另外一个说："是不是那个放鸭子的嫁女呀？听说她不想嫁了，因为她一直喜欢你啊！"舍哥听了，心中乐开了花，边走边喊："这里嘣，那里砰，我的婚姻就不动。"几个人你一句他一句说得舍哥开心得不得了，他丢下手里的废品袋就往隔壁村跑，说去找放鸭子的女儿结婚。几个年轻人在河堤上把肚子都笑痛了。

后来听说舍哥闯新娘房间还挨了顿打。

舍哥喜欢搞让人哭笑不得的事情。那年，麻子同几个人调戏拿舍哥娶媳妇的事寻开心，舍哥一直记在心上。包产到户前几年，几家人共养一头牛，也共用它耕田。刚好轮到麻子家放牛，那天麻子像往常一样，把牛牵到河堤上放了，把牛绳放长三十米，把绳子另一头系在左手腕上。长时间放牛的经验告诉他，牛吃饱了会自己娱乐，所以就放心地躺在河堤斜面顺风口，头盖草帽，呼呼大睡起来。刚好舍哥从外面回来，看见麻子睡着了，再看看四周无人，就打起了歪主意。他偷偷走向河堤下面，顺手把麻子的牛绳从中间扯断，再把另外一头系在野毛草上。麻子睡一阵，会有意识地拉一下牛绳，扯不动证明牛还在吃草，是安全的。舍哥在那里待了几分钟，牵着麻子的水牛往镇上走，快到镇上三岔路口，碰见同村的杨春，杨春问："舍哥，你放牛啊？"他说："是某某的牛，要我帮忙送到某某家里去耕田！"杨春也没多想，两人擦肩而过。

快到太阳落山时，麻子睡醒了，起身去牵牛，傻眼了，绳子早断了，睡梦中拉牛，原来拉的是野草，哪里还有牛啊！这下可急坏了。他以为牛吃饱自己回家了，一口气跑回家问，没见牛回来。三家人共养一头牛，如果牛不在了，三家的田都耕不了，大伙儿分头去找了几个来回，整条河上下游都找遍了，就是不见牛的影子。

天色渐渐暗了，麻子家还没找到牛，家人开始埋怨起来，都怀疑麻子把牛卖了，然后假装把牛丢了。麻子急得快要跳河了。其他找牛的人也回来了，还是无果。

这时，舍哥回来了，看见麻子家急着找牛，他也不作声，站在旁边看热闹。大约快半夜了，麻子急得哭起来了，舍哥阴阳怪气地说：“麻子，我晚上回来时，在河堤边上看见有头牛在那里吃草！”麻子家人听后，急忙跑到河堤上，果然找到了牛。牛还在东张西望，等着主人接它回家呢。

后来，舍哥闭口不谈牛的事。前几年，我回家一次，在回村的路上碰见舍哥，他头发白了许多，脸上爬满皱纹，我们还谈起了一些往事。给他一包烟，他不要，只拿了一支，自己点火抽了几口，咳嗽得厉害。我劝他不要抽了，他说：“棺材板都快盖上了，怕什么？”他谢过我，说，不聊了，要去隔壁村赶酒席。

他逐渐远去，那首不着调的歌又被他唱响了起来。我看着他清瘦的背影，当年在农机站看电视的旧事又浮现在眼前。